奥斯丁问题

"方寸象牙"上的
群己之思

黄 梅 著

生活·讀書·新知 三联书店

Copyright © 2023 by SDX Joint Publishing Company.
All Rights Reserved.

本作品版权由生活·读书·新知三联书店所有。
未经许可，不得翻印。

图书在版编目（CIP）数据

奥斯丁问题："方寸象牙"上的群己之思 / 黄梅著. —北京：
生活·读书·新知三联书店，2023.9
（文史新论）
ISBN 978-7-108-07629-8

Ⅰ.①奥…　Ⅱ.①黄…　Ⅲ.①奥斯丁（Austen, Jane 1775-1817）–小说研究　Ⅳ.①I561.074

中国国家版本馆 CIP 数据核字 (2023) 第 057439 号

责任编辑	冯金红
装帧设计	薛　宇
责任校对	张国荣
责任印制	李思佳
出版发行	生活·讀書·新知 三联书店
	（北京市东城区美术馆东街 22 号 100010）
网　　址	www.sdxjpc.com
经　　销	新华书店
印　　刷	北京隆昌伟业印刷有限公司
版　　次	2023 年 9 月北京第 1 版
	2023 年 9 月北京第 1 次印刷
开　　本	635 毫米 × 965 毫米　1/16　印张 23.5
字　　数	305 千字
印　　数	0,001－6,000 册
定　　价	68.00 元

（印装查询：01064002715；邮购查询：01084010542）

简·奥斯丁唯一可靠的肖像素描。其姐姐卡珊德拉绘制,未完成。现藏于伦敦的英国国家肖像馆(National Portrait Gallery)

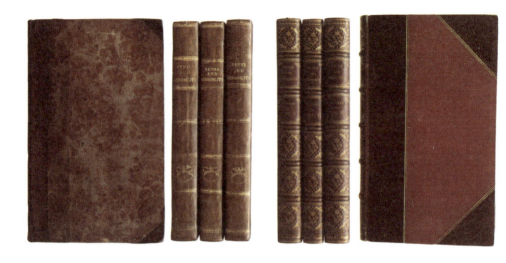

《理智与情感》1811年初版,首印750册。(左)
《傲慢与偏见》1813年初版,首印1000册,很快售罄加印750册。(右)均为匿名出版

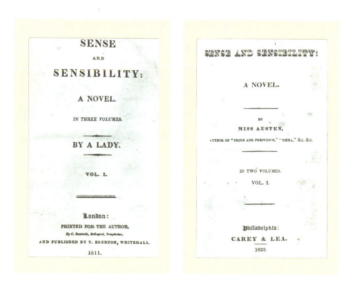

《理智与情感》英国版(1811)和美国版(1833)的扉页

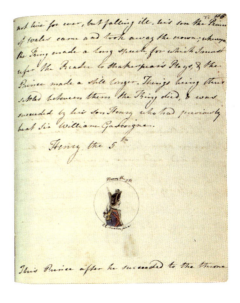

奥斯丁手迹,为16岁时所写《英国史》。插图为其姐姐卡珊德拉绘制

奥斯丁出生和成长的斯蒂温顿牧师宅的房前（左）屋后（右），侄女安娜·奥斯丁绘制。此房宅1828年由其兄长拆除

著名的温切斯特大教堂北侧廊，奥斯丁死后葬在这里。右为墓志铭

奥斯丁生前虽小有名气，但死后似不足以享此殊荣，个中原因，迄今成谜

目录

致 谢 · 1

关于本书所用奥斯丁著作版本的说明 · 1

前 言 "奥斯丁问题"与当今的世界 · 1

第一章 《理智与情感》中的"思想之战" · 14

第二章 《傲慢与偏见》:视角挪移与自我"修订" · 65

第三章 范妮·普莱斯与曼斯菲尔德庄园的蜕变 · 127

第四章 海伯里村的爱玛·伍德豪斯 · 186

第五章 《诺桑觉寺》中的"外来妹" · 234

第六章 《劝导》:安妮"突围" · 273

后 语 奥斯丁与"群己"关系的未来 · 320

附 录 关于《简·奥斯丁的教导》· 343

参考文献 · 352

致　谢

本书的撰写曾得到中国社会科学院科研经费的支持。一些人文学科报刊——如《外国文学评论》《文学评论》《浙江大学学报》《东吴学术》《中华读书报》等——刊发过本书某些阶段性成果。这些支持和帮助使我在工作能力逐渐退步的情况下未敢懈怠、勉力坚持。

我还要感谢曾和我一起参与《奥斯丁学术史研究》（南京：译林出版社，2019）和《奥斯丁研究文集》（南京：译林出版社，2019）两书有关工作的许多同事、同行和朋友们。我们曾在数年时间里做过许多专题讨论，就各种具体问题——大到对历史文化背景的认识或奥斯丁作品的接受史和研究史，小到对小说及有关评论中一个词语、一个标点的理解——进行了认真梳理和各抒己见的争鸣。而那也正是本书的构想、思路和种种观点逐步清晰、成形的过程。其中，我需要特别道谢的是龚龑、周颖和三联书店的编辑审校人员。前两位是这个领域里有扎实知识积累的学者，在我视力严重退化的最后阶段里他们不止一次极为认真地帮我校读并修订文稿。他们的无私奉献是本书最终得以完成的重要助力。

关于本书所用奥斯丁著作版本的说明

本书所使用的简·奥斯丁小说均为Janet Todd主编的剑桥版（The Cambridge Edition of the Works of Jane Austen）。具体如下：

Juvenilia，2006，ed. by Peter Sabor，中译《少年习作》，简称《少作》。

Sense and Sensibility（缩写 *SS*），2006，ed. by Edward Copeland，中译《理智与情感》，简称《理智》。

Pride and Prejudice（缩写 *PP*），2006，ed. by Pat Rogers，中译《傲慢与偏见》，简称《傲慢》。

Mansfield Park（缩写 *MP*），2005，ed. by John Wiltshire，中译《曼斯菲尔德庄园》，简称《曼园》。

Emma，2005，ed. by Richard Cronin & Dorothy Macmillan，中译《爱玛》。

Northanger Abbey（缩写 *NA*），2006，ed. by Barbara Benedict & Deirdre Le Faye，中译《诺桑觉寺》，简称《诺寺》。

Persuasion（缩写 *Per*），2006，ed. by Janet Todd & Antje Blank，中译《劝导》。

Later Manuscripts，2008，ed. by Janet Todd & Linda Bree，中译《后期文稿》。

本书正文中奥斯丁作品引文的出处附在引文之后的括号里。括号内的罗马数字（I，II，III）标示卷数，阿拉伯数字标示章数。之所以不标注页码而注章节，是考虑到奥斯丁著作版本极多，而每章篇幅不大。有关汉语译文参考了多种译本，包括孙致礼（六部主要小说）、秭佩（《傲慢》和《曼园》）、王科一（《傲慢》）、李文俊（《爱玛》）以及张玲（《傲慢》）、常立（《后期文稿》）等人的译著。

前言 | "奥斯丁问题"与当今的世界

18世纪末19世纪初,当简·奥斯丁(Jane Austen, 1775—1817)避开家人及访客在起居室一角偷偷地在碎纸头上写小说时,大概万万想不到两百多年以后自己会名满天下。

当代"奥斯丁热"

1811年她的作品问世之初,奥斯丁不过是英国东南部乡间一位在家里操持柴米油盐的中年未婚女子。她的小说也只写村镇里三五户人家几名女子居家度日、恋爱结婚,用她本人的话说,不过是在"方寸象牙"上作微型画。[1] 虽然有不少读者一见钟情地爱上了她那些轻灵而诙谐的故事,尖刻的非议者也大有人在。鄙薄她的人说她的作品题材"狭隘",主题"琐屑";而赞美者则多夸她细致敏锐的观察,机智幽默的文笔,鲜活生动的对话,等等。后来,在漫长的维多利亚时代里,奥斯丁的作品赢得了G. H. 刘易斯(1817—1878)等文化名人的衷心称许,还被移译成多种外国语言,但仍算不上跻身"一流作家"行列。

19世纪后期,奥斯丁的"行情"渐渐看涨。她的侄子奥斯丁-

---

[1] Deirdre Le Fay (ed.): *Jane Austen's Letters*, 4th Ed. (Oxford: Oxford University Press, 2011), p.337.

利撰写的传记1870年出版后,众多奥斯丁爱好者即所谓"简迷"(Janeites)们日趋活跃,不同版本的奥斯丁作品集也接踵面市,其中以R. W. 查普曼自1932年起陆续推出的牛津大学版全集影响最大、最深远。大约也是在这个时期,奥斯丁小说的译本和中国读者见了面。英国著名学者弗·雷·利维斯在1948年出书,开宗明义点出他心目中支撑英国小说伟大传统的四位巨擘,头一名便是奥斯丁。[1]这标志着在批评界里奥斯丁的"经典作家"地位业已确立。此后,在英语国家乃至世界各地,不论在高校教育、文学批评研究领域还是在普通读者心目中,奥斯丁的位置都一路攀高,俨然成为与莎士比亚比肩的大家。

尤其值得注意的是,20世纪影视产业勃兴对奥斯丁作品的传播起了很大的推波助澜作用。早在第二次世界大战期间已有奥斯丁小说被成功地搬上银幕。此后,特别是20世纪80年代以来,经典文学影视化进程大大提速。《理智与情感》(1811)在1981年出了电视电影,1995年又由李安导演拍成电影并成功摘取奥斯卡奖。而已有1940年名牌电影、1980年BBC五集电视剧的《傲慢与偏见》(1813)则被反复翻拍,密集转化出1995年新版BBC六集电视剧、2003年当代场景喜剧电影以及2005年大受追捧的新版电影,等等。《曼斯菲尔德庄园》(1814)在1983年六集剧的基础上由BBC再度于2008年改编为三集电视剧,1999年又拍成电影。《爱玛》(1816)也有好几种相关产品问世,先是有1972年的BBC电视连续剧,随后有1996年美国版电影和1997年英国版电视电影,2009年又推出了新版BBC四集剧。此外,《诺桑觉寺》(1817)有BBC 1986年六集版和新的三集版电视剧;《劝导》(1817)则有BBC先后出品的1971、1995年版电视电影。显而易见,老牌传媒英国广播公司BBC是推动"奥斯丁热"的第一主力。2007年,英国电视"新军"ITV举办了自己的"奥斯丁季",一举推出了三种新改编

---

[1] 参看F. R. 利维斯:《伟大的传统》(生活·读书·新知三联书店,2002,袁伟译),1页。

的单本电视剧，包括《理智》、《诺寺》和《劝导》，每部约100分钟，其中以《劝导》最得好评。与此同时，一系列由奥斯丁本人充当主角的影视作品也接连亮相——包括《简·奥斯丁在曼哈顿》（1980）、由同名小说改编的《简·奥斯丁书友会》（2007）、以严肃传记为基础的《成为简·奥斯丁》（2007）、《简·奥斯丁的遗憾》（2008）和纪录片《真实的简·奥斯丁》（2015）等。这些精心制作的影视作品，或追求原汁原味，或力图另辟蹊径，既传播了奥斯丁作品，也难免以两百年之后的编、导、演者各自的眼光"篡改"了奥斯丁。总的来说，这些影视产品得到了广大受众的欢迎和评论界的重视。而且，如此高强度的关注和全球"热销"的状况本身成为一种耐人寻味的文化现象。

  英语国家人数众多的铁杆奥斯丁迷建起规模庞大的书友会社，组织各类活动，在互联网上"跑马圈地"，把与她相关的各种资料纷纷搬进电子空间并创设了庞大的超文本链接系统，俨然成为同好者的一个共同精神家园。因为他们的存在构成了一支不可忽视的文化"势力"，奥斯丁才能变成影视红人，其相关衍生产品才会兴盛一时。根据《爱玛》改编的青少年时尚电影（*Clueless*，译名之一是《独领风骚》）着实小小地领了一回风骚。美国小镇妇女开写奥斯丁探案，自1992年以来已经俨然自成系列，虽然算不上大红大紫，却也销路可观。如果说福尔摩斯或阿加莎·克里斯蒂笔下的马普尔小姐是借助脍炙人口的侦探故事成了千千万万英语读者的亲切朋友；那么，这一系列中虚构的女主人公"奥斯丁"则多少是因为有小说家奥斯丁培育出的那群忠诚不渝的爱好者，才得以跻身英式业余侦探的行列。另有一位同样原本名不见经传的英国女子戏拟《傲慢与偏见》，写了一本《单身女人日记》（1996）。结果不但小说大出风头，被拍成电影后更是满城争说，有的地方甚至出现过电影一票难求的情况。小说《简·奥斯丁书友会》（2004）也在图书市场和电影票房上获得了双丰收。这些著作本身的优劣短长不是这里要讨论的问题。对于我们来说，"搭车"产品成功的意义之一,在于它们一次又一次验证了奥斯丁小说经久不衰的生命力。而更加令人惊异的是奥斯丁小姐在文化领域之外的"战绩"——据说,挂上她的名牌的寻常菜食价格翻番仍然卖得不错。到了2017年奥斯丁200年忌辰之际,她的头像甚至取代了达尔文的位置出现在英国新版十镑钞票上。

远在这轮波及甚广的"奥斯丁热"尚未达到顶峰时,已有不少学者对此给予了高度重视。罗杰·塞尔斯在初版于1994年的论著中尝试结合影视作品改编,考察奥斯丁小说如何反映英国摄政时代的社会危机和国家身份认同。他还为奥斯丁大众文化研究进行辩护。他认为,所有的努力——不论是19世纪奥斯丁家人撰写的回忆录,还是当代电视剧,抑或学者们的著述评论,都属于"奥斯丁工业"[1]。他主张对改编等文化产品给予严肃关注,"大众的现代文本与奥斯丁学术研究相关……假如所有研究奥斯丁的教授或学者都不肯参与其中,从而在这一文化进程中缺席,那将是非常傲慢的态度"[2]。作者在该书再版增添的《跋:奥斯丁热潮》中指出,1995版电影《傲慢》的热播引来了"奥斯丁时代",在一些评论者眼里,"自20世纪60年代披头士热潮以来,还没见过如此现象"[3]。稍后面世的《简·奥斯丁在好莱坞》(首版1998年,第二版2001年)是学术界首部专门以奥斯丁改编为研究对象的论文集。编者认为,这一波奥斯丁改编研究热是由1995版电影《傲慢》中"湿衬衫的达西"引发的,指出奥斯丁小说的中心——性、爱情、金钱——也是我们时代关注的主要话题。[4] 改编被放在当代文化

---

[1] Roger Sales: *Jane Austen and Representations of Regency England* (London: Routledge, 1994), p.25.
[2] Ibid., p. 26.
[3] Ibid., p.228.
[4] Linda Troost and Sayre Greenfield: "Introduction: Watching Ourselves Watching," in Troost and Greenfield (ed.): *Jane Austen in Hollywood* (Kentucky: The University Press of Kentucky, 2001), p. 3.

语境下——"这些改编向我们揭示的关于此时此刻我们自身的内容多于奥斯丁的作品。观看改编就是观看我们自身"[1]。而苏珊娜·普奇和詹姆斯·汤普森主编的《简·奥斯丁公司：在大众文化中重塑历史》（2003）则强调，"奥斯丁热"催生了繁荣的"奥斯丁工业"，不仅体现在近年来约二十部影视改编和上百部的续写、改写作品，还渗透进互联网、出版业、时装界、音乐圈、旅游业等。该书讨论的重心不在于比较原著和改编的异同，而是探讨奥斯丁小说转换为多种形式大众文化产品的语境，考察"激发和形成这些再创造的文化、社会、教育的环境"[2]。"重塑"的概念被强调，"奥斯丁现象正是新千年之际对历史进行重塑——改造——的最显著的例子"[3]。总而言之，对奥斯丁的热衷固然是很多复杂因素共同促成的，然而这"热"至少也无可争辩地说明了在当今这个行色匆匆的汽车和电脑的时代里，奥斯丁与读者或观众仍然息息相通。

不仅如此。这一轮温度空前的"奥斯丁热"还应和着西方一些新批评理念的影响在学术界和各个文化领域中迅速播散并日渐深入。种种新思潮的酝酿和传播，与欧美1968年学生运动和大约同时高涨的民权运动有千丝万缕的联系，极大地影响了西方此后数十年的精神和思想版图。70年代中期以后，除了源自法国的形形色色的后结构主义、后现代主义理论风靡一时，聚焦于阶级关系、殖民主义、经济、社会性别（gender）和性（sexuality）等议题的各类注重社会、历史的学派也快速兴起，对其他相关领域如宗教、音乐、美术、自然科学史等的探究也伴随新历史主义和文化研究的鼓呼更多地进入了文学视野。由于这些理论思想极

---

[1] Linda Troost and Sayre Greenfield: "Introduction: Watching Ourselves Watching," in Troost and Greenfield (ed.): *Jane Austen in Hollywood*, p.11.

[2] Suzanne R. Pucci and James Thompson (eds): *Jane Austen and Co.: Remaking the Past in Contemporary Culture* (Albany: State University of Albany Press, 2003), p. 2.

[3] Ibid., p. 3.

大地丰富并深化了人们对奥斯丁的理解，也由于文学教研专业队伍的扩张，每年新推出的有关奥斯丁的介绍、研究和评论可谓车载斗量。"琐屑"论几乎完全销声匿迹，肯定或赞扬的观点也跳出了原来的窠臼。人们越来越认识到奥斯丁的"小"题材涉及女性处境，婚姻和家庭的经济基础，不同人群间的政治、经济、文化权力的分配和运行等许多深层次的问题，也直接参与了有关道德哲学和认识论的讨论。

确实，若不是独到地探讨了现代商业化、工业化社会的某些根本问题，若没有比较深厚的思想底蕴，她的作品怎么会有今天雅俗共赏的"火爆"景况？可以说，已经两百岁"高龄"的奥斯丁小说携着新传媒文化的疾风骤雨很有声势地冲入了21世纪。

重"访"奥斯丁的感触

多少因为受到新影视改编作品的影响，笔者大约在上个世纪90年代中期从《理智》和《爱玛》起头，开始重读奥斯丁的小说。出乎本人的预料，那些情节早已了然于心的故事仍然深深地吸引了我。我特别注意了一些过去相对忽视的细节处理或未能充分领会的连珠妙语和悠长韵味，甚至在思想上受到相当的震动。如英国哲学家约翰·贝利1967年夏天在英国奥斯丁学会年会上发言中所说：当代人的生活和历史与奥斯丁笔下的世界"密切地甚至令人惊恐地息息相关"，以致每次重读都带来"某些重要的新收获"。[1]

奥斯丁被介绍到中国始于20世纪初，迄今已逾百年。英语世界里的经典化历程开启不久，中国便开始有杂志和书籍介绍奥斯丁和她的

---

[1] John Bayley: "The 'Irresponsibility' of Jane Austen," in B. C. Southam (ed.): *Critical Essays on Jane Austen* (London: Routledge & Kegan Paul, 1970, first published in 1968), p.1.

作品，1935年商务印书馆出版了《傲慢与偏见》的第一个中译本，由女作家杨缤承担翻译工作。不过，相对于中国的庞大人口，这些引介的受众非常有限，大都集中在像上海这样都市化程度较高、商业经济较发达的地方，其中又以比较有教养的女性和学习英语的人居多。当时中国处于长期战乱甚至国破族亡的危难之中，即使是在上海，大抵也只在短暂的相对和平时期，才会有稍多的人想起品读奥斯丁的小说。

后来在国内更有影响力的王科一译本是1955年面市的。不过，在20世纪50年代奥斯丁小说算不上流行，即使喜欢它的读者也不会高调地表达。从新中国成立直到"文化大革命"结束，中国社会主流更重视文学的教化功能，特别强调批判资本主义的政治标准。奥斯丁的作品这方面极少直白表述，打不上高分。她不曾被马克思等革命导师提到，在苏联文学研究和批评中被严重边缘化，因此那一时期里即使在外国文学界也遭到忽视，没有资格被正式列入"经典"名家，甚至被列为遭批判的禁书。她在中国"火"起来，是"文化大革命"结束、中外古典作品纷纷解禁以后的事。当时广大群众争相排队购买书的场面，可谓空前绝后。1980年王科一译本再版引发的奥斯丁热，不但得到了新华社注意，也引发了《纽约时报》的报道，成了当时的一道文化风景。

自那之后，奥斯丁小说在中国持续热销。英美近年里源源不断推出的相关影视作品可能起到了某种锦上添花的作用，但更根本的原因应该是中国改革开放后的迅速工业化城市化进程所造就的"市民社会"和全民学英语热潮所形成的庞大英语读者群。本世纪初我曾在大书店做过一个粗略的调查，发现大约有三十多家出版社在同时出版奥斯丁的小说译本，还有不少于二十种缩写本、十五种以上的英汉对照本，此外还有相当数量的英文原版书在架上出售。不少中国读者感觉，《傲慢》等小说写得很现代，在"小"事"小"情中解读人生，表达了细腻的女性情绪，似乎任何年龄段、任何婚姻状况的女性（乃至男性）

都能从奥斯丁的书中找到自身人生难题的投影。

与此不无关联，我国媒体上各种婚恋节目和择偶话题逐渐增温。婚姻成为巨变中的中国的焦点话题之一。前些年，"宁嫁黄世仁[1]，不嫁80后"、"宁在宝马车里哭，不在自行车上笑"之类的"宣言"，曾激发了民间热议和经济、社会学者以及法学家们的纷纷关注。不少人直率地（也许是有点武断地）把当下中国社会风尚定义为"物质主义与拜金主义至上"，指出如今的年轻读者几乎本能地关注奥斯丁提出的金钱与爱情的问题。像许多欧美读者和影视改编作品受众一样，很多中国人把《傲慢》简单地读作灰姑娘嫁入豪门的故事；还有不少知识女性表达了对夏洛蒂·卢卡斯选择"经济适用男"的极大理解和同情。《傲慢与偏见》出版两百周年之际，BBC的新纪录片《真实的简·奥斯丁》发行时，在中国白领中颇有影响的《三联生活周刊》刊出了引人注目的长篇专题文章介绍并评说。

这些触目现象的发生恰与我重读奥斯丁的经验重合。我强烈地意识到，我们仍生活在"奥斯丁的时代"里——如克·约翰逊所说，"阅读奥斯丁乃是一种社会性实践，依托于我们的欲望、需求和具体历史环境"[2]。英国18世纪中期到19世纪中期，婚姻主题在文学中占据那么突出的位置，不是个别艺术家的私人选择。奥斯丁笔下有关"嫁人"的决疑论[3]式周密思考，所涉及的确实是个人和社会的真问题、大问题，直指面临资本社会冲击波时的人生设计和道德选择。其中，尤其

---

[1] 黄世仁为1945年延安鲁迅艺术学院集体创作、推出的歌剧《白毛女》中的一个人物，是个逼债逼得穷苦农民家破人亡的老地主。该剧后来被改编成电影、芭蕾舞剧等，在中国一度家喻户晓。

[2] Claudia Johnson: "Austen cults and cultures," in Edward Copeland and Juliet McMaster (ed.): *The Cambridge Companion to Jane Austen*（上海外国语教育出版社，2001，originally by Cambridge University Press, 1997），p.224.

[3] 决疑论（casuistry）是基督教道德哲学之一脉。参看方芳：《〈克拉丽莎〉的决疑论解读》（北京大学博士研究生学位论文，2022），14—22页。

引人注意的是奥斯丁对金钱社会中人际（或借严复的话说"群己"）关系的诛心辨思。中国处在历史性巨变的极端情境里，在短短三四十年里经历了外国数百年发展历程，从而使不少人在一生中既有"前现代"体验，又面对很多"后现代"现实，因而对奥斯丁的问题意识及其非凡艺术成就可以产生独到的感知和心得。在当代中国语境里重读其小说，我受到了深刻触动。比如，我们今天的相关文学、影视作品体现出来的文化姿态和味道，似乎与奥斯丁既有诸多相同，又有不小差异。有的中国故事（例如曾改编为电视剧的一部轻松网络小说《我愿意》）与奥斯丁的《劝导》情节设置近似，都讲述"剩女"重逢初恋爱人，都取女性视角，而且语言都颇为幽默犀利，虽然前书的调侃更趋近王朔风格而非奥斯丁腔调。然而，两者的差别也让人无法忽视。如书名的选择所示，前者重在"我"和"我的意愿"，后者却耐人寻味地强调了社会内涵丰富的"劝导"。奥斯丁在与婚姻主线不大相关的"闲人"身上用了相当多的笔墨，而许多中国当代爱情故事却高度聚焦于两人世界或N角纠葛。为什么会有这些相似和不似？对于理解奥斯丁或中国的当下，这些又能给我们一些怎样的提示和启迪？

从长程历时角度来看，简·奥斯丁生活在一个原有人际关系逐步瓦解的时代。[1] 19世纪中期以降，西方的主流历史学家、社会学家和政治经济学家（包括马克思及他的传人乃至其他许多政治倾向不尽相同的学者）大都认为，17、18世纪的英国经历了某种根本性的嬗变，即通过商业化、工业化、城市化在全球率先从前现代农业社会"进化"为现代资本主义国家。其显著标志之一便是传统村社共同体瓦解、"自由"个人的原子化生存成为常态，"占有性个人主义"（possessive

---

[1] 关于该时期英国原有社会纽带的瓦解，可参看李猛：《自然社会：自然法与现代道德世界的形成》（生活·读书·新知三联书店，2015），特别是其中第二章第7节"自然状态与共同体的解体"。

individualism）思想迅速播散。[1]与此呼应，以笛福的孤岛英雄鲁滨孙为起点，18世纪小说前所未有地表达了对个体自我的自觉意识以及对金钱势力侵蚀消解固有社会纽带这一现在进行时境况的深刻怀疑。[2]

生活在18、19世纪之交的英国乡村，偏居一隅的奥斯丁凝眸观察辨析身边的世态，却尽占天时地利，提出了人类在此后几个世纪里都不得不面对的思想议题。她从新型个人主体的角度出发展开思考和想象，以三五户人家的"小小社群为聚焦或核心交点（nodal point），将思想之线辐射进更广阔的社会"[3]。在这个意义上她既不狭隘，也不保守。奥斯丁并非站在旧有社会秩序的立场上，而是更多面向将来，面向那"可能发生的，持续进行的，尚未完成的"[4]存在或者进程。她的主人公没有拒斥社会主导阶级/势力的激烈心态，对正在逐渐得势的思想取向和规则秩序虽然并不全盘欣然接受，却也不是断然拒绝，而是为那个正在生成发展、尚未彻底定型的"现代"社会思虑考量究竟什么是所谓"幸福"，对于人类个体生存来说什么是"真正重要的东西"。这便是我眼中的"奥斯丁问题"。两百年过去了，这些依然是

---

[1] 对于这种判断，当然也有很多不同意见。例如当代英国社会学家艾·麦克法兰就在《英国个人主义的起源》（商务印书馆，2008，管可秾译）和《现代世界的诞生》（上海人民出版社，2013，管可秾译）等书中提出，英格兰"至少从13世纪开始"（《起源》215页）就已具备了种种18世纪社会的根本特征。笔者认为，他的研究有助于修正过去一些过于简单化的看法，调整并丰富我们对历史的认识，但还不足以彻底颠覆认为英国最重要的社会质变发生在17、18世纪的整体判断。麦氏似乎未能意识到漫长量变必将导向某种质变或某种革命的临界点，指出代表质变的时间点是有必要的，虽然我们不应该把那种认识教条化、绝对化。如果把文学作为一种现场发言和历史证据，英国18世纪小说与13世纪文学叙事的重大而显豁的差异，应该可以说明很多问题。

[2] 参看拙作《推敲自我：小说在18世纪的英国》（修订版），生活·读书·新知三联书店，2015年。

[3] D. W. Harding: *Regulated Hatred and Other Essays on Jane Austen* (London: The Athlone Press, 1998), pp.49-50.

[4] Susan Morgan: *In the Meantime: Character and Perception in Jane Austen's Fiction* (Chicago: The University of Chicago Press, 1980), p. 80.

当代中国和世界面临的课题。2011年美国出版了一部记述奥斯丁对作者本人影响的书，其副标题中包括"the things that really matter"[1]这一英语表达，与我心里萦绕了一段时间的那个白话中文词组不谋而合。换言之，奥斯丁的问题意识聚焦于她所面对的金钱时代中人究竟应该"怎样生活"，而这恰是维多利亚哲人马修·阿诺德对诗歌或文学功用的概括。[2]从笛福想象流落荒岛的鲁滨孙面对沙滩上他人脚印时心中涌起的不可名状的恐惧，到阿诺德一面痛切感喟"我们千百万肉胎凡人而今孤独地生存"的命运、一面呼应两百年前约翰·邓恩的名句"每人都是大陆的一粒细屑，/是整体的一个部分"表达对沟通关联、共构整体的渴望[3]，一代代英国人的文学实践体现了一个力图对所谓"现代处境"进行辨识和矫正的思想脉络。而奥斯丁是这个文学传统中的一个关键节点。

关于本书："群己"的由来及其他

与国外已持续多年的奥斯丁热以及国内红火的小说出版相比，我国有关奥斯丁的讨论和研究比较冷清。原因或许是她的小说虽然能吸引大量读者，但题材偏小，手法偏"旧"，不太适于套用某些现成的当代文艺理论，且又已被英语国家学者掘地三尺、罗掘俱穷。或多或少，我们的专业评论者落在了普通读者后面。笔者希望自己的讨论能在一

---

[1] William Deresiewicz: *A Jane Austen Education: How Six Novels Taught Me about Love, Friendship and the Things That Really Matter* (Penguin Press, 2011). 该书中译本名为《简·奥斯丁的教导》，参看本书附录。

[2] Matthew Arnold: "On Wordsworth," in A. Dwight Culler (ed.): *Poetry and Criticism of Matthew Arnold* (Boston: Houghton Mifflin, 1961), p.339.

[3] M. Arnold: "To Margaret—Continued," Ibid., p.81; 另参看邓恩讲道名篇《丧钟为谁而鸣》。

定程度上超出专业文本研读的圈子，与普通读者的体验、更多大众的生活乃至社会发展的走向有所呼应。

本书以"奥斯丁问题"即书中的"群己"〔1〕关系之辨为贯穿线索。"群己"这一表述取自严复翻译约翰·穆勒名著《论自由》(*On Liberty*)时所选定的书名《群己权界论》。严复可谓独具慧眼，充分意识到所谓自由问题本质是对"群己"关系问题的思辨。不言而喻，本书中的"群己"不能就此还原成穆勒英语原书标题中的"liberty"一词，虽然两者确实密切相关。英语学界的奥斯丁研究中有关群己的讨论很多，有人称她"几乎被一致公认是社会小说家，专注于明晰界定社会中个人与群体的互动（interaction）并力图调和自我与社会要求（demands）这两者的关系"〔2〕。这类现当代评价大多聚焦于"己"，不少论者甚至把"己"或个人欲望作为臧否的标尺。本书则将适度侧重讨论奥斯丁小说中有关"群"的展示、言说和思考。当然，依据笔者的直接阅读体验和审美感受，各章讨论的切入点和重心并不相同。

全书不计"前言""后语"共分六章，每章分别讨论奥斯丁的一部小说，以出版先后为序。奥斯丁小说中有三部具有双重时间坐标，即初稿完成时间和出版年份。她的六部完整作品的创作期分为两段，即1795—1801年和1810—1817年，两段之间有将近十年"空窗期"。然而，若从出版看，则奥斯丁的全部作品都是在1811年后才陆续付梓的，前期完成的文稿在面世前都经过中年奥斯丁的修改。其中最特殊的是《诺桑觉寺》。它虽是最早完成的三部著作之一，却是在作者去世前不久才修订完毕，而且在那时似乎仍让她觉得尚不尽如人意，所以

---

〔1〕 笔者曾考虑过采用毛泽东在致萧军信中使用过的"人我关系"一词，但反复思量权衡，还是选用了严复的表述。

〔2〕 LeRoy W. Smith: *Jane Austen and the Drama of Woman* (New York: St Martin's, 1983), pp.19-20.

被暂且"束之高阁"（upon the shelf）。⁽¹⁾直到作者病逝之后，才由她的家人将此书与最后撰写的《劝导》一道合编出版。由于这个最后修订的存在，虽然《诺寺》显然较多含有少年时代青涩而又乐观的气息，笔者却不愿意因此就和很多人一样将它作为第一部作品来讨论。

分章阐述的过程将涉及西方人有关奥斯丁是否"浪漫"、是否"保守"等的争论，对玛·巴特勒和达克沃斯以及某些更晚近的一些西方学者的观点将有比较细致深入的分析。在这个意义上，本书也是与西方现当代奥斯丁研究和一些流行批评思潮的对话。不过，如前文所强调，奥斯丁身处正在发酵的英式现代"逐利社会"⁽²⁾，她以虚构艺术关注旧群己纽带的解体并探讨新人际关系创生的可能性，这才是贯穿本书的聚焦点和核心关怀。或许，这也应该是奥斯丁精神遗产带给当下市场社会芸芸众生的最重要的思考线索和人生提示？

〈1〉 Le Faye (ed.): *Jane Austen's Letters*, p.348.
〈2〉 "逐利社会"的说法出自理·亨·托尼（Richard Henry Tawney，1880—1962）那部在英美影响很大的社会学专著：*The Acquisitive Society* (New York: Harcourt, Brace & Company, 1920)。作者在书中定义说："Such societies may be called Acquisitive Societies, because their whole tendency and interest and preoccupation is to promote the acquisition of wealth."（p. 29）

第一章　《理智与情感》中的"思想之战"

1809年夏天，年过三十三岁的简·奥斯丁再次到乡间定居。

此前，这位在英格兰南部斯蒂文顿村出生长大的牧师女儿经历了近十年的漂泊。父亲退休后她随家人移居巴斯城。待到老父离世，几乎没有经济收入的奥氏女眷不得不更多地辗转迁徙甚至寄居亲戚家中。直到这一年，她和寡母、姐姐卡珊德拉（以及一名与她们长期共同生活的邻家女）才终于在继承了养父家产的三哥爱德华的帮助下又获得了固定居所。奥斯丁在位于乔顿村的新家刚刚安顿下，便拿出了《理智与情感》的手稿[1]，开始修订工作。

十多年前，简·奥斯丁年纪轻轻便完成了三部小说草稿并尝试将其中两部提交书商，却一直未能出版。《理智》是那批文稿中唯一未曾投过稿的一部。经四哥亨利夫妇（四嫂即表姐伊莱瑟）出面反复联络并资助自费出版，该书才得以在1811年完成印制，成为最先面世的奥斯丁作品。

这是一部"双主人公"小说：达什伍德家二小姐玛丽安热烈奔放地爱上了相貌英俊、颇具公子哥儿风范的倜傥青年威洛比；而长姊埃丽诺则日复一日张罗丧父后全家人的柴米油盐，同时隐忍无声地暗恋诚恳、低调甚至显得消极被动的爱德华·费拉斯。粗粗看去她们分别代表着重"理"（sense）和重"情"（sensibility）两种不同的价值取

---

[1]　初稿原名为《埃丽诺与玛丽安》。

向,而奥斯丁似乎意在引领读者一起辨识孰是孰非。

早年的西方评论大都把奥斯丁的名气归结于她的艺术造诣和对人性的洞察。不过,自20世纪中期"新批评"渐渐式微后,越来越多的人意识到艺术形式与思想内涵密不可分,意识到奥斯丁小说对当时社会生活和思想建设的深刻介入,从而把对她的重视和理解都提到了新的高度。英国马克思主义文化批评家雷蒙·威廉斯指出:并非只有惊天动地的拿破仑战争才算大事,历史有许多暗流,当时英格兰地产主家庭生活的社会史[也即奥斯丁的题材]就是最重要的事态之一。[1]

英美学者玛丽琳·巴特勒和达克沃斯等是最早关注奥斯丁小说思想内涵的评家,他们立场不同,却都强调其"保守"倾向。巴特勒的《简·奥斯丁和思想之战》(1975)在奥斯丁评论史中是一部具有里程碑意味的标志性著作,而《理智》一书得到了她的充分关注和详尽分析。她认为,在奥斯丁开始写作的18世纪90年代,由于法国大革命造成巨大冲击,英国思想文化界存在激烈的论战。论争的一方为张扬情感主义、信赖个人追求、推崇"自然"的激进分子(雅各宾派);另一方是推重理性、责任和自我节制,强调群体关系,讲求"人工"或"艺术"的保守阵营(反雅各宾派)。奥斯丁深受后者影响,《理智与情感》则是"反雅各宾寓言"的一个鲜明代表。[2]

如巴特勒所说,奥斯丁的作品有很强的思想性。"理智"和"情感"之类用语两百多年来一直是英国社会中的意识形态关键词。[3]《理

---

[1] 参看 Raymond Williams: *The Country and the City* (New York: Oxford University Press, 1973), p.113; 译文参看周颖译:《汉普郡的奥斯丁》,龚龑等编译:《奥斯丁研究文集》(译林出版社,2019),97—102页。

[2] 参看 Marilyn Butler: *Jane Austen and the War of Ideas* (Oxford: Clarendon Press, 1975); 玛·巴特勒:《浪漫派、叛逆者及反动派》(辽宁教育出版社,1998,黄梅、陆建德译),157—171页。

[3] Raymond Williams: *Keywords: A Vocabulary of Culture and Society* (London: Fontana Press, 1976), pp.280-282.

智》一书从本质上说不是在演绎浪漫的爱情史,而是旨在展现并展开思想"论争"(debate)。⁽¹⁾不过,巴特勒和其他一些学者在讨论这一作品时常常过分注意它与简·韦斯特(Jane West,1758—1852)所著《饶舌者的故事》(Gossip's Story,1797)⁽²⁾之类"两姊妹小说"的相似之处,孤立地剖析埃丽诺和玛丽安所分别代表的"理智"和"情感"的对立,从而或多或少地忽略了这两位女主人公所共同分享的一个更大的文化背景,忽略了小说中最重要的"论争"营垒首先在两位女主人公和约翰·达什伍德们之间划分。与此相关,过多地着眼于个人与社会的对立,过于强调法国大革命所引发的"激进"和"保守"之争,也使巴特勒们在相当程度上淡化了一个涉及面更广、延续时间更长的重大思想论争,即在那个正在生成的"逐利社会"里,由艾迪生、斯梯尔、笛福及理查逊等一脉相承就人的社会角色和行为规范所进行的长期的考辨与探究。⁽³⁾

约翰·达什伍德们的世界

奥斯丁开始书写《理智与情感》的初稿即《埃丽诺与玛丽安》时,《饶舌者的故事》尚未发表。两者不但写于同一时期,而且都对比描写姐妹二人的不同人生态度和婚姻结局。不过,奥斯丁的小说与后者有一个重要的区别,就是其中的背景人物相对广泛丰富,而且被放到了

〈1〉 Claire Tomalin: *Jane Austen* (New York: Vintage, 1999), p.155.
〈2〉 该书英文书名中"gossip"一词有"闲言碎语"、"饶舌者"、"教父、教母"以及"(女性)亲朋好友"等多项含义。
〈3〉 切斯特菲尔德勋爵(Lord Chesterfield)、约翰逊博士、格·吉斯伯恩博士(Dr. Gregory Gisborne)和简·韦斯特等人都直接参与了这场讨论。参看 Frank W. Bradbrook: *Jane Austen and Her Predecessors* (Cambridge: Cambridge University Press, 1966), pp.28-50。

非常突出的位置上。

《理智与情感》以极富象征意味的"父之死"开场，首先讲述了两桩丧事和由此而来的两次遗产继承。先是老乡绅达什伍德去世。达家祖产属于"限定继承"，即家宅及其附属田土必须传给男性子嗣。因此他的侄儿亨利·达什伍德先生继而成了诺兰庄园的主人。可是亨利本人不到一年也撒手归西，接下来的继承人当是亨利前妻所生的儿子约翰及约翰的儿子哈里。而亨利的续弦妻子达什伍德太太和她的三个女儿——埃丽诺、玛丽安和玛格丽特——能分得的财产"微乎其微"。对于埃丽诺和玛丽安两位女主人公来说，最重要的生存背景由她们家新任男性家长即掌握家族经济实权的异母哥哥约翰的言与行构成。

亨利临终前要求儿子约翰照料继母和妹妹，后者迫于常情不得不应允。约翰为人精明，办事得体，是很受世人尊敬的有产者。他经过权衡，打算送给妹妹们每人一千镑私产，并且为自己的慷慨而感动不已。但是

> 约翰·达什伍德太太根本不赞成丈夫资助他的几个妹妹。从他们小宝贝的财产中挖掉三千镑，岂不是把他刮成穷光蛋了吗？……自己的儿子，而且是独生子，怎么忍心剥夺他这么一大笔钱呀？几位达什伍德小姐与他只是同父异母兄妹，她认为这根本算不上什么亲属关系，她们有什么权利领受他这样慷慨的资助。众所周知，人们历来不认为同父异母子女之间存在什么感情，他为什么偏要把自己的钱财无端送给异母妹妹，毁了自己，也毁了他们可怜的小哈里？（I.2）

约翰立时被妻子范妮颠扑不破的逻辑征服了。于是夫妻俩继续探讨。太太说：老爷子准是糊涂了。丈夫道：他倒是没有限定帮助的钱数。范妮回应：可帮忙也不必一出手就是三千镑呀，"你那些妹妹一

旦出嫁，钱不就都无影无踪啦"。他们思忖，日后还数自家儿子顶缺钱——他说不定要养一大家子人呢。于是约翰说，不如把钱减一半，也管够她们发财了。"哦，当然是发大财了！世上哪个做哥哥的能这样照应妹妹，即使是对待**亲**⁽¹⁾妹妹，连你的一半也做不到！""我做事可不喜欢小家子气"，丈夫很是自得。

两人你来我往再一合计，几个女孩本来钱也不算少，简直就不需要额外补贴了，自己又何必勉为其难再每人送五百呢？于是约翰又说，不若一年给继母一家人一百镑的年金。范妮答道，这固然比一下子出手一千五要好，"不过，要是达什伍德太太活上十五年，我们岂不是上了大当！"她随即又长篇大论地举出她母亲的例子来说明"年金可不是闹着玩的"：当年她父亲的遗嘱规定给三名老仆支付养老年金，结果一年年下来，想甩都甩不掉，眼看钱被刮走了，自己却做不得主。事关自主权，绝不可轻率。何况有时自家还会钱不够用呢。约翰醒悟过来：其实偶尔给几个小钱，送上三五十镑，比年金强多了——"因为钱多了，她们只会大手大脚"。这当然不错，太太说，不过，

> 我认为你父亲根本没有让你资助她们的意思。我敢说，他所谓的帮助，不过是让你合情合理地帮点忙，比如替她们找一所舒适的小房子啦，帮她们搬搬东西啦，等季节到了给她们送点新鲜野味啦，等等。我敢以性命担保，他没有别的意思；要不然，岂不成了咄咄怪事……想一想，你继母和她的女儿靠着七千镑得来的利息，会过上多么舒适的日子啊。况且每个女儿还有一千镑，……总计起来，她们一年有五百镑的收入，就那么四个女人家，这些钱还不够吗？她们的花销少得很！维持家用不成问题。她们一无马车，二无马匹，也不用雇仆人。她们不跟外人来往，

⟨1⟩ 本书引文中的加粗楷体字均为英语原著中的斜体字。

什么开支也没有！你看她们有多舒服！一年五百镑哪！我简直无法想象她们怎么能花掉一半。……论财力，她们送给**你**一点还差不多。

夫妻俩继续交谈，便更进一步对继母一家分得了家中的器皿和台布之类心生愤恨。"那套瓷器餐具……依我看是太漂亮了，"范妮说，"她们能住得起的房子根本配不上……你父亲光想着**她们**。我实话对你说吧，你并不欠你父亲的情，也不必理睬他的遗愿"。两人最后断定，约翰对父亲的承诺，落实到待继母搬家时"邻居式"地帮帮忙就尽够了，再多不但"绝无必要"，而且"非常不合体统"。（Ⅰ.2）

在这段戏剧性对话中，范妮一方面贬低、排斥约翰和父亲及异母妹妹之间的关系、感情和责任；另一方面用感情色彩非常强烈的词语把资助妹妹之举说成毁掉儿子一生的灾难，最终成功地把拟议中的资助额度从每个妹妹一千镑降至为零。妇唱夫和，何其生动！著名学者伊安·瓦特说：奥斯丁不曾写过比这更力透纸背、精彩绝伦的讽刺文字。[1]

要充分领会其中的挖苦，读者得对当年英国绅士和准绅士们居家度日的"政治经济学"有所了解。那时，各档次"绅士"家庭年收入大约是一百镑到四千镑。前者是下限，刚刚够在温饱之余雇用一两个用人干粗活并加盟流通图书馆租借图书。两者之间，几乎每百镑一个档次，家庭收入可以相当精确地通过住房、仆人、家具、马匹和车辆等消费标志体现出来。年收入高于四千镑的人家就超出普通绅士范围了。他们将货真价实地位列"上等社会"，可以毫无顾虑地花钱，还可

---

[1] Ian Watt: "On *Sense and Sensibility*," in Ian Watt (ed.): *Jane Austen: A Collection of Critical Essays* (Englewood Cliffs, N.J.: Prentice-Hall, 1963), p.43.

以在伦敦"养"一栋宅子供社交季节使用,等等。〔1〕

具体到达什伍德太太,丈夫死后她收入骤减,还有三个待嫁女儿,已落至士绅群体的下层。而约翰·达什伍德在生母去世时已经继承了母亲的一半财产,结婚时从女方得到了一大笔陪嫁,待父亲去世便拿到母亲的另一半遗产。〔2〕从叔祖父老达什伍德经由父亲传下来的诺兰庄园每年还可给他另外增添四千镑收入。可见他此时已跻身巨富行列,其"身价"(worth)与《傲慢与偏见》中令人"垂涎"的单身男性达西(年收入一万镑)和宾利(五千镑)旗鼓相当,虽未必一定能比肩前者,却肯定会超出后者不少。按照范妮合计婆婆家财产和年收入的计算公式(也是通用公式)我们可知,仅诺兰庄园就价值八万镑以上,约翰的总资产肯定大大超过这个数字。与之相比,约翰打算资助妹妹们的三千英镑可以说决不伤筋动骨。然而,为这笔数目有限的馈赠,小气(mean)而无情的约翰上演了一出令人齿冷的喜剧——先是迫于老父临终恳求才动了动念头,随即迫不及待地为自己的慷慨大方沾沾自喜,然后又毫不迟疑地顺应范妮的抗议改弦更张,恨不得让继母和妹妹们倒找给他若干财物。对约翰来说,范妮的话不可抗拒,因为后者的逻辑其实就是他本人的心思。

在二卷 11 章里,约翰另有一场出色表演。那一次兄妹再度相逢已是在伦敦。当时达太太已搬家住进远亲约翰·米德尔顿爵士提供的一处乡舍,埃丽诺和玛丽安得到机会随爵士的丈母娘詹宁斯太太到伦敦小住。詹太太是商贾遗孀,家境富裕,住在伦敦(并非常住乡下,而

---

〔1〕 Edward Copeland: "Money," in Edward Copeland & Juliet McMaster (ed.): *The Cambridge Companion to Jane Austen*(上海外语教育出版社,2001),pp.135-137. 此外,就奥斯丁笔下(或者当时的英国)社会的阶级问题及其变动纷纭的状况,许多批评家做过各种分析和评判,参看大卫·斯普林(D. Spring):《奥斯丁世界的阐释者》(陈涛译),龚龑等编译:《奥斯丁研究文集》,163—176 页。

〔2〕 这一细节透露了另一个遗产继承安排,即亨利·达什伍德前妻去世时,她名下财产一半由儿子继承,另一半由丈夫享有生前使用利息的权利,丈夫死后则归儿子所有。

另有一栋"市宅")。

约翰一家也到了伦敦。若干天后他在一家珠宝首饰店与妹妹们不期而遇。他先表示早想去看望两个妹妹,无奈实在没有时间——他又要带孩子玩,又要陪丈母娘,还得给妻子订制图章。这些缠身"要务"如此琐细却又被如此详尽地一一列举,说明妹妹们在约翰心中的地位实在是等而下之。他的话也印证着叙述者前边冷嘲热讽的概括,即兄妹意外相逢时表现出的那一丁点"喜幸亲热,刚刚够在格雷商店显得不丢脸面"。约翰接着又说:他听说米德尔顿夫人和詹宁斯太太都很有钱,而且处处照应继母一家——"不过,这也是理所当然的,她们都是有钱人,和你们又沾亲带故的,按理就该对你们客客气气,提供各种方便,让你们能过得舒舒服服……"一番话说得埃丽诺在一旁为他羞愧不已。"羞愧"一句是炉火纯青的奥斯丁式妙笔。约翰自私得那么堂而皇之、刀枪不入,那么完完全全沉浸于一己的逻辑之中,竟全然忘记了自己比米德尔顿或詹宁斯们更"沾亲带故",(几乎可以断定)更有钱,也忘记了他们夫妇把继母和妹妹从老宅扫地出门,连一个指头的忙都没有帮。这种种事实都不再点明,只是暗藏在听者兼受害者埃丽诺的"羞愧"中,让读者自去体味徐徐渗出的重重挖苦。

翌日,约翰终于在詹太太家露面了。他抓紧机会向埃丽诺透露岳母费拉斯太太正在想方设法迫使长子爱德华娶个阔媳妇。这可不是信口闲聊。他和范妮及费太都看出埃丽诺和爱德华的关系有点不寻常。这样放话意在让埃丽诺别打爱德华的主意。不过,提起丈母娘,约翰实在是情不自禁,开始赞美她的"高尚的精神"。他说,他们一进城,老人家就塞给范妮两百镑钞票:"真是求之不得呀",他感慨地说,"因为我们在这里的开销一定很大"。

埃丽诺的反响没有他期待的那么热烈——她说他们的收入也很高。于是约翰发表了一段关键性谈话:

"让我说呀,真没有许多人想象的那么高。我倒不是叹穷叫苦,我们的收入无疑是相当不错的,我希望有朝一日能更上一层楼。正在进行的诺兰公地的圈地运作耗资巨大。另外,我这半年里还置了点田产——东金汉农场,你一定记得那地方,老吉布森以前住在那里。那地块无论从哪个方面看,对我都十分理想,紧挨着我家的地产,因此我觉得有义务把它买下来。假如让它落到别人手里,我将会受到良心的责备。人要为自己的便利付出代价,我**已经**花费了一笔巨款。"

"你是不是认为那地其实值不了那么多钱?"

"哦,我想那倒不至于。我买后第二天本来可以再卖掉的,还能赚钱。不过,说到付款,我当初倒真有可能会遭逢不幸呢,因为那时股票的价格很低,我若不是碰巧有足够的现钱存在银行,就得大蚀其本地卖股票了。"

原来,这位新晋达氏男性家长正在圈占村庄公地的田土,购买吞并邻家的地产,而且忙于金融投资和投机(买卖股票)!可见约翰绝非一般的抠门乡村地主,而是雄心勃勃谋求更上层楼的农业资本家。在奥斯丁写作的年代里,英国传统农村社会正处在解体前的最后挣扎阶段[1],大规模圈地是农村资本主义化的关键"动作"之一。[2] 威廉斯指出:当时的英国社会处于活跃而复杂的发展过程中,并非"划一而

---

[1] 奥斯丁侄儿曾回忆在那一带农村工业化运作如何取代了农村妇女的手工纺纱,等等。参看 J. E. Austen-Leigh: *A Memoir of Jane Austen* (Oxford: Clarendon, 1926), pp.41-42.
[2] 在中古时代,英国乡村有公地(或所谓荒地)供全村人自由放牧牛羊等。自12世纪以来有权势的个人开始圈占公地。圈地(enclosure)的一个高峰期在1450—1640年间,所圈土地多用于养羊;另一高峰则在1750—1860年,特别是18世纪末。圈地的长期效应有助于提高农业生产效率,但其直接后果是剥夺了小土地所有者和乡村贫民的权益。参看 Edward Royle: *Modern Britain: A Social History 1750-2010*, 3rd ed. (New York: Bloomsbury Academic, 2012), pp.3-5;《大不列颠百科全书》(*Britannica*) "enclosure" 条目。

固定",其时"逐利的正宗资本主义社会与农业资本主义的瓜葛最为凸显"。[1]出身于地主世家的约翰·达什伍德作为农村资本的精明代表,正是那个时代的典型人物。

范妮及其母亲费太太与约翰构成了巩固的利益和思想同盟。费氏是在城市发家的,因而两家联姻颇有城乡资本联营的味道。若说那母女俩和约翰尚有不同,只是她们自私得更冷酷、更粗俗,有时也更糊涂任性一些。她们希望爱德华·费拉斯"出人头地……在世界上出出这样或那样的风头……"(I.3),处心积虑撮合他和贵族阔小姐莫顿的婚事。对此约翰当然大力支持。后来,费太发现爱德华私下和穷姑娘露西·斯蒂尔订了婚,便立刻剥夺了他的继承权。有一位布兰登上校出于同情给爱德华提供了一份年俸两百英镑的牧师职务。约翰闻说这事,便大发感慨:

>哦,握有那样收入的职位,若是在已故牧师病重、位置马上要出现空缺时处理,他本可以到手一千四百镑的……**现在嘛**,委实有点太晚了,再推销也不好办了,可是布兰登上校是个聪明人呀!……他竟然这么没有远见!(III.5)

约翰的反应恐怕出乎多数读者的意料。他不推敲布兰登的动机,不探讨其道德取向,不站在费太太立场上谴责爱德华,也不从爱德华的角度出发为之庆幸,而是直奔牧师职位背后的金钱交易。按当时英国社会习俗,一地最重要的地主士绅有权举荐并决定出任本地国教会堂区的牧师人选。约翰的头脑立刻换算出这一权力值多少现金。想到布兰登不能未雨绸缪、及早挂单沽售即将出空的神职,将一个赚钱机会白白放空,他不禁为之扼腕痛惜!类似的反应还有他对爱德华的大惑不

---

[1] Raymond Williams: *The Country and the City*, p.115.

解——爱德华竟然无视母亲许诺的财产和莫顿小姐的三万镑嫁资,不肯与两手空空的露西解除婚约!这两件事都不直接涉及他本人和小家庭的利益,而是事关思想的"正道"。他的这类本能反应不但充分揭示了约翰们的思维方式,也映现出19世纪初英国社会生活已经"市场化"到何种地步。

约翰是奥斯丁笔下少有的鲜明生动的资本家形象,一言一语活灵活现,给读者带来无穷乐趣,让人忍不住猜测他的原型究竟是奥斯丁近旁的哪一位。正因为约翰不像他妻子和丈母娘那样狭隘得近似刻毒、自私到几乎悖理,就更反映和代表了逐利的思想逻辑,在更大程度上可被视为资本的人格化。他把财产的扩张当作自己的义务和良心,"认为个人有增加自己的资本的责任,而增加资本本身就是目的"[1],是巴赫金所说的那种表达特定话语(思想)体系的"说话人"(speaking person)。[2] 对他来说,斤斤计较、六亲不认地全心维护资本利益乃是天经地义的原则。他理直气壮地图谋利润,毫不掩饰地向一切有钱人致敬,但很少生出不利己的损人之心——他的自私是非个人化的。如叙述者说:"这位年轻人心眼并不坏,除非你把冷漠无情和自私自利视为坏心眼。"(I.1)这里,反讽的芒刺穿透平静的语句,指向个人情绪之外的世道。

另一个对于小说情节发展及思想表达至关重要的背景人物是露西·斯蒂尔小姐。

露西直至一卷21章才登台亮相。她的表现极富戏剧性,几乎让人瞠目结舌。她和姐姐南茜是詹宁斯太太的亲戚,喜欢热闹的约翰·米德

---

[1] 马克斯·韦伯:《新教伦理与资本主义精神》(生活·读书·新知三联书店,1987,于晓、陈维纲等译),35—36页。
[2] M. M. Bakhtin: *The Dialogic Imagination: Four Essays* (Austin: University of Texas Press, 1981, trans. C. Emerson & M. Holquist), p.333.

尔顿爵士和詹太便请她们来做客。斯蒂尔姐妹看上去穿着时髦，也很热情，露西尤其俏丽可人。她们对巴顿庄园赞不绝口，对各位主人万分敬重，对米府的孩子更是无比宠爱，最后连不好客的米德尔顿夫人都不由得夸起她们来。达什伍德家的姑娘们少不得被拖来认识新朋友，目睹了露西如何爱意盎然、无比耐心地忍受甚至怂恿小孩子们无理取闹。

露西听到约翰爵士拿玛丽安和埃丽诺的意中人打趣。不久后她就开始向埃丽诺倾诉心曲。她问询埃丽诺是否了解费拉斯太太的人品性格，然后吞吞吐吐地解释道，自己之所以唐突发问是因为她和爱德华·费拉斯订婚已有四年。她说：爱德华曾在她舅舅家读书，他们因此相识相爱以至私订终身，只因她家太穷不可能得到费太认可，两人不敢公开婚约。她拿出爱德华的信物和手札（按当时习俗，只有已订婚男女才会通信）展示给埃丽诺看，称埃丽诺是最可信赖的朋友并恳请她保密。

可是露西订婚的事后来却被她的姐姐信口捅了出去，在费家引起轩然大波。老太太火冒三丈。在这种情势下，爱德华仍没有主动解除婚约，只是通告露西自己将失去继承权并陷入困窘，表示不愿拖累她。不料露西信誓旦旦地说要和心上人共渡艰难。她写信给埃丽诺，申述困境如何更促进了她和爱德华的"相亲相爱"，央求埃丽诺帮助爱德华（她以前就曾动员埃丽诺劝哥哥把诺兰的牧师职位派给爱德华），还不忘请她向"詹宁斯太太、约翰爵士、米德尔顿夫人以及那些可爱的孩子们"问候致意（III. 2）。谦卑的求救确实有效。埃丽诺和布兰登伸出了援手，詹宁斯太太等也起意要相助。然而此后的事态发展却令众人目瞪口呆。露西不显山不露水完成了战略大转移。没过多久，爱德华惊愕万分地收到了她身份、语调均焕然一新的来信：

敬爱的先生：
　　鉴于我肯定早已失去了您的爱情，我认为自己有权利去爱另外一个人……我可以向您保证，我对您没有恶意。我还相信，您是宽怀大度的人，不会来拆我们的台。您的弟弟彻底赢得了我的爱情，我们两人彼此离开了就活不下去……（III. 13）

落款时她在"您永远诚挚的祝福者、朋友和小妹"等一系列身份之后郑重地写下了石破天惊的"露西·费拉斯"。

爱德华很鄙薄她的文笔。其实，就露西的目的看，她的信几乎是恰到好处：把毁约的责任都推给了爱德华，还很周到地提醒他保持一向的"大度"。从这封来信、从她最后捕获到罗伯特·费拉斯的辉煌战果反看往事，读者才能充分地领略她当初向上爬的深远用心和坚定意志。

露西是这部小说中出身最微贱的人物之一。叙事没有详细交代她父亲的境况，只说她比埃丽诺社会地位更低，很可能也更穷。从她舅舅在家里收学生拼凑养家糊口的费用[1]看，他也不是宽裕人家。斯蒂尔姐妹总是寄住在亲戚朋友家，转战在社交圈边缘，伺机步入婚姻市场。她们受的教育极为有限，不时缺少零用钱。我们甚至不清楚，在衣料十分昂贵的18、19世纪之交，除了露西十分了得的女红本领，她们能靠什么维持着看似体面时髦的衣装。[2]而要挣到在各家白吃白住白玩的出入证，更是谈何容易！从达氏姐妹的经历读者已经很明白，在那个世道里亲戚情分是可讲可不讲的。斯蒂尔姐妹所能指靠的主要是露西那一张战无不胜的甜嘴巴。还有她的谦恭和勤劳。米德尔顿夫人只须提提女儿对某件礼物的期待，露西就会立刻放弃打牌坐到烛台下去编织，还一脸的喜幸，仿佛这是天底下最让她高兴的事儿。不是每个人，甚至不是每个地位卑微的穷人都能当这么好、这么有用的陪

---

[1] 而这正是奥斯丁的父亲维持一家人生计的收入来源之一。
[2] 小说二卷14章点出了斯氏姐妹对衣着多么上心，连缺心眼的南茜都能比玛丽安更好地估出后者服装的价格。

客的。她能让约翰·达什伍德夫妇撇下自家妹妹而邀请她们过来小住，就是个人能力的证明。

露西与埃丽诺打交道可谓手法娴熟、进退有序。她从邻居闲谈嗅出埃丽诺是危险的情敌。而这和她近时对爱德华的观察相吻合。于是她自曝订婚秘闻，立收让埃丽诺主动出局的成效。她对埃丽诺之类的淑女吃得很准。她诉诸埃丽诺的荣誉感和良心，反复恳谈，不让后者对爱德华的情意有任何反弹的机会，也从不放过不露声色地拣话茬伤害后者的机会。露西应对费拉斯兄弟的策略更是高明无比。她先是以忠贞情爱的名义断然拒绝在爱德华失宠时解除婚约——很显然，即使失去长子继承权的爱德华也聊胜于无。之后，当因为哥哥失宠而春风得意的纨绔哥儿罗伯特自告奋勇前来劝她退婚时，露西当机立断，小心迎合，让罗伯特以为马上就要成功。结果一次次谈下来，罗伯特十分满意地发现自己的魅力远胜过哥哥。于是露西摇身变为罗伯特·费拉斯太太。一整套功夫拳比画下来，露西充分展示了出神入化的看人下菜碟本领，也让读者真切见识了资产阶级社会中"婚姻的缔结……完全依经济上的考虑为转移"〈1〉的世态。这位卓越婚事谋略家成功推销自己的"战例"，令人不由得深信倘若得到足够的施展空间，她定能将更大规模商务做得风生水起。

露西是《理智与情感》乃至所有奥斯丁小说中最高明而稳妥的成功"野心家"。〈2〉与她相比，《傲慢与偏见》里夏绿蒂·卢卡斯嫁给柯林斯不过是求温饱安适的本分图谋，魏肯的恶行也只是东一榔头西一棒子地满足一时私欲；《曼斯菲尔德庄园》中玛丽·克劳福德们的自私不过是有钱人漫无目的的放纵和任性。如果说约翰·达什伍德和费拉

〈1〉 恩格斯：《家庭、私有制和国家的起源》，《马克思恩格斯选集》（人民出版社，1972）第四卷，75页。
〈2〉 如果不计奥斯丁后来被收入《后期文稿》的中篇《苏珊夫人》（大约写于1794年）中的同名女主人公——那位苏珊夫人可说是不输于露西的肆无忌惮的高明谋求者。

斯母女体现了立在明处的有产者自以为是的唯利是图，那么露西则代表了尚藏在暗处的"谋产者"的精明和狡狯。[1] 而且，与开口资产闭口价格的约翰相反，露西满嘴情意，几乎完全不提"钱"字。在财产没有名正言顺可以被她支配以前，她绝不使用资本话语。谋求财富的目的被深深藏在最符合道德规范的语言和行为之下。

小说中还有形形色色的中间人物，如约翰爵士等，他们各有特色，精彩纷呈。这是奥斯丁写众生世相的高明之处。不过，尽管程度和情况各不相同，可以说约翰·达什伍德和露西·斯蒂尔的思想在那些人中也已经深入骨髓，暗中主导他们的行为方向。约翰·达什伍德代表了小说中的"世道"。

20世纪英国名诗人奥登曾在一首长诗中说，拜伦再惊世骇俗，

……也抵不过她（奥斯丁）给我的震惊；
在她身旁乔伊斯纯真如嫩草一样。
我着实好不自在心绪难平
看英国的中产阶级老姑娘
描写钱财招情惹爱的力量，
如此直白而又清醒地揭示
支撑人间社会的经济根基。[2]

在那由钱财主宰的人间社会里，女性达什伍德们被迫搬家；埃丽诺对爱德华的感情遭到来自费拉斯母女和露西的双重阻挠；玛丽安神

---

[1] 露西虽不在主人公之列，但作为一类人物，其刻画之精彩、内涵之复杂，远远超过被全面挖苦讽刺的苏珊夫人，而更近似后来萨克雷笔下的蓓基·夏普。参看 Barbara Hardy: *A Reading of Jane Austen* (London: Athlone Press, 1979, first published in 1975), p.71.

[2] W. H. Auden: "To Byron," in Auden: *Collected Longer Poems* (New York: Vintage Books, 1975), p.41.

采飞扬的初恋最终在钱财的铁壁上碰得粉身碎骨。埃丽诺姐妹的命运在很大程度上是由约翰·达什伍德和他所代表的原则决定的；姐妹俩的人生探索和思想分歧也以这个逐利世界为背景。在分析奥斯丁笔下的"感情与激情"时，英国评家巴巴拉·哈代指出，这部小说中两位女主人公被其他一些人物所围绕，而那些人的情感生活是"败坏的，冷酷的，虚假的"，针对这样一种环境背景，"我们探究真感情的艰难存在"[1]。她对背景的强调切中肯綮。

理智与情感的"姐妹血缘"

《理智》中提到约翰·达什伍德的第一句话是：他"不像家里其他人那样感情强烈"（I.1）。这句话为他定了性，明确指出他和继母一家最根本的差异所在。小说的标题以及这类陈述表明，叙事将在重感情与不重感情的人的对比和冲突中展开，从而把全书放进了情感主义（sentimentalism）思潮的历史框架中。

在很大程度上，情感主义是18世纪西欧人对"现代社会"的一种有意识的回应、批评或矫正。福柯敏锐地指出：忧郁的善感情调泛滥与"商人的国家"有某种内在关系[2]，因为商业主义国家的逐利世道对人际关系和情感生活的扰动使得某种回应和调节势所难免。在英国，情感主义的发轫可溯源到复辟时代的英国国教会宽容派（latitudianarian）和剑桥柏拉图学派[3]；其最重要的先驱者是18

---

[1] Barbara Hardy: *A Reading of Jane Austen* (London: Athlone, 1979), p.41.

[2] Michel Foucault: *Madness and Civilization: A History of Insanity in the Age of Reason* (New York: Vintage Books, 1973. Trans. Richard Howard), pp. 212-214.

[3] 参看 M. Butler: *Jane Austen and the War of Ideas*, p.8；又 Markman Ellis: *The Politics of Sensibility: Race, Gender and Commerce in the Sentimental Novel* (Cambridge: Cambridge University Press, 1996), p.14.

世纪备受欢迎的哲学家沙夫茨伯里。第三代沙夫茨伯里伯爵（本名安·阿·库珀，1671—1713）和哈奇森（1694—1747）等人均持自然神论道德观，反对霍布斯的人性自私论观点[1]，主张弘扬人的"天然爱心"，"**顺应自然**、服从共同爱心"，而非"压制本性，把所有的热情都驱向谋求*私人利益*"。[2]"苏格兰学派"的主流思想家休谟和亚当·斯密的著述也包含明显的情感主义因子，前者认为作为人类社会基石的道德根植于人的直接感受和情愫，不能从理性或推理中产生[3]；后者的首部长篇论著《道德情操论》（1759）开篇讨论的问题即是"同情"。[4]亚当·弗格森（Adam Ferguson，1723—1816）的《道德哲学原理》（1769）更是着力强调"情"的作用。他在《文明社会史》（1767）中颂扬了亲子之爱以及野蛮人对部族的依恋，并以此为对比质疑"统治商业社会的精神"，认为该社会形态将人变成"彼此隔离茕茕孑立的个体……使他和自己的同类竞争，使他待他们犹如对牲畜和土地，仅仅考虑他们所能带来的利润"。[5]

与思想家们相应和，文学中呈现的纷纭世界不仅仅动态地再现生活，也常常针对现存秩序发表意见、谋求校正。塞缪尔·理查逊的《帕梅拉》于1740年问世之后，多情善感和眼泪崇拜在英国迅速成为时尚。[6]亨利·菲尔丁的妹妹萨拉·菲尔丁（1710—1768）的《素朴儿》（1744）、亨利·麦肯齐（1745—1831）的《重情者》（1773）、劳伦斯·斯特恩的《多情之旅》（1767，又译《多情客游记》）等小说风

---

[1] 参看 Ian Watt: "On *Sense and Sensibility*," Watt (ed.): *Jane Austen*, pp.44-45。
[2] Shaftsbury: *Sensus Communis*, Pt. III, Sect. 3, in G. Tillotson et al. (ed.), *Eighteenth Century English Literature* (Fort Worth, Texas: Harcourt College Pub, 1969), pp.282-284.
[3] 参看休谟《人性论》（商务印书馆，1994，关文运译）下册，第2、3卷有关章节。
[4] 亚当·斯密《道德情操论》（商务印书馆，1997），1卷1篇。
[5] 转引自 Jochen Schulte-Sasse: "Afterword," in Jay Caplan: *Framed Narratives: Diderot's Genealogy of the Beholder* (Minneapolis: University of Minnesota Press, 1985), pp. 102-104。
[6] 参看 Markman Ellis: *The Politics of Sensibility*, pp. 5-9, 38。

靡一时，连篇累牍地陈列催人泪下的遭遇。"情感热"还催生了哥特小说和浪漫主义诗歌，沉思的忧郁诗人气质、倾心废墟遗址、热衷山色湖光等等的审美趣味蔚然成风。诸多严肃的思想家和写作者"在特定的历史时刻密集关注情感"〈1〉，推动发起了一场声势浩大、影响深远的文化运动，引起许多后来人的拷问和探讨。2000年前后，跨学科的"情感史"研究在西方更是成了很受关注的当代显学。〈2〉

在《理智与情感》中，由达什伍德太太及其女儿组成的血缘共同体是一群"感情强烈"的人。约翰夫妇把她们从诺兰庄园挤了出去，使她们失去亲人和原有收入以后又失去了安身之地，成了逐利行径的受害者。如同她们的创造者简·奥斯丁，这些困顿的中产淑女似乎天然认同女性乃是"关联中人"（relative creatures）的命题〈3〉，因为相依互助是她们唯一可能的生存之道。小说细致地展示了她们在逆境中如何搬迁、安家并与新邻居相处，渲染一家人如何在逆境中相濡以沫。她们营造出的巴顿乡舍，是抵制约翰·达什伍德逻辑的小小精神堡垒。在那里，不仅奔放不羁的青春恋曲得以奏鸣一时，关怀的暖意更时时流转于彼此心间。

比如，迁居乡舍后玛丽安有两次在心情沮丧之际碰到爱德华·费拉斯来访，都打起精神欢迎客人。叙述用揶揄的口吻议论说："普天之下，不是威洛比却能得宽恕的来访者，也就唯有爱德华啦。"话说得

〈1〉 P. M. Spacks: *Desire and Truth: Functions of Plot in Eighteenth-Century English Novels* (Chicago: The University of Chicago Press, 1990), p.115.

〈2〉 参看金雯：《理查逊的〈克拉丽莎〉与18世纪英国的性别与婚姻》，《外国文学评论》2017年第1期，23页。

〈3〉 语出英国19世纪女作家萨拉·斯·艾利斯（1799—1872），见Sarah Stickney Ellis: *The Women of England: Their Social Duties and Domestic Habits* (New York: D. Appleton, 1839), pp.123-124。"relative"一词多义，在不同语境下表达的意涵有所差别。傅燕晖在《"我们不是天使"：伊丽莎白·盖斯凯尔与维多利亚时代家庭理想》（厦门大学出版社，2020）一书中将这个词组译为"相对的存在"（68页），在其他论文中还曾译为"依附性的存在"。此处的译法意在凸显包含在这一表述中的人际关系。

简洁而俏皮,似贬似褒。威洛比之外的所有来客都让她心烦——玛丽安一心挂念意中人的坐立不安状几乎是憨态可掬。与此同时,她沉溺于一己恋情的荒唐也被这短短半句调侃话挑破,很是扎眼。不过,她毕竟还能够跳出个人心境,"为姐姐感到高兴"(I.15)。因此爱德华的"被宽恕"也使玛丽安因其善良本质得到了叙述者和读者的谅解。她的长姊埃丽诺更是一贯把自己的疑虑、不安和苦恼都压在心底,坚定地帮助母亲、照料妹妹。后来姐妹俩离家外出遇到困难,最渴望的便是回到母亲身边。

在奥斯丁笔下,婚姻是使"利与礼"(Property and Propriety)[1]两大主题纠结在一起的核心事件[2],也是不同人物、不同思想自我展示并彼此角逐的生活舞台和战场。面对婚姻的试金石,达家女性坚守着重情感的底线。她们的父亲也不曾完全钻进钱眼——他的头一位太太固然嫁资丰厚,但是在续弦时却没有考虑女方财产。第二任达太太坚定地持感情至上观点。她在考虑女儿婚事时自觉抵制各种"利益动机"(motives of interest),既不因爱德华家境富裕而怂恿埃丽诺接近他,也不因他尚未经济自立且日后不一定能继承家产就阻隔女儿和他交往——"因为财产不等而拆散一对志趣相投的恋人,这与她所有的原则都是格格不入的。"(I.3)多少得益于母亲的调教和庇护,埃丽诺和玛丽安在择偶时都明确地把两情相悦放在第一位。玛丽安曾直言宣布,出于务实考虑而安排的婚事"根本算不上婚姻",那"只是一种商业交易,双方都想损人利己"。(I.8)

这与她们的大哥约翰·达什伍德形成鲜明对照。后者不但娶了阔太太并紧"傍"有钱丈母娘,还帮后两位频敲边鼓,力促妻弟爱德华

---

[1] 英语中这两词词源紧密相关,而且头、尾都押韵。前者指财产,后者指人立身行事、修养品格合宜适度;两项均为当时英国社会中确定人的社会身份的基本参考指标。

[2] 参看 Tony Tanner: "Introduction," in Tanner: *Jane Austen* (Houndmills/London: Macmillan, 1986)。

与贵族阔小姐莫顿联姻。爱德华和露西·斯蒂尔的婚约曝光后,他立刻掉转头鼓吹费家次子罗伯特与莫小姐攀亲,还一本正经地向大妹和盘托出自己的算计。埃丽诺忍不住插嘴说:"想来那位小姐在这件事上是没有选择权的。"很典型的,约翰反问"选择权"什么意思,然后轻描淡写地继续说:嫁给兄弟俩之中哪一个没有区别,关键只是看谁处在长子即家产继承人的位置上。(III.5)对于约翰来说,婚姻如公司合营,作为结婚对象的具体个人乃至双方当事人的喜好和意愿根本无关紧要,只看谁是家族财产的法人代表。这位达氏新掌门已经是习惯成自然,在思想里把所有人和人的关系彻底货币化,眼中除了"现金关系"[1]已再无其他纽带。所以,他看到二妹玛丽安因失恋而形容憔悴,马上断定她的"身价"大打折扣,年收入五六百镑的男人是否肯娶她已经很成问题,腰包更鼓的男人肯定不会对她感兴趣;于是积极地把年收入两千镑的布兰登上校推荐给大妹埃丽诺——尽管没有成功。

而爱德华和布兰登上校是正式加盟"情感"阵营的人。

爱德华是埃丽诺的暗恋对象。就这点看,他似乎应该算是第一男主人公。不过,通观全书,直接描述他的行为和言谈的内容分量不重,读者更多是通过其他人之眼认识他。达氏女眷的最初印象是:他相貌平平却性情温厚、修养上佳;家境优裕但钱不一定能落到他手里。与"重情者"哈里[2]之类相比,爱德华虽然不那么古怪,却同样"被动"而"无能"。他拒绝"出人头地",这让他的母亲和姐姐气恼不已。他不愿意从政,不谋求发财,也不肯娶家人相中的莫小姐,最终选择了

---

[1] 卡莱尔在《论宪章主义》(1839)中最早提出"现金关系"(cash nexus)这一表述。他认为:"现金支付"已经成为当时"人与人之间的唯一纽带"(Thomas Carlyle: *Chartism*, in *The Works of Thomas Carlyle, Vol. 29: Critical and Miscellaneous Essays, Vol. IV*. Cambridg: Cambridg University Press, 2010, pp.149,160)。马克思、恩格斯在《共产党宣言》(1848)中使用了这个词组。其他英国作家如盖斯凯尔太太在小说《北与南》二卷26章里也用过"cash nexus"。

[2] 麦肯齐小说《重情者》的男主人公。

没有多少油水的牧师职务和相对贫寒的妻子。被埃丽诺赞为"心地温厚"（I.10）的布兰登上校则较为年长，早过三旬，看似木讷寡言，但用情极深。多年前由于父亲掌家只考虑经济利益，使他与青梅竹马的至亲表妹[1]劳燕分飞。天真热情的表妹被强加于她的不幸婚姻折磨，一步失足"堕落"，渐渐陷入贫病交加的绝境。因为这段痛彻心扉的经历，布兰登对相貌、性情都与表妹"十分相似"（II.9）的玛丽安一见倾心，关怀备至。布兰登与善良却慵懒懦弱的爱德华有所不同，算得上是个行动者。他当机立断，把本可以卖个好价钱的牧师职位无偿提供给爱德华；为帮助达氏姐妹不辞辛劳长途奔走；还曾为他的被保护人即初恋爱人留下的私生女的荣誉拔枪决斗。

一个很能说明"情感派"行为方式的细节是爱德华和埃丽诺对待露西·斯蒂尔的态度。多时以来，爱德华一直在为少年时代莽撞订婚而暗自懊悔，认识埃丽诺以后更是如此。然而他却不允许自己毁约。因为他以为地位相对卑微的露西爱他并一心指靠他。婚约泄露后母亲向他施压，他本可以顺水推舟甩掉露西，可是他认为，除非露西想要解约，否则他应当一生背十字架，兑现承诺。爱德华的态度或许有点传说中的骑士遗风。到了21世纪的今天，虽然我们很难认为这是能给双方带来幸福的明智决定，却仍旧不能不从这种把荣誉、责任和对弱势者的担当放在首位的抉择中看到传统风范所包含的某种近乎英勇的高贵气度。同样地，此时埃丽诺已经明明白白地知道，协助爱德华经济独立很可能就意味着促成他和露西的婚事，从而使自己的爱情彻底破灭，却严格按原则行事，撇开私念恳请布兰登上校帮助爱德华。

情感主义小说的男主人公几乎无一例外都率真稚拙、憨厚无能，因而他们不断受难，也由此而大赚读者的眼泪。他们似乎拒绝长大，人生历程与"成长小说"南辕北辙。然而必须着重指出的是，这些重

---

[1] 当时在英国表亲间的婚姻是合法的，也被习俗所认可，在地产主阶级内部尤其如此。

情者是以讲求功利的现代人以及浇漓败坏的世风为对照的，他们的天真和无能是一种"表态"，所拒斥的不是单纯意义上的"长大"，而是畅行于世的能力观和成功观。帕梅拉、托比[1]和哈里等一系列多情善感形象登场并被追捧，诸多哲学著作和操行指南书多角度探讨超越自利的道德情感，说明当时的英国社会对鲁滨孙、茉儿·佛兰德斯和罗克萨娜[2]所代表的新型创业"英雄"普遍感到某种不安，对亲情、共享和交流的渴望明显加强。

《理智》中还有其他一些重要背景人物具有比较纷杂的过渡色彩。他们在思想上与约翰·达什伍德们有根本的相似之处，但不那么心无旁骛地敛财逐利。重要男性人物威洛比先生是其中一个。他先是以浪漫恋人自居，热情洋溢地追求玛丽安，在关键时刻却为了五万英镑背弃了爱情。如埃丽诺最后概括："他自己的享乐，他自己的安适，是他高于一切的指导原则。"（III.11）若说他和约翰·达什伍德有所不同，就在于他尚能为自己的婚姻选择感到苦恼。

约翰·米德尔顿爵士和他的岳母即伦敦生意人遗孀詹宁斯太太是另外两例。他们是书中出任代理家长的两个人——一个在达什伍德母女无家可归之时把自家的乡舍低价租给她们，另一个热忱地邀请埃丽诺姐妹到伦敦做客。他们都慷慨待人。他们都谴责威洛比背信弃义。詹太还曾对费拉斯母女追慕荣利、"为金钱和门第"而大吵大闹表示不屑（III.1）。有学者还敏锐地注意到，约翰爵士展示的关怀围绕着"食物"，达氏母女刚搬进巴顿乡舍，他立刻前来拜访并着人送来食物，后来又频频请她们到大宅用餐；而詹太则特别留意冬日的炉火，在两姐妹访伦敦期间每每确保她们能在炉前享受温暖。温饱是人的基本需要，共享的食品和火塘（或称敞炉）乃是古老英格兰传统社群生活的中心。两位老人

---

[1] 托比为斯特恩《项狄传》（1766）中的人物。
[2] 均为笛福小说的主人公。

显然体现了共享传统的某些余风。在他们心目中,"社会"(society)一词意味着具体的人们彼此相伴(fellowship),而不是抽象的集合体。[1]

然而,如果就此认为他们代表与约翰·达什伍德抗衡的原则,却失之牵强。与《饶舌者的故事》中重彩描绘的那位循循善诱的严父不同,这两位已沦为相对无关紧要的滑稽人物。他们心里虽然尚存亲情和善意,却缺少文化修养,也没有明晰的道德准则和社会责任感,因而触目地体现了老派家长在社会生活和精神生活中的失效。约翰爵士本应为一方领袖,却只热衷于打猎,在寒冷的冬日里就靠宴请宾客消遣解闷儿。他和詹太对街谈巷语津津乐道,高声大气地议论别人的隐私,当众追问埃丽诺的心上人、盘诘布兰登上校突然赴伦敦的缘由,显然全无后来渐成气候的"隐私"观念,也毫不顾忌被问者是否难堪。总之,尽管差异明显,这两位也都是有钱人,两家的联姻与利益至上原则也毫无违和之处。爵士喜欢调侃年轻姑娘,议论哪个人"值得追求"(I.9),评判的标准就是家产,与约翰·达什伍德向妹妹推荐"适宜"对象的腔调并无差别。詹太替"落难"的爱德华设想如何靠微薄收入与露西结婚度日,不但计算丝丝入扣,还由衷叹道:"而且,他们每年要生一个孩子!老天保佑!他们将穷到什么地步!"(III.2)

更能说明问题的是,得知威洛比对玛丽安始乱终弃的行为之后,詹太一边斥责那个负心人,一边不禁思忖取代玛丽安的莫顿小姐有五万镑身家——她可是奥斯丁笔下最"值钱"的待嫁女。詹太看来,在"一方有的是钱,另一方钱很少"的情况下,变心几乎势在必然。而后,她几乎不经任何过渡或转折,立刻开始乐观地鼓吹布兰登一年两千镑的收入和他的家宅德拉福。她说:布兰登对玛丽安来说实在是太理想啦,只有一个微不足道的小小障碍或麻烦,即传闻中布兰登的

---

[1] 参看 Pam Morris: *Jane Austen, Virginia Woolf, and Worldly Realism* (Edinburgh: Edinburgh University Press, 2017), pp.41-43。

"私生女"——"不过花不了几个钱,就能打发她去当学徒,那样一来又有什么要紧?"而德拉福"可是个风景优美、古色古香的好地方"。她一一列举那地方的优点:花园和果树、鸽棚和鱼塘、教堂和公路、牧师寓所和肉铺,等等,巨细无遗。这位班纳特太太式的母亲把重要与不重要、相称与不相称的事物统统都拉扯到一起,和盘托出,妙语连珠。她的话非常物质化,非常实用主义,甚至内含某种冷酷(比如处理那个她觉得与眼前诸位无关的"私生女"的法子),其背后的逻辑和约翰·达什伍德原则惊人地相似。然而另一方面,她的话也包含真诚率直,丝毫不故作高雅,连自己曾在布兰登家大快朵颐、吃坏肚子也不回避。最后,她总结说:"羊肩肉味道好,吃着这块忘前块。我们要是**能**忘掉威洛比就好啦!"(II.8)她心思的重心显然还是盼玛丽安早些走出情伤之痛。她毕竟有份好心肠。而行文妙处却在让她以吃羊肉的民间谚语来解说令少女痛不欲生的浪漫爱情经历。这种粗鄙而生动的语言真是十分的詹太特色。

这部小说对达氏姐妹的聚焦不仅强调她们的"同",也凸显两者的"异"。姐妹俩虽然都注重情感、反对唯利是图,表现却大相径庭,产生的社会效果也很不一样。

十七岁的玛丽安纯真坦荡,热情奔放,讲究艺术情趣和恋人间的心心相印。她宣布说:"跟一个趣味与我不能完全相契的人一起生活,我是不会幸福的。他必须与我情投意合;我们必须醉心于一样的书,一样的音乐。"因此她对姐姐敬重的爱德华评价不高,觉得他虽然为人不错,却缺乏生气,音乐绘画造诣有限,读考珀[1]的诗兴头不足——

---

[1] 玛丽安推崇的考珀(William Cowper, 1731—1800)正是奥斯丁最喜爱的当代诗人之一。参看 Valerie Grosvenor Myer: *Jane Austen: Obstinate Heart* (New York: Arcade Publishing, 1997), p.39。

"要是连考珀的诗都打动不了他，那他还配读什么！"（I.3）

仿佛是内心渴盼得到了回应，有一天玛丽安外出登山时遇雨伤了脚，恰逢英俊青年威洛比路过并热情相助。英雄救美的奇遇让熟读浪漫故事的姑娘不仅满心感激，更生出许多憧憬。她与前来探访的威洛比谈得热火朝天，立刻成了知己。埃丽诺不无挖苦地对妹妹说：你一个上午很有成绩呀！在所有重大问题上都摸清了他的底细，了解到他对考珀、司各特以及蒲柏[1]等的见解。照这个速度下去，"再见一次面他就能把对于美景和再婚的看法说清楚，以后你可就没有什么好问的了"。埃丽诺的话相当尖锐，显然对妹妹毫无遮拦的热切态度以及过于简单独断的趣味评判不以为然。对此，玛丽安大声反驳说："我一直太自在，太快活，太坦率了。我违背了恪守礼节的陈腐观念！我不该那么坦率，那么诚挚，而应该沉默寡言，无精打采，呆头呆脑，虚虚掩掩。"（I.10）有些人读到这里，击节赞赏玛丽安的真挚和勇气。然而她的应答其实是在偷梁换柱，回避姐姐对她沉溺于一己趣味、不肯耐心地认识外在世界的唯我主义姿态的批评，把两人分歧焦点转换成坦诚与虚饰、率真个人意愿与陈腐社会习俗之间的对立。如此，玛丽安更加理直气壮，我行我素，不顾当时的社会习俗，在邻人和外客面前无拘无束地与威洛比卿卿我我，任威洛比当着小妹玛格丽特剪下了自己的"一长绺头发"（I.12）并塞入他的荷包，却不出一言反对或责备。她还在未得女主人许可的情况下，和威洛比同车去他姑妈的宅邸艾伦汉游逛。事后她振振有词地辩解说："假如我的所作所为确有不当之处，我当时定会有所感觉……就不可能感到愉快。"（I.13）玛丽安这番话用个人的快乐来证明行为得当，高度认可并信赖人的本能感受，或许可算是沙夫茨伯里性善论的一个回音。

---

[1] 司各特（Walter Scott，1771—1832）和蒲柏（Alexander Pope，1688—1744）均为名重一时的诗人，前者也是杰出小说家。

然而，似乎迫在眉睫的求婚却没有发生。相反，威洛比突然告辞离开了乡间。玛丽安眼泪长流、厌食少眠，或不停弹奏、吟唱她和威洛比共同欣赏过的乐曲，或长时间独自外出游荡，放任着感伤的离情别绪。后来玛丽安和姐姐去伦敦小住，她多次给同在城里的威洛比写信却没有得到任何回音，于是不安和痛苦开始变得越来越沉重。毁灭性的打击来自一次晚会上的邂逅。玛丽安意外见到威洛比，"心里突然一高兴，整个面孔都红了。她迫不及待就想朝他那里奔去"。威洛比正和一位身份高贵的小姐交谈，拖了好一阵才不尴不尬地来应酬她们。玛丽安沉浸在自己的激动中，根本没有觉察事态有变，也全然没有想到未婚女子在公众场合如此主动地和男人打招呼是否合乎礼仪，只是连珠炮般抛出了一个个问题："难道你没有收到我的信？难道你不想和我握握手？"（II.6）两个脱口而出、旁若无人的"难道"表达了她的急切、焦虑和天真无忌。

与玛丽安不同，埃丽诺"思想敏锐，头脑冷静，虽然年仅十九岁，却能为母亲出谋划策……她心地善良，性格温柔，感情强烈，不过她会克制自己"。（I.1）需要强调的是，这位头脑冷静的姐姐所代表的"理智"（sense）和约翰·达什伍德夫妇的算计完全是两回事。在18世纪英国的语境里，sense一词若取其与"理性"或"智性"相关的含义，几乎等同于good sense 或common sense，用来说人时是指通情达理，思考、判断、行事中肯合度。逐利的贪婪计较与她心目中的"sense"可说是南辕北辙。因此，叙述者介绍埃丽诺时一再提到"心"和"感情"（顺便说，达太太评价爱德华也首先肯定他的"心"[1]），明确标示出埃丽诺是在"感情"阵营里，她和玛丽安的分歧乃是姐妹间的争论。埃丽诺理解、同情并宽待妹妹，也间接表明小说整体在很大程度上也

---

[1] 与达太太及其女儿们密切相关的另一个词是"热忱"（warm）及同词根的名词和词组，如"热心肠"（warmth of heart, III. 12）等。

认可后者所体现的自发情感和"天然美德"(natural virtues)。[1]

对于男人,埃丽诺最看重的是人品,而非玛丽安更津津乐道的"品味/趣味"(taste)。达先生去世后达氏母女仍在诺兰庄园滞留了约半年光景。爱德华在这段时间里结识了她们。他是个挂在牛津大学的闲人,于是"把大部分时间都消磨在那里"(III.3)。他为人处世与姐姐范妮"截然不同"——曾经是主人而此时寄人篱下的达家女性都对他有好印象,正在帮助母亲筹划如何靠微薄的收入另觅住所、维持生计的埃丽诺更是如此。她对爱德华并非一见钟情。他们有亲戚关系,经过较长时间相处,才渐渐感受并确认彼此间灵犀相通。1995年李安执导的同名电影为这个人物补充了一个细节——埃丽诺无意间看到了他毫无企图心并体贴入微地照顾十二三岁的达家小妹玛格丽特的感人一幕。这增加了爱德华的"可见度"和两人感情的说服力。最后达太太和她的小女儿都认定他和埃丽诺是两情相悦。即使如此,埃丽诺也没有把私下里的好感与以婚姻为目标的公开恋爱姿态混为一谈。因为结婚毕竟是社会行为。她看出爱德华似乎裹足不前,又明知费家在为他策划有利可图的联姻。因此她非常审慎,连在妹妹面前说了几句好话称赞他都会后悔不迭。面对离别甚至失恋,埃丽诺的表现更是与玛丽安大相径庭。在叙事涉及的大部分时段里,她和爱德华基本上是人隔两地,即使偶然见面后者也显得心事重重,态度暧昧。埃丽诺苦恼地观望,强按下起伏的心潮[2],坚忍而耐心地等待事态明朗。

不想等来的却是露西·斯蒂尔居心叵测的表白。对于埃丽诺,爱德华已订婚多年的消息不啻当头一棒。然而女孩的反应几乎让人惊叹——她虽年轻,却已作为家中长女经了不少世态炎凉,更有超越一

---

[1] Peter Knox-Shaw: *Jane Austen and the Enlightenment* (Cambridge: Cambridge University Press, 2004), p.138.

[2] 参看Mary Waldron: *Jane Austen and the Fiction of Her Time* (Cambridge: Cambridge University Press, 1999), ch. 3。

己、设身处地替别人着想的心地。她思忖：当初爱德华寄住在露西舅舅家上学读书，年少而孤单；那时的露西也必定比现下更单纯可爱，彼时彼地，两人间萌生情愫无可厚非。难能可贵的是，她竟能以平等之心看待竞争对手的情！埃丽诺不失礼貌地对待露西并信守保密的承诺；同时一如既往操持家务，送往迎来。只是从她一边暗暗自嘲，一边将詹太太为妹妹准备的号称能够治疗失恋的药酒一饮而尽的举动中，读者可以窥出她心里的苦涩、屈辱和悲伤。

直到露西订婚一事沸沸扬扬地传开以后，埃丽诺才赶紧抢在外人之前向妹妹说明情况。正因威洛比负心而伤心欲绝的玛丽安听罢立刻失声痛哭。于是，"埃丽诺倒成了安慰者，妹妹痛苦的时候她要安慰妹妹，自己痛苦的时候还得安慰她"（III.1）。陈述用的是叙事人低调的中性口吻，只讲实况，不加渲染，但视角和感受却显然是埃丽诺的。这个细节入木三分地展示了玛丽安浑然不觉的自私：她放纵自身的感受，丝毫没有意识到如此行事却把额外的苦痛和负担加到了备受打击的姐姐身上。作为对照，仅仅年长两岁的埃丽诺虽然心里痛楚，也明知妹妹的表现很可挑剔，却仍义无反顾地充当了"安慰者"。

如果说玛丽安代表了18世纪末某些典型的情感主义浪漫姿态，那么她的恋爱挫折以及埃丽诺提供的对比可以说体现了奥斯丁对这一思潮的修正或再定位。纯良如玛丽安，一旦认定一己之感情高于一切，也必然落入伤人害己的泥潭。如她后来意识到的，她为别人，特别是姐姐和母亲，"想的太少了"（III.10）。她看不起詹宁斯太太之流，不理会当时的社会习俗，并不一定证明她脱俗、勇敢，却常常体现了对群体和他者的轻慢与蔑视。她以"品味/趣味"取人的判断标准本质上是很势利的，排除的不仅是约翰·达什伍德式的逐利者，还有形形色色为生计所困的中下阶层众生。她的某些"违规"行为（比如和威洛比一道私自进入艾伦汉宅邸、主动与他通信联络等）构成了错误的信号，使得旁观者误认为两人已经订婚。后来，当玛丽安不得不正视威洛比的背叛时，她曾绝望地悲呼："米德尔顿夫人和帕尔默太太！我怎么能忍受她们的怜悯！"（II.7）这一刻，她的感受和语言朴实而强烈，令人心生同情。然而，具有讽刺意味的是，这种处境可说是她过去对邻居的鄙薄在反噬自身。也就是说，直到那种轻视给自己带来伤害，玛丽安才真正注意到他者的存在。

而埃丽诺不仅是母亲的助手，更是全家的主心骨。父亲去世后，母亲和妹妹沉溺于悲伤，在诺兰庄园寄人篱下的半年时间里，与哥哥嫂嫂周旋的任务主要由埃丽诺一力担当。母亲看中的房子，她认为"太大住不起"就否定掉，力促母亲迁往巴顿乡舍。她的冷静务实是母女四人的生存依靠之一，因此玛丽安才会说："要是离了她，我们可怎么办啊？"（I.3）玛丽安（甚至还有她们的母亲）在特定时段里可以放任自己的浪漫幻想和喜怒哀乐，是因为有埃丽诺为她们操持俗务、遮风挡雨。而且，前者愈是醉心于多情表演，后者就只得愈加注重理性、谨慎行事。[1]

埃丽诺曾批评妹妹以个人感受为判断的圭臬，说："一件事令人愉悦，并不总能证明它是得当的。"（I.13）可说她已或多或少洞察了情感主义追求所天然具有的自恋倾向。她似乎意识到，情感主义虽然也讲同情心，但更强调人性本善并大力肯定个人追求，几乎不可避免会导向某种唯我主义，从而背离其反对贪婪自私的初衷。[2]

在很大程度上，情感主义美德是当时英国社会阶级权力再分配中的一种自觉的文化武器，是中等阶级群体和个人谋求更高社会地位、

---

[1] 参看 Ruth apRoberts: "Sense and Sensibility, or Growing up Dichotomous," in Harold Bloom (ed): *Modern Critical Views: Jane Austen* (New York: Chelsea House, 1986), p.52。

[2] 亚当·斯密在《道德情操论》（1759）开篇论同情时，始终聚焦于观者"我"的主观世界。另，当代学者玛丽·普维曾尖锐指出，浪漫爱情本质上与资本主义社会是"非常相容的"，见 Mary Poovey: *The Proper Lady and the Women Writer: Ideology as Style in the Works of Mary Wollstonecraft, Mary Shelley, and Jane Austen* (Chicago: The University of Chicago Press, 1984), p.236。

争取更大社会影响的方式。休谟曾说：散工的皮肤、毛孔、筋肉、神经与名门绅士不同，他的情绪、行为和风度也不一样；他主张建立新的品味/趣味标准以评判、臧否不同的情绪和感受。[1] 而情感主义文化的一个核心诉求，正是将细腻丰沛的情感而非家庭出身当作分享权力和荣耀的根本条件，让展示了得体风度和美好德行的人有可能借此跻身上等或中上等阶层。如布迪厄所说，"品味"的区分功能是阶级划分的基础，"是一个人借以给自己分类并被［他人］分类的东西的依据"[2]。

这一点正是"重情"取向似乎起于青蘋之末，却能很快汇成浩荡之风的深层动因。另一方面，这也决定了虚构作品以及实际生活中展示善感性的举动常常又是一种自我关注、自我赞美、自我提升的行为。例如，由于忧郁和神经质被时人视作道德敏感性的体现，歇斯底里、哭泣和晕厥便成为许多淑女和准淑女们争相表演的节目。有位研究18世纪后期英国通俗小说的学者曾敏锐地指出，那时人们热衷的所谓善感情怀是"自我中心主义的"和"极端自赞自贺的"[3]，很大程度上失去了其批判的内涵和锋芒，而变为某种身价标识。稍后登场的英国文化哲人卡莱尔曾在维多利亚时代将要揭幕之际撰文剖析时风世情，包括热闹一时的道德哲学研讨和"善感情调的统治"（the reign of sentimentality）。他认为诸如此类的纷纭表现均属"自我关注"，都是病象[4]，并试图就这些现代精神症候做诊断、下针砭。

---

[1] 参看休谟：《人性论》下册，440页；又见 Hume, "Of the Standard of Taste," in Hume: *Essays: Moral, Political and Literary* (Indianapolis: Liberty Fund, 1987), pp. 226-252。

[2] Pierre Bourdieu: *Distinction* (London &New York: Routledge, 2010, tr. Richard Nice), p.49; 参看刘晖：《从趣味分析到阶级构建：布尔迪厄的"区分"理论》，《外国文学评论》2017年第4期，49—53页。此处布迪厄引语中"依据"一词，英译为"basis"，刘文中译作"原则"。

[3] J. M. S. Tompkins: *The Popular Novel in England: 1770-1800* (London: Methuen, 1961), pp.102-103.

[4] Thomas Carlyle: "Characteristics," in George Levine (ed.): *The Emergence of Victorian Consciousness: The Spirit of the Age* (New York: The Free Press, 1967), pp.39-68.

正是在18世纪末英国人对"善感"和"文雅"趋之若鹜的境况下,"重情"话语才泛滥一时。连一味敛财逐利的范妮·达什伍德谈到自家财货和儿子前途时,也采用夸张的煽情语言。她丈夫约翰议论爱德华不听从母亲安排时责备他不负"责任",固执"无情"(III.1)。露西更是开口闭口满嘴都是她对爱德华以及其他各色人的深情厚意,以致詹太太夸她"很有理智,也很有感情"(III.2)。可见,"情"的话语与抽象"责任"之类空洞词句一样,已经可以为任何人所用并用在任何人身上。一些和情感主义时尚有关的特定品味也常常与真正的修养或高尚的情操全然分了家。粗鄙而自恋的罗伯特·费拉斯极力张扬他对"乡舍"的喜爱。薄情的威洛比熟读浪漫诗歌并时时卖弄,追随一帮"雅"士的偏好将打算送给玛丽安的小马命名为"麦布女王"[1]。(I.12)对他们来说,把时尚符号挂在嘴边、贴在身上可以在某个圈子里提高身价,是否真心欣赏乡舍之类倒在其次。

虽然玛丽安声明"讨厌任何套话"(I.18),她却未能避免自我欣赏和角色表演的陷阱。她对自然美景的热爱表现得相当外露和夸张。面对秋色,她会高声大气地嚷着说:"我以前〔在诺兰庄园〕……一边走一边观赏秋风扫落叶,纷纷扬扬的,多么惬意!那季节,激起了多少深切的情思!如今,再也没有人去观赏落叶了。"(I.16)接连出现的感叹号表达了高亢、狂喜的抒情语调,逼真地再现了前期浪漫派诗歌焕发出的善感姿态。再如,威洛比刚离开乡下时她其实仍满怀信心和希望,却一意渲染悲伤和离愁,因为她自认为是多情恋人,"把镇定自若视为一大耻辱"(I.16)。

---

[1] 麦布女王(Queen Mab)为英国民间传说中的仙后,莎士比亚悲剧《罗密欧与朱丽叶》第一幕第四场提到她,并将其描绘为身体小如戒指上镶嵌的一粒玛瑙,夜夜乘坐榛壳车驾游访熟睡的人们,点燃种种不羁的幻梦。浪漫主义诗人雪莱的第一部抒情长诗《麦布女王》稍迟于《理智》于1813年问世(可能写于此前一年)。这似乎表明那位播梦仙灵当时在追求诗情与浪漫的英伦人中引起过不小兴趣甚至追捧。

玛丽安把个人感情和个人想象放到至高的位置，当作唯一的事实和标准，一个不可避免的后果便是缺乏知人和自知之明。用埃丽诺的话说，她常常不能"根据常识和观察得出合理见解"（I.11）。她误读了威洛比和布兰登，并且在很大程度上误读了自身。威洛比并非如她所想是一腔赤忱的重情者；布兰登也不属于她所描绘的淡漠乏味的大叔类型；而且她本人也并不那么超拔脱俗。实际上，18世纪英国文学中的多情善感者与其对立面的差别是有限的、相对而言的：帕梅拉和少东家B先生有许多的共同点，重情者哈里也像茉儿·佛兰德斯一样深谙钱币的重要。然而玛丽安对自身的局限毫无自觉。她理直气壮地说："富裕和堂皇与幸福有什么关系？"还说，只有别无其他幸福来源的人才会求助于财富。"对个人而言，宽裕（competence）的生活条件就足够了，更多的财富并不能给人带来真正的幸福。"这些话当然是至理之言。不过，当埃丽诺追问她："**你的**宽裕的标准是什么"时，她竟坦然地回答说：最多一年一千八百到两千镑收入。埃丽诺哭笑不得："一年**两**千镑！可我的富裕（wealth）标准也只有一千镑！"（I.17）

可知，玛丽安对心仪的生活其实有非常具体、非常物质的想象——她希望和威洛比一道生活在乡间宅邸，被美丽风景环绕，享受音乐和诗歌，有若干仆人，有马有车，还要有男人打猎的行头和猎狗——对照前文提到的绅士收入状况，可知这属于中上层士绅的生活。总之，玛丽安的浪漫须以可观数量的钱为基础，而她却对浪漫梦想的物质前提丝毫没有反省，自以为与约翰爵士和詹太太等俗人判若霄壤。相比之下，埃丽诺对自身的"俗"是有所认知的，所以她说：堂皇与幸福或许无关，但钱财肯定是相关的。埃丽诺能够比较客观、冷静地透视自己的真貌，这也是她比较谦和，不那么自以为鹤立鸡群的缘故。作为玛丽安的对比，埃丽诺的"理智"乃是经过矫正的"感情"，它不仅受责任和理性双重指导，也建立在善于体察世界、体察他人和自身的基础之上。

威洛比的背叛宣告了玛丽安"浪漫"实践的失败。由于处在无权无钱的地位,玛丽安的自私所伤害的主要是她本人。在奥斯丁笔下,一如在《女吉诃德》(1752)、《艾米琳》(1788)和《玛丽》(1788)〔1〕等小说中,爱情幻想一方面揭示了女性生存空间的促狭压抑,表达出某种抗议和渴求;另一方面又往往构成对女性的误导,而非解放的前奏。历来对奥斯丁的评论中,有一派强调她对父权社会主流意识形态的顺从,另一派则突出她对社会现状及性别关系现状的批判。其实两面的论证并非水火不容,因为"保守的"奥斯丁和"激进的"沃斯通克拉夫特有很多相通之处。〔2〕沃氏的小说《玛丽》描写一位母亲沉迷于言情罗曼司,在幻境中消磨生命,所以她的女儿玛丽决意反其道而行之。奥斯丁对达什伍德两姐妹的处理表达了不无相似的用意。她同样认为,老一套情感主义话语和姿态已经失效,而女性更易沦为浪漫幻想的受害者。埃丽诺的理智和审慎在这个意义上既是道德原则也是自我保护。也就是说,对达氏姐妹命运的展示一方面包含对约翰·达什伍德世界的揭露和抗议,同时从女性立场出发提出了自我调整的建议和现实主义的生存策略。〔3〕有评论说,书中的"理性"更大程度上乃是观察外在危险和他者权势的透镜〔4〕,就是在强调后一层含义。英国20世纪前期的马克思主义文论家考德威尔曾阐述:文学艺术作品有

---

〔1〕 分别为英国女作家夏洛特·伦诺克斯(1720—1804)、夏洛特·史密斯(1748—1806)和玛丽·沃斯通克拉夫特(1759—1797)的小说,其中后两位通常被认为在政治上"激进"、同情法国大革命。

〔2〕 参看 Jane Spencer: *The Rise of the Woman Novelist: From Aphra Behn to Jane Austen* (Oxford: Basil Blackwell, 1986), p.168; David Monaghan: "Jane Austen and the State of Women," in Monaghan (ed.): *Jane Austen in a Social Context* (London: Macmillan, 1981), p.107. 译文参见朱虹编:《奥斯丁研究》(中国文联出版公司,1985),336页。

〔3〕 参看 Mary Waldron: *Jane Austen and the Fiction of Her Time* (Cambridge: Cambridge University Press, 1999), p.75。

〔4〕 Nina Auerbach: "Jane Austen and Romantic Imprisonment," in Monaghan (ed.), pp. 20, 24.

如梦境，是在假想中进行的代价最小的人生（或社会）实验。[1]达氏姐妹的对照很典型地代表了这种在虚构中进行的思想探索。

总之，达氏姐妹的许多根本价值判断是一致的。她们都坚决抵制金钱对于人的过度宰制；她们的文学和艺术品味大体相同（玛丽安曾盛赞姐姐的绘画）。埃丽诺断然否认她尊重习俗是屈服于别人——事实上，就信守内心的感受和判断而言，她确实并不输于玛丽安。存在于埃丽诺和玛丽安分别代表的"理智"与"感情"两者间的是血脉相连的姐妹关系，甚至可说是同一奥斯丁心态的不同侧面。

小说接近尾声，玛丽安听说姐姐数月之前已经知晓爱德华和露西订婚之事，不禁对她能一直不露声色地料理家务、关照他人感到震惊。这事成为促使玛丽安自我反省的契机。此后不久她生了一场大病。耐人寻味的是，重病没有发生在最初发现威洛比变心之时，而是被安排在玛丽安萌生自责心以后。读者有理由认为，这病不尽如詹太所说是失恋引发长期身体不适的后果，而在很大意义上是精神上的置之死地而后生。"玛丽安注定有个特殊的命运。她注定要发现自己的看法是错误的，而且用她的行动否定自己最爱的格言。"（Ⅲ.14）病愈后的玛丽安最终嫁给了曾被她轻佻地划入与"法兰绒背心"[2]和风湿病等相关的"年老病弱"（I.8）人群的布兰登。此时她的人生态度和埃丽诺以及爱德华更趋一致。他们一道在风景如画的拉德福村安居，构建起一个小小的世外桃源。

如此看，巴特勒等西方学者把姐妹俩看作一个代表激进的法国式个人主义、一个代表保守取向，是太过简单的结论。两位女主人公的差异和区别是"姐妹内部分歧"，映现了英国情感主义思潮的内在矛盾性。如有学者指出，情感主义虽然具有谋求社会变革的个人主义色彩，

---

[1] 参看克里斯托弗·考德威尔：《考德威尔文学论文集》（百花洲文艺出版社，1995，陆建德等译），159—242页。
[2] "法兰绒背心"是当时的医疗养生家郑重推荐给中老年男士的保健品。参看Jane Austen: *SS* (Cambridge edition, 2006), p.447, Note 3 (for Vol. I, Ch. 8).

但也可能被导向强化核心家庭、支持社会现状的保守态度。此外，这一思想运动将"女性特质与多情善感（sentimental）相联系，从而把妇女推向了文化的中心"[1]。也就是说，即使某些看似毫无激进取向的表达也可能具有不可抹杀的革新意义。

具体到埃丽诺，她的立场既包括了对情感主义的反思，同时又在另一个面向上构成了对约翰·达什伍德逻辑的更激进批评。因为它进一步揭示了情感主义自我中心姿态与达家大哥所代表的趋利社会的相互渗透与纠结。在这个意义上，她貌似循规蹈矩的表现绝不能被简单地等同于伯克式政治保守主义。重情者哈里们的表演仅仅十几年后便开始遭人嗤笑。在英国，后世得以传承的情感主义体现于狄更斯将"情和感"注入各种人际关系[2]的主张以及乔治·艾略特有关"感情是一种知识"（feeling's a sort of knowledge）[3]的言说。而那已是经过奥斯丁们审订的更平衡、更内在化、更深挚也更富于自省的"感情"。

埃丽诺的言说与沉默

读奥斯丁有独到心得的学者坦纳曾令人信服地指出：《理智》一书中充满秘密、隐瞒和沉默。[4]不过，值得同时强调的是，这本书其实

---

[1] 参看 J. Todd: "Jane Austen: Politics and Sensibility," in Ian Littlewood (ed). *Jane Austen: Critical Assesments,* vol.II (Helm Information, 1998), p.427。

[2] 狄更斯原话为："我认为……各种雇用关系，一如其他一切现世人际关系，都必须包含某些情和感……否则这些关系会出毛病，会从内核败坏，并再不能孕育出结实的果。"见 Dickens: "On Strike" (1854), in Michael Slater (ed.): *The Dent Uniform Edition of Dickens' Journalism* (London: J. M. Dent, 1998), vol.3, p.199。

[3] George Eliot: *Adam Bede* (Harmondsworth: Penguin Books, 1980), ch. LII。

[4] 参看 Tony Tanner: *Jane Austen*, Ch. 3 Secrecy and Sickness: *Sense and Sensibility*。

也是非常"喧闹"的。就篇幅而言，基本以直接引语构成的戏剧性对话场面大约占到全书的一半。这可以说是个相当高的比例。书中所有的人物在一定程度上都是"善说者"。即使平时相对寡言的布兰登也曾长篇大论地向埃丽诺讲述往事。露西之流更不必说简直是巧舌如簧。

察看书中不同的言说方式，其中有些人取的是相对"自然"的态度。这类说者中最口无遮拦、理直气壮的是约翰·达什伍德夫妇、约翰·米德尔顿夫妇及詹宁斯太太等人。因为他们乃是最有钱有势的一群。权势者发布以自身利益为指归的话语当然无须顾忌——约翰·达什伍德便是典型代表。他觉得自己讲的全都是天经地义的公理，全然想不到世上还有与自己不同的立场和观念，自是心直口快。约翰·米德尔顿爵士和詹宁斯太太有所不同。他们一个是旧式乡绅的代表，一个是从伦敦欠"体面"地区发家的新富商人的遗孀，都热衷社交，也都缺乏文化教养。他们专好做媒拉纤，打探人家的私事，拨弄家长里短，说话是为了热闹。至于言辞背后的"意识形态"，他们是不大自觉的，传达的信息也常常比较混杂。如前所述，他们有时使用约翰·达什伍德们的金钱逻辑考量事物，有时又用一种更古老的比较讲究信义、互助和关爱的话语评人论事。他/她们有足够的钱保障自己的生活方式和说话方式不受阻碍，不懂也不必顾及什么"情趣"。属于这类人的还有费拉斯太太和她的次子罗伯特以及帕尔默夫妇等人。他/她们或在某些场合滔滔不绝，或在其他情况下懒得开口，对"说"采取比较随心所欲的态度。他们的沉默基本与"保密"无关。

另一组人则在"说话"的问题上表现出一种相当警觉、复杂有时甚至自相矛盾的态度。

爱德华和布兰登上校属于后一组人。他们并非口拙，在友人中也从不刻意掩饰。作者曾以一章篇幅让布兰登对埃丽诺自述往事。爱德华显然与达氏女眷很谈得来。他和玛丽安开玩笑，嘲弄她对歪脖树等的迷恋，表现了不俗的幽默感和说话技巧。作者还在一卷19章中安排他与达太太进行了一场深入对谈。事情发生在他前往拜访迁居到巴顿乡舍的达氏母女期间。颇具慧眼的达太发现那个年轻人心绪不宁、六神无主,于是在他将要离开时坦率地对他说:"我觉得,你若是有个职业,不虚掷光阴,给计划和行动添些关切,你会成为一个更快乐的人。"她和缓了口气继续了几句后又半开玩笑道:那样的话,起码是在离开朋友们时自己"知道该往哪里去"。对这种有关立身之本的直白忠告,爱德华丝毫没有抵触或敷衍。他回答说,对此他曾考虑过很久:游手好闲、不能自立乃是他的不幸;与家人在职业选择上的意见分歧则是造成这一境况的主要原因。何况,他自嘲地说,在富裕人家生活圈里,有没有职业都过得"同样神气,同样奢华",所以无所事事被认定是"最有利、最体面的事"。两人都极为认真恳切,爱德华没有许下立即痛改前非的决心,但充分表达了对现状的厌恶。一场平等谈话堪称推心置腹,虽无立竿见影之效,却有萦绕于心的长久影响。

　　有时爱德华和布兰登也会缄默甚至刻意隐瞒,但每每是各有苦衷。后者面对邻居们的追问和打趣不肯坦白,或是为了被监护人的名誉和利益,或是因为对本人的暗恋情愫毫无信心。前者的处境更为尴尬:他起初因为家庭压力不敢公开和露西私订终身之事,后来发觉自己爱上了埃丽诺却仍被旧婚约束缚,越发不知该怎么说话才是。于是多数时候他欲言又止,吞吞吐吐。他在伦敦时有一次去看望埃丽诺,偏巧碰上露西也在场,只能狼狈不堪地顾左右而言他。玛丽安的表现也先后不一。最初她是心口如一的直说派,理直气壮不亚于她大哥约翰。但是后来她受到挫折陷入痛苦,变得寡言少语。这些人物的缄默或多或少印证了坦纳的判断:沉默、隐瞒和"保密"在很多时候是个体遇到社会的规训和限制时不得不采用的应对方式。[1]

---

〔1〕 参看 Tony Tanner: *Jane Austen*, Ch. 3 Secrecy and Sickness: *Sense and Sensibility*,pp.78-82。

始"乱"终弃的威洛比和巧言令色的露西也属于后一类有自觉意识的说者或不说者。他们都能滔滔不绝。但是，威洛比大谈诗歌和艺术时小心地掩饰着他金钱至上的思想根底；露西更是口是心非，所说并非所想。多少出乎读者的意料，露西对于开口发言十分敏感，竟和诸多正面人物有了一个相似之点。女阴谋家此般表现的"里子"是她的基本生存条件——即社会地位相对卑微并受到种种压制，处境之艰难甚至有过于一时遭遇坎坷的爱德华或玛丽安们。这一点常常被叙述者使用的强烈反感语调所遮蔽，却是造成露西曲折的言说和行为方式的根本原因之一。卑微者露西在思想上认同主导社会的资本逻辑和金钱秩序，但是要求改变现有关系格局，力图把自己挪入权势群体。这是帕梅拉们和当时诸多英国中等或中下阶层人士的梦想。露西像帕梅拉一样本能地意识到，尚未有钱有势之前便使用唯钱论或唯地位论的话语对自己是不利的。不过，满口"情意"的露西是个彻头彻尾的莎梅拉〈1〉，全然没有帕梅拉真诚的一面。

当然，最有趣、最值得深究的是代表正面价值的头号女主人公埃丽诺的言说和沉默。

埃丽诺是书中擅长言辞的说者之一。她掌握若干种不同的言说姿态、语调和话语。埃丽诺与母亲、妹妹以及爱德华、布兰登等人谈话（如一卷15章中提请母亲注意威洛比和玛丽安的关系中的不确定因素），态度挚醇热切，非常直率。而与异母兄长约翰、约翰爵士及詹宁斯太太等应酬，则是别人话多，她的话少。她开口有时是为了完成必要的"说谎任务"（I.21）；有时是用简短间接引语一带而过，不咸不淡地说社交套话；有时既是敷衍，也是挖苦和驳斥。比如，前面提到大哥约翰曾和她聊天，表示既然爱德华娶莫顿小姐无望，家里就应该设

〈1〉 为菲尔丁同名小说（1741）的女主人公，该书意在戏拟、讽刺理查逊的小说《帕梅拉》。

法安排罗伯特娶她,埃丽诺笑着问及那位小姐的"选择权"。她仅仅凭借短短一句话,就相当鲜明地表达了不以为然的态度,只是约翰的耳朵钝得辨不出其中的讽刺。

姐妹二人与威洛比有一段关于布兰登上校的对话,也相当引人入胜。率先发表意见的是威洛比。他说:"布兰登就是那么一种人,口头上人人称赞他,内心里谁也不在意他;大家都说愿意见到他,可是谁都想不到去和他谈话。"玛丽安应声嚷道:"这正是我的看法。"对此,埃丽诺表示异议。她说约翰·米德尔顿爵士一家还有自己都是很看重上校的。威洛比马上应道:他能"得你垂青"当然很有面子,但是被詹宁斯太太和米德尔顿夫人们夸奖简直就是耻辱呀。"不过",埃丽诺也有话回击,"也许像你和玛丽安这类人的非议足可以抵消米德尔顿夫人和她妈妈的敬重。如果说她们的赞许是责备,那你们的责备就是赞美了……"

"达什伍德小姐,"威洛比大声说道,"你对我太不客气了。你是在设法说服我,让我违心地接受你的看法。但这是办不到的。任凭你多么善于花言巧语,你都会发现我是执着不变的。我之所以不喜欢布兰登上校,有三个无可辩驳的理由:其一,我希望天晴时,他偏要吓唬我说有雨;其二,他对我的车幔吹毛求疵;其三,我怎么说他也不肯买我那匹棕色牝马。如果我告诉你我认为他的品格在其他方面无可指摘能让你心下高兴,我会乐于那么说。不过,这应承会给我带来痛苦,作为回报,你可不能剥夺我一如既往不喜欢他的权利。"(I.10)

在这段三人谈中,玛丽安的表现乏善可陈。她高声大气、不假思索地附议威洛比。并非偶然,这个时间段里她"嚷"了三次,埃丽诺却一次都没有。玛丽安是这部小说中最爱"嚷"的人。[1] 好事但缺乏细察能力和体谅之心的詹太太和约翰爵士也常会"嚷"一下或高声大气地说"悄悄话"。几个"嚷"字写活了少年不识愁滋味的玛丽安。作为对比,威洛比的口才则令人不敢小视。他议论布兰登的话,从"表面上"到"内心里",句子工整对称,语气刻薄而又俏皮。面对埃丽诺的驳斥,他最后的答复也十分机警。其中,讲自己"执着"一句或多或少是说给玛丽安听的。联系到他卖弄才艺、推崇乡舍的过分热忱,这番贬低布兰登的轻薄话也透露出佻达公子哥儿讨好红颜知己的意图。不过,他又故意列举三个鸡毛蒜皮的理由作为不喜欢布兰登的依据,表现他的游戏态度,让人无法与之争论;同时痛快地承认上校别的方面"无可挑剔",把"让步"的姿态呈给埃丽诺看。他的表演可谓八面玲珑、四角俱全。怪不得这次谈话以及整个章节都以威洛比的话收场,因为他几乎把话说到了让别人无话可说的地步。

但是,更让人长久回味的是,和威洛比唱对手戏的"才女"却是谨言慎行的埃丽诺。如果说这番嘴上功夫较量体现了威洛比最有魅力的一面,那么它也反衬出埃丽诺作为"对手"的十足成色。她那尖利而齐整的对仗句("如果说她/他们的赞许是责备,那你们的责备就是赞美了")明确地指出对方的看法虽与詹太们相反,却不比后者高明或正确,迫使威某人大举应"战"。他的一番招架虽然展示出机智和口才,却也暴露了纨绔本色。他故意选那些本无理可讲的小事为理由,似乎潇洒地表示和女士们不能较真;实质上却在逃避埃丽诺严肃的道德追问。这时,埃丽诺几乎把威洛比当作自己人,所以她的言辞既敏锐,又诚恳,几乎与她说妹妹"一上午收获很大"之类的讯诮是一样

---

[1] "嚷"原文为cry,也有"痛哭/哭泣"之意。但奥斯丁较少使用后一义项。本书前半部中有约二十次用cry一词状写玛丽安的说话方式,后来她的行事风格发生巨大变化,有关陈述中这个词便基本消失。

的。人们常常把谨慎克己与枯燥无味联系在一起,然而埃丽诺的话语虽然难免有点约翰逊博士式的曲折冗长[1],总的来说却并不乏味。相反,她是讽刺的智者——读者可以明显感受到她与威洛比唇枪舌剑地对垒时的乐趣。

埃丽诺也常常缄口不语。而且她的无言是全书中最色彩纷繁的沉默。其情形大致有两种。首先,对她来说刻骨铭心的私人情感大抵是很难启齿的,因为她像爱德华、布兰登一样身处为难境地。一次,詹太逼达家小妹即老三玛格丽特说出埃丽诺的"心上人"。小姑娘不知所措,答话破绽百出,引得大家哄堂大笑。埃丽诺努力陪着笑脸,可心里的"滋味是苦涩的"(I.12)。她深知费拉斯一家排斥自己,爱德华本人态度也不明朗,她对两人关系只能守口如瓶。雪上加霜的是,明明深陷重重苦恼却还要被无聊旁观者当作谈资笑料。此刻,女主人公的无语浸透着多重酸楚。

有时埃丽诺的沉默根植于感情本质上的不可说性。小说收尾之际,爱德华再度来到巴顿乡舍。他力图解释露西婚事真相,却心慌意乱地随手拿起剪刀乱剪,把刀鞘剪得稀烂。待他终于说明白与露西成亲的其实是他弟弟罗伯特,埃丽诺就"再也坐不住了,几乎是跑着奔出房间,刚一关上门,便喜不自禁地热泪夺眶而出"(III.12)。有评论把爱德华剪碎刀鞘的举动读作打破社会束缚的象征[2],似乎牵强。此处,人物的无意识动作恐怕更多地凸显了埋伏在言辞之下(或之外)的那份百感交集的"沉默"。因为,此刻爱德华嘴里讲的是露西,心里念的却是埃丽诺。埃丽诺的反应也是无语的,在人前哪怕是亲人面前甚至是无声的。她的表现呼应了她们一家人最初在餐桌上听到仆人报告说

---

[1] 学者道·布什强调这一面,认为奥斯丁在处理埃丽诺的言谈风格上不很成功。见 Douglas Bush: *Jane Austen* (London: Macmillan, 1975), pp.87-88。

[2] 参看 Tony Tanner: *Jane Austen*, p.87。

露西结婚一事时出现的愕然无语或者默默隐忍的冷场。情到深处不可说，也不可看，所以埃丽诺走到了众人视线之外。在奥斯丁笔下，情感从一种公众姿态变成私密的体验。[1]奥斯丁用这些无言时刻把**真感情**与帕梅拉式情感表演所包含的功利心区别开来。

埃丽诺的第二种静默则体现了她作为听者和思者的沉潜态度。玛·巴特勒注意到该书包含英国小说中"第一例有相当长度的'自由间接体'（free indirect style）叙述"[2]，用来表达人物的内心感受。关于这类沉默，书中有很多例子。

比如，和露西打交道时，处境尴尬的埃丽诺常常只能当听众。范妮在伦敦时曾邀请两位达氏妹妹和斯蒂尔姐妹去她家聚会。露西摆足了紧张兮兮的架势求埃丽诺"可怜可怜"她，因为她马上就要见到她"未来的婆婆——那个能决定我终身幸福的人"：

> 埃丽诺本可以提醒她：她们就要见的很可能是莫顿小姐的婆婆，而不是她露西的婆婆，从而立刻解除她的紧张心理，但是她没有这样做，只是情真意切地对她说，她的确同情她。（II.12）

二人一说一听间有很多未出口的潜台词。埃丽诺吞下话不说，这不是她和自己人打交道的态度。已到嘴边的挖苦由叙述者转述，传达出她对露西的强烈反感和冷眼旁观时的讥讽眼光。她真正说出的却是友善之语。而这并非虚伪，却是出于有力量的自我管制。埃丽诺拒绝完全听任自发的好恶和直觉，强使自己转换立场，为露西着想。那天晚会上费太和范妮有意冷落埃丽诺，争着向露西示好，露西再转手借此炫

---

[1] 参看 James Thompson: *Between Self and World* (University Park: Pennsylvania State University Press, 1988), pp.46-47。

[2] M. Butler: *Jane Austen and the War of Ideas*, p. 190; 其他很多批评家也非常重视奥斯丁所创造的这一记述手法。

耀。看到这种种嘴脸，埃丽诺觉得既实在可鄙，又煞是有趣。她意识到：由于与爱德华的恋爱关系已经无望，费太们便全然失去了折磨自己的能力。旁观者的立场和讽刺家的洞察始于对小我悲欢和婚姻计划的超越。在这类场合，讽刺被"打入"陈述，冷眼旁观的女主人公的角度和叙述者几乎重合。

三卷1章中约翰·达什伍德向妹妹们通报爱德华和露西订婚消息引发的风波，其过程也可圈可点。他先说妻子范妮怎样歇斯底里发作、费太太如何伤心，又说斯家姐妹辜负了范妮请她们做客的一番好心，如今范妮万般后悔当初没有请自家小姑们。"他说到这里停住了，等着对方道谢。接受谢意之后，他又继续说下去。"与前面提到的埃丽诺和约翰在商店邂逅一节一样，这个场面也是通过埃丽诺的眼光摄取的。约翰不觉得没请妹妹到自己家居住有悖情理，相反把范妮一句表示后悔的空话当作巨大的恩惠，还要收一份感谢的"红利"。埃丽诺也就顺水推舟给了句客气话。不过，此刻读者已经深知埃丽诺其实是眼尖嘴利的淑女，她在分明无可"谢"之处道谢，别的什么都不说，就显得很有"意思"。

类似的例子还有不少。

比如，二卷11章里埃丽诺在伦敦格雷首饰店遇到大哥约翰之前的一段经历。那时她刚进店，因顾客众多只能在一边等待。店员正在接待一位年轻男客。后者就他要定制的牙签盒的大小、式样和图案细细筹划、无微不至，对一旁长久等待的女性却视若无睹。他一一把玩店中展示的样品，端详审视品头论足，每一件折腾上一刻钟——"虽打扮得十分时尚，却是个强横的天生十足贱货。"这句语气强烈的概括在奥斯丁小说中实属稀罕，其中双重的小题大做更是不可思议——那男士（后来我们得知他就是爱德华的弟弟罗伯特·费拉斯）对区区牙签盒百般挑剔，令人颇为难解；而叙事者对此反应那么强烈，一反常态地用几个形容词叠加起来给人物做负面评定，表现出几分"粗鲁、暴

虐","放弃了婉转微妙的喜剧效果",与作者一贯的文风多相抒格,也着实让人迷惑不已。⟨1⟩

不过,如果我们充分意识到这里的叙述者言词,展示的其实是埃丽诺沉默思绪的多声调内涵,整个场景就不那么出人意料了。像奥斯丁笔下其他标准淑女,好脾气的埃丽诺其实是有怨有怒的——彼时彼刻,她几乎压抑不住自己的怨怒了。

另如,威洛比与多金贵女结婚后听说玛丽安病重,赶到姐妹俩暂住的帕尔默家探望,并与埃丽诺长谈。他走后埃丽诺陷入沉思。叙述用了相当的篇幅记录她纷乱的思绪。她恨这个男人,却又被他吸引,为他痛心,被他对玛丽安的强烈依恋所打动,甚至一瞬间生出希望他成为鳏夫的念头。把这种动摇安放到埃丽诺(她早已听过布兰登宣讲那位浪子的种种过往劣迹)身上有点令人意外,再次证实了她和玛丽安的内在相通,并间接表现了威洛比所具有的强烈性感魅力。⟨2⟩ 这一插曲不仅给威洛比提供了表演和说话的机会,更揭示了"理智"在埃丽诺头脑中运作的过程。经过一番心情动荡之后,她达到了冷静察人论事的超然境界,断定威洛比"才貌出众,天生坦率诚实而又亲善多情;只因过早有了独立经济来源,染上了游手好闲、放纵不羁、喜好奢侈的坏习气……而奢侈虚荣又使他变得冷漠自私"(III.8),并决定就此把他从自己和家人的未来生活中彻底删除。这里,最重要的不是

⟨1⟩ 参看 D. A. Miller: *Jane Austen, or The Secret of Style* (Princeton: Princeton University Press, 2003), pp.16-29。米勒本人对此的解读极有创见,比如指出牙签盒不同于具有情感意义的其他首饰用品,它是内空的、琐屑的、极端私人、无法共享的;罗伯特的表现标示出他具有某种内在女性特质,是个异数,还体现了对物品"风致"(style)的讲求,乃是"碎屑无聊的动态实体化"(activist *materialization* of insignificance),等等。不过,他由此引申出来的其他一些判断和结论在笔者看来是过于迂回而牵强了。

⟨2⟩ 参看 Julia Prewitt Brown: *Jane Austen's Novels: Social Change and Literary Form* (Cambridge: Harvard University Press, 1979), pp. 13-14。

埃丽诺对威洛比"深刻的双重洞察"[1]是否准确无误,而是她的沉思姿态非常接近叙述者的立场。她真正感兴趣的,是对世事和世人的恰当理解。

通观全书,可以说在这些沉默时刻里,埃丽诺的态度与叙述者常有重合。全书从埃丽诺角度出发讲述的内容最多。即使一些并非她所能知情的场面,如一卷2章中约翰·达什伍德夫妇的私房话,虽然采用的是全知叙述者的角度,但语气、态度和记述方式与从埃丽诺视角出发的那些篇章(例如前面刚刚提到的三卷8章)几乎难以区分,有某种意味深长的混淆或重叠。这似乎暗示,埃丽诺和威洛比及露西们打交道时之所以能具有某种超越姿态,是因为她在境界上已经不是婚姻市场上设摊叫卖的小商小贩,而是一位潜在的女性思者或讲述人。在这个意义上,埃丽诺命运的重心似乎已不在婚事,而在审视;不仅审视妇女命运,也"审视资本主义社会"[2],借用诗人奥登的话说,她简直是在"坦率而清醒地揭示社会的经济基础"。

也正因此,埃丽诺的眼光中包含深刻的自嘲。

她敏锐地意识到母亲、妹妹乃至自己与大哥约翰或詹太们有相似之处。后两位一致认为,爱德华的收入不足以养家。而爱德华和埃丽诺本人在其他障碍都已清除的情况下也推迟结婚:"他们两人还没有热恋到忘乎所以,认为一年三百五十镑收入能让他们过上舒适的生活。"(III.13)这句陈述饱含自我揶揄。的确,他们虽不贪得无厌,却也像约翰们一样明白,结婚是新经济实体的组建,得有适当财力保障其日常运转,还得把詹太提到的每年添一个孩子[3]考虑进去。浪漫的达太太也有

---

[1] Nina Auerbach: "Jane Austen and Romantic Imprisonment," In Monaghan (ed.), p.25
[2] 朱虹:《英国小说的黄金时代》(中国社会科学出版社,1997),30页。
[3] 在那个缺乏节育手段的年代里这几乎是生活常态。简·奥斯丁的嫂子和弟媳中有两位生了十一个孩子并死于难产。参看 Claire Tomalin: *Jane Austen: A Life* (New York: Vintage, 1999), p.277。

务实的一面,她后来"想把玛丽安和布兰登上校撮合到一起的愿望,虽然比约翰磊落得多,也着实够热切的了"(III.14),话音里有明白无误的自嘲,表达了叙述者及持近似立场的埃丽诺的某种自我认识。

"世外桃源"的暗影

部分地由于这种洞察,约翰·达什伍德所体现出的金钱社会中"亲族相噬"(family cannibalism)[1]现象在小说中是用滑稽手法表现的,其可能的残酷后果被淡化或遮蔽,而其荒唐则被拿来观赏取乐。他是书中最重要的批判目标,却也是喜剧乐趣的主要来源。有关他的文字是尖刻的,也是宽容带笑的。对露西的处理当然远远没有这么大度。与描写约翰时的典型奥斯丁式矜持反讽不同,叙述提及斯蒂尔姐妹有时会直说无文。一卷22章开头记述埃丽诺对露西的最初印象,说后者"天生机敏,谈吐往往恰如其分,饶有风趣",但没有受过教育,"粗鄙不堪"(illiterate),"本来通过教育可以得到充分发挥的才能被荒废了"。"illiterate"一词口气相当重,有"文盲"之意。这层意思与露西和多人通信的事实相抵牾[2],自然不成立,但选用这个词传达了埃丽诺的浓重反感。接下来叙述称露西在巴顿庄园四下大献殷勤、百般趋奉的行径"实在太不体面,太不正直,太不诚实",一连三个"太不"激烈地否定了露西,也一箭双雕表达了埃丽诺内心的不快和小小偏见。这类直接议论露西的话虽是从埃丽诺的角度出发,却加盖着叙述者权威认证的印章,如 D. A. 米勒议论小说中另一个段落时所说,在埃丽

---

[1] Nina Auerbach: "Jane Austen and Romantic Imprisonment," In Monaghan (ed.), p.24.
[2] 当然,她的信确有粗鄙的一面:一方面拿腔拿调,不像玛丽安的信清新自然,另一方面又语法不严谨,趋于俚俗口语。

诺的观察和叙述之间仅存一种技术性的形式差异,并不含对前者的讽刺。〈1〉

有这类嫌恶评价在先,令人惊叹的是,叙述竟没有把厌弃转换成恶有恶报的设计,相反却给露西安排了大获全胜的结局。她不仅如愿嫁了财产远多于爱德华的罗伯特,而且最终化解了当家人费太的恼怒,使罗伯特和她自己都重归宠儿位置。她的"自私与精明,最初使罗伯特陷入窘境,后来又为他摆脱窘境立下汗马功劳"(III.14)。我们有理由认为,小说结尾处说她后来频频制造家庭纠葛,其原因应不是她失去了运筹帷幄的能力,而是她开始像菲尔丁笔下的莎梅拉一样放纵自己,懒得继续兢兢业业地经营罗伯特和费太太以及他们的财产了。总之,

> 露西在这一过程中的行为及其获得的荣华富贵,可以被视为一个极其鼓舞人心的事例,说明对于自身利益,只要刻意追求,锲而不舍,不管表面上看来有多大阻力,都会取得圆满成功,除了要牺牲时间和良心之外,别无其他代价。(III.14)

露西的成功是对约翰·达什伍德秩序的主导地位的再确认。对此奥斯丁和埃丽诺们没有任何不切实际的幻想。也就是说,这部小说中不仅存在双重的思想战争(分别针对约翰·达什伍德们敛聚财富的贪婪心和玛丽安式清浅张扬的浪漫情〈2〉),更有双重的共存意识——即一方面强调情感和人际关系纽带的重要,另一方面在很大程度上承认由金钱、地位主导的现实社会秩序。埃丽诺和她背后的叙述者虽是那个

〈1〉 参看 D. A. Miller: *Jane Austen, or the Secret of Style*, p. 21,及第57页注〈1〉。
〈2〉 有学者将这两种取向概括为挑战"交结团契理想"(ideal sociability)的"两种新兴个人主义",认为前者认同竞争性敛财逻辑,后者则将个人的精神世界凌驾于外在世界之上。参见 Pam Morris: *Jane Austen, Virginina Woolf, and Worldly Realism*, pp.32-33。

世界里的边缘人,但是她们的眼光无法达及有产绅士之外的天地,布兰登的被监护人伊丽莎的命运是该书叙事最最边远的外沿。其他阶层的人如仆人和农夫几乎完全被排除,其他社会安排的可能性根本无法进入视野。在这个意义上埃丽诺们的轨迹不可能具有颠覆性的意义。

很多人觉得,"这本书的主导基调是阴暗的"[1],并把这种印象归结于玛丽安最后不得不与社会妥协、退而求其次嫁给布兰登的人生归宿。其实,"阴暗"不在于玛丽安个人的命运,而在于那个让露西成功、让威洛比背叛、让约翰·达什伍德们得意扬扬的世道,在于正面人物的无能为力。十分耐人寻味,埃丽诺本人的"喜剧"结局不是她和爱德华争取来的,而是露西自我运作的副产品,是捡了露西的"漏儿"。叙事甚至颇具匠心地用细节揭示爱德华作为阔少的疏懒与奢侈——他即使在被剥夺了继承权又生计无着的情况下也不知应当压缩开支、节俭奋发,暂居伦敦之际仍循旧习在十分昂贵的"帕尔玛尔街*号"(III.2)[2]租房度日。总之,虽然他的"消极被动"在很大程度上缘于不肯随波逐流地追逐财势,但作者放弃其他叙述安排,以贴切的写实笔触刻画了爱德华的本相和弱点,显然也是有意要凸现她笔下私人乌托邦的偶然性和局限性——它寄生在约翰·达什伍德世界的某些缝隙中,苟存于被后者恩准的小小一隅中。

不仅如此,小说还刻意地披露了达氏姐妹最后的避风港即布氏家族拉德福庄园史中隐藏的血泪。二卷9章写到,达氏姐妹住在伦敦詹太家、玛丽安精神遭重创之际,布上校专程前往会见埃丽诺,和盘托

---

[1] Claire Tomalin: *Jane Austen*, p.158.
[2] 参看 *The Annotated Sense and Sensibility* (New York: Anchor Books 2011, annotated and edited by David M. Shapard), p. 509, Note 33. 该章里一系列涉及爱德华的信息都是由露西胞姐斯蒂尔小姐披露的。斯小姐不久前刚刚因嚼舌头暴露妹妹与爱德华的婚约闯了祸,此刻已兴致勃勃地重敲闲言"锣鼓"。她粗鄙、跳跃却又具体生动的言谈,透露了埃丽诺本来无从知晓的事态进展和人物表现。

出威洛比曾勾引、戕害小伊丽莎的事实。他希望，认清威某人的真面目能帮助玛丽安更快地摆脱那段明珠暗投的伤心事。

然而这件恶行却牵连着更残酷的往事。原来，布上校的受监护人小伊丽莎的母亲——也名为伊丽莎——乃是布家近亲，父母双亡后被送来由老布兰登先生管护。于是伊丽莎成了几乎同龄的乔治·布兰登的玩伴和青梅竹马的恋人。不幸的是，"她有一大笔财产，而我的［即布家的］庄园却负债累累"（II. 9）。十七岁时，一对有情人私奔的企图被挫败，姑娘不得不嫁给了监护者指定的男人即布家长子。绝望的乔治随军队远走他乡。显然，布家老爷子和约翰·达什伍德一样，心目中压根不存在什么女方的"选择权"。他理所当然地行使父亲和监护人的权利，安排了最有利于自己家族的婚事。按当时英国的法规，结婚后女方财产自然而然地落入男家囊中。不久老布兰登去世，伊丽莎被丈夫冷落、虐待，后来又在社交场中受浮浪子诱惑而出轨，几乎被净身出户——用上校的话说，离婚时她得到的"法定津贴"甚至不足以"维持舒适的生活"。于是，在某个走投无路的困难时刻，津贴权益又被转卖了，姑娘一步步向更黑暗的深渊跌去。三年后乔治·布兰登因兄长病逝重返英国并四处探访，伊丽莎却杳无踪迹。有一天他偶然在债务人监狱中发现了她，那时她患肺结核已病入膏肓，奄奄一息。布兰登所能做的只是让她在临终时日得到细心照料并接受嘱托尽心看顾她的私生女小伊丽莎。

这一切由乔治即布兰登上校和盘托出，突出了伊丽莎的不幸，对背后的财产易手和父兄的过失只是一语带过。但是那寥寥数语已足能让读者意识到，詹太口中富足的拉德福能有世外桃源般恬静安宁光景，正是以当年对伊丽莎的剥夺和迫害为基础。这一过程虽被淡化却仍触目惊心。因为父兄偶然早逝，庄园落到了一名更富于正义感和同情心的次子手中，进而成了达氏姐妹以及小伊丽莎们的避风港。但是这远远不足以消解笼罩拉德福以及形形色色大庄园历史命运的血泪斑斑的阴影。

不过，从另一个角度看，既然读者感知到小说结局的某种"阴暗"，那么批判锋芒和思想之战就仍然存在。有评论指出：奥斯丁把个人经验与其社会背景联系起来，从而成为"第一位发明适当形式表达对新型社会的批评见识"[1]的伟大作家。可以说，奥斯丁小说自出版以来从未断档，一直被阅读被喜爱，"从不需要被再发现或恢复地位"[2]，其根本原因之一正在于约翰·达什伍德们的当代性，在于资本主义全球化把他们的思想秩序和社会秩序推行到五湖四海。这也是她对钱财（brass）威力的描写令20世纪的诗人奥登深感不安的缘故。[3]不过，奥登们似乎低估了奥斯丁对金钱世界的抵抗和质疑。"她的小说并不将社会'永恒化'：相反却使之遭到质疑。"[4]她不仅生动地写出了那个世道，在她笔下，埃丽诺们的眼光、叙述的判断乃至对"大团圆"结局的某种温情企盼都产生着有形无形的压力，从绅士世界的内部发动起经久不息的质问，揭示金钱秩序的荒唐和残酷，播撒着对某种变化、某种新乌托邦的渴望，谋求并促进着对现代主体和现代社会的修正。

在这个意义上，似乎不问政治大事的奥斯丁其实乃是致力于社会批评和社会改良的19世纪英国文学家中的先驱者之一。如果我们把埃丽诺和玛丽安的对照和对话更多地放到这个更广远的背景里考察，就不会简单地用"激进""保守"之类的词语来界定奥斯丁所传达的信息。达什伍德家两姐妹在多重社会语境中的人生波折和对应选择，可以被视为是构思某种局部抵制"逐利社会"的私人乌托邦的尝试。也

---

[1] Ann Benfield: "Jane Austen and the Novel of Social Consciousness," in Monaghan (ed.): *Jane Austen in a Social Context*, p. 30.
[2] James Thompson: *Between Self and World*, p.5.
[3] 参看 M. Butler: *Jane Austen and the War of Ideas*, p.8；又 Markman Ellis: *The Politics of Sensibility: Race, Gender and Commerce in the Sentimental Novel* (Cambridge: Cambridge University Press, 1996), p.14。
[4] Tony Tanner: *Jane Austen*, p. 12.

就是说，我们不仅对巴特勒的观点有所拒斥，对与她唱反调的一些论者也不尽认同。因为后一类学者大抵像巴特勒们一样聚焦于个人与群体的冲突，只不过他们与巴特勒相反，侧重揭示奥斯丁作品中个人意志对社会制约的反抗，以"颠覆性"取代"保守"说。〔1〕两方的观点其实都更多地反映了"我们时代无视个人与群体生活之间相互依存关系的思想偏向"〔2〕。奥斯丁对个人与群体两者间关系的展示和探查是多方位的，紧张和对立只是其中一个侧面。通过两姐妹的婚事，奥斯丁一方面借情感主义的批判锋芒讽刺抨击世态中的金钱逻辑，同时借力某些"保守"理念（如新古典主义文化所主张的明智、均衡以及约翰逊博士对人性和人欲的辨析等〔3〕）以修正种种很唯我的滥情姿态。与此同时，她严峻的现实主义眼光又使代表正面出路的思想试验也被笼罩在某种冷嘲的阴影中。

〈1〉 参看 David Monaghan: "Introduction," in D. Monaghan (ed.), pp.4-6。
〈2〉 Julia Prewit Brown: *Jane Austen's Novels*, p.24.
〈3〉 奥斯丁深受18世纪新古典主义（奥古斯都）文学的影响。参看 Penelope Joan Fritzer: *Jane Austen and Eighteenth-Century Courtesy Books* (Westport CT: Greenwood Press, 1997), p.2。

第二章 《傲慢与偏见》：视角挪移与自我"修订"

紧随《理智与情感》出版的《傲慢与偏见》(1813)一直是奥斯丁小说中最受读者喜爱的一部。[1] 小说的开篇流光溢彩："It is a truth universally acknowledged, that a single man in possession of a good fortune, must be in want of a wife…"(I: 1)

两百多年来，这段文字被掘地三尺地反复探究。多数人公认，这句话开宗明义高调宣示了该小说的题材——一如其他奥斯丁作品——"为逐利社会中的婚姻"[2]；而叙事基调（起码是基调之一）则是嘲笑挖苦。句子前半一连用了数个文气十足的抽象大字眼，其中 universally，acknowledge，possession，fortune 等均有拉丁词源；it is a truth，in want of 等语式则表示客观陈述或客观判断，结合起来构成某种权威腔调，令人期待随后道出某种高大上普世真理或道德信条。然而后半句却陡然降格到有钱男人选妻的可能性。这种不平衡包含强烈的揶揄嘲讽意味，针对"真理"也针对隐含于全句中的"我们"——因为，如果读者追问一句，如此这般的判断是谁人的世界级"真理"，便立刻会意识到产生此类公论的是一个群体。如有的睿智评点所说，对于反讽开篇

---

[1] 《傲慢》一书引文的译文主要参照张玲、张扬的译本（人民文学出版社，1993）；也适当参考了王科一译本（新文艺出版社，1955）。笔者有改动。

[2] Marvin Mudrick: *Jane Austen: Irony as Defense and Discovery* (Princeton: Princeton University Press, 1952), p.107.

中那个内在的"我们","怎么高估都不过分。"⁽¹⁾此外,开篇还包含另一重显著的不平衡或自相矛盾,即就句法看,女人的位置是"被"需要的,但表达的显然是一种婆婆妈妈的集体意识甚至是她们骚动的图谋和欲求。种种充满反讽张力的不平衡在后续的叙事中被反复呼应、拓展、变形甚至强化,蕴含着多向度阐发的可能。⁽²⁾

相关的分析评说可谓车载斗量,不胜计数。有评家指出了"开首讽刺语句"所属的叙述声音类型⁽³⁾,以及这"天神般"权威叙述者/作者"不言而喻"超然在上的立足点。⁽⁴⁾但迄今尚较少有人充分注意书中叙述者和女主人公的观察视角共同经历了某种挪移,更不必说把这种视角挪移与小说主旨即主人公自我修正的心路历程联系起来深入讨论。

所有奥斯丁小说的核心成分之一都是有关"教育"的故事。她以极富特色的文体讲述的女性经历被视为英国式"成长小说"的重要范例⁽⁵⁾,其"恒定主题即人我关系(the relationships between ourselves and other people)"常常"体现为教与学"。⁽⁶⁾奥斯丁对教育和修养的关注绝非个人孤悬世外突发玄想,而是现代欧洲一波漫长思想文化运动中承前启后的一环。18、19世纪德国等欧陆国家经历了"等级社会

---

[1] Mark Kroeber: "*Pride and Prejudice*: Fiction's Lasting Novelty", in John Halperin (ed.): *Jane Austen: Bicentenary Essays* (Cambridge: Cambridge University Press, 1975), pp.151-152.

[2] 参看前注 Kroeber 文,153 页。

[3] Susan S. Lanser: *Fiction of Authority: Women Writers and Narrative Voice* (Ithaca: Cornell University Press, 1992), p.73.

[4] D. A. Miller: *Jane Austen, or the Secret of Style* (Princeton: Princeton University Press, 2003), pp.31-34.

[5] 参看 Brigid Lowe: "The Bildungroman," Chapter 25 of Robert L. Caserio and Clement Hawes (eds.): *The Cambridge History of the English Novel* (Cambridge: Cambridge University Press, 2012)。

[6] Susan Morgan: *In the Meantime: Character and Perception in Austen's Fiction* (Chicago: The University of Chicago Press, 1980), pp. 52-53.

迁变",市民阶层酝酿、推动了对修身或个体完善的讲求,"成长小说"（也译"修养／教育小说"）随之兴盛一时。[1]甚至更早前人文教育在文艺复兴时期商业发达的意大利发轫,也曾有相似的历史动因和文化表现。[2]

有人正确地指出,追溯奥斯丁女主人公的成长经历,一个最有效方式是"跟踪她话语习惯的改变"。[3]不过,笔者选择更多地聚焦于与文体或言说方式如影随形共生的阅世眼光。这固然因为前人对此讨论相对较少,但更重要的是,语言风格问题更多关涉修辞技巧,而叙述者和中心人物的视角或自我"站位"则是直接指向思想境界和精神面貌的关键线索。视角调整意味着主体个人对于有关自身与他者及现实世界相互关系的再认识,也即世界观的修订与重塑。

狙击"高富帅"与俯视姿态

书中率先登场的人是哈特福德郡朗伯恩村的班纳特太太。

> 有一天,班纳特太太对她的丈夫说:"我的好老爷,尼瑟菲尔德庄园终于租出去了,你听说过没有?"
>
> ....
>
> "哦,亲爱的!你得知道,朗太太说,租尼瑟菲尔德庄园的是个阔少爷,英格兰北部的人;他星期一那天,乘着一辆驷马轿车来看房子,看得非常中意,当场就和莫理斯先生谈妥了……"

---

[1] 谷裕:《德语修养小说研究》（北京大学出版社,2013）,13—17页。
[2] 参看吕大年:《人文主义者论教育》,《启真1》（浙江大学出版社,2012）,58页。
[3] Laura G. Mooneyham: *Romance, Language and Education in Jane Austen's Novels* (London: Macmillan, 1988), p.x.

>　……………
>
>　"噢,是单身,亲爱的,千真万确!非常有钱的单身汉哟,每年有四五千镑的收入。真是女儿们的福气!"(I.1)

这位口无遮拦的大妈急切地央求老公快马加鞭前去拜会有望成为金龟佳婿的新邻宾利先生。她的话充满生动的街谈巷议和烦琐的俗务操心,一锤定音地揭示了产生"举世公认的真理"的那一特定群体的属性,既是对"真理"的坐实和注释,也是十足的干扰和颠覆。一直逗引妻子持续冒傻气的班先生则使开篇全知陈述的反讽声调有了一个具体代表人物。

不久后邻近美里屯镇举办了一场舞会。可到那时真正引发全面骚动的却不是众望所归的宾利,而是他朋友达西的意外登场:"达西先生身材颀长,相貌俊朗,器宇轩昂……他进来还不到五分钟,消息就传开了,说他每年有上万镑收入。"(I.3)四千镑年收入是迈进货真价实"上层社会"的门槛。一万英镑的震撼力自然成倍增加。[1]两位贵宾家产引爆的情绪冲击波表明:在美里屯小世界里,钱财刻骨铭心地界定着个人在群体中的身份和尊严。对于舞会现场参与者,恰如对于直率概括出婚恋场中"高富帅"标准的21世纪初中国人,达西这样一个严格符合"有钱单身汉"类型要求的男青年不可避免激发了择婿热情,一时间四下议论喧腾,直到达西目中无人、爱答不理的态度给大家当头泼了一瓢冷水。

开篇的讪笑笔调在完美地延续,与之相随的是叙述者的俯看视角。不论是班家女孩和诸位芳邻在舞会前后饱受传言折磨、经历嗔恼惊喜

---

[1] 有学者估算,在1800年的英国,五千英镑年收入大约相当美国2010年的34万—50万美元。参看 P. M. Spacks (ed.): *Pride and Prejudice: An Annotated Edition* (Cambridge: The Belknap Press of Harvard University Press, 2010) 31页第10条注释。

的情感变化,还是各家老妈彼此探营、积极运筹嫁女大业;不论是班太驱赶大女儿瑾冒雨回访宾家姐妹、使她受寒生病滞留尼瑟菲尔德庄园的锦囊妙计,还是邻居约翰·卢卡斯爵士在达西面前可劲儿鞠躬、无比恭敬而唐突地谈论宫廷舞会或贵胄家宅时的滑稽嘴脸,都活灵活现地呈现着围绕两名富有男士婚娶前景漾开的村镇百态。热闹的笔法醒目地映现出叙述者眼角边的笑纹。

俯看众人的眼光及怡然自得的嘲笑属于叙述者,属于班老先生,也属班家二小姐伊丽莎白。班先生曾不止一次当着全家人说,丽琪(家人对伊丽莎白的爱称)比其他几个傻丫头要机灵一些,明白地表示对她的偏宠以及父女俩立场一致、灵犀相通。不过,丽琪第一次从五姐妹中被凸显出来,展示的却是蒙羞的经验。

舞会上男客稀缺。伊丽莎白曾经闲坐一旁,无意间听到宾利鼓动达西邀自己跳舞。达西转头朝她看了片刻,等两人目光相接才懒懒收回眼神,回答说:"她还算可以,但是没有标致到能让我动心。我可没兴趣去抬举被别的男士冷落的姑娘。"(I.3)他用以评价偶遇女子的"标致"(handsome)一词在小说中出现频率极高。一方面,几乎每位青年男女在他人视域中初现,都首先要碰到是否"handsome"的评判;另一方面,如《理智与情感》中约翰·达什伍德关于二妹遭逢失恋、形容憔悴因而身价大跌的议论所提示,彼时彼地婚姻交易中个人相貌早已明确地市场化,"标致"能够折抵不小的现金份额。一名缺少资产的待字闺中女,被人如此冷蔑地断定为不够"handsome",无疑是雪上加霜。那一刻,空气几乎凝固。达西重磅冷言的杀伤力,读者简直能感同身受。

这一幕及随后的段落确立了伊丽莎白的中心地位。她既是被呈现的主人公,又是叙事的主导视点。叙述大多展示她的所见所闻所思所感,不知不觉将读者带进她的意识世界。我们得知,丽琪"生性活泼,爱开玩笑,遇到任何荒谬的事情都觉得开心"(I.3),因此非但没有因为遭人冷眼而气闷神伤,相反"兴高采烈"地把这一插曲告诉了各位亲朋好友。她坦承"就爱开心一笑",自认为是针砭"蠢事、荒唐、想入非非和朝三暮四"(I.11)的行家里手。如马德里克所说,这姑娘荣幸地"分享着叙述者(或作者)的讥讽姿态,将自己设定为有识别力且时时对他人进行评判并划分归类的反讽旁观者"[1]。经过一番分析裁断,她把自己由被(达西们)观看并酷评的客体转化为进行审视和判别的主体,而且不惮于以公开言论张扬于世。当然,并非所有人都是嘲讽对象,大姐瑾及卢家长女夏洛蒂是她的闺密,就不在此列。她批评姐姐过分仁善、只看他人优点,反驳夏洛蒂有关紧抓机遇缔结有利婚姻的实用主义论调,说话恳切而直率,没有夸张也没有讥笑。而瑾和夏洛蒂各抒己见也毫不含糊,印证了她们之间真诚平视的亲近关系。不过多数人都无"福"进入伊小姐的平等知己圈。高富帅少爷达西被她迅速贴上"荒谬可笑"的标签,与宾利姐妹同列为可冷眼俯看的对象。

在下一场美里屯舞会上,她不顾卢卡斯老伯扯住她的手往达西身边送的美意以及后者郑重请她赏光的荣幸,坚决表示不想跳舞,笑盈盈地丢下一句"达西先生真是文明礼貌的化身"(I.6),便翩然而去。睚眦必报的姑娘记着上次的一语之伤呢,"礼貌"云云可以说是公然的挖苦。只是达西却不明就里。像当时不少上层社会矜持男士,他于跳舞虽说技巧娴熟却不显热衷[2],也就谈不上有多失望。相反,他看到了对方拒绝时异样的神色和闪动的眼波。不按常规出牌的女孩子吸引

---

[1] Marvin Mudrick: *Jane Austen: Irony as Defense and Discovery*, p. 94.
[2] 切斯特菲尔德勋爵(1694—1773)在著名的《教子信札》中曾告诫年少的儿子,跳舞只是"有时不得不顺应一下"的"很不足道的傻事";却又于后者青年时代游历欧陆时指点说:得一位最佳舞蹈教师"至关重要","舞蹈优美,才能坐立优美,行走优美,方能得世人喜爱"。见 *Letters of Lord Chesterfield to His Son* (London: J. M. Dent & Sons, 1929), pp.13, 207。

了他的注意。男方的地位优势使伊丽莎白在主观想象世界之外仍然难逃被观赏的命运——她射出的小小讽刺之箭根本没有抵达目标。男女主人公彼此意图和感受的喜剧性错位,是小说第一卷中情节推进的主要动力之一。

伊丽莎白赴宾家照料病中姐姐期间还有若干类似经历。就她本人的感受,简直可以自诩是完美无瑕地坚持了针对达西的拒斥和嘲笑。一晚,宾利小姐在客厅弹奏钢琴。伊丽莎白意识到达西在盯视自己,一时有几分意乱。她先断然否定了得到"那位大人物垂青"的可能性,继而把原因归于自己"比其他在场的人都更令他讨厌",最终以自己"太不喜欢他了,对他是否赞赏毫不在意"作为定心丸而稳住了心神。接下来一长段自由间接体叙述,亦步亦趋转述女主角的内心活动,揭示了她如何生硬地把新观感拉入旧判断:

> 宾利小姐……变换花样弹起一支欢快的苏格兰小曲……达西便走近伊丽莎白,对她说:
> "班纳特小姐,你不想趁此机会跳一段瑞乐舞(Reel)〈1〉吗?"
> 她笑了笑,没有回答。达西见她一言不发,有些惊讶,于是又问了一次。
> "哦,"她说,"我刚才听到了,不过我一时没有拿定主意怎样回答。我知道,你想让我说'乐意',那样你就可以鄙薄我趣味低级,寻个开心。可我总喜欢戳破这类把戏,让某些人存心蔑视我的如意盘算落空。"(I.10)

达西重复的问话听来很明显是讨好甚至是撩逗,暧昧得让人心旌摇

〈1〉 一种下层民众喜爱的集体舞。

动。⁽¹⁾不过伊丽莎白可没有忘记那位大少爷曾在其他人演奏同类乐曲时轻蔑地说"野蛮人也都爱跳舞"（I.6）。何况，片刻前他们俩还在针锋相对地打嘴仗。她宁可断定这仍然是对立双方争高下的场合。于是她宣布自己压根不想跳瑞乐舞，还咄咄逼人地说："要是你敢，就蔑视我吧。"

还有一次，宾利小姐拉她在客厅踱步，引得达西评论了几句，宾小姐赶紧追问其详，而伊小姐则用嬉戏口气力主不去理睬，"杀他的威风"（I.11）。后来在另一场舞会上，她猝不及防接受了达西邀请，便拿出伶牙俐齿的功夫刁难舞伴，还半开玩笑地质问他是否被"偏见障目"，抨击他迫害民团青年军官魏肯的行为，等等。（I.18）

伊丽莎白与宾家长姐即赫斯特太太在花园小径散步的插曲是另一个触目的例子。她们走着走着迎面遇上了达西与宾利小姐。赫太太当即丢下客人去攀达西的另一条胳膊。这种不讲起码礼貌的行径让达西感到尴尬，他建议换条宽敞些的路大家一起并排走。"可是伊丽莎白根本不想跟他们在一起，她笑着回答说：'不必啦，不必啦。你们还是走那条路吧。你们三人组合搭配得真美，看起来实在妙不可言。要是再加上第四个，如画感可就破坏啦。'"（I.10）轻轻巧巧一个"如画感"，伊小姐把自己摘出，将另外三人彻底转化为考察、鉴赏甚至讥嘲的对象，对抗击达西的立场定位进行了有效的"轨道维持"。"组合"（grouping）、"如画（感）"等都是当时著名美术理论家吉尔平⁽²⁾讨论绘画和风景的常用术语，它们如此自自然然出现，如灵光一闪，既让伊

〈1〉 有人将此直接解读为达西在"请伊丽莎白跳舞"，但用语比较含糊。见 Reuben A. Brower: "Light and Bright and Sparkling: Irony and Fiction in *Pride and Prejudice*", in Ian Watt (ed.): *Jane Austen: A Collection of Critical Essays* (Eaglewood Clifffs, N. J.: Prentice Hall, 1965), p.66.

〈2〉 William Gilpin（1724—1804），英国画家、圣公会教士、教师兼作家，主要以首创"如画"（the *picturesque*）概念知名。

丽莎白不着痕迹地炫了一把"文化",又占了一份不宜言传的小小口头便宜——因为,吉大师讨论"组合"时所举画例涉及的自然是被观赏的人、物甚至马牛羊。我们很难断定话音里流淌着得意的伊小姐对于这份额外的语言红利是否充分自觉,却知道她绝非不屑于此等"粗俗"和刻薄。因为,后来她在柯林斯宅做客时,碰上那家人大呼小叫手忙脚乱地赶往花园门口向乘车路过的贵夫人致敬,便冷冷地甩了一句:"我还以为是猪拱进了园子呢,原来不过是凯瑟琳夫人和她女儿呀!"(II.5)

俯看滑稽世相的最精彩表演还有班纳特先生对奇葩客柯林斯的接待。柯林斯牧师是班家远亲,他以一纸超级弯弯绕的咬文嚼字信件宣告自己的到访。班先生则煞有介事地向全家宣读了那封令他乐不可支的来信。柯某登门后便喋喋开说,吹嘘自己及恩主凯瑟琳夫人,还扬扬得意地介绍自己如何当面力捧凯夫人的千金。班先生立刻夸他本事了得:"敢问你这种讨人欢心的奉承话是靠灵机一动,还是因为素有钻研而成竹在胸呢?"态度与挑逗太太出洋相别无二致。柯牧师也有不亚于班太的愚钝,美滋滋地详细解说自己阿谀讨好时的随机应变和预案设计。班先生不动声色地聆听,"不过偶尔对伊丽莎白使个眼色而已"。(I.14)使眼色是很重要的一笔,表明落在柯林斯身上的那份鄙视,融聚了叙述者、班先生及伊丽莎白高度重合的目光。

柯牧师来访的主题是相亲。班家亦如达什伍德家,房地产祖业是法定要传给男性后嗣的。由于老夫妻只生得五个闺女,旁系的柯某反成了家族继承人。他风闻众表妹金花五朵美艳过人,遂精打细算谋划出亲上结亲的妙计。来到朗伯恩他一眼先看中最秀美的瑾姐姐,听班太宣布她名花有主,立马移师主攻二小姐。他盘桓数日,与表妹们跑了两趟美里屯、参加了尼瑟菲尔德庄园舞会,然后在离去前约伊丽莎白"私下谈话",正式求婚。他郑重其事,将详细打过腹稿的说辞倾倒

第二章 《傲慢与偏见》:视角挪移与自我"修订" | 73

而出,列举提亲的理由和条件:第一,他身为"经济宽裕"的牧师,自当成家为教区树立榜样;第二,为增进个人幸福;第三,凯夫人曾多次敦促他成亲(他深信那位高贵夫人的垂顾是他可以吸引异性的重大优越条件)。此外,作为家产继承人,他在几位表妹中觅妻可"减少她们的损失"。

这位仁兄的求婚演说与他的来信珠联璧合,可跻身英语小说中"最滑稽妙文"[1]。他认定求婚是一种询价交易,而自己提出的条件难以抗拒,表妹们只有感恩戴德的份儿。所以他毫不犹豫地参照流行的淑女操行指南书,把伊丽莎白的当场拒绝归结于欲迎还拒的"高雅女士惯技",逼得对方不得不再三再四地表态。他也提到"感情",不过总共才两个半句:一次是切入正题前申明要趁自己"尚未被感情冲昏头脑"赶紧陈说理由——让伊小姐不禁对那压根不存在的可能性(即被感情冲昏头脑)暗自发笑;另一次则是作为长篇大论的结束语:

> ……我没有什么别的要说的了,除了要用最激动的言辞表达我炽烈的爱意。对于财产,我完全不以为意……你将来应得的款项只有一千镑,利息四厘,还要在令堂过世后才会落到你的名下。因此我对财产的事将永远矢口不提。(I. 19)

柯牧师求亲表演背后交织着种种经济、政治、性别秩序的明规则和潜规则,既表明了他是怎样一种人,也揭示了左右人们行为的谋财逐利世道。钱在社会生活中超重压秤,这既是奥斯丁与众多前辈小说家的共同语境,也是他们笔下人物的给定生存条件。《傲慢》一书中,不仅继承权问题被设置为推进情节的动力源,"钱"或财产考量也成为

---

[1] Richard Jenkyns: *A Fine Brush on Ivory: An Appreciation of Jane Austen* (Oxford: Oxford University Press, 2004), p.77.

影响文体的一个主导因素[1],使小说像鲁滨孙的荒岛故事一样充斥着形形色色的报账单:每一位未婚男女(包括故事边缘的金小姐和达西小姐等)的私囊都被追查得底朝天,班家的收入账(包括父系地产的两千镑岁入和母亲陪嫁的五千镑现金)更是早在一卷7章就被交代得一清二楚了。

柯牧师事先详查女方财产状况,精确到收益率的一厘一毫,乃是当时婚俗常态。他明言提及继承权是在点班家女儿的死穴,因为这个中等士绅人家的女性成员们时时都在感受那把悬在头顶的经济的达摩克利斯之剑。班太太的歇斯底里事出有因。伊丽莎白姐妹缺少嫁资且母系门第寒微,在婚姻市场上不具备竞争力。正因如此,她所经历的另外两场朦胧的异性相悦根本走不到谈婚论嫁这一步——一表人才的魏肯满心指望娶位多金女脱贫;亲切讨喜的费兹威廉上校则坦承:作为贵族家庭的幼子,他没有继承权却有"大把花钱的积习"(II.10),考虑婚事可不敢只顾情投意合,不问钱财多寡。与他们相比,柯林斯的"过人"之处只在于他毫无心理障碍地把自己的斤斤算计宣示为慷慨大度。

尽管深谙陷入困境的可能性,对于眼前那个"自鸣得意、装腔作势、心胸狭小、愚蠢透顶的家伙"(II.1),伊丽莎白实在无法忍受,即使是——或者毋宁说,尤其是——加上他的房子、马车和恩主凯夫人。她对柯林斯的评价是事后与姐姐谈心时道出的,以直接引语形式出现,口气和用词却极似叙述者对班太太的概括。这又一次证明:此际主导女主人公处世态度的,是她与父亲乃至叙述者所共同持有的俯看视角和讥讽者立场。

---

[1] 参看 Mark Schorer, "Pride Unprejudiced," *Kenyon Review*, No. 18 (W 1956), pp.83-84; 又,马克·肖勒:《〈爱玛〉》,朱虹编:《奥斯丁研究》,265—266页。

与柯林斯求婚闹剧相交错，还发生了其他一些事，让表面波澜不惊的乡村生活暗流涌动。比如，柯牧师遭伊丽莎白拒绝后再次改换对象火速提亲，并成功地与夏洛蒂·卢卡斯订立婚约。还有，庄园舞会之后宾利一家突然离去，令深陷情网的瑾·班纳特肝肠寸断。伊丽莎白因怜惜姐姐心生恚恨，把罪责归于达西和宾家姐妹的背后操弄。此外，伊丽莎白与英俊而殷勤的民团军官魏肯相识后，两人惺惺相惜，交情飞快升温，在对达西的看法上更是一拍即合。魏肯透露说，自己曾饱受那位有钱有势少爷的虐待。

数月后，伊丽莎白应邀随卢卡斯老伯及其小女儿一起去探望已经嫁到肯特郡的夏洛蒂，因而与身为凯夫人外甥的达西及其表兄费兹威廉上校不期而遇。她待后者颇为友善，对前者却丝毫没有放松警惕，一如既往地冷嘲热讽。这日傍晚，伊丽莎白独自留在牧师宅，没有随柯家一道恭敬万分地拜谒凯夫人。她刚刚综合各方面信息得出明确结论：是达西的干预破坏了宾利和姐姐的恋情。此刻她又气恼又心酸，反复览读瑾的来信，一时百感交集、头痛不已。

不料忽然有客上门。更加令人惊愕的是，来人竟是达西。他说了几句常规客套话，迟疑地来回踱了几遭，突兀地开了口："我努力克制，但是不成。这样下去可不行。我的感情压抑不住了。你一定得容我告诉你，我是多么仰慕你，热爱你。"（II.11）

一种扣人心弦的急切和冲动跃然纸上。

有人说《傲慢》是奥斯丁小说中最富于性爱激情的一部，甚至有续作和改编为它补写了情色内容，2005年新版电影里雨中热吻的场景可算是典型例子之一。后世人的借题发挥被安到奥斯丁笔下淑女身上不免是时代倒错，但是那种青春热度却分明是达西上述话语所暗示了的。查普曼在奥斯丁作品中辨识出"热烈的情感"[1]，不是空穴来风。

---

〔1〕 查普曼：《简·奥斯丁：答加洛德先生》，朱虹编：《奥斯丁研究》，83页。

可以说，达西与柯林斯的根本区别之一就在于此。

不过，也许更耐人寻味的是，达西和柯牧师，如此不同的两个男人竟有根本的相似，即他们的求爱都是独白，都事先将对方的应允暗设在本人的求婚说辞中。柯某毫不怀疑自己的一二三四所向披靡。达西的"容我"（allow me）其实也不容分说。他径自滔滔不绝地讲主观感受和思想斗争，说：尽管伊丽莎白的亲友身份低下、家人不时丢人现眼，自己最终没能压抑住对她的喜爱，等等。与对柯林斯的处置不同，此处达西的深情倾诉没有被直接引用，而是通过女主人公的观感以第三人称综述呈现。伊丽莎白明确意识到，那位高富帅"毫不怀疑会得到满意的答复。他嘴里也*说*诚惶诚恐，但是他脸上流露出来的却是万无一失的神气"。求婚者们的自信揭示了男性有产者共同的优越感，并无情地反衬出伊丽莎白们的弱势地位。达西虽然不会像柯某那样一个子儿一个子儿算计女方钱财，但是他对举止和风度的敏感使得班太等人缺乏文化修养的门第缺陷显得更为刺目。

然而，这场戏的主角是伊丽莎白。面对达西极端自负的表白，她的第一反应是气愤。

此前，柯林斯的婚事不止一次为作者和女主人公提供了系统辩论婚姻原则的机会。先有伊丽莎白不惜面对经济困境也坚定地拒绝柯林斯，随后她又与亲友反复争论夏洛蒂的允婚。在夏洛蒂看来，"对于受过良好教育但财产不多的年轻女子来说，嫁人是唯一一条体面出路，虽然并无把握能得到幸福，这毕竟是她们可以免于贫困的最惬意的避难所（refuge）"，她自认不是"有浪漫情趣的人"，"只求有一个舒适的家"。（I.22）她把婚姻提到"避难所"的高度，体现了对自身经济条件的充分自觉。在那个时代，有教养却没有足够资产的英国中下层士绅家庭女儿，可选的职业唯有当女教师或从事裁缝之类手工劳动。这些行当收入菲薄而且地位几近仆役。"就业"意味着将自己走投无路的处境广而告之，所以淑女们除非到了饿饭的地步绝不愿意迈出这一步。⁽¹⁾瑾对夏洛蒂表示适度理解，然而伊丽莎白不肯退让，强调不能"随便改变原则和诚信（integrity）的含义，也别想硬让我相信，自私自利便是小心审慎……"（II.1）。三人"闺密帮"虽有一个已夺路离去，余下的姐俩最终还是认定，"怎么都可以，没有感情结婚绝不可以"。（III.19）这句规定行为底线的话与作者本人1814年致侄女范妮·奈特信中的表态几乎一字不差地重合，也与未发表手稿残篇中一女性人物的自白形成呼应⁽²⁾——后者称："贫困固然是大苦厄，但对于有教养且富有感情的女性，它不应该也不可能是最大的灾祸。……我宁愿当学校教师……也不嫁自己不喜欢的男人。"⁽³⁾

总之，柯林斯闹剧不仅是搞笑噱头，更是女主人公人生选择的预演。由此，伊丽莎白更加坚信：她对达西既已有定见，便决不允许一万金镑绑架自己的感受和判断。于是她仅遵循起码礼貌对达西略表感谢，便抛出一连串质问——既然声称爱她，为什么又要说这爱违背理智，以此来羞辱她？为什么要阻挠宾利和她姐姐瑾相恋从而毁掉后者的幸福？又凭什么迫害他家老管事的儿子魏肯、霸道地搅黄他出任牧师的安排？达西本能地起而迎战，在气急败坏的自我辩解中强硬抢白："莫非你指望我因你家亲戚低贱而欢欣鼓舞吗？"他甚至使用了"卑微"（inferiority）和"社会地位远低于我"等直白伤人的词句，一方面坐实了人们关于他这个富贵子弟有强烈门户之见的怀疑，同时又暴露出他那受了刺激的骄傲之心。伊小姐自然也恶语升级，不但宣布"完全确认"了达西"骄狂自大，自以为是，因为自私无视别人的感

〈1〉 一个有趣的例子是，作家斯特恩的妹妹曾因哥哥建议她学绣花、制帽等手艺谋求自立而勃然大怒。参看 Ian C. Ross: *Laurence Sterne: A Life* (Oxford: Oxford University Press: 2001), pp.157-159。

〈2〉 参看 Stuart M. Tave: *Some Words of Jane Austen* (Chicago: The University of Chicago Press, 1973), pp.134-135。

〈3〉 Janet Todd & Linda Bree (ed.): *Jane Austen: Later Manuscripts* (Cambridge: Cambridge University Press, 2008), p.83.

情"，而且断然将他不可一世的求婚踩到脚下："即使天下男人死绝了，我也不会嫁给你。"（II.11）

  双方的唇枪舌剑以直接引语方式被逐字录述。伊丽莎白口气激烈，机关枪般的话语扫射火力极冲。率性而为的二十岁女娃显然没想给自己留下转圜的余地。不过她的冲动与她小妹莉迪亚不知轻重的自我放任有本质差别。她的坚决态度是以此前的高密度思考为基础的，也具有为自己的决定承担后果的精神准备。她十分明白：如果不能顺利出嫁、落到只靠母亲留下的千镑资产的利息过活的地步，可就只能勉强求个温饱，连下等士绅人家的日子也难维持了。尽管如此，她仍然毫不犹豫地拒绝了唾手可得的真正的豪门生活。女主人公的拒婚表达了对主宰班太太、柯林斯、魏肯、夏洛蒂、费兹威廉上校乃至约翰·达什伍德们的唯钱论逻辑的坚毅抵抗。虽然伊小姐所依恃的那份察人断事的聪明才智尚有待进一步验证与考评，她在有财有势者面前敢于坚持真感受真性情，还能通过缜密的绵延复合长句[1]表达犀利的斥责与反驳，体现的确实不只是破釜沉舟的勇敢。

  这是最根本的伊丽莎白特色，也是她最吸引达西的地方。

  在这场正面冲突中，伊丽莎白对达西的狙击终于不再是自欺欺人的主观幻想。直接"交火"、力辩是非的情势让两位年轻人情绪高度激动。他们也许都没有意识到，这实际上是彼此间第一次如此诚实、坦率、认真而平等的交流。有来有往、势均力敌的争论本身意味着平视和正视的关系。

  翌日清早，达西郑重而客气地交给伊丽莎白一封长信，具体回应她的种种指责。头天晚上伊丽莎白也曾辗转反侧，把前因后果掂量了好几个来回。她打开来信时仍心怀"强烈偏见"（II.12），认定自己经过排查

---

[1] 有评论指出了她此时对"复杂语法"的掌控。参看 Douglas Bush: *Jane Austen* (London: Macmillan, 1975), p. 96.

论证得出的结论绝对翻不了盘。然而，读到达西和盘托出的魏肯劣迹，特别是他企图诱拐未成年的达西小姐的行为时，她受到了震动。伊丽莎白深知达西这类人绝不会为指证区区魏肯拿家族体面攸关的事编谎话。

反思不可避免地启动了。伊丽莎白记起了费兹威廉上校的某些可以作为旁证的说法，又像回放录像般一一检点了自己与魏肯的交往过程，并头一次认真思量了后者言行中自相矛盾之处。初步判定了达西、魏肯关系的是非曲直之后，她对达西有关宾利恋爱的解释也采取了更为宽容的态度——至少，很可能他确实没有看出瑾平静从容外表下的一往情深。伊丽莎白意识到自己有可能错判了达西，"越想越羞愧得无地自容……不能不觉得自己盲目、狭隘、偏激、荒唐"，甚至生出了"到此刻为止，我竟毫无自知之明"的锥心感受。（II.13）

如有的学者指出，这个突转（anagnorisis）在全书结构中极为重要："它居于伊丽莎白个人戏剧的中心，而她的自察则是小说优长所在。"[1] 很显然，如果没有这一变化，就难以启动女主人公此后的视点移挪以及婚恋情节的路转峰回。也许更重要的是，它借助女性爱情经验触发了对"自我"的省察和质疑。作为具有强烈主体意志的新型女性，伊丽莎白此际的反躬自省不仅事关她本人的选择和命运，在很大程度上也表达了针对主导男性有产者竞争文化的唯我主义的某种警惕和忧虑。

达西首次求婚失败及其后的逆转是全书高潮，也是女主人公爱情故事中最重要的曲折。

潘伯里的多重象征结构和演习"观看"

当年夏天，伊丽莎白随舅父舅母即加德纳夫妇到肯特郡旅游，顺

---

[1] Robert B. Heilman: "*E pluribus unum*: parts and whole in the *Pride & Prejudice*," in Halperin (ed.), *Jane Austen: Bicentenary Essays*, p.126.

便去该郡名邸潘伯里观光。

潘伯里正是达西家宅。对于一部以喜剧效果见长的小说，记述这段经历的三卷1章算不上最有趣，却是推进叙事、揭示主题的"最核心"[1]章节之一。因为这是男女主人公重新展示自身并认识对方的契机——所以伊丽莎白后来自嘲地告诉瑾，她对达西的爱始于她"第一次看到他在潘伯里的那片美丽地域之时"（III.17）。

是什么造成了如此的转变？莫非豪宅所象征的世家地位和万能钱财终于发挥了无坚不摧的威力？作为小说中的最关键地点，潘伯里究竟代表着什么？这是所有的读者不可避免要面对的问题。

通向答案的重要提示之一，是伊丽莎白匆匆参观大厦后的一条评论。她认为："与罗辛斯对比，[潘伯里]少了几分富丽堂皇，多了真正的高贵典雅。"（III.2）"漂亮的现代建筑"（II.5）罗辛斯是凯瑟琳夫人的住所，因为有崇拜者柯林斯不遗余力的宣传，它作为炫富符号的功能得到了充分挖掘。我们和女主人公一样，没有登堂入室前早已知晓那里"光是壁炉台就花了八百多英镑"（I.16），窗户玻璃耗资令人咋舌；后来还陆续见识了她家"华丽的厅堂，众多的仆役，豪华的宴席"以及各式的车马，等等。然而，这般"靠钱财和威势摆出来的显赫气派"（II.6）在女主人公心中唤起的却远非景仰。就现金价值而言，潘伯里未必胜过罗辛斯。而且伊丽莎白在拒婚之前早已经心知肚明：达西的那份引起热议的家业必定包括一处甚至多处上等房产。她有意识地将潘伯里与罗辛斯对比，说明她更重视两宅的不同。

女主人公对潘伯里的印象被记述得扼要而清晰：

园囿很大，地形高低错落，他们从最低的地点驶入，花了相

---

[1] Barbara Britton Wenner: *Prospect and Refuge in the Landscape of Jane Austen* (Aldershot: Ashgate, 2006), p.56.

当长时间才穿过一片宽阔深邃的优美树林。

……他们缓缓向上行驶了半英里,发现自己已经置身于高坡顶端,林地也到此为止,潘伯里大厦……位于河谷对面,……那是一座宏大美观的石头建筑,立在一片抬升的坡地上,背后倚着高高耸起的山梁,上面林木葱茏;房前是一条原本不小的溪流,此刻因涨水更显蔚然可观,全无人工痕迹。水岸既没被修得整齐呆板,也没有被装饰得矫揉造作。伊丽莎白的喜悦油然而生。她从未见过哪个地方,如此妙趣天成,或如此完好地呵护自然美景免遭庸俗趣味玷污。(III.1)

奥斯丁不是巨细无遗摹画环境或物品的自然主义写手,从来不为了写景而写景。这段描写有三点值得特别注意。一是对"自然"的突出:上述引文篇幅不长,却包含了三个"自然"(nature/natural)。"自然"是18世纪末的关键词之一,与情感主义思潮和华兹华斯们的浪漫诗风一脉相通。华兹华斯和考珀等人歌咏山水乡村的诗句有抵制早期城市化趋势的用意——虽然我们不必就此率然引申出"进步"或"保守"的政治定性。伊丽莎白是自然风景的热烈爱好者,游览湖区[1]的设想曾让她一时"欣喜若狂",甚至神往地说:比起岩石和山岭,人(她用的是"man"即"男人")又算得什么?(II.4)她在户外生龙活虎,丝毫不被淑女规范所拘束,曾"翻过一道道围栏,跳过一个个水坑"(I.7),带着裙边的泥巴赶去探望生病的姐姐。此次外景描写笔墨虽不算多,但是后面有关潘伯里室内器物陈设的文句更简略异常,仅仅用"得体""雅致"等抽象字眼概述而已。两相对照,叙述者和女主人公

---

[1] 湖区为英格兰西北部的风景胜地,是华兹华斯和柯尔律治等浪漫派诗人长期生活、写作的地方。

对于"自然"和野趣的重视便昭然若揭。[1]

第二个值得注意之点是对历史和传承的强调。达克沃斯对此有深入讨论,他认为:"奥斯丁小说中房地产作为有序实体结构,是其他继承而来的各种结构体(structure)——如社会整体、道德准则、某套行为规范或某语言体系等——的转喻。"[2]不可否认,奥斯丁对老房子确有特殊感情。在她笔下"现代建筑"一语有贬义,被用于罗辛斯和诺桑觉寺等大宅,代表了其热衷摆阔的主人缺乏文化底蕴的庸俗面相。《曼斯菲尔德庄园》中颟顸不肖子孙对古老索瑟顿的改建和重装近乎野蛮破坏,曾引起女主人公范妮的怨愤与感伤。与他们相反,达西珍视历史传承。他说家庭图书馆"是好多代人努力积累的成果","在当今这个时代"(I.8)祖业继承人有守成并建设的责任。这里,"图书馆"当然也可被视为转喻。

房宅的这种象征意义是英国文学中一脉悠长传统:从夏洛特·史密斯的《古邸》(1801)到艾米莉·勃朗特《呼啸山庄》(1849)中山上山下两处住所的对比,再到爱·摩·福斯特的《霍家老屋》(1922,又译《霍华德别墅》)中与现代商业都市迥然有别,代表着自然、农耕和"文化"的乡间旧居,可以说是代代相承。潘伯里是其中一个环节。不过,与呼啸山庄或霍家老屋比,潘伯里的象征意味不那么刻意,也不那么明确。达克沃斯等把这一面含义过分强调、放大,并进而解读为奥斯丁"保守"政治取向的体现,结论有些牵强。

但无论如何,应该说是潘伯里所具备的种种精神、文化内涵和外

---

[1] 近年来西方学界对"风景"和地境的讨论成果迭出,其中许多——如前边提到的Barbara B. Wenner: *Prospect and Refuge in the Landscape of Jane Austen*,以及 Tim Cresswell: *In Place / Out of Place: Geography, Ideology and Transgression* (Minneapolis: University of Minnesota Press, 1996)等——侧重揭示所谓"自然"、"美"以及"取景"眼光和取舍方式等在特定时代的意识形态内涵,颇有参考价值。

[2] Alistair M. Duckworth: *The Improvement of the Estate: A Study of Jane Austen's Novels* (Baltimore: the Johns Hopkins University Press, 1971), p. ix; 另参看 p.124。

延,促成了伊丽莎白对其主人研判的进一步转变。隔着谷地眺望大厦的那一刻,她不由自主地萌生了"做潘伯里的女主人可能倒还真有点意思呢"的念头。这一闪念点出"人"与"境"的相互渗透。不过,该句采用的虚拟语气动词"could"和轻快的自我调侃语气又表明,聪明而强悍的伊丽莎白只是对达西有了某些新感知,却没有当真后悔早先的拒绝。

第三,被很多人忽视但非常值得强调的是,这是全书中唯一系统描写视觉景象、展示空间结构的章节,而且它着意凸显了主观的视觉经验和观察方式。女主人公从入园、穿林、上山、下坡、过桥并最后进入大厦,她见识潘伯里的进路同时又是重新认识达西的过程。对视觉过程的跟踪乃至强调,使我们试图分析的贯穿全书的潜在视角挪移话题浮出了水面。

叙述中提到,伊丽莎白进入大厦后,对周遭

> 略略看了一下,就走到窗前去欣赏外面的风景。他们刚下来的那座小山,林木葱茏,远远望去更觉陡峭,山林之美尽收眼底。园林布置很巧妙。她纵观全景,河流两岸绿树葱葱,极目远眺,山谷曲折,令人心旷神怡。他们转到其他几间屋子,这些景致又有所变化,但是不论从哪个窗口望去,都是美不胜收。

女主人公对"室外"的重视和钟情被再次强调,不过,前段引文表现从山上看园林和建筑,而此时视点已转移,是从室内看外景——包括方才因"身在此山中"而不能识得的山丘形貌。有人评论说:"树林,溪流和房宅,没有刻意营造的象征意义,却无处不达西(are all Darcy)。"[1]于是,观景成为"察人"的比喻,场地更移展示了宅主人

---

[1] Roger Sales: *Closer to Home: Writers and Places in England, 1780-1830* (Cambridge: Harvard University Press, 1986), p.41, 转引自 Barbara B. Wenner: *Prospect and Refuge in the Landscape of Jane Austen*, pp.56-57。

的另一重面貌。彼时彼刻，伊小姐又一次想："这个地方，我本可以当它的女主人呢！"再次出现的虚拟语气助动词提示着女主角思绪的回转和重复。完成时态"would have"则使读者意识到她不但把这处庄园与自己的命运做了更多勾连，同时也做了必要的切割。她的语调依旧略带自嘲，表明她对自己和达西之间的过往恩怨以及本人心态的新变化既有冷眼旁观，也不乏凝眸直视。

在这个关节点，我们不妨回溯一下此前伊丽莎白识人观世与叙述者视角大多一致，但又不时脱钩的微妙关系。

一卷7—12章讲述了长姐瑾出门淋雨生病滞留在宾利家，伊丽莎白第二天一早步行数英里赶去照料瑾的经过。她的出现搅动了尼瑟菲尔德庄园的气场。宾利说她"骨肉情深"，他的姐姐们则在背后大肆嘲笑来客衬裙底边沾着"六时泥巴"。特别是那位不歇气围着达西打转，忽而赞他信写得好忽而叹他家藏书天下无双忽而夸他妹妹才艺过人的宾利小姐，竟忍不住对达西说，这般冒失之举恐怕要毁了他对美眼的爱慕之心了吧。后者则不动声色地一口否认，说一番疾走反让伊丽莎白气色更佳。于是宾小姐觑得机会便半是试探、半是嘲笑地拿"贵岳母大人"多嘴饶舌、小姨子们乱追军官以及"尊夫人"自大气躁等等开涮，达西也不失风度地接话："为了舍下的家庭幸福，你可还有什么别的建议吗？"（I.10）这类记述，就揭示宾氏姐俩贬人利己的用意看，是承接了开篇的讥讽；就披露达西心态而言，可说是全知叙述者继第6章在"旁白"中明言"伊丽莎白全然不知自己已成达西关注对象"之后，再次进行情节铺垫。其中达西潇洒应答的那份淡定，则令人想起他开罪伊小姐的头一次发声。这些都展示了不曾被明言概括的达西境况和达西特征，比如：至此为止他与宾家人的密切关系是其他任何哈特福德郡居民都远不能相比的，而他在熟人中谈吐直率，甚至不乏才子加浪子的嬉戏姿态，并不像某些评论所说的那般性格孤僻、缺乏自信心和安全感。⁽¹⁾ 当然，他肯拿与班家结亲开玩笑，表明他那时深信并无这种危险。当两姊妹放肆取笑班家当律师、做生意的寒门亲戚时，宾利出面为瑾和伊丽莎白辩护，达西却颇为认真地说，由于有那帮舅父姨爹，"她们和任何有地位的人攀亲的可能性就大大减少了"。（I.8）

言来语去中，不同的感受、动机和意图相互交织。大体取全知视角的叙述轻盈而平顺地推进，视点在不断调整。总的说来，2卷11章（即有关达西求婚的章节）之前，叙述涉及宾氏姐妹、柯林斯和班太等人时，嘲讽笔调多与伊丽莎白眼光高度重合；而如果事关其他人物，情形就有所不同。比如，总结伊丽莎白和魏肯第二次见面的那场晚会时，叙述宣布"魏肯先生是当晚的开心男，几乎博得了每一位女性的青睐，而伊丽莎白则是那有福女，因为魏肯最后坐到了她的身边"（I.16）。后来读者又得知伊丽莎白去参加尼瑟菲尔德庄园舞会时，"事先比平常更加仔细地打扮了一番，兴致勃勃地准备收服他［魏肯］那颗尚未完全屈从的心"（I.18）。这些段落中叙述声音欢快而戏谑，生动地表达了乐天少女随时准备演绎爱情正剧的跃跃欲试情态。而"开心/有福（happy）"之类用语内含的挖苦意味在尺度上则明显超出了女主人公当时可能具有的自省和自哂，虽不同于对班太和柯牧师的苛讽，却把伊丽莎白也列入被温和嘲笑的对象，其腔调或许接近班爸对爱女的揶揄。

至于一些有关达西的记述，更是不时逸出伊丽莎白的知觉范围，并与她的判断构成某种冲突。前文提到，伊丽莎白曾表示不喜俗众热衷的瑞乐舞，还追问达西敢不敢就此蔑视她，而达西却拿出十足骑士风度表态说"没有胆量"，为姑娘虚张声势的挑衅收了场。紧接着，

---

[1] 参看 Mary Waldron: *Jane Austen and the Fiction of Her Time* (Cambridge: Cambridge University Press, 1999), p.49。

叙述口风一转，说伊丽莎白的态度"既然是温柔中透着调皮，也就很难当真惹恼什么人了。何况达西从来没有像现在这样迷她甚过其他所有女人。他确实相信，若不是她的社会关系寒微低贱，他可就真的处于危险之中了"（I.10）。此时，叙述视角部分地转到了达西，直截了当地道出他的心思。如果说伊丽莎白自认为是在杀傲慢者的威风，那么在达西或其他人看来，两人斗嘴几乎有如调情，充满了心智上的交锋和争奇弄巧的乐趣，有如《红楼梦》中少男少女的吟诗作对。当达西以略带批评的口气指出宾利不该自矜主意拿得快也变得快，以草率为荣，伊丽莎白便立刻出面为后者说好话，并转而质疑道："难道达西先生认为，固执己见一意孤行，就能把最初的鲁莽轻率一笔勾销吗？"其用语的讲究（这在翻译中有较多流失）、逻辑的严谨和挑刺时的敏捷，给达西也给读者留下深刻印象。如此，两人对话常以半认真的相互指责结束。当伊丽莎白说"你的缺点是对谁都厌恶"，达西就笑着回答："而你的缺陷呢，就是存心误解别人。"（I.11）达西日渐明显的特殊关注使得伊丽莎白既不能完全漠视也很难以彻底中性的态度看待。对她来说坚持拒斥立场是必要的自我防护，以避免轻率落入自作多情的陷阱。另一方面，在男方占尽财产地位相貌风度优势的爱情游戏中，女方敢于对峙或抵制的姿态本身就是极为诱人的。洛夫雷斯对贞女克拉丽莎[1]的痴迷虽属虚构，却是对古今生活中许多类似实例的艺术再现。达西不是洛夫雷斯式的浪荡子，但这不等于在他的意识和行为中全然没有那个因素——他最初轻蔑议论伊丽莎白时确实像是婚姻市场上屡被骚扰的"倦怠购物者"[2]。对于达西们来说，伊

---

[1] 萨·理查逊名著《克拉丽莎》（1758）中的男女主人公。
[2] 语出 James Thompson: *Between Self and World: The Novels of Jane Austen* (University Park: The Pennsylvania State University Press, 1988), pp.155-156. 作者指出：奥斯丁笔下的婚姻鲜明地体现了社会关系的物化，达西对伊丽莎白的那句评议就与购买活动中品看物件或牲口的态度几乎别无二致。

丽莎白的口头攻击是炫智也是风情万种的卖乖,是玩笑也是令人兴奋的抵抗。总的来说,全知叙述在展示伊丽莎白缺席的场景时几乎没有针对男主人公达西的讥嘲,甚至也不一定是着意挖苦宾氏姐妹。伴随男女主人公纠结的关系步步推进,叙述者没有固守开篇时高高在上的反讽立场,而是悄然地挪移视点,不但明白无误地揭示了女主角知觉和判断的局限,也给达西尚未定型的心绪留下了朝不同方向发展的空间。

参观潘伯里的过程是伊丽莎白对达西再认识的延展和深化。管家雷诺兹太太对他赞不绝口,说他从小脾气好待人好,对妹妹对穷人对农户无不悉心护佑,是世上"最好的地主,最好的主人"。这话让伊丽莎白深感意外。家庭画廊中少年达西清朗的微笑,也迥然不同于她印象中那苛刻寡言的高傲男人。前辈哲人云:主人的名声出自仆从之口。伊丽莎白的推断与此相去不远——"有什么称赞比聪明用人的夸奖更可贵呢?她想:作为兄长,作为地主,作为主人,该有多少人的幸福在他的荫庇之下……他有能力行多少善造多少孽呀。"(III.1)

这段内心独白表明:伊丽莎白乃至小说叙述的风格转化达到了某种质变程度。此前,达西曾因偏好"四音节词"遭宾利嘲笑(I.10),因为英语中那类拗口大词多有拉丁语来源,标志着说话人的书卷气或道学气。伊小姐一向以言辞轻快活泼为特色,但这一番思忖却"正襟危坐"地采用理性推导,从他人和社会的角度出发,既强化思辨色彩又突出社会、道德责任,不知不觉中采用了达西式语汇和思路。考虑到此前全知叙述者与女主人公的视角有时产生错位和偏离,可以说,伊丽莎白收到达西信函后的猛醒以及参观潘伯里过程中出现的语调转轨,体现了她对叙述者眼光的逐步追赶与贴近,是她首次尝试转换视点,用他人(包括被嘲笑对象)的眼来反看自己和自己的一些判断。

这小小一步的重要性不可低估。⁽¹⁾

潘伯里经验中一段不能忽视的插曲是达西与加德纳先生的相识。加德纳是阶级身份距离达西最远的人物之一——后者属上层士绅；而前者尽管"在伦敦有家体面买卖"（I.7），毕竟是地位相对低下的商贾。像笛福一样，奥斯丁使用"生意/买卖"（trade）一词频率相当高，也很讲究。宾利和卢卡斯家的财产均得自"生意"，但是没有具体说明是什么行当，抽象的"生意"只是作为土地资产的对立物而存在。⁽²⁾在当时的英国社会里，由成功生意人转化而来的中小地产主卢卡斯，虽然得了爵士封号，地位也仅只能勉强和世家绅士班纳特打个平手。班太及其家族（小镇律师和普通伦敦商人）则是"粗鄙"的下层中等阶级的代表。在这个意义上，舅舅是横在伊丽莎白和达西之间的"等级鸿沟"的化身。

伊丽莎白不赞成以身份取人。同样是母系"寒门贱戚"，加德纳夫妇和姨妈姨夫修养见识大不一样，伊小姐对前者是又敬又爱的。不过，她深知宾氏姐妹代表着通行的势利态度。宾小姐曾故意当着达西讥笑她舅舅在伦敦"器铺塞"街⁽³⁾（I.8）开店，使她不由得暗自腹

⟨1⟩ 参看 Pam Morris: *Jane Austen, Virginia Woolf, and Worldly Realism* (Edinburgh: Edinburgh University Press, 2017), pp. 15-17. 莫里斯认为：自由（liberal）个人主义常被认为是来自启蒙思想，但实际上，18世纪英国思想家休谟强调人际间"相互依赖"并倡导从社群角度省察个体自我；斯密也认为自我只有通过与他者互动才可能存在。后者还详细论述了作为人类社会关系之基础的"公正观察者"概念——其重要性不亚于"看不见的手"。（另参看斯密：《道德情操论》，商务印书馆，1997。）就充分重视（作为群体共享世界之基础）的横向视角转移（the horizontal process of moving across perspectives）而言，奥斯丁是启蒙思想杰出的继承者，她小说中创新的流动视点获得了某种超越个体的立场，更多聚焦于不同视角生成的错综纷繁的社会后果。

⟨2⟩ 参看 Mark Kroeber, "*Pride and Prejudice*: fiction's lasting novelty," in Halperin (ed.), *Jane Austen: Bicentenary Essays*, pp.145-146。

⟨3⟩ 街名原文 Cheapside，是英国流传已久的常用商业街名，cheap原意就是"买卖"，但后来转为"贱"/便宜之意，地名也有了贬义。笔者此处尝试兼顾音译和意译，虽然效果并不理想。

诽:若高贵的达某人到了那边厢,只怕是"沐浴斋戒一个月,也不足以洗净沾上的污垢"(II. 2)。因此,虽然她对潘伯里萌生好感,但是一想到宅主人不可能善待自家老舅,顿时觉得那地方的好要大打折扣。

然而,出乎她的意料,现实中上演的却完全是另一套戏码。

达西不仅表达了对来访者的诚挚欢迎,甚至显得与加先生颇为投缘。他的热情远逾常规礼貌,与此前伊丽莎白尖锐指摘的缺少温雅"绅士做派"(II.11)的表现判若两人,令女主人公错愕不已,也绝对超出所有美里屯人的想象。如果说《傲慢》是奥斯丁最富浪漫色彩的一部作品,那么我们有理由认为,作者正是在这一章里较多动用了罗曼司⟨1⟩叙事的特权。潘伯里不仅是豪宅,至少首先不是物欲的外化或财产的象征。它也不尽然是传统社会及其道德取向现身的场所。它更接近灰姑娘童话中的宫殿。在这个虚构的"神"地点,文化积淀、社会角色与个人眼光相遇相交,充满了乐观的可能性,使女主人公乃至作者心目中的理想人际关系得以具象地呈现。伊丽莎白虽然在尝试移动视角,却没有放弃"看"者即评判者的角色。她的多重功能和由此而来的某种悖论令人眼花缭乱:新见识引发的自我否定似乎表达了伊丽莎白向达西秩序"归顺"的倾向;然而另一方面,达西的新面貌却恰恰体现了女主人公的心愿。

达克沃斯曾详举文本证据论说道,达西和加先生除了爱好钓鱼以外,另有更重要的投契之点——对"business"(商务/事务/公务)的

⟨1⟩ 如有的学者指出,罗曼司(Romance)这一称谓含义极为庞杂,可指不同时期的诸多不同类型作品,"古代侧重英雄神话传奇,近时则被女性化—性爱化—商业化"。参看 Ashley Tauchert: *Romancing Jane Austen: Narrative, Realism, and the Possibility of a Happy Ending* (Houndmills: Palgrave Macmillan, 2005), pp.17-18。在现代图书业分类中,"罗曼司"是西方畅销类型小说之一,特指超出常规现实可能性、幻想色彩浓重的奇异爱情故事,包含灰姑娘情结(被弗莱归为"上升母题",参见 Tauchert 书第5章)的作品大都可以划归此类。

重视。⁽¹⁾书中的"business"有时包含"责任"之意。可以说，对公务或责任从不掉以轻心是书中正面角色的共同点。达西虽有几分倜傥色彩，却自认为是负有责任的办事人（businessman）。本质上说他很难被归为浮浪花花公子，却更接近于《爱玛》（1815）中的新型绅士奈特利先生。意识到这一点，我们就会觉得，达西和加德纳初遇即能找到共同语言，后来处理班家小妹莉迪亚私奔事件时又密切合作，其实不那么奇怪。

对"business"的态度有如一种标签。18世纪"绅士"约定俗成的标准就是不从事任何具体劳动——上层人士连家务管理都是雇人承担的。陶尼对"逐利社会"的核心批评即是它造成了一批没有任何社会职能的食利的有钱人。奥斯丁通过对达西等人的塑造强调对"公务/商务"的承担，几乎可以被视为陶尼的先声。反复出现的business一词⁽²⁾构成小说的一个母题，修正着"绅士"的定义。班太代表了以财产论定绅士的通行俗见，而她的女儿伊丽莎白却谴责绝对不差钱的达西没有"绅士做派"。这一表态引发的"折磨"（III.16）开启了达西的转变，是男女主人公最后能够携手人生的最重要促因，也是在意识形态话语场里发声争抢"绅士范儿"或士绅特质（gentility）的定义权。小说后半部里，达西的言行举止体现了试图从道德和教养界定绅士的努力，与欧洲形形色色成长小说声气相通。这不仅意味着世家旧族、豪门富户的天然绅士身份受到挑战，也见证了加德纳所代表的商界中下层新人逐渐获得"入场券"的进程。与虚构人物浪漫心愿相呼应的是社会历史的洪流。

男女主人公在潘伯里初步完成了新的自我定位。伊丽莎白的视角

〈1〉 参看 Alistair M. Duckworth: *The Improvement of the Estate*, pp. 129-131。
〈2〉 当然，对书中该词的使用要具体分析。第一章里称班太"唯一的要务（only business）是嫁女儿"就属嘲笑，但也说明在那时婚嫁对女性来说近乎职业行为。

与叙述者再一次重合，而且这重合一直维持到小说结尾。有评者惋惜在小说最后一些章节里"讽刺家的双重视线（double vision）却较少见到了"[1]，还有人进而认定这体现了叙述者视野的坍缩和趋于主观化。[2]尽管这些评说有一定道理，甚至涉及了有关小说文类的一些根本问题，但是具体到此书此节，叙述高度贴近女主人公的意识有其必然性，既是经营叙事悬念的必须，更是经过自我修订后女主人公对他人和事态的观察理解与叙述者趋同的有力证明。

"高傲"母题面面观，兼说讥讽的边界

如果说自达西贸然求婚失败后，男女主人公开启了一轮辛苦的自我教育，我们便不能不回过头来考较一下书名"傲慢与偏见"（Pride and Prejudice）的题旨。

小说初稿18世纪90年代中期完成时取名"第一印象"，显然更贴近人物的恋爱体验，其用语虽包含改变的可能性，但不曾明示必然如此，更没有表达任何是非判断。十年后作者在修订文稿时弃用原书名，转而从伯尼小说《塞西莉娅》（1782）中借来这个现成词组。

改名的客观效果颇为耐人寻味。

海尔曼指出，文学作品题目中以"和/与"为连接词、并列两项不算罕见，我们信手即可举出从莎士比亚的《罗密欧与朱丽叶》到陀思妥耶夫斯基的《罪与罚》等一系列耳熟能详的名著。但是，如有的评者指出，奥斯丁的这个书名有其独特之处：一是被并列的两个关键词

---

[1] Reuben A. Brower: "Light and Bright and Sparkling," in Ian Watt (ed.): *Jane Austen: A Collection of Critical Essays*, p.75.

[2] James Thompson: *Between Self and World: The Novels of Jane Austen*, p.10.

所传达的题旨（title theme）并非等重，相对前重后轻；二是两者标识的都是缺点。[1]

这一看法值得进一步补充并推展。首先需要强调的是，小说题目中两个表达抽象概念的词均指向人际关系（或曰群己关系），不论"高傲/傲慢"[2]还是"偏见"，涉及的都是对社群生活中某个（或某些）人的看法、定位和评价。其次，两个贬义词表达的是人在见识和行为上的失误或偏差。如此设置题目意味着作品是对错误本身及其可能引发的后果的揭示。也就是说，当书名列出两种缺陷，惩罚或改进必然是或至少非常可能是题中之意。可以说，修改后的标题如镜头调距，将焦点从双人关系（第一印象）推远，拓展开去，为爱情叙述提供了更开阔的社会视野和伦理关怀。

小说把考察的目光集中在"傲慢"。

有一种通行的看法，认为小说中"傲慢"的代表是达西，而"偏见"则体现于伊丽莎白最初阶段对他的强烈厌恶。不过细细读来，叙述呈现的情形却远非如此。的确，达西出场不久，美里屯镇一带居民便众口一词地"发现"他"骄矜（proud）自大，高高在上，难以接近"，"最傲气、最不讨人喜欢……"（I.3-4），并从此记住了"那个骄傲的大高个子"（III.11）。但是书中其他人也多少被骄傲心态浸染。达西那些有钱有势、趾高气扬的亲友中，凯夫人盛气凌人，令达西不得不为之羞惭（II.8）；宾氏姐妹"矜持自负"，"自视过高并小看别人"（I.4），对左邻右舍常常冷言贬损，却还要倒打一把攻击伊丽莎白"狂悖不羁"，是"傲慢与失礼的混合"（I.10, 8）。当然，达西的表现是其中最扎眼的。他事先断定乡下小镇没有值得交往的人，于是在小镇舞

---

[1] 参看 Robert B Heilman: "*E pluribus unum,*" in John Halperin (ed.): *Jane Austen: Bicentenary Essays*, pp.123-125。

[2] 英语词 pride 不一定是贬义，其义项之一大致同于自尊，因此在小说正文或其他语境中不能都译为"傲慢"。

会上露面时一脸的爱答不理,还漫不经心地对素昧平生的女孩子甩刻薄话。这一态度既含高傲,也带偏见。

偏见可说是傲慢的衍生物,或根植于太过强固的自信心或滋生于某种自卑感也即扭曲受损的自尊。美里屯居民对达西成见汹汹,恰恰因为后者毫不掩饰他懒得与四邻打交道的态度从而伤了大家的自尊心。也就是说,书名中的"prejudice"(偏见)一词之所以相对次要,不仅因为它在书中出现频率远低于另一个关键词"pride";更重要的是,"偏见"的维持依赖于坚守己见的态度,而这种固执则与pride密不可分。

数落"骄傲"的一个重要场合,是一卷5章里班纳特家和邻居卢卡斯家女眷在宾利、达西等人亮相后立刻举行的"圆桌研讨会"。叙述者宣布:两家小姐们及时见面并"谈谈舞会的事,绝对有必要"。"绝对"一语含着微微笑意,点出乡镇殷实人家之间闲言碎语来回流转的生活场景,同时又如"举世公认的真理"之类措辞,披露了叙述者旁观此种世态时的距离感和调侃心。

一帮女人在朗伯恩围坐一堂七嘴八舌,除了宾利对简的垂青以外,最热的话题就是达西的落落寡合与出言不逊。对达西先生持最激烈批评态度的是班太。她搬出邻里共识说他"傲慢透顶",还鼓动二女儿丽琪往后不要搭理那家伙。后者虽然一向对老妈并不敬服,此刻却毫不犹豫地承诺"永远不会"同那人跳舞。

班太的表现非常有意思。这不知深浅的女人是对有钱单身汉崇拜最热烈、期望最殷切的美里屯妈妈之一,因而也就对达西最感失望,甚至进一步觉得受到了轻视和侵害。她断然推论说:达西不肯和身旁的郎太太谈话,必是因为他听说后者没有马车,是雇车参加舞会的。一番话无比直率,丝毫意识不到此言与她不时显摆自家优越——比如雇用的厨子和仆人更多、更能干,家里的吃食汤菜更为可口(I.9,III.12)等——的言谈正相应和,很有可能反而揭了她本人的老底儿,让读者把她因家有马车而蔑视某些邻居的那份心思看了个明白。可见,班妈虽然有几分天真无凿、率性表演、"妙语"连珠，常常浑然不觉地出丑丢脸，是书中最精彩的笑柄之一，却并非对欺侮或轻视毫无觉察或一味忍气吞声。她代表了美里屯邻里的某种共同心理底蕴。他们属于本阶级内中下层人家，一方面以己度人，把一份谄上蔑下的身份感投射到他人身上从而预设了高位者的"傲慢"；另一方面又在自以为遭到鄙视时联合众人齐声口诛"傲慢"者，从而维护并润滑生活圈内大家共同的尊严和情谊。伊丽莎白对达西的激烈排斥与母亲不无相似之处，不过她有一定的自知之明，能带几分嬉笑地直言："若不是他伤了**我的**傲气，我本可以原谅**他的**骄矜。"原著特用异体字来表达口语中的强调语气——那个姑娘充分意识到自己与达西在财产、性别和社会等级上的"位势差"，故作张扬地把平民女的自尊提升到了与富贵男士分庭抗礼的位置上，直言不讳讲求平等的"民主"姿态〔1〕让人心动。但与此同时，在声讨傲慢的语境里她明白点出本人的傲气，自嘲意味溢于言表，给这帮指责者饱胀的道德优势感稍稍撒了点气。

　　班太们人多势众给达西"扣帽子"的行为是小说考察"傲慢"母题的重要一笔，展示了其中的"等级冲突"和社会互动。在基督教文化传统中，"pride"是家喻户晓的"七宗大罪"（Seven Deadly Sins）之一，与教义宣扬的谦卑美德对立；其最著名的代表人物是恶魔撒旦。撒旦身为天使，却出于高傲而企图与上帝耶和华对抗，最终堕落下了地狱。《圣经》中多次使用pride一词，与之相关的同义近义词包括arrogance，proud，self-esteem，等等，多数情况下有负面含义，虽然并不绝对。千百年传承下来，"高傲"已经成为可以信手拈来却分量不轻的贬斥语，其运用与中国曾流行过的人群分类标签"落后"甚至"反动"之类不无相似。因而，当美里屯一带居民一旦发现达西难以结交，

---

〔1〕　参看 Igor Webb: *From Custom to Capital: The Novel and the Industrial Revolution* (Ithaca: Cornell University Press, 1981), p.55。

便立刻把这项现成的帽子扣到他头上。这并不代表小说立意去除"基督徒所厌恨的骄傲之罪"[1]，相反，班太之流对傲慢的批评与宗教生活或神人关系基本无关，甚至不大介意明辨讨论对象的真面目，而更多出于自我感受和群体生活的需要。

"座谈"中提出不同看法的有两家长女，即瑾和夏洛蒂。前者试图提醒大家注意其他可能性和事实真相，说达西其实是和郎太太讲了话的，还说宾小姐提到他生性寡言；后者则用比较彻底的世俗逻辑思考，说达西本人出众且家世、资财样样过人，"当然要高估自己……他有**权利自傲**"。这两位在涉及达西的事态中是超然者——瑾对宾利一见钟情、心无旁骛；而相貌平平、身无分文且年已廿七的夏洛蒂绝不对条件优越的男士做非分之想。更重要的是，两人中一位宽和厚道，具备谦逊的美德，另一位能行真正的理性思考，对人对己用同样尺度。不过，她们的声音立刻被淹没。挨到聚谈结束之际，班家三小姐玛丽终于抢到了做总结发言的机会。她咬文嚼字地说：骄傲是"屡见不鲜的通病"，据她研读所得，"虚荣和骄傲两者并不一样……骄傲多半涉及我们对自己的看法，而虚荣关系到我们希望他人怎样看我们"。玛丽的话和众人议论从腔调到关注都很脱节，显得滑稽而唐突。令人赞叹的是，作者不加一句赘语或酷评，便活脱写出了玛丽对事态缺乏真实感受却急于掉书袋的虚荣与自负，甚至点染出此般急切炫技心态的可怜与无奈。与此同时，叙述却又借这番并不得体的话把对"骄傲"母题的关注拔出了当下语境，使读者意识到其他层次思考的存在。最后，卢家小少爷吵吵嚷嚷地表态说："我要是像达西先生那么有钱，我就不管自己有多骄傲，我要养一大群猎狐犬，还要每天喝上一瓶酒"，令叙述轻松跳荡地重返彻底的喜剧轨道。

如果说班太及其邻居的反傲慢话语围攻体现了闭塞小镇容易变

---

[1] 语出 Marilyn Butler: *Jane Austen and the War of Ideas* (Oxford: Clarendon, 1975), p. 206。

脸的集体自尊心，动辄把"卑微"（humble）挂在嘴上——什么"寒舍"啦，"合宜的谦卑举止"啦（I.18），等等——的柯林斯牧师其实却是在津津乐道地夸耀自己有房、有（马）车、有贵人庇护的优越处境。对他的描摹直接将与骄傲对立的谦卑美德漫画成精彩的"鬼怪嘴脸"（monstrosity）[1]——难怪班先生觉得他"既奴颜婢膝又妄自尊大"（I.13）的绝妙品格实在太可玩赏了。小说15章开始以叙述者权威语调再一次归纳这个人物的混合品性，说他"既傲慢又谄媚，既自负又谦卑"，在有钱有势者面前的阿谀巴结之态与他岳父约翰·卢卡斯爵士有得一拼。不过老卢似乎尚有几分憨痴真心，而柯某的谦卑虽然不具备尤赖亚·希普[2]式自觉的恶意，却很明显是伪装和手段，因而其表演便显得更滑稽而诞妄。

小说第一卷曾以数章篇幅记述了伊丽莎白在尼瑟菲尔德看护姐姐的经过，其中不少内容进一步展开了对"骄傲"母题的讨论。一日，班妈一早赶来看望病情未见好转的长女瑾。大家会面时宾利谈及自己拿主意很快，伊小姐脱口说：这正符合她的预判。女客在别人家里对相识不久的男主人如此讲话，确实有点出格，难怪连班妈都呵斥她不该像在家里那般由着性子"撒野"。这股"野"气表明，伊丽莎白与骄纵的小妹莉迪亚其实有几分相似。她还进一步表示自己对宾利已经"完全了解"；于是后者略带嘲讽地回应道：还不知原来她是"一位性格研究家"呢。不料伊小姐丝毫不感窘迫，相反朗声接话道，"复杂的性格最为有趣"（I.9），既化解了宾利话音中的温和挖苦，又公开宣示了自己俯看众生的观察家视点。

当晚，伊丽莎白见姐姐病况缓解，遂下楼会见各位主人以略尽礼

---

[1] Dorothy Van Ghent: *The English Novel, Form and Function* (New York: Harper & Row, 1953), p.106; 另见 Jane Austen: *Pride and Prejudice* (New York & London: Norton Critical edition, 2001, 3rd, ed. by Donald Gray), p.304。

[2] Uriah Heep, 狄更斯小说《大卫·科波菲尔》中以"谦卑"示人的反面角色。

数。客厅中有三人在玩纸牌,而宾小姐另坐一旁观看达西写信,于是她便拈起一件针线活儿,

> 津津有味地听达西与他那位伙伴之间的谈话。小姐不是说他字写得好,就是说他一行行写得齐,再不就是夸他写得长,没完没了的恭维和无动于衷的冷淡反应构成了绝妙的对话,这与伊丽莎白对他们双方的印象完全吻合。(III:11)

到此为止,伊丽莎白作为班爸做派的女继承人,热衷于置身事外观察解读人们的性格和表现,并怀着高人一等的心态怡然取乐。稍后,伊丽莎白直接与达西谈论起世人的弱点和蠢行,故意把话题引到"虚荣和傲慢"上。达西回应说,"虚荣固然是缺点",但是"只要人确实通达明智,骄傲便可始终得到很好的节制"(I.11)。女方谈吐轻松俏皮,本意是要引对方露出破绽,而达西却认认真真,似乎希望达成某种相互理解。他仿佛在延续玛丽先前咬文嚼字的抽象论述,其潜台词是:高傲是中性甚至是不可避免的人类心理,有必要节制和修正,却不需要也不可能铲除。

在随后的章节里,"傲慢"母题继续发酵,被不断地拓展并修订。如,伊丽莎白与新结识的下层民团军官魏肯谈起达西,两人彼此试探并迅速发现达西是他们共同感兴趣的话题。魏某想弄清达西在美里屯人缘如何,而伊小姐对达西本人乃至他与魏肯之间的恩怨好奇不已。出发点各有不同,不过两人在讨伐达西上达成高度共识。伊小姐号称达西"非常可恶",自己绝对无意与之深交,而且"在哈特福德郡根本没人喜欢他,谁都讨厌他那种傲慢的态度"。魏某立刻响应,抨击他那"居高临下咄咄逼人的架势",还披露说自己那律师出身的父亲是达家老管事,他本人也在潘伯里长大,老达西对他十分钟爱并留下遗愿让他日后出任家族属地的牧师,孰料这一切竟因达西的偏狭嫉恨化为

泡影，使得他不得不出来当兵。如此弄权欺人的恶行，令伊小姐义愤填膺："真是骇人听闻！应该让他当众出丑。"（I.16）

在这段步步深入的交谈中，"傲慢"话题再一次成为相对弱势者的社交黏合剂。魏肯直言不讳地表示，他关心的是自己在哈特福德郡士绅圈内立足的"安定美好前景"。此刻他得知达西在这一带名声不佳，不仅不会成为他的障碍，相反还提供了让他大得人心的机会。如此，共识已经形成，同盟已经构筑。两人的情绪明显有所放松。伊小姐一边继续深究魏肯和达西的历史纠葛，一边说：达西先生既然"那样高傲，怎么就没能让他对你公正相待呢"。魏肯就此发表了一段对"骄傲"的补充论证，说达西的所有行为都可归之于骄傲，且"骄傲是他最好的朋友……使他没有悖离道德"：

> 它往往使他变得宽怀而慷慨——大手大脚施舍钱财……帮助佃户，赈济穷人。他做这些事情都是出于家族的骄傲……不想玷辱家风，不想失去人心……他还有**身为兄长**的骄傲，加上某些手足之情，使他成为妹妹的非常仁爱非常细心的保护人。（I.16）

乍听到魏肯这样说，令人感到意外。再一想，读者便可悟出那位年轻投机客捞世界时的精明和周到——他既想大力营造厌恶达西的氛围，也要顾及自圆其说；既需为日后有可能传来的新信息略留余地，也要给达西的正面表现预先涂上"骄傲"色彩。不过，他和伊丽莎白都未必自觉到的是，他们的对话有个共同前提，那就是认为"骄傲"有可能驱使人去行大家眼里的光彩之举，从而无意间与达西局部肯定"骄傲"的论调形成某种呼应。[1]

---

[1] 18世纪里英国人曾就"pride"展开全方位讨论。曼德维尔在影响极大的《蜜蜂的寓言》（1714,1723）中声称："我们最有益于社会的品质，莫过于骄傲。"见伯纳德·曼德维尔：《蜜蜂的寓言》，中国社会科学出版社，2002，肖津译，18页。另可参看94—97页。

显而易见，小说中出场的每个人都心存"骄傲"，即使被读者认为未曾沾染傲气的角色也是如此。例如，被视为谦和女德模范且最少偏见的瑾姐姐，以她在恋爱中不露声色的矜持体现了某种坚定的自尊和自重；本色出场、不怕丢脸并随时改变态度的班太太常常不能认知自己的处境，不过，一旦她感觉受了欺负或轻慢，便会寻机高调发泄不满；宾利固然性格温和、待人亲切并乐于听劝，但从对密友（达西和瑾）的选择看，他肯定有不俗的自我定位。就 pride 一词的"自尊"（self-esteem）含义理解，它应该是人对自身在群体中相对位置的肯定性判断，是世世代代群体生活在个人心理中刻下的痕迹——因为，得到群体和他人的容纳、认可乃至某种尊重是人类个体生存的必须。这种自尊或自重意识是骄傲心理的基础，并由此生发出"傲"的种种表现[1]——包括阶级社会中位高者趾高气扬、专横跋扈的行径。经由小说多角度审视，我们见证了在老生常谈的贬义词"傲慢"背后运转的形形色色的人类深层动机，包括骄傲者和斥骂"骄傲"者的多色调的个人心理和群体行为。

在这个意义上，男女主人公在书中的"进步"很大程度上就是认识并修正自身骄傲心理的过程。学者塔夫曾仔细梳理了他们各自痛切体验到的"mortification"，并引证当年的《英语同义词典》例句说明，在奥斯丁的语境中，该词尤指"自尊自大之心（pride and self-importance）遭到挫伤而生出"的屈辱感。[2] 对于伊丽莎白而言，转折点是阅读达西辩白、解释、披露魏肯过往行为的长信时受到的心理震动。心情几经反复，最后她不得不承认，"事情可以换个角度来看"，开始为过往的自以为是痛感"羞愧"：

---

[1] 参看 Heilman: "*E pluribus unum*: parts and whole in the *Pride & Prejudice*," in Halperin (ed.): *Jane Austen: Bicentenary Essay*, p.131。

[2] Stuart M. Tave: *Some Words of Jane Austen* (Chicago: The University of Chicago Press, 1973), pp. 142-146.

> 我还一向骄傲,自认为能明辨是非善恶呢!——我还一向自视甚高,自认为本领高强呢……我犯傻不是因为堕入情网,而是蠢在虚荣。相识之初,某人对我表示欣赏,我就高兴,另一个人不搭理我,我就气恼……我追随成见和无知,却驱逐了理智。到此刻为止,我竟毫无自知之明。(II.13)

如此检讨自己心中那份与虚荣和偏见纠结在一起的骄傲,可谓触及灵魂——此刻伊小姐不仅放弃了高高在上笑看他人的立场,而且尝试用别人的眼光打量自己,意识到受伤的自尊如何遮蔽了自己的判断力。进而,她更加羞愧地看出自身曾是魏肯"无聊卖弄、随意献殷勤的对象"(II.18),认识到后者如何轻易地操弄了自己的虚荣心。

而达西,当志在必得的首次求婚居然遭拒之时,曾惊愕万分,"带着不敢置信且被刺痛激恼的表情注视"(II.11)着伊丽莎白。不过,他的受辱感经过发酵和过滤,最终却渐渐酝酿成充满深度自我批评的再次求婚:

> 我虽然不赞成自私,实际上却一直是个自私的人。小时候家里教导我什么是**对**的,却没教我改掉坏脾气。他们教我正确的准则,却任由我高傲自大地去实行那些准则。我不幸是唯一的儿子……父母把我惯坏了……容许、鼓励甚至教唆我自私自利,专横傲慢,只关心自家人,其他人概不放在心上,看不起世人,至少是**想**把他们的见识和价值看得低我一等。(III.16)

他从伊丽莎白的愤愤抨击起步,一路"追查"、反思了自己的家庭、阶层乃至性别的教育方式和思想境界,辨识出了自身的"骄矜倨傲、自以为是"(pride and conceit,III.16)。

与此相应,在柯牧师那里沦为虚伪的"谦卑"(humble)一词(或同词根的动词、分词和名词）在小说第三卷中不断出现。叙述先是指出班太压根儿没有洞察一己过失、产生谦卑感的能力（III.7），随后又让一贯笑看他人的伊小姐了解更多情况特别是莉迪亚获救经过，使她对达西的新观感进一步升级，自觉"羞愧难当"（humbled）（III. 8, 10）。达西本人到最后也"几近谦卑"[1]，由衷地认为伊丽莎白给他"上了一课"，使他"被挫去傲气"（humbled，III. 16）。两位年轻人都在反躬自省中重新认识了人我关系，铸成了爱的纽带。伊丽莎白早前承认达西的傲慢不可容忍是因为"伤了我的骄傲"，展示的是聪明甚至自得；但是后来的检讨却不含卖弄，实实在在是对旧我的超越。值得一提的是，恋人争相检讨是奥斯丁笔下一再出现的场景，读者在《爱玛》和《劝导》等作品里还将反复遇到。显然，有别于小"作"女莉迪亚的任性，真正的浪漫之爱同时又是辛苦的教育与被教育，能够倾听逆耳之言、感受羞耻愧疚并经历痛楚的自我否定，乃是必经之路。

与男女主人公的自我"修订"相关，小说还考察了反讽/嘲讽姿态与骄傲的关系。书中首席嘲讽者是班纳特先生。他没有直接被贴上"高傲"的标签，但作为人间喜剧的旁观者和谬言蠢行的讥笑者，居高临下是他的必然站位——因为嘲笑总是以一种等级划分、一种优越感为基础的。

班先生的头号讥讽对象是他那位对任何智力活动都浑然不察的老婆。先生年轻时以貌相人娶了她，后来悔之已晚，失望之余，以在家里取笑太太、逗她出丑自娱。小说开篇把班太们的嫁女情结拔高为世界级真理，挖苦戏弄之意溢于言表。读者与父亲的爱女伊丽莎白一道充分见识并分享了班先生揶揄老伴儿、耍笑柯林斯的机智乐趣。然而，

---

[1] 参看 Harrison R. Steeves, *Before Jane Austen: The Shaping of the English Novel in the 18th Century* (New York: Holt, Rinehart & Winston, 1965), p.346。

在奥斯丁笔下,班先生却没能保住书房的清静和俯视众生的位置。

就在潘伯里之行似乎使伊丽莎白与达西的关系柳暗花明之际,班家发生了一件"出人意料且性质极其严重的事"(III.6)。此前,老两口在驻美里屯民团调离之际轻率准许了小女儿莉迪亚随一位军官太太到他们所迁往的布莱顿市做客玩耍。结果莉迪亚和魏肯同时失踪了。众人起先怀疑他们私逃去苏格兰结婚,却没能找到任何踪迹。再后来,有关魏肯负债累累、行为不端的信息接踵传来。朗伯恩一时乱了营,伊丽莎白被迫提前结束旅游匆匆回家。

时隔两百年,今日中国甚至英国的读者恐怕已经很难理解那桩私奔[1]对于班纳特一家的恐怖含义。简单地说,在当时的社会情境下,如果不能以追补的婚姻仪式多少挽回面子,莉迪亚玩消失意味着她本人和全家人身败名裂。班先生不得不急赴伦敦善后。他心下明白:根本不能指望魏肯那样的混世魔娶两手空空的女孩;而莉迪亚自幼娇生惯养、一无所能,一旦私奔后遭弃,恐怕就只有乞讨卖身一途了——如《理智与情感》中两代伊莱莎的遭遇。不仅如此。她的几位姐姐本来就没有继承权和像样的嫁资,若再加上家庭丑闻的负资产,通过嫁人获得人生"避难所"的机会很可能被彻底断送。难怪加德纳夫妇一听说此事就"又惊又怕,长吁短叹",说"所有人"都将被殃及(III.6)。伊丽莎白则立刻意识到:达西和她恐怕已永远无缘。

那段日子真是如坐针毡。

班先生虽然去了伦敦,却一无找人线索,二无办事所需的经验和人脉,三无足以影响魏肯的财力。出门寻女不过是不得不做的姿态。留守在家的班太一味叫苦,自艾自怜,称病卧床。邻居们的热衷打探和"关切"显然有几分幸灾乐祸。柯林斯火上浇油,写信就班家"蒙

---

[1] 私奔是奥斯丁小说中一再造成家庭危机的事件。参看 Hazel Jones: *Jane Austen and Marriage* (New York: Continuum, 2009)。

羞受辱"、诸表妹"未来福祉"惨遭累害表示"慰问"(III.6)。当此之时，焦虑不安的伊丽莎白不得不正视父亲的过失，明确批评他"消极懒散，对家事不闻不问"(III.5)。班先生自以为比太太高明许多，但在几十年婚姻生活中却不曾做出努力使妻子少许改进。纯粹旁观的讥讽态度像一剂麻醉药，使他无所作为地与那些令他不快不安的事物安然共存。可是，被他观赏的滑稽对象并非玻璃罩中的展品，而是与他共同生活在一个家庭或社群之中。待到小莉迪亚几乎原样复制了母亲的虚荣和浅薄并带来如此祸事，他才被动地意识到这个结果是"自作自受"(III.6)，并暂时放弃了心爱的俏皮话。危机化解后，他再次当着二女儿拿柯林斯来信正告班家切不可存高攀达西之心一事开涮说："我们活一遭，难道不全是为了给左邻右舍添点乐子，而后再轮到我们取笑一下他们吗？"(III.15)此时班爸已多少找回了戏谑的习性，然而话中的自嘲自贬毫不含糊地表达了无法抹杀的痛——他毕竟从刚刚度过的危机中感知了仅有"取笑"的人生，是何等狭隘、浅薄而且暗淡。

　　书中其他一些肆意挖苦班太太们的自以为是者一直是被针砭的对象。奥斯丁明白地向读者展示：在社会鄙视链上占据更高位置的富贵人士，精神境界其实和班太属于同一层次。宾家姐妹奉承人时嘴脸相当不好看，凯夫人的倨傲态度滑稽可笑的程度不逊于班太的"神经衰弱"。她们享受了当时最好的女子教育，熟知种种规矩礼仪，却同样缺乏自知；她们不像班太那样要为自己和女儿未来的衣食担忧，却同样唯利是求。宾小姐们为破坏伊丽莎白在达西心中的印象不惜时时毒舌伤人。她们的自私远比班太残忍，因为她们伤害别人的愿望更自觉，谋算力和影响力也更胜一筹。如果说书中的凯夫人和宾小姐被贬斥是因其偏私冷酷的心性和荒唐悖谬的阶级偏见，那么，让与她们有本质差异的班纳特先生"遭灾"，似乎意在揭示：自认为高明的讥讽姿态如果缺少了调节和限制，本身包含道德缺陷并可能滋生社会溃疡。

　　作为对照，伊丽莎白对她母亲有更复杂的感受。

那位不时成功献丑的乡下大妈，与约翰逊博士们笔下头发长见识短的愚蠢老女人如出一辙，隶属于风俗喜剧传统和18世纪滑稽女性刻板类型。小说叙述相当大程度上认可了班先生对太太的挖苦，但同时又局部解构了讥笑者的优越感。作者的最大曲笔是步弗·伯尼小说《伊芙琳娜》(1775)后尘，将笑柄角色设置为女主人公的至亲。[1] 由此，班太这个丑角的处境和特征，包括其中下层平民出身、缺乏教养的行止及不断抱怨的不公世道（如班家的女儿们无权继承家产）等，直接或间接地也就是女主人公的人生际遇。在绅士淑女圈里伊丽莎白有低人一等的敏感，亲友在社交场合中露怯丢脸，她非但不觉可笑，相反却"提心吊胆"，甚至为之"脸红不已、羞臊难当"（I. 9，18），感到自己随时可能陪绑成为被讥笑的对象。

值得一提的是，罗·威·查普曼编辑的奥斯丁书信在20世纪30年代问世时，有不少人"觉得很失望"。[2] 连爱·摩·福斯特这样自称"简迷"（Janeite）的名家也因其内容"琐屑"和不时出现的"缺乏教养、多嘴饶舌的笔触"感到困惑。[3] 一些著名男性文化人对书信作者奥斯丁的议论竟与小说中高位者对班太的批评不无相似！也就是说，日常生活中给姐姐卡丝写信的奥斯丁或多或少像伊丽莎白，不论人生处境还是精神面貌都与班太类"粗俗"平民妇女有千丝万缕的关联。毕竟，奥斯丁与遭白眼的傻大妈和寒门女的关系要比跟约翰逊博士更近一些，所以很能体会班太们的缺陷并不总是提供笑料，其实常常可悲可怜，有时甚至可为之一争一辩。难怪伊小姐一旦出了家门便很快意识到，过度认同父亲的视点是错误的自我定位，既是对自身真实处境的误判，

---

[1]《伊芙琳娜》中同名女主人公兼主要叙述人的法国外祖母，是备受要弄的市民阶级颟顸老妇。
[2] 威·萨·毛姆：《简·奥斯丁和〈傲慢与偏见〉》，苏珊娜·卡森编：《为什么要读简·奥斯丁》（译林出版社，2011，王丽亚译），86页。
[3] E. M. Forster: *Abinger Harvest* (London: Edward Arnold, 1936/40), p. 156.

也是对人我（或"群己"）关系的扭曲。

伊丽莎白对自己的"准班父"心态的矫正，始于阅读达西求婚遭拒后写的长信。不过，直到家庭危机发酵，班先生高踞于反讽神坛上的圣手形象才在伊丽莎白心目中逐渐瓦解。她从父亲玩笑的分享者、模仿者和崇拜者变身为批判性的思考者，表明女主人公的自我修订又推进了一步，即开始审慎地看待男性讥讽者的社会角色，认识到她过去为自己设置的俯看他人的视角是多么自我中心，又多么虚幻而脆弱。重新认识父亲标志着她这一轮自我教育的初步完成。

小说第三卷里伊丽莎白不时敛去讥诮，话风现出几分"班扬[1]化"[2]趋向。达西的正经八百修订了伊小姐的活泼率真，同时又被后者所修订，这体现了相异者之间的尊重乃至汇融，表达了作者对恰当"群己关系"（personal and social relations）[3]的认真探讨。这乃是小说思想主旨所在，是奥斯丁对新型个人主体的深刻辨识，也是转向罗曼司大团圆结尾的必要步骤。对于奥斯丁自称该书太过轻松明快、需要更多阴影衬托[4]的检讨，读者多不认真看待。但是那类言辞何尝不是一个旁证，说明了作者经过再三思量的自觉意图。不过，伊丽莎白虽郑重反思了因过度自信造成的误判和成见，修正了自己的腔调和立场，却从未后悔敢于坚持真感受、抵制豪门巨富的初心和勇气。她的主体眼光是被改造的元素，更是"取胜"的根本。这种改造不是取消而是添加，不是删除而是制衡。在这个意义上，小说对讥讽姿态的修订是有度的，并非全盘否定；视点下移是灵动移转，并非僵死凝固。在重新定位自我与他人关系问题上，逐步走向成熟的伊丽莎白提供的是一

---

[1] 英国17世纪著名作家，代表作为宣扬清教徒精神的《天路历程》（1678）。
[2] Marvin Mudrick: *Jane Austen: Irony as Defense and Discovery*, pp.119-120. 这也是其他不少评者的共识，参看Webb: *From Custom to Capital: The Novel and the Industrial Revolution*, p.52。
[3] 语出George Levine: *The Realistic Imagination* (Chicago: The University of Chicago Press), p.73. 另参看龚龑等编译：《奥斯丁研究文集》，153页。此处笔者的译法有所不同。
[4] Le Faye: *Jane Austen's Letters*, p. 212.

种充满张力的活跃思想对话，而不是明确的牛顿定理式道德律条。

再写灰姑娘"翻身"记

接近小说收尾，宾利重回尼瑟菲尔德并与班家长女瑾订婚。之后达西又一次随他拜访了朗伯恩宅。为了让已订婚情侣有机会独处，伊丽莎白领班太之命陪达西外出散步。两人上次见面时未能深入交谈，此时都觉得有些局促、尴尬。忐忑不安的伊小姐打定主意不能再错过机会，于是赶紧就对方在莉迪亚一事上慨然相助表示感谢。一句温暖的回话像落进心窝的火星。两人开始争相自我批评，简直收不了场。他们忘记了时间，忘记了地点，或许甚至不那么在意话题。

翌日，两位男士再来。宾利含笑问班太："你家附近可还有别的通幽曲径，好让丽琪再迷一次路？"调侃话说得那么温厚体贴、恰到好处，简直让人无比受用。读者或许蓦然悟到，奥斯丁待他有点寡薄，没有给他更多开口说话的机会。

"迷路"是多么温馨而曼妙的时刻！不论前一日抢着做检讨，还是后一天伊小姐故态复萌地打趣说"老老实实交代吧，你爱我是因为我唐突无礼吗"，无不洋溢着年轻恋人间的无限喜乐。耐人寻味的是，小说没有以豪华婚礼的社会仪式而以两人达成理解的私密时刻为浪漫爱情的高潮点。诞生于此刻并蔓延到婚姻结局的那抹耀眼明亮，使本书具备了浓郁的童话或罗曼司色彩，成为与《诺桑觉寺》相仿、保留早期写作痕迹最多的作品之一。

对情侣们的描述充盈着年轻恋人的欢愉，使小说结尾重现了开篇的喜剧氛围。当班老先生获知达西求亲并确认女儿的真实心态之后，他也恢复了开玩笑的好心情："要是还有哪个小伙子来向玛丽、吉蒂求婚，就让他们进来。我正闲着呢。"（III.17）轻快的戏谑笔调至少在某些节点上持续着，收场戏依旧将最后的酣畅嘲笑留给了柯林斯和班太太两位。

伊丽莎白浓烈的幸福感很大程度滥觞于此前发生在悲剧悬崖边缘的转折。

邂逅于潘伯里，男女主人公心心相印的关系眼看就要打通，却因莉迪亚失踪事件而戛然中断。加上这桩私奔丑闻，班家女孩缔结良缘的机会几乎被彻底断送。换言之，班家就生活水平而言虽然不"灰"，几位小姐却当真面临陷入"灰姑娘"处境的危险。事态发展至此，伊丽莎白才明确意识到：自己喜欢上了达西，而且因他在潘伯里的表现对两人关系前景心存几分奢望。明白事理的她不得不立刻强制自己扑杀对那位年轻绅士怀有的几丝几缕浪漫期待。

对于匆匆返乡的伊丽莎白来说，此后一段日子可说是水深火热。她心疼姐姐的操劳和伤心，挑剔地注视着父亲懒散无能的表现。邻居和熟人不无幸灾乐祸意味的打探、"关怀"和"慰问"如火上浇油；母亲一味叫苦称病，自艾自怜，心系琐事，更让人哭笑不得气恼万分。透过伊丽莎白的眼睛，姐妹们的困境，家人和四邻的反应所折射出的原子化生存的薄凉世相，可谓触目惊心。

班先生寻女无果而返。舅父继续奔走，居然有了不可思议的好结果。最终魏肯与莉迪亚在伦敦低调成婚，危机得以缓解。伊丽莎白有点后悔自己多此一举地在第一时间向达西通报了小妹私奔事件。倒不是她还心存幻想。她深知两人间"已经有了一条不可逾越的鸿沟"——仅仅魏肯这样一个"关系户"便足以让达西深恶痛绝。她

> 感到自卑，感到哀伤，也感到悔恨，虽然不大知道到底悔恨什么。如今她再也没有希望从他的敬重中得到什么好处了，却反而更加珍惜他的敬重。看来几乎没有可能得到他的任何音讯了，却更想听到他的消息。他们的再度相逢已经不可能，却在此时坚信，她若和他在一起能够幸福。（III.8）

她终于认定了可以与自己珠联璧合的"那个男人",却是在彻底无望之际。她不无自嘲地想:"如今,成就一段美满婚姻,叫钦羡不已的众人见识一下何为幸福,已绝无可能。"(III.8,下画线为笔者添加)至此,伊丽莎白与达西的相对位置跌到最低点,对于在潘伯里大宅映衬下的达西身影似乎只剩抬头远望的份儿了。心疼和绝望,使她的恋慕显得沉重而压抑。叙事视点也随之下降,并严格局限于女主人公被酸楚与自卑主导的心境和感知。另一方面,伊小姐和她父亲一样深知,魏肯绝不可能仅因舅舅承诺的少许贴补就应下婚事,便写信要求舅妈告知真相。不久后她得知真正完成"善后救援"并为此支付可观经济代价的人是达西。这个消息让伊丽莎白一时百感交集。

应该说,正因为有上述"莉迪亚灾难"的打击,才有后来心心相印携手"迷路"的加倍狂喜。大落大起的转折使童话般大团圆结局得以强化,把悲剧可能性转化为爱情喜剧的烟花。在奥斯丁之前,有许多婚恋故事尤其女性小说采用了类似的罗曼司情节,但是《傲慢》却是其中最动人心弦的作品之一。

《傲慢》一书神采飞扬地体现了那个作为奥斯丁作品主线的言情故事内核。[1]与沃斯通克拉夫特的反罗曼司姿态[2]不同,奥斯丁小说都以女主人公嫁得如意郎君收局。D.A.米勒认为,这一情节模式的功能是在描摹风俗礼仪与社会环境的陈述中植入欲求和目标[3],言之有理。因为灰姑娘式爱情罗曼司的底蕴,的确是个人欲望的伸张和满足。[4]

---

[1] 参看 Northrop Frye: *The Secular Scripture* (Cambridge: Harvard University Press, 1976), p. 39。

[2] Mary Wollstonecraft(1759—1797),英国作家,是持激进政治理念的著名女性主义先驱人物。在她的三部小说里,对爱情的浪漫期待都以不幸、疯狂或死亡收场。

[3] D.A. Miller: *Narrative and Its Discontents* (Princeton: Princeton University Press, 1981), p.43. 普韦也以欲望为关键词讨论罗曼司类型小说的意识形态功能,参看 Mary Poovey: *The Proper Lady and the Woman Writer* (London: The University of Chicago Press, 1984)。

[4] 参看 Huang Mei: *Transforming the Cinderella Dream* (New Brunswick: Rutgers University Press, 1990)。

欲望属于追求幸福的虚构人物，是促使情节发展的动因；同时也属于读者，与她/他们对人生的期待呼应，并通过对人物的认同而部分地转化成阅读的动力。几乎可以说，正是现代小说这种文类形式，把追求个人幸福"淬炼"成一个最重要的思想议题。

就伊丽莎白而言，内含于其婚恋轨迹的欲望至少包含两个层面。首先，叙事通过暗示或明示伊小姐与小妹莉迪亚的相似，点出前者身上洋溢的那种指向情欲的青春活力。这在奥斯丁的女主人公中几乎是绝无仅有的。

莉迪亚是书中最无拘无束、个性舒展的姑娘。她健康漂亮，心直口快，"生龙活虎"，"不知天高地厚"（I.9），倚仗由母亲的溺爱及父亲的疏懒共同造就的自由空间恣意生长，"强健不倒、鲜活生动"[1]。当柯牧师尝试对众表妹宣读福代斯[2]有关女性行为规范的讲道辞时，莉迪亚公然冲着他咧嘴打哈欠。[3]相反，听说附近的民团来了位新军官，她便热情万丈，又撺掇前往访问又策划组织舞会。她不时开怀大笑，还高调公布自己对某位男士的迷恋，既缺少道德底线，也没有多少经济关怀，只是肆无忌惮地宣泄她天真烂漫的自我中心主义和饱满的荷尔蒙能量。就这些特征看，喜欢在户外徒步疾走翻越围栏、热衷聚会跳舞且笑口常开[4]的伊丽莎白和莉迪亚确实不无相似。更说明问题的是，她曾经和小妹一样一度对魏肯很是中意，甚至想过要"搞定"他；

---

[1] Bush: *Jane Austen*, pp.103-104.
[2] James Fordyce（1720—1796），苏格兰长老会派教士、诗人，以训诫青年女子的系列讲道辞称于世。
[3] 应该说明，奥斯丁对当时普遍接受的女德训导并非一概排斥嘲笑，而是有所取舍。比如，她笔下正面人物就吸收了风行一时的《父亲给女儿的遗言》（1766）一书作者格里高利（Dr. John Gregory, 1724—1773，苏格兰启蒙派知识分子，医生、作家、道德家）的一些主张和思考。参看 Mary Waldron: *Jane Austen and the Fiction of Her Time*, pp.44-48.
[4] 有评家细致讨论了该书中的"笑"母题，参看 Alistair M. Duckworth: *The Improvement of the Estate*, pp.133-140；及 Kroeber, in Halperin (ed.): *Jane Austen: Bicentenary Essays*, p.149.

而莉迪亚尖刻酷评（魏肯追求过的）金小姐的雀斑脸的言辞也颇有几分伊丽莎白味儿，令那位伶俐二姐颇感羞窘。[1] 也许更值得重视的是，对莉迪亚私奔行为的道德谴责几乎全部派给了反面角色柯林斯。伊丽莎白们虽然痛感这孟浪行动带来的伤害，却更多是从社会后果考量，倒不曾挥舞原教旨德行戒条的大棒。叙述者甚至没有让断然回绝达西建议、不肯离开魏肯重回班家的莉迪亚因此受罚，相反宽容大度地允许她在较长时间里保留自己浅薄却强韧的乐观、生气以及对魏某的无限信赖。可以说，私奔者莉迪亚以极端形式体现了伊丽莎白的一个侧面，代表了她更原始更本真的面目和欲望。她和达西的相遇每每火花四溅，或交火或会心，或炽热或痛切，背后涌动的是吸引、拒斥兼备的复杂感受和未必充分自觉的情欲骚动。

体现在伊丽莎白身上的另一种至少同样重要的欲望，是对社会成功或经济地位攀升的渴求。在最深的集体无意识层次上，现代人狂热追逐超出生存必需的巨额财富与史诗时代古人渴望无上军事荣誉殊途同归，本质上都是对在群体中拥有尊荣和权位的认同和向往，体现了个人对群体的依赖。只是进入现代商业主义逐利社会，成功的首要构成元素是钱财，于是一切社会欲望都异化为以物质财富为标的。正是在这个意义上，美国女诗人安妮·赛克斯顿（Anne H. Sexton，1927—1974）的诗集《变形》（*Transformations*，1971）中《灰姑娘》一诗把那篇童话视为"当代社会'一夜暴富'的原型"。[2] 她以直白尖锐的词句讲述了管道工中彩票、女仆嫁富家公子、送奶工投资房地产发财和清洁女工意外获得巨额保险赔偿四个事例，并将之统统归纳为"那个故事"。

《傲慢》中班太太之流物色女婿的努力赤裸裸地体现了对财富的渴

〈1〉 参看 Edward Neill: *The Politics of Jane Austen* (London: Macmillan, 1999)，p. 57。
〈2〉 参看张剑:《童话、男性神话与女性主义》,《中华读书报》2012年3月7日，19版。

念,虽然其初衷可能产生于保障基本物质需要的焦虑。而伊丽莎白们虽然自觉抵制唯钱是问的择偶标准,但是她最终嫁入的潘伯里毕竟是豪宅,是超常"财"和"势"的化身,因而她对达西的倾心不可避免有了另一重意味。何况,她对私奔事件大惊失色的表现也从另一个侧面映证她与四邻相去不远的"俗"。化解这场危机的人是达西,而他的主要"动作"便是反复与魏肯细致谈判,最后以双方可接受的价码迫使后者立即与莉迪亚成亲。加太太曾详细说明他在此过程中的不菲开支——包括代魏肯偿还"大大超过一千镑"的债务,为他购买一个常备军官职〈1〉以及另给莉迪亚一千镑陪嫁。(III.10)达西主动雪中送炭,从而奠定了此后班家三位千金的婚事,而这一举措本身却十足是有板有眼的现金交易。〈2〉有关的细节罗列表明:奥斯丁在多大程度上继承了笛福白描社会真相的写实"账单"传统。伊丽莎白们的追求虽然另有襟抱也更为复杂,但归根到底与她老妈的意图有相当的重合。从最终结果看,班太们的"真理"和企图在女儿的实践中得到了超额实现。这部分地为班太翻了案,构成了对于讽刺的讽刺,同时或多或少把正面女主人公的言行置入了被审视、被批评、被嘲笑的位置上。这种两重性或含糊性构成了全书的结构性矛盾或结构性反讽,使我们在本章前两节里论及的作品主旨受到了冲击和质疑。

20世纪后期,达西被一些批评家扣上"统治阶级男神偶像"〈3〉的

〈1〉 与教会圣职相似,当时英国军队的官职也是可以买卖的,且常备军官职价码高于民团职位,黑市价格高于官方标价。此弊端多多的体系引发很多批评,后来被改变革除。参看 *The Annotated Pride and Prejudice* (Anchor Books, 2012, ed. David M. Shapard), p.619, Note 31。

〈2〉 有关达西径直掏钞票的记述其实是罗曼司叙事中不常见的另类之笔。从理查逊到伯尼等诸多重情派作家都力图遮蔽或淡化浪漫婚姻与钱的关系。参看 Mary Waldron: *Jane Austen and the Fiction of Her time*, pp.58-59。

〈3〉 Neill, *The Politics of Jane Austen*, p. 51. 原文中"神"一词为源自印度文化的"juggernaut",强调所指的是某种迷信的对象。

帽子;而作者心里"印刷品中最可人的尤物"⁽¹⁾伊丽莎白,则被不少人判定是捞到书中男首富的幸运中奖者,并进一步成了"守护并巩固父权社会乡间大宅的女主人"⁽²⁾,这类论断自然并非空穴来风。还有一批女性主义学者或性别研究专家,包括普韦、芭芭拉·约翰逊和拉德维(Janice A. Radway)等,对小说的童话式异性恋结局提出尖锐的批评。她们认为这类叙事"政治上可疑",没有直面女主人公遇到的社会问题。她们读出了奥斯丁的逃避主义,认为小说的结局是"对真实(社会)问题的虚幻消除(illusory foreclosure)"⁽³⁾。普韦还进一步指出,罗曼司(或爱情传奇)自称外在于意识形态,是不可解释、不可抗拒的,源自生理吸引力,在对象选择上无视阶级社会中的层级、优势或特权等,似乎是在抗拒自利、算计和竞争,是道德改良的途径;然而它在本质上"与布尔乔亚社会非常相容"。⁽⁴⁾上述政治化论点指明并强调了罗曼司故事内含的个人主义立场,同时入木三分地指出,这一叙事套路所体现的道德改良以及对自利取向等的修正乃是幻象,是对其阶级属性的一种掩饰。因此,普韦把爱情罗曼司视为最重要的资产阶级意识形态神话之一,属于麻醉中下层人民的精神鸦片,它许诺的美好宫殿不过是"(艺术)形式的安慰"。⁽⁵⁾

  这些诛心之论是特定年代的产物,带着此前二十余年社会改革运动的"硝烟"。经过20世纪60年代西方学生革命、黑人民权运动和女性主义运动等社会思潮的洗礼和促动,有很多学者和思想家开始重新审视18世纪资产阶级启蒙文化对女性的规训和压制,尤其是当时的说

⟨1⟩ Le Faye: *Jane Austen's Letters*, p. 210.
⟨2⟩ Poovey: *The Proper Lady and the Woman Writer*, p.194.
⟨3⟩ 语出 Ashley Tauchert: *Romancing Jane Austen: Narrative, Realism, and the Possibility of a Happy Ending*, p.23。
⟨4⟩ Poovey: *The Proper Lady and the Woman Writer*, p.236.
⟨5⟩ Ibid., p.237.

教文学、行为指南类作品在这方面的作用。他/她们有明确的启发（妇女等）读者觉悟的政治动员目的，为不久前才逐渐突破新批评窠臼的奥斯丁批评或更广义的有关文学文化研究提供了新的视野和思路。普韦式言说的深刻之处在于，她不但和克劳迪娅·约翰逊们一样认识到了伊丽莎白的潘伯里归宿意味着父权的修订和确认，还进一步剖析了这种心愿得偿的叙事模式，认为其个人主义本质乃是整个资产阶级意识形态的重要基石。

然而，普韦们仍然只是道出了问题的某些方面和侧影——罗曼司叙事的历史功能和命运远比快刀斩乱麻的论断更复杂、更繁芜。我们应当充分意识到，主人公的渴望提示着小说人物及其受众共同痛切感受的真实缺失和需求。不论在虚构故事中还是在现实情境里，当经济考量和金钱欲望体现在政治经济地位较为低微或飘摇的中下层人士身上时，我们不能不由分说地将其动机统统归为"逐利"或趋炎附势。相对贫苦者渴望温饱幸福和地位提升有其正当性。此外，如弗莱指出，罗曼司在文类中处于某种微妙的"下里巴人位置"[1]，常被有教养的读者看不起，却受俗众欢迎。而文类的社会命运与故事内涵是不可分割的——奥斯丁笔下的大团圆婚姻结局，不仅是书中灰姑娘们两重欲望的充分满足，更代表着千千万万平民女性心中幸福愿景的尽情伸张。[2]

不过，这部小说能够同时又成为"阳春白雪"[3]，得到各类经典文学拥趸的青睐以及学人、思者的重视，不仅因为作品的艺术成就，也因其具有深刻丰富的精神内涵。奥斯丁貌似清浅的小说准确地抓住了

---

[1] Northrop Frye: *The Secular Scripture: A Study of the Structure of Romance* (Cambridge: Harvard University Press, 1976), p.23. 原著中这一表述为"proletarian status"，比笔者的译文更具现代阶级分析色彩。

[2] 弗莱称此为"货真价实的下里巴人元素（genuinely 'proletarian' elements）"，见N. Frye: *Anatomy of Criticism* (Princeton: Princeton University Press, 1973), p. 186。

[3] 参看Katherine Sutherland: *Textual Lives of Jane Austen* (Oxford: Oxford University Press, 2005), p.v。

时代的思想脉搏。事实是，如果伊丽莎白真的认同并追随她母亲所代表的世俗婚姻观，整个故事以及贯穿全书的反讽特色根本不会存在。有些人看到最后的结局，认为这是个地道的老式灰姑娘故事，却忽视了前面的拒绝，忽视了作者对童话情节的重塑。伊丽莎白曾自信地谈论是非并毫不犹豫地回绝达西求婚。那是最终改造了男主角和整个故事的拒绝。在奥斯丁笔下，起初的拒绝恰是伊丽莎白最终赢得美满婚姻的根本原因，是作者对女主人公以及"幸福"本身所做的最重要的定性。

小说最后章节浓墨重彩地呼应了开篇时班太所代表的世道，再度凸显了母女差异。在瑾和伊丽莎白的婚事大致尘埃落定之时，先有柯林斯迟来的信函将达西吹捧成"福星高照之青年，特具世人企盼之一切，诸如巨额财富，显赫家世，权倾四里，广施恩泽，可谓百优齐备"，并力劝班家人莫存高攀之心（III.16）；后有班太听说二女儿竟然把顶阔气而又顶傲气的达西搞定了，惊得六神出窍，半晌才语无伦次地说：

> 天哪！上帝保佑！想想吧！我的老天！达西先生！……啊！我的好宝贝丽琪！你这回可要大富大贵了！你该会有多少零花钱，多少珠宝，多少马车呀！瑾都没法比了——根本算不上数了。我多么高兴……这样一个可爱的人！那么英俊！那么魁伟！……心肝宝贝儿丽琪哟。在城里有住宅！什么都让人那么着迷！……一年一万镑呀！……
>
> ……很可能还更多呢！简直和王公大人一样了不得！还有特许结婚证。你必须而且一定要用特许结婚证结婚。（III.17）

显然，这两人都直白地把达西看成财富和权势的符号。此前此后读者还见识了有关班家生活的若干具体细节——比如他们家并非巨富，过日子却很摆谱，雇着男、女管家，用餐时有好几个仆人伺候（III.7-10），以致家里拿不出几千镑余钱应对危机；而且班太在小女儿前途未卜之时真正关心的竟仍然是婚礼排场和服饰衣料之类。很显然，物质消费占据着班太们全部的心思和感受。此类言行通过伊丽莎白之眼摄取，目光中的不以为然和挖苦讽刺十分明显，俯看视角也再度重现。

如果读者仅仅看到伊丽莎白婚事带来的经济利益和地位提升，就把自己完全降到了班太和柯林斯层次，比起班先生和瑾姐都须自愧不如——后者获知伊丽莎白与达西定情之事，尚能不觉狂喜反而颇为忐忑，反复盘问丽琪，提醒她选择终身伴侣切不可仅仅考虑财产。可以说，伊丽莎白情史的根本特色恰恰在于对财产和等级的魔力有所抵制，从而凸显男女主人公在彼此吸引、深入了解的经历中同步自我修订的过程。这是对金钱社会中泛滥的个人"欲望"的改写和校正。青年绅士达西拒绝以彻底物化的眼光看人，才能够欣赏伊丽莎白别具一格的活泼，因为后者的"人格活力与她不是任何有形物质的拥有者不无关联"。[1] 两人都对"真理"或"真相"存有敬畏感和好奇心，对阿谀逢迎和贪婪无度十分厌恶，这是他们能赢得对方尊重的思想基础。

前文提到，赛克斯顿以直白洗练的诗行概述了种种骤然暴富的事例。这是对"那个故事"的一种"去情爱"处理，完全剔除了其中的纯情罗曼司因素。然而对故事本质的这般深刻揭示和批判却也是一种片面呈现。灰姑娘罗曼司从根本上说包含不可压缩的丰富层次，容纳了多重矛盾，内中既有年轻人一见钟情，又有卑微女孩改变命运的强烈冲动。而且仅就后者而言，灰姑娘梦也并不单纯。她的自我提升似乎体现在获得了众人之上的地位和荣华，这意味着对现有社会秩序的肯定，因为只有在等级秩序中这样的婚姻才意味着辉煌成功；但自相

---

[1] Mark Kroeber: "*Pride and Prejudice*: fiction's lasting novelty," in John Halperin (ed.): *Jane Austen: Bicentenary Essays* (Cambridge: Cambridge University Press, 1975), p.149.

矛盾的是，其实现却都以对方看重两情相悦、放弃以联姻谋财谋势为前提。更何况，灰姑娘进入殿堂，事态本身即意味着社会最高层的"成分"发生了某种改变。换句话说，这一情节原已包含了对现存社会的重要改写。正因如此，《灰姑娘》是伴随旧式王权衰微才成了家喻户晓的流行故事。

另一方面，书中达西的转变或进步也极具超越个体命运的象征意义。从塞缪尔·理查逊以《格兰底森爵士》（1753—1754）开始推介"新绅士"形象，经由弗·伯尼的系列小说，到伊丽莎白指责达西行事不像"绅士"从而促成后者自省，文学对"新绅士"的塑造是一脉相承的。在很大意义上，这是中等阶级日益扩张的力量对"上层社会"的再界定，也是女性对男性权势的修正，与18、19世纪英国社会逐渐调整、转型的进程正相呼应。在《傲慢》中，大地产主家庭继承人达西从单纯代表物质财富到一定程度超越物质，与复杂美学象征物潘伯里融为一体，最终转化为跨等级纵向社会流动乃至社会和解、道德重建的中介和推手，几乎成了英国现代版新"绅士"初步定型的标志性角色。

《理智》开篇时家族财产继承人将继母和妹妹们赶出家门，残篇《瓦森一家》写到姐妹间为争抢追求者暗中给对方下套使绊。这种种世态与《傲慢》中众邻居在莉迪亚私奔之际的幸灾乐祸表演共同勾勒出传统人际关系纽带遭到破坏、个人生存原子化趋势愈演愈烈的逐利社会面貌。然而，世相越是如此，对"大团圆"的渴盼似乎就越强劲不衰。詹·汤普森提醒我们，奥斯丁小说推重婚姻双方情感契合，将两性恋爱升华、拓展为强调私谊（private intimacy）的价值观，其取向与劳伦斯·斯通关于当时社会婚恋和家庭状况变迁的描述正相符合。[1]

---

[1] James Thompson: *Between Self and World: The Novels of Jane Austen*, p.18. 另参看 Lawrence Stone: *The Family, Sex, and Marriage* (New York: Harper, 1979. Abridged Edition).

也就是说，心心相印的美满姻缘不尽然是奥斯丁营造的私人愿景，也并非古来即有的爱情至上准则，而是一种以个人间亲密关系抗衡金钱秩序的社会神话。

自18世纪中情感主义思潮酝酿兴起，两三百年来未曾消弭的浪漫向往体现着人们对"商品化以及社会关系的物化"（commodification and the objectification of social relationships）的抵制或逃避。奥斯丁呈现的婚姻处于小说意识形态冲突中心，"既是问题又是其解决方式"。〈1〉的确，酣畅地写罗曼司畅想曲，很大程度上是为被异化的人际关系探寻某种超越或解决之道。出嫁意味着新的可能性。如果对比康普顿-伯涅特（Ivy Compton-Burnett，1884—1969）小说中没有婚姻"出口"的阴暗家庭牢狱〈2〉，可以深切感知《傲慢》一书饱满的乐观心绪。如托切特所说，奥斯丁拒绝在写实和罗曼司之间断然划界，使小说呈现为不同世界观交汇并交锋的"场地"和中介，用传统罗曼司模式化解写实主义叙述提出的问题，让不囿于货利的爱情故事化解金钱社会的人文困境。"罗曼司设想协调个人的、二元对立的和社会性的冲突……奥斯丁揭示发生罗曼司逆转的可能性"，其中的"转换更新（transformative）经验"源自女性"在堕落世界中对救赎的追求"，本质上属于弗莱所说的那种"从悲剧处境达致喜剧结局"的求索神话（myth of quest）。〈3〉在这多重意义上，美国学者杰姆逊称马克思主义

〈1〉 参看 J. Thompson, *Between Self and World: The Novels of Jane Austen*, pp.155-156。至此，作者的观点和论说相当中肯。但他的另一些相关阐述将奥斯丁尝试提出的所谓"解决方式"几乎全部归于某种"虚假意识"，就过于武断，否认了19世纪英国统治阶级意识形态内部存在冲突、调整、改革乃至进步的空间。

〈2〉 参看拙作《家的梦魇》，黄梅编：《现代主义浪潮下》（中国社会科学出版社，1995），40—56页。

〈3〉 Ashley Tauchert: *Romancing Jane Austen: Narrative, Realism, and the Possibility of a Happy Ending*, pp. 11-13, 15-16. 另参看诺索普·弗莱：《文学的原型》，戴维·洛奇编：《二十世纪文学评论》下册（上海译文出版社，1993，葛林等译），113—118页。

历史观具有某种喜剧的或罗曼司的结构,并说罗曼司通达乌托邦,不受后来日渐僵硬的写实规范制约,提供了与"某种泰平未来"(some secure future)密不可分的"拯救或赎救性前景"。[1]

当然,《傲慢》一书结尾的喜剧气氛来得那么真切而浓郁,不完全因为罗曼司叙述模式本身,更大程度上可归因于1800年前后流淌于青年奥斯丁心中乃至整个英国的乐观情绪。奥斯丁允许"大团圆"结局,这与张爱玲世界[2]判然两味;恰如前者的家庭及其氛围属于正在生成的大英帝国里地位上升的中等阶层,迥然有别于张氏所隶属的清王朝土崩瓦解后孑遗的没落贵族世家。是这种乐观底色给喜剧可能性即无比脆弱的小概率理想爱情提供了想象的存在空间,成就了该书"轻松明快,光彩四射"的特征。

不过,奥斯丁对自己标举的价值乃至解决问题的方案并非没有保留和怀疑。对于伊丽莎白式"转化更新"的局限性,作者有相当自觉的批判意识——班太就二女儿的婚事又惊又喜的大呼小叫明白无误地表明了这一点。可见,在奥斯丁笔下,反讽与自嘲形成种种含糊混淆和自相矛盾,是"有意为之"[3],"她的小说并不将社会'永恒化',相反却使之遭到质疑"。[4]尽管如此,自我质疑是有边界和尺度的。我们并不能就此得出结论说,作者自行拆解了伊丽莎白与达西的联姻所标举的价值,把故事"搅得一团糟",将读者遗于"道德炼狱"(moral limbo)[5]之中。

其实,不仅对奥斯丁式的爱情罗曼司,对英国18、19世纪一波影

---

[1] Fredric Jameson: *The Political Unconsious* (Ithaca: Cornell University Press, 1981), pp.103-105.

[2] 两位女作家的作品也有不少相近之处。参看章渡:《张爱玲与简·奥丝汀灰姑娘叙事比较》,《南京师范大学学报》2006年第2期,87—90页。

[3] 语出 Mary Waldron: *Jane Austen and the Fiction of Her Time*, p.37。

[4] Tanner, *Jane Austen*, p. 12.

[5] M. Butler: *Jane Austen and the War of Ideas*, p. 217.

响深远的女性操行指南文学,也需要更周全地认识,承认它们突出女性地位、女性价值取向及其调节改变社会面貌的历史作用。不论后世的"解构"派儿孙对当年的说教和规训如何深恶痛绝,这般形形色色的道德建设和文化训导乃是大英帝国此后百年盛世的重要基础之一。在很大程度上,奥斯丁的写作是指南文学的与时俱进。她笔下的女性人物承继了"循规蹈矩淑女"的许多特质,但又远非消极的被规训者。相反,她们是策划人,是驱动者和鞭辟入里的观察评判者。虚构的伊丽莎白以她的判断和心愿改造了达西,探讨了中下层女性发挥能量、修订甚至重塑社会的可能性。女性读者为什么那么愿意接纳可塑的达西先生?这个人物满足了她们怎样的心愿和期待?又或者,如托切特所问,在异性恋等遭数十年解构之后,为什么千千万万的女性读者仍旧对伊丽莎白-达西式的爱情依依不舍?这些问题不是用"逃避主义"或实存"意识形态争论的虚幻解答"[1]之类裁定就可以一笔抹杀的。罗曼司文类持续畅销的现实仍在向思想者们提出尖锐的挑战。

余音绕梁的"感谢"

恐怕多少让读者意外的是,小说结尾最后一句话居然落在了"不入流"的伦敦商贩人家加德纳夫妇和"感激"母题上:

> 达西夫妇和加德纳一家一直保持最密切的关系。达西像伊丽莎白一样,真心实意地爱他们,而且夫妇二人都对他们充满了最热烈的感激之情,因为正是他们把她带到了德比郡,才成全了他

---

[1] Pierre Macherey: *A Theory of Literary Production* (London: Routledge & Kegan Paul, 1978, tr. by Geoffrey Wall), p.155.

们共谐连理。(III.19)

"感激"一词并非头一次出现。在潘伯里游览之际及其后,伊小姐都曾明确意识到:自己因达西慷慨和善的表现而生出了感谢之心,而且"谢"与"爱"之间存在千丝万缕、相互转化的关系(III.1-2,6)。当她代表自己和家人为小妹私奔事件的化解向达西致谢时,后者却回复她说:"是你给我上了一课",并诚恳地表达谢忱。显然,最能制衡高傲之心的,不是很容易沦为虚伪的谦卑姿态,而是对他人善意和帮助的敏感与顾念。换言之,感谢与尊重是"不那么有情趣"的伊丽莎白式爱情(III.4)的根基,也是编织更广泛人际关系的主要经纬线之一。[1]

言及"感谢"母题和玉成达西夫妇姻缘的功臣,读者不免联想到另外一位女士,即嫁给柯林斯的夏洛蒂。伊丽莎白走访已经身为柯太太的女友,是她与达西重逢并走向相互理解的一个不可缺少的环节。善于掂量轻重的夏洛蒂,必定是明确意识到了伊丽莎白以及她所代表的某些精神追求对于自己未来漫长婚后生活的重要性,因而毫不犹豫地"海涵"了后者对自己婚事的批评。而伊小姐不仅以和解姿态拜访她,也对她在自己与达西订婚之际避开凯夫人回娘家小住"感到由衷高兴"(III.18)。虽然不涉"最热烈的感激之情",也不再有往昔闺密间的无话不谈,但是伊丽莎白毕竟最终默认了夏洛蒂的"友人"资格。夏洛蒂被排在朋友圈的最外沿。她的人生足迹提示读者经济条件对于女性选择的沉重压力,并标识出与现实妥协的可容忍边界——即为保障基本温饱而有所"折腰"。另一方面,伊丽莎白和夏洛蒂曲折起伏的交谊又表明:在奥斯丁笔下,正是认可分歧和差异的包容心态,使辗

---

[1] Mark Kroeber, "*Pride and Prejudice*: fiction's lasting novelty," in Halperin (ed.): *Jane Austen: Bicentenary Essays*, pp. 149-150.

转生成于复杂交错人际关系的情缘得以一线牵来。

故事的收局也颇可玩味。当伊小姐让达西老实交代是不是因为她刁蛮无理才萌生爱意时,声调中那份有节制的恃宠放肆、那暗含的与挑眉俏笑相随的亲昵目光又岂止是平视!这一戏谑姿态把她内心的无忧和快乐表达得淋漓尽致,欢天喜地的情绪笼罩整个小说结尾。因而,有学者称这是"一部洋溢着不可压制的欢乐的小说",甚至说它印证了初稿写作期间作者堕入情网的喜悦。〈1〉

主人公们的浓浓幸福感所焕发出的"大团圆"意味,仿佛代表着个体与他者乃至社群的完美契合。这好似有点不符合该小说或女主人公的一贯立场。乍看来,在奥斯丁作品中,《傲慢》对个人幸福的渲染最浓墨重彩,而对社群的描写似乎最为负面。班太太曾不避外客数落卢家女儿人长得丑而且"得捞[好处]就捞",众邻里曾幸灾乐祸笑看莉迪亚私奔事件,诸如此类描写像是在表达对"社会"的疏离甚至对立态度。一个直接的例证是,接近收尾时伊丽莎白一心企盼尽早成婚,"离开这令人不快的社交圈子,转入潘伯里他们自己家安适优雅的生活中去"(III.18)。然而细品这段话,又可以看出它表达的只是对特定人群——即开篇所呈现的班太群体——的厌弃,而且这也只是一个侧面。"对位(Counter-point)手法是奥斯丁成熟小说的特质之一。"〈2〉总体说来,让主人公经过自省适度收敛晒笑讥嘲是更重要的主旋律,而这意味着对他人和群体的尊重或认可。一番历练后的伊丽莎白们对生活现实的多重面目有了更深理解,应该说是增加而非削减了对与自己不同的各类人的容忍度。

因此,伊小姐"入主"后的潘伯里虽然会排除个别人(比如魏肯

〈1〉 Jon Spence: *Becoming Jane Austen* (London & New York: Hambledon Continuum, 2007), p.104.

〈2〉 Mary Waldron: *Jane Austen and the Fiction of Her Time*, p.44.

就没有访问权),但是小说结尾提示的未来却没有"收缩"的趋势。伊丽莎白在六亲不认与常情常理间掂量轻重反复权衡,拒绝莉迪亚不时提出的过分要求却又省下私房钱接济她。大致同理,依据对柯林斯太太夏洛蒂携夫逃回娘家规避凯夫人怒火并祝贺女友成婚一事的讲述,可以预料达西夫妇将遏止柯某的攀附企图,同时适度保持与夏洛蒂的往来。班家老妈自然也属于不能排除却须节制的麻烦分子。种种不和谐因素没有被"清除",而是尽量使之各归其位——日后潘伯里生活接纳了绝大多数故人,还可以期待新朋的加入。伊丽莎白的婚姻是对她所置身群体的调整和重组。

小说持续强调友谊的重要性。比如,瑾谈及宾利姐妹背信弃义、决定与她们切断"亲密"[1]私谊时态度极为郑重(II.4),几乎把它当作仅仅稍逊于婚姻的关系看待,虽无须正式缔约,也期望天长地久、终生不渝。这体现了作者的社群观的一个重要方面。此前,我们在本章二节里提到加德纳太太与伊丽莎白的两次对谈。这些似乎是细枝末节的插曲很容易被读者忽略,其实却是理解作者相关思考的关键线索之一。

长姐瑾和舅妈是伊丽莎白在家族圈里最认可的贴心人,前者曾劝她宽容夏洛蒂的选择——"从财产上看,那也算得上是一门很合适的婚配"(II.1);后者则警告她应远离魏肯,不要率然卷入"一场缺少财产支持的极不审慎的爱恋纠葛"。对于舅妈的教诲,伊小姐先是以玩笑口吻搪塞,打岔说:"亲爱的舅妈,干嘛这么郑重其事呀",随后又企图半开玩笑地应付:"好吧,您别担心,我会小心提防自己,还有那个魏肯先生。只要我扛得住,就不会让他爱上我",借此表示她并未堕入情网。小辈人的玩笑姿态说明两人的平等关系,而舅妈在应答时立刻抓住她的"不郑重"(II.3),迫使外甥女认真说明。不料伊丽莎白却

---

[1] intimacy (intimate)是奥斯丁常用关键词之一。参看 John Hardy: *Jane Austen's Heroines: Intimacy in Human Relationships* (London: Routledge and Kegan Paul, 1984)。

毫不含糊地反问道:世间有不少人因为一腔痴情不惜赴汤蹈火,她怎么能保证自己一定比别人高明,又如何能确知抵制(爱情)是"更智慧"的抉择呢?(II.3)不过,伊小姐最后还是承诺了不会莽撞行事,算是诚恳回应了年长者的谆谆关怀,又没有彻底封死为两情相悦不惜闯经济困局的险路。

另一场谈话发生在稍后的时间。当时事态已经生变,魏肯正公开追求新获万镑身家的金小姐。伊丽莎白去柯林斯家做客路过伦敦,舅妈向她打听有关魏肯的传闻,忍不住顺口指出此人有"唯利是图"之嫌。伊小姐早在初闻这事时已经不带任何个人情绪地表示过,男人不论相貌如何,也总得"有所依仗才能生活"(II.3);此刻当然也不愿乱嚼舌根说魏肯或金姑娘的坏话。相反,她以明察分毫的严谨态度计较道:"在婚姻问题上,唯利是图和小心谨慎这两种动机有什么区别?谨慎到哪里终止?贪婪又从哪里开始?"不过,最后她还是说了几句气话:"谢天谢地,在我明天要去的地方,将会见到的是个一无可取的人〔指柯林斯先生〕……说到底,只有傻瓜才值得认识。""当心啦,丽琪",她的舅妈应道,"这话中失望的味道可有点太重了"。(III.4)这位舅妈可比许多后世人[1]的眼光毒多了,我们不免有点意外——她竟然多少是个成年奥斯丁,眼光犀利,用语洗练。莫非这些内容是作者在成为"简姑妈"之后修订小说初稿时的添加?无论如何,两场对话体现了交谈的质量:有智慧,有口彩,也有真正的思想探讨;既从一个角度解释了达西何以与加德纳夫妇一见如故,也代表了伊丽莎白对亲近友人关系的界定和要求。这是她所希望并着意维持的人际关系,虽然在这个圈子外还有其他的社会纽带。

---

[1] 有不少当代西方评家没有充分听出伊丽莎白议论魏肯的轻巧话中的不安和痛楚,以为她也如表面那样淡漠旁观,甚至更多认可逐利世道。参看 Susan Morgan: *In the Meantime*, pp.91-98。

几位明智女性的交谈还有其他一些特点值得深究，特别是伊丽莎白话语中内含的那种不留情面的自我审视，那种对己对人用同一尺度衡量的公正态度。既然舅妈因男方贫寒而告诫自己要躲远点儿，又如何能苛责别人考虑财产因素？何况，到此为止魏肯的表现不过是想当一名男版灰姑娘[1]，而这与芸芸众生的人生期盼又有多大差别呢？她接下来对"审慎（特指注重务实的经济考量）""贪婪"的理性辨析，与达西追问在什么情况下应该随和从众、多听劝告相似，颇有哲学意味——读过一点霍布斯、沙夫茨伯里和休谟的人都知道，当年那些英国道德哲学家常常用多么平易的语言条分缕析地考察人生处境和人际关系问题。值得注意的是，伊丽莎白不时采用反诘语式，应答之词则被作者举重若轻地略去。然而与许多反问句不同，此处答案并未包含在问题的预设之中，而是真正有待探讨的时代话题。伊丽莎白言说的第一层意思显然是：若继续生存在眼下那个逐利社会——其彻底颠覆瓦解的可能性显然不在这些女性人物的视野之内——人们就不能不适度接受婚姻及整个人生中的实用经济算计。不过，她的思考并不就此完结。她还明确提出了"开始"和"终止"——也就是金钱考量的界限——的问题。如果说上述一层意味是对社会现状的局部接受，那么后一种推敲可以说意在对流行价值的修正和再造。加太太探问金小姐为人到底如何，言外之意是倘若后者有可取之处，便表明魏某人可能还不是彻底地唯财是取，便还可以考虑原谅。这与伊小姐的思量异曲同工，表明对话双方反对把钱作为唯一尺度的共同立场，也呼应了后者在小说其他章节对"界限"问题的反复推敲。她对女友夏洛蒂的婚姻最终也改持某种宽容态度，说明她划定的"界限"或底线是保障生存和温饱（当然是指不必躬身从事体力劳动的绅士淑女式温饱）。超出这个目标限度，对金钱的盲目追逐甚至膜拜就是可鄙可憎或可笑可怜的。

---

[1] 狄更斯笔下的男主人公——如《远大前程》中的皮普——就曾自视是"灰姑娘"。

值得重视的，还有小说结尾处言及加德纳夫妇那段话的平视角度和朴实直白的表达。以社会地位不高但人品、见识值得尊敬的加德纳夫妇收束全书，使叙述视角的下移成为定局，与生动、俏皮的开篇形成对比。如有的评论所指出，奥斯丁不是以"行动"（action）而是以"观看"（seeing）为主线来构建小说的结构。[1]若进一步追究，观察视角的移动又是男女主人公校正"高傲"心态、进行自我再造的结果。临近收尾之际，叙述提到班家姨妈、凯夫人和宾小姐诸人时虽仍语带调侃，却已没有太重的恣意取笑意味。甚至连达西也能相当节制地应付约翰·卢卡斯爵士那班俗人。巴结谄媚者客套、虚荣的表演固然令人不喜，却未必有特殊恶意，若一概侮慢对待，则难免过度伤人却无补于世道。因此，达西只是在确认对方看不到了之后，才不以为然地耸了耸肩。减去若干机敏的嘲笑和反讽固然是局部的风格损失；但小小姿态调整不仅见证了主人公们的换位思考和心态变化，也是全书主题的点睛笔之一。换言之，小说不仅借反讽描写讥刺世道，也不仅展示了这一修辞手法的美学魅力，还通过掌控反讽的张弛和尺度多少解构了反讽者顾盼自雄的上位者姿态。

面对他者心怀感激，是一种平视甚至仰视的定位。每个人的存在都离不开他人，好的人生离不开对这种依存关系的正确认识。各种程度和色彩的感恩和谢意乃是维系人际关系网络的黏合剂。《傲慢》一书最后落笔于"感谢"，可谓眼力深邃。

---

[1] Pam Morris: *Jane Austen, Virginia Woolf, and Worldly Realism*, p.18.

第三章 范妮·普莱斯与曼斯菲尔德庄园的蜕变

自从在乔顿村安顿下来,奥斯丁在积极修订、出版旧作的同时,逐步检点这些年来种种见闻和阅历过滤、发酵的成果,开始酝酿新著的书写。1814年问世的《曼斯菲尔德庄园》是她再度动笔后完成的第一部小说,被评家认为是她最有抱负、最具思想性的作品,也惹出了最多的争议。几乎可以说,20世纪奥斯丁批评中最有意义的突破多聚焦于这部小说。

曼斯菲尔德庄园的内忧外患

曼斯菲尔德庄园主人托马斯·贝特伦爵士是家乡最大的地主,依当时英国社会常规出任下议院议员,并握有任命本地牧师的大权。曼园大宅规模宏阔,是乡民眼中的"华丽府邸",所辖地产年年有大量进项。总之,贝氏一家享有"无尽的安乐,无限的排场。"(I.1)[1] 而托马斯爵士可说是奥斯丁小说中最热心"齐家"、最讲究道德和原则的家长。他选择妻子、结识友朋不过分唯利是图。多年前,家人讨论收养外甥女范妮·普莱斯,他顾虑小女孩被拔根徙植会伤筋动骨,表示若是这么做便得对她一生负责任,显得颇为宅心仁厚。他送儿子进伊顿

---

[1] 译文主要参照秭佩译本(兰州大学出版社,2014)。

入牛津，为女儿延请教师，一丝不苟比照上层人的路数培育后代。孩子行为失当，比如长子汤姆在外欠下大额赌债，他虽然毫不推托地代为偿还，却也没有省略苦口婆心训儿教子的工序。当他意识到腰缠万贯的准姑爷拉什沃斯其实愚钝不堪，便起了补救之念，主动表示不反对长女玛丽亚退婚。这位"勤勉且办事得法"的爵士赴海外料理产业，归来后又立刻开始整顿家务，一个"忙碌的上午"快刀斩乱麻（II.2），顿收立竿见影之效。他治下的庄园看似井然有序，体现着某种安定的秩序。在很多读者眼中，那幢绿野碧树环绕的豪宅与其主人两位一体，在书中占据首要位置，达克沃斯说它远不只是行动（或事件）发生的场所，而是"生存之基"（grounds of being），是传统文化和精神遗产的化身。[1]中国当代散文家毛尖女士则以她特有的犀利而自由的笔法将那个庄园称为令女主角范妮魂牵梦绕的"真正的男主人公"[2]。

借用后者的说法，我们不妨认为，这部小说所着意铺叙的，正是曼园经历的一场危机及随之而来的旧瓶装新酒的演变。

小范妮·普莱斯进入曼园数年后，在她大约十五六岁之时，贝家出了若干变故。先是担任本地牧师的大姨夫诺利斯突然病故，新牧师格兰特一家住进教区。继而托爵士位于西印度群岛（安第瓜岛）的种植园"新近遭了损失"（I.2），迫使他不得不携长子汤姆万里迢迢赶赴海外，一去就是两年多。这期间在大姨诺利斯太太积极撮合下贝家长女和邻近最富有的年轻地主拉什沃斯订了婚，后来又有格兰特太太娘家异父弟妹——亨利·克劳福德和他姐姐玛丽[3]——到访做客，给波

---

[1] Alistair M. Duckworth, *The Improvement of the Estate: A Study of Jane Austen's Novels* (Baltimore: The Johns Hopkins University Press, 1971), Ch.1, 另参看其"Preface"和"Introduction"。

[2] 毛尖：《生是你的人，死是你的鬼》，《书城》2008年第3期，64页。

[3] 小说原作中没用明确词语认定两人的长幼，但在中文述说中很难含糊处理，众多译者理解不同，有称兄妹，也有称姐弟。笔者据玛丽对亨利说话的口气，认为她应是姐姐。

澜不惊的曼园生活带来几分热闹。

克氏少爷小姐资产颇丰，父母亡故后由身为海军上将的叔父抚养长大。格太太像班纳特大妈一样热心张罗婚事，立马认定贝府大少爷和二小姐朱丽叶乃是自己弟、妹的理想联姻对象。玛丽对"能嫁入富贵人家"的婚事毫不拒斥。不过，她说，想哄亨利结婚可不那么容易："他是你能想象出的最最可怕的调情老手。要是你那两位贝家小姐不想肠断心碎，就让她们别和亨利掺和。"（I.4）这位都市姑娘的口气那么亲昵而自在，听她轻轻松松又把握十足地甩俏皮话当真是不小的享受。

初步的交往让各方人士都很开心。

叙述者站在亨利的角度说：贝家小姐们"值得他挑逗一番，并且都乐于接受他挑逗"。玛丽承认玛丽亚·贝特伦更漂亮，却替二小姐朱丽叶说好话，自称深知弟弟"最终必会更喜欢"后者。对此亨利要笑地回复道，他一开始就最喜欢后者，同时却毫不含糊地申明："订了婚的女子往往比没订婚的更可爱。"如果说亨利从容而讥消的应答发散着风月场行家里手的倜傥风流，玛丽随后的表态则有不输乃弟的玩世不恭。她表示，弟弟已经无可救药，只能任他去吃亏上当；进而又尖锐评说婚姻："在各种交易中，唯有这一种交易，要求于对方的最多，而自己最不诚实"，并以她婶婶即将军夫人为例，说她"肯定没什么理由喜欢婚后的处境"。二人真真假假唇枪舌剑，大姐格太太听得懵懵懂懂，对弟妹的宠爱心虽没半点削减，但也辨出了一点刺耳的东西："玛丽，你和你兄弟一样坏，不过……我们要让曼斯菲尔德把你们俩都改造过来。"（I.5）格太太嘴里的"改造"可能不过针对玛丽对婚姻的负面看法，但无意中点破了曼园世界与外来者之间的重要差异和分歧。

在父亲长期缺席的"无政府"状态中，外来客携带的都市风尚将曼园一池春水丝丝吹皱。克氏姐弟尤其玛丽作为类型人物似乎是破坏既有秩序的搅局者和活力四射的个性解放先锋。她是正统的得体淑女（proper lady）的触目对立物：身体强健、活泼好动、伶牙俐齿。她在议论人们争夺家业的行径时坦率而自信地宣布自己信奉的原则,声言"尽可能地为自己谋利益,乃是每个人的责任"(II.11),语中不无几分得意的自我讽刺。这位坦直泼辣的小姐显得那么生气勃勃而又清新自然,面对她妙曼的竖琴弹奏,以及初学骑马便立刻展示出的飒爽身姿,连循规蹈矩的二少爷埃德蒙都被深深吸引。玛丽还肆意讥笑各种令人起敬的社会机构或人物——教会啦,海军啦,士绅家长啦。她对叔父克劳福德海军上将或托马斯爵士全无敬畏,言及叔父时,戏称他为"我那顶顶可敬的叔叔";提到下一层级海军将官则用官衔省略语"*rears* and *vices*",还特别提醒说可别往双关语那儿挂(I.6)。然而,现场听众都知道她叔叔在丧妻后公开让情妇登堂入室却不屑于顾全面子办个结婚仪式,哪能辨不出她那句"可敬"是明明白白的挖苦。而且"双关语"既被特意点到了,人们怎能不想到rears(海军少将)在粗鄙俚语里指"屁股"、而 vices(海军中将)的首要义项则是"邪恶"〈1〉。如此说话方式实在太不淑女。然而,连谦谦君子埃德蒙听到后也只是心稍稍一沉,便不再挑剔她的出格言行,宽容地给了她"活跃的思想的权利"(I.7)。不仅如此,为了让玛丽尽兴地骑马嬉戏,他甚至忽视了自己的长期被保护人范妮的需求和心情。

这期间发生了两件意味深长的"小"事。

一是他们全体出动参观拉什沃斯家,穿行苑囿时遇到围墙上锁的铁门。拉什沃斯立刻跑回大厦取钥匙,在场者只剩下玛丽亚、亨利和范妮。克少爷和贝大小姐视范妮为无物,毫不遮掩地肆意调情。前者轻描淡写地解释他和朱丽叶的交往,暗示自己对玛丽亚很动心。"不过",他话题一转,话中有话地说:"你面对的前景非常美妙。"就此,

---

〈1〉 "*rears* and *vices*"是海军少将(rear-admiral)和中将(vice-admiral)的一种简称。但是那两个英语词自有其他含义。有学者甚至判定这话"不顾羞耻地公然指涉[男]同性恋性行为",参看 Joseph Lew: "'That Abominable Traffic': *Mansfield Park* and the Dynamics of Slavery," in Austen: *Mansfield Park* (Norton edition, 1998, ed. by C. Johnson), p.510。

玛丽有点突兀地发表了她在书中最重要的演说：

> 你这话是就景说景呢，还是另有象征含义？我想还是按字面理解吧。景色的确不错。阳光灿烂，园林赏心悦目。但是，不幸得很，这扇铁门，这道拦路围墙，让我感受到约束与塞塞。正如笼中八哥鸟说的那样："我飞不出去。"（I.10）

由于她直言提到比喻，后续的话显然已经将自己所面临的嫁入富绅人家的前景比作了"牢笼"。信手拈来的笼中鸟典故[1]颇为中肯，体现了不可小觑的文化修养和思想自觉，从而奠定了这位反面配角人物的现代品格，并提示出小小私人动作的思想内涵和社会维度。囚笼之辩竟深入闺阁，一帮富贵青年对"自由"话语无比稔熟且喜好，这有力地揭示了当时的文化氛围，以及文学作品在情感主义话语传播中的关键作用。接玛丽的话，亨利极富诱惑力地表示，有他的帮助，逾越小小障碍不成问题。正是由于这场眉眼交会、十分暧昧的谈话，玛丽亚迈出了无视门锁、翻墙而过的"突破性"一步。如维·伍尔夫所指出，在这个场面里，作者着力调入了极有"象征意味的微妙氛围"[2]，这为玛丽亚日后更严重的逾矩埋下了伏笔，而且用以小喻大的手法提示"女人式目无法度"（I.9）虽不起眼，却隐含很大社会危险。[3]奥斯丁在她的活泼少作《凯萨琳》中曾让一位僵板守旧的大妈一惊一乍地训

---

[1] 参看斯特恩《多情客游记》（上海译文出版社，2012，石永礼译。英语原著初版于1767年），124—130页。斯特恩（Laurence Sterne, 1713—1768）为重要的18世纪情感主义小说家，在该书相关章节中叙述者微带反讽地夸张谈论"巴士底狱"、"牢笼"、"囚徒"和"自由"。

[2] Virginia Woolf: "Her Greatness as an Artist (1913)", in Brian C. Southam (ed.): *Jane Austen: Critical Heritage, 1870-1940, Vol. II* (London: Routledge, 1987), p.243.

[3] 参看 Claudia L. Johnson: *Jane Austen: Women, Politics and the Novel* (Chicago: The University of Chicago Press, 1988), p.110.

斥侄女说，女孩子家的违规行为乃是"对王国中……所有秩序"的重大威胁⟨1⟩，基调是张扬的挖苦讽拟，无情嘲笑了充斥于当年说教文学的这类说辞。然而，到了中年作者笔下，比喻的效果就比较复杂且含糊了，在强调私人行为与社会整体的深刻内在关联时，立场竟几乎在和少年奥斯丁唱反调。

另一个"事件"是这群富二代发起的家庭戏剧演出。事情的起因是：汤姆先于父亲返回了英格兰。他新结交的朋友耶茨将某些贵族圈内玩票演戏的兴趣传到了曼园。耶茨引发的强烈反响令人联想到晚清无所事事的贵胄子弟们对于此道的热衷。唯一明确表示反对的是暂时代行家长职责的埃德蒙。他强调父亲"是严格遵从礼法（decorum）的"（I.13），不会许可女孩子演戏。但是众人拾柴的气焰终究难挡。各项准备参差推进，在七嘴八舌的纷争中大家最终选定了由英奇波德太太根据德国作品改编的喜剧《海誓山盟》⟨2⟩。剧中人物与贝、克两家年轻人彼此间的关系形成了某种魅惑力十足的对位与错位，让少爷小姐们不禁时时心旌摇动。玛丽在分配角色之际曾以剧中新潮女主角都不曾动用的放肆口气调侃地发问："诸君中哪一位，我将有幸与之谈情说爱？"（I.15）为了不让心仪的姑娘与其他男人演对手戏，反对者埃德蒙开始让步并渐渐陷溺其中。亨利不亦乐乎地游刃于贝家两位小姐之间。玛丽亚因和亨利近距离交往而对未婚夫更生厌弃；朱丽叶则难压嫉妒，对姐姐的怨愤日甚一日。演戏被制止后，玛丽亚仍然对排练中"将她的手压在他［亨利］心口上的那只手"（II.2）恋恋不舍——此般难忘的灼人肢体感受揭示了戏剧演出点燃情爱欲火的作用。的确，在这场持续多日的活动中，曼园原有的常态常规已经触礁。

⟨1⟩　Jane Austen: *Juvenilia* (Cambridge: Cambridge University Press, 2006), p.287.
⟨2⟩　原作名为《爱之子》，作者为奥古斯特·弗·菲·冯·科泽比（Kotzebue, 1761—1819）。英语改编者英奇波德（Elizabeth Inchbald, 1753—1821）为知名女作家，通常被认为有激进色彩。

在暗流涌动的你来我往中，还穿插着许多次有实质内容的交谈甚至针锋相对的激辩。比如有关房地产的改善。话题由参观玛丽亚未婚夫拉什沃斯的家宅引起。范妮和埃德蒙对拉某肆意改建古邸的计划多有不满，并对大户人家废弃每日主仆一起做祈祷的老传统深感惋惜。然而多数年轻人热衷重修翻新、追逐时尚。亨利不止一次兴致勃勃地提出改建宅园的具体建议；玛丽还明确表示："每一代人都有自己的改进"，"还是让人们自行其是为好"，不要"拘泥形式、处处约制"（I.9）。另一场争论的起因是埃德蒙在父亲支持下即将接受神职。玛丽认定当牧师很难出人头地，在所有职业中最不可取，力劝埃德蒙改入法律行业。埃德蒙严肃地反驳她，力陈牧师的职责和担当。由此两人进而讨论当下城乡教会状况。他们各自亮出旗号：一方侧重掂量私人利益；另一方则重视传统，强调信仰和德行。

小说还进一步将主、客双方的差异和争论置于更广阔社会背景中。克氏姐弟熟悉并认同的伦敦，乃是商贾和职业人士、新富群体聚居的大都市，与乡村庄园曼斯菲尔德对照鲜明。[1]他们的叔父克劳福德海军上将不仅是成功的职业军人，还是丧妻后公然把情妇请进家门的蔑视礼法者。玛丽的一段经历也很有点睛作用。她到曼园不久，即着人去取自己的竖琴，结果她打听消息和雇用马车时均遇到困难。她诧异在乡下获取信息非得通过层层人际关系辗转，更惊讶肯出大价钱居然租不到马车。埃德蒙解释说，在繁忙的割草季里，农人是不肯出借或出租马和车的。这一涉及劳动者的细节在奥斯丁作品中十分罕见，令人联想到BBC电视剧《雀起乡到烛镇》（2008—2011）所展示的英格兰南部乡村直到19世纪末仍在延续的麦收盛典。玛丽遭遇的小小用车困境晕染出传统农耕文化的氛围——民众把农事本身尊为头等要务甚至庄严节日仪式，不善于甚至抵制对其进行收益算计。对此，玛丽若

---

[1] Tony Tanner, "Introduction," in *Mansfield Park* (Harmondsworth: Penguin, 1966), pp.12-16.

有所思:"我们来时心里存有一条万灵的伦敦格言:有钱能使鬼推磨。所以,看到你们乡下的风俗是那样固执,不听使唤,我有点迷惑不解。"(I.6)

由于小说刻意揭示克氏姐弟对曼园秩序的侵蚀,并分外用力渲染两方的观点对立,玛丽琳·巴特勒把该书称为"简·奥斯丁小说中意识形态性最显著的一部",称书中对话是"不同的价值体系发生冲突的场合"。她认为,这场发生在"现代主体精神和老式正统观念"之间的思想之战,主要在克劳福德姐弟与托马斯爵士及其二儿子埃德蒙之间展开。[1] 坦纳等人的观点与她近似。将托爵士和埃德蒙视为以英国地主、士绅秩序和传统基督教为基石的理想化父权制度的代表,几乎成了奥斯丁批评中的一种老生常谈。克氏姐弟特别是玛丽则常常被读作个人主义色彩浓郁的"自由思想"(free-thinking[2])代言人。有评家甚至认为:她寻求的是社会性别意义上(而非家族)的姐妹,她为受迫害的妻子们仗义执言,在两性交往中采取主动,惯于实话实说直击要害,"种种特点都令人想起她的同代人玛丽·沃斯通克拉夫特的先锋性"[3]。吉尔伯特和古芭女士在名著《阁楼上的疯女人》(1979)中把她看作"邪恶继母型自我伸张、拒绝顺从的女性"[4],从而赋予了她某种破坏性乃至颠覆性的力量,几乎奉她为反抗父权礼教的斗士。

不过,在奥斯丁笔下,老到的人物塑造和叙事安排并不鼓励如此简单的定性和黑白分明的解读。《曼园》中阶级和思想的阵营分野远非

---

[1] 参看 Marilyn Butler: *Jane Austen and the War of Ideas* (Oxford: Clarendon Press, 1975), pp.219, 223, 245。

[2] 17世纪末出现、18世纪中广为传播的一种思潮,推崇在辨析宗教信仰等问题时不受权威束缚,运用理性独立思考。相关词语还有 free-thinker, free-thought 等。

[3] Nina Auerbach: *Romantic Imprisonment: Women and Other Glorified Outcasts* (New York: Columbia University Press, 1985), p.34.

[4] Sandra M. Gilbert & Susan Gubar: *The Madwoman in the Attic* (New Haven: Yale University Press, 1979), pp.165-166.

清晰。小说开头第一段不动声色地讲述了大约三十年前发生的往事：相貌出众而嫁资有限的玛丽亚·沃德小姐幸运地嫁给托马斯爵士，摇身变成准男爵夫人。娘家一位当律师的亲戚欢欣之余，明白地指出她名下私产至少得再添三千镑，才能配得上这门婚事。虽然没有隽永的箴言，这一有关婚姻交易的精准财务数字却和《傲慢》的开篇名句一样，以浓重的讽刺意味揭幕了金钱挂帅的世道。很显然，处于情节发展中心的爵士府第并非什么世外桃源，也远远不是纯粹的"古老乡村托利党人价值观的堡垒"[1]。

其实贝、克两家共同点远多于分歧和对立。

亨利本人也是地主，而托马斯爵士家业的重要（甚至可能最重要）部分乃是海外殖民地资产。在拿破仑战争引发废奴风潮之际遇到麻烦并导致爵士家财务危机的美洲安蒂瓜种植园，是曼园小世界的隐形关键要素。实际上，殖民地是整个故事的起点——因为女主人公范妮被收养的肇因，是她母亲提出想让长子去姨夫家的海外种植园谋生。索瑟姆提醒我们注意，曼园如凯瑟琳夫人的罗辛斯，属于"现代建筑"（I.5），托爵士对拉什沃斯出身于地主世家这点极其看重，将此视为一种"特别称心的社会关系"。索瑟姆联系人物特质和当时英国社会实况进行分析，认定爵士是在母国等级社会中根基还不深却正一心谋求地位攀升的殖民二代和遥领种植园主，身上"有明显的'现代始有的'、**新发家的**和西印度群岛的成分"[2]。他的分析相当有说服力。的确，意识到这一点，我们才可以理解为什么托爵士关注女儿教养竟心存"操切的焦虑"（I.2），对亨利的提亲也重视得有点超乎常规。

---

[1] Tony Tanner, "Introduction", pp.12-16. 所谓的"托利党/派"（Tory）是英国1670—1830年间英国两大政党之一（其对立面为"辉格党"），起初由一帮拥立信奉天主教的詹姆斯二世为王的政客组成，19世纪30年代后逐渐发展为保守党。"托利"一词作为保守党的非正式称呼，至今仍被广泛使用。

[2] Brian Southam: "The Silence of the Bertrams," *TLS*, Feb.17, 1995, p.497.

萨义德在《文化与帝国主义》(1991)一书有关章节中浓墨重彩地探讨了《曼园》中殖民地种植园对母国英格兰领主的"重要性"。[1]不论他具体论证的细节是否过硬或完备(此后曾有不少学者指出其中的瑕疵或问题),都为当代奥斯丁研究写下了重要的一笔。因为他的工作的开拓性意义不在于确证贝家种植园的具体状况,或认定女主人公及作者对废奴运动的态度,而在于以一个新角度丰富并修订了读者对于曼园世界的认识。是的,曼园虽然相对来说仍存有较多农耕色彩,但本质上更多地属于那个盛行丛林竞争、殖民扩张的风起云涌的商业主义时代,恰如18、19世纪之交的英国。

可以说,奥斯丁的曼园乃是帝国话语和家庭(domestic)话语的一个交汇之点[2],其多面性和不稳定性体现在种种内部差异和矛盾冲突上。除了安蒂瓜危机,长子汤姆的巨额赌债造成了贝家经济的另一处痛楚溃疡,为此托爵士不得不出售连襟诺利斯过世后空缺的牧师职位。那个有稳定收入的职位原本是预留给老二埃德蒙的。于是,我们不但见识了富家纨绔如何漫不经心地蛀空偌大家业,也见证了那个世道里主管精神生活和道德维护的教会的运作如何波澜不惊、理所当然地与赌债挂上了钩。不仅如此,当爵士苦心孤诣地责备汤姆,说自己为他而"羞愧",说他剥夺了而且很可能是一辈子剥夺了弟弟分内的权益时,大少爷心里仅仅掠过几丝愧疚不安,随后就被其他的念头和情绪控制了。"他高高兴兴自私地想:第一,他的债务还不到有些朋友欠账的一半;第二,他父亲对这件事啰唆得够多了;第三,下一任牧师,不管是谁,完全有可能很快就死掉。"(I.3)这些念头,虽然是第三人称综述,但也明显叠加了汤姆本人的音调。那位将依法独得家产的浪

---

[1] Edward W. Said: *Culture and Imperialism* (New York: Vintage Books, 1994), p. 89.
[2] Maaja A. Stewart: *Domestic Realities and Imperial Fictions: Jane Austen's Novels in Eighteenth-Century Contexts* (Athens: The University of Georgia Press, 1993), pp.1-2.

荡子自私、冷酷而又轻佻的嘴脸是多么的栩栩如生！透过他的心思，我们不但窥见了他侪辈友朋的整体面目，也明白无误地看出威严家长托爵士并没有在子女心目中唤起任何真正的尊重和道德感。

另一方面，爵士的安蒂瓜之行让两个女儿如得赦令、欢喜不已。玛丽亚的言行特别是她有关"笼中鸟"的议论与汤姆的表现彼此呼应。此后，两人因埃德蒙在排戏一事上让步感到"大获全胜"，他们断定那个道貌岸然的兄弟放弃反对态度是因为嫉妒心的煎熬，"完全是出于自私之心"（I.17），从而证明他与别人同出一辙。克家兄妹则认为自己对人性的见解得到了验证，内心得意，但言谈举止仍不失得体。作者寥寥数语陈说了他们的表现，没有将这些富家子女过度脸谱化，表现了他们有教养也多少通世故的一面，但同时明晰地揭示出他们是在自觉地放纵一己，全心追求私欲的满足，鄙视各种伦理和操行上的条条框框。

作为家长和秩序维持者，托马斯爵士的失效相当扎眼。他的孩子几乎个个走上"歪"路，即使较多承继了他衣钵的埃德蒙也不过是传统的软弱代表，在关键时刻放弃了原有立场，屈从于玛丽·克劳福德的魔力。贝家两代人的摩擦不但折射出英国当时的社会氛围，也揭示了中上层家庭关系的真面相。后来，当托爵士在范妮成年后头一次进入她的房间与她谈话时，惊愕地发现那间屋在大冬天里竟未生火。原来，这位曾经或多或少为普家小姑娘担心的家长，事实上多年来根本不曾进她的屋子看上一眼！通过这个细节，可以窥知托爵士乃至当年不少英国富贵人士，如何通过现金交易把对子女的教养关怀全盘托付他人，他们与亲人之间多么缺少有触感有温度的交流。在小说覆盖的时段里，读者看到的是一名滞留在外或从事议会活动或远赴殖民地的"遥领"家长，只是依照常规让子女享受一流教育，并期望他们日后能进一步提升家族地位。他远隔重洋批准长女婚约，唯一认真审查的只是男方地位和家产；他后来对范妮关注大为增加，主因也只是那无关紧要的依附者突然变成了极有可能带来有利联姻的养女。

由于爵士严肃而隔膜,夫人疏淡而慵懒,在似乎由士绅父权掌控的曼园,其实最活跃也最有影响的,却是精力充沛、小算盘打得噼啪响的平民大妈诺利斯太太。那位大姨自私虚伪的程度与《爱玛》中的埃尔顿太太有一拼,是奥斯丁世界里贯彻财势逻辑的执行主力之一。她自己的婚姻不够称心,便从操弄妹夫家务中获取精神补偿。在贝家小姐成长岁月里,她陪伴照料她们,并时时慷慨提供赞誉和奉承。女孩成年后,她监护她们进入社交场合,大力撮合玛丽亚与最富有的乡邻缔结婚约。此外,她还十数年长期不辍监测自家小妹的窘境——后者当年执意下嫁一无所有的海军中尉普莱斯并和两个姐姐吵翻。待到小妹被伤残又嗜酒的丈夫和众多子女磨得筋疲力尽、傲气全失,她便出面撺掇贝家收养普家长女范妮,自己却坚决不为这类善事花费分文。范妮进入曼园后,诺太处处给她穿小鞋,喋喋不休训导她要感恩戴德、谨遵等级、安分守己。她愤愤不平地发现丈夫的继任者格兰特一家过日子摆谱、吃食讲究,厨子的工钱竟然和贝府"一样高"(I.3),新购的大餐桌甚至超过后者家具的尺度。由此生发开去,她进而斥责世人"僭越"身份的行为,高声大气地当众吩咐范妮绝不可以和表姐们平起平坐:"你要记得,不论你到哪里,你都是身份最低、位置最后。"(II.5)有读者将诺太视为托爵士的代理人,认为她的等级意识、狂悖自傲甚至小气多事等特点都是爵士精神世界的某种折射。[1] 这说法稍显过分,但是指出这个人物在曼园秩序中的重要性无疑是正确的。的确,统治的秩序并非处处都靠"正主子"支撑筹划,有时或许在更大程度上依仗形形色色的诺太们为虎作伥的小算盘和小性情。

贝、克两家人的思想自然远非截然对立。醉心拈花惹草的亨利对他的产业和地主身份其实颇为认真。而玛丽虽是最光彩夺目的伦敦代

---

[1] 参看 Claudia L. Johnson: *Jane Austen*, pp. 124-125。

表，却也与贝家人有很多共同见解。她反复申说：嫁给金钱乃是"每个年轻女性的责任"（I.11，II.11，III.2），"一份好收入是幸福的最佳配方"（II.4，III.6），在这个至高原则上玛丽和贝家主流意见毫无分歧。她追求"出人头地"的心情与托爵士一里一外彼此烘托。在被批评家们读出许多象征意味的铁门拦路场景中，她是走旁门的绕行者，压根儿没打算像玛丽亚那样犯傻翻墙。她甚至曾正式宣布过对托爵士的某种认同："他就像是这样的一家之长应有的样子……我觉得自己现在很爱你们大家。"（III.5）埃德蒙之流对玛丽观点的抵制也并不坚决，他们当面争执固然是不同思想角力，但又何尝不是年轻人快乐交往中的插曲。玛丽故意在琐事上和埃德蒙顶嘴，嬉戏意味浓厚，萌态十足、百般黏人；贝二少爷注视姑娘的眼神中当然也就更多是欣赏和痴迷。彼时彼刻，埃德蒙与玛丽之间的争论本质上近似于理查逊笔下B先生与帕梅拉[1]之间的拉锯对抗，只是转换了性别，机智的诱惑者是位姑娘，而被考验的德行、理性和自制力则体现于软弱动摇的男性。在那些争论场景中，玛丽几乎不战而屈人之兵。稍加体味，读者便能意识到曼园原本并非安宁划一的托利主义之乡，却十足是开篇时由律师出面揭示的金钱世道的一个局部，像曹雪芹笔下的荣宁两府一样充斥着大大小小的矛盾、罅漏和危局。小说中的曼园危机，内忧甚于"外"患，或者说，那两者其实是一体的。外来客只是蜻蜓点水般触发内部纷争和困境的媒介或导火索。

克·约翰逊认为，在奥斯丁笔下，所谓"保守神话"其实只构成某种测量的刻度，标识出曼园版"现实"世界与理想托利传统秩序的差异。对此我们可以有限度地赞成，却无法全盘认同贝府的"托利家园"定位或者把克家姐弟断然视为其对立面。应该说，书中这两个家庭及其各自对应的背景所体现的，是同一社会阵营在蜕变进程中呈现

---

[1] 分别为理查逊小说《帕梅拉》（1740）的男、女主人公。

的形形色色。他们的思想取向和具体表现形成了某些有意味的对峙与争论，共同标志了英国旧式地主庄园的瓦解、衰颓、变化与转型。在这个意义上，小说非但不是一般意义上"反进步"，相反还体现出某种广远的长程历史眼光，尽管作者大约并不充分自觉。

疏离者范妮

离家近两年后，托马斯爵士突然提前从海外回家，打断并彻底叫停了年轻人兴致勃勃的演戏活动。

耶茨和亨利悻悻离开。埃德蒙正经八百地向父亲做了检讨。大家都垂头丧气。唯有范妮·普莱斯万分欣慰地欢迎姨夫大人归来，并兴趣盎然地聆听他讲述海外新闻。爵士注意到这个长期被视而不见的女孩已经长大，出落成漂亮的少女。

范妮是奥斯丁女主人公中少数被展示了童年经历的人之一，也是其中唯一自幼寄人篱下的穷亲戚。她母亲（沃德家的范妮）当年执着于爱情，闭眼一跳河嫁入寒门。后来经大姨鼓吹、二姨父托爵士恩准，年仅十岁的小范妮离开父母进入曼园。被"移植"的经历刻骨铭心。小说记述了一些动人的细节。比如，尽管大姨在接她的路上充分宣讲了她的"好运"和感恩戴德的义务，尽管二姨夫妇乃至表姐们屈尊和善地与她过了话，曼园大厦的排场还是让她心惊胆战、无比悲凉。"每个人、每个地方都有点可怕"，每样华丽物件都似乎一碰就破碎，连最好吃的醋栗果馅饼也难以下咽。最后，小范妮只能退到她那位于阁楼（常为仆人居住区）的小房间，缩进被窝长久流泪，"以此来结束她一天的悲伤"（I.2）。一周后的一个清晨，善解人意的埃德蒙偶然见到了坐在楼梯上饮泣的小表妹。他用温言软语的问话使女孩安静下来，又建议她给自家大哥威廉写信，安排场地、纸笔，陪她写好信，附笔稍上他本人的问候和半个基尼作为礼物，还承诺负责完成交付邮递等后续事项。这份体贴周到的善意给范妮的新生活带来一缕温暖的阳光。可以想象，在此后的日子里，埃表哥将成为小范妮在曼园的依靠、主心骨和导师。

直到托爵士已离家远赴西印度群岛，范妮仍然是瑟缩在他人身后的附庸者，在一帮开心的少爷小姐中显得很另类。她不愿意在众人面前发表意见，即便开口也十分不自在。有学者指出，双重声音或双重言说乃是父权制度下女性生存的常用策略之一，在文学中的体现比比皆是，范妮即是一个明显的例子。她有两种不同的说话风格，其中之一是"过于拿腔拿调、咬文嚼字"。〈1〉

范妮远非《曼园》中最饱读诗书的女孩，却爱寻章摘句。听说拉什沃斯家老宅面临改造，她便嘟嘟囔囔地抗议："砍掉林荫路边的树！多么可惜！难道这不令你想到考珀的诗句吗？'倒落的荫路大树啊，我又一次为你们的厄运悲伤。'"（I.6）〈2〉参观拉什沃斯家宅园，她又搬来司各特："我想象中的礼拜堂不是这样的。这里没有什么让人望而生畏的东西，也没有什么非常庄严的东西。没有走道，没有拱形结构，没有碑文……没有旗帜待'天国的夜风吹动'……"〈3〉（I.9）一日傍晚，赶上两位表姐和来访的客人玛丽要在客厅表演合唱，她就守在窗口歌颂自然：

> 如此和谐！如此恬静！美于画图，胜过音乐，诗歌也难尽其妙。

〈1〉 Kenneth L. Moler, "The Two Voices of Fanny Price," in John Halperin (ed.): *Jane Austen: Bicentenary Essays* (Cambridge: Cambridge University Press, 1975), p.173.
〈2〉 此处范妮引用的诗句来自考珀（William Cowper，1731—1800）的长诗《任务》。
〈3〉 这番话流露了对哥特式建筑的兴趣，其中引文出自司各特（Walter Scott, 1771—1832）的名诗《最后一位行吟诗人的歌》（1805）。

>它使人忘却一切忧虑，升入极乐世界。每当我眺望这样的夜景，便觉世间不会有邪恶或悲哀。如果人们更多瞩目于大自然的崇高，多看看这样的景色而忘却自身，世界上的邪恶和不幸的确会少许多。（I.11）

她的这类"自然颂"不怎么自然，用词太文，调子过高，多为空泛的"陈词老套"（set-pieces）〈1〉，没有多少深入的观察和特别真切的感触。而叙述者也不肯出来帮忙，未提供任何景物描写支持这番热烈赞词。若是有读者联想到这姑娘体质羸弱，出门走路时间稍长或在花园里干几个小时的活儿就头痛不已，判定她是故作姿态、附庸风雅、鹦鹉学舌，也不算空穴来风。的确，她所关注的与其说是户外之景，不如说是室内之人。因为她交谈的对象无一例外是埃德蒙。小范妮在家庭聚会中旁人正要演唱之际尝试拉埃表哥与她一道去"看星星"，甚至直说"这可以把一切绘画和音乐抛在身后"，显然是醉翁之意不在酒。观赏自然景色无疑是埃德蒙调教她时两人分享的共同经验，范妮不由自主想借此博得二表哥的注意和赏识。她不但时时征引表哥灌输的名人名作，还常常诉诸托爵士或埃德蒙的"权威"。几乎是，不论埃表哥发表什么高见，她都赶快"轻声而急切地"应声说"就是"（I.9）；而且，谈话中不时搬出"我姨夫"已经成为她的习惯。

然而，范妮和权威者的关系又不那么融洽。有一天玛丽举出她姐夫格兰特为例，反对埃德蒙的职业选择，说："教士什么事也不干，只是一味懒散自私。"一向讷讷的范妮出人意料地发表了一段长篇演说：

>格兰特博士不论干哪一行，他的脾气都仍旧是——并非无

〈1〉 参看 A. Walton Litz: "*Persuasion*: Forms of Estrangement," in Brian C. Southam (ed.): *Jane Austen: Northanger Abbey & Persuasion, a Casebook* (London: Macmillan, 1976), p. 233。

瑕，他若是在海军或陆军供职，手下必定指挥更多的人，我想，与做牧师相比，他当海军或陆军军官不免会使更多的人受害。此外，我不能不认为，不管格兰特博士有哪些不尽人意之处，在其他更活跃更世俗的行业中，它们更可能会进一步恶化……一个人——一个像格兰特博士那样的明白人，不可能每星期都教诲别人怎样做人，每个星期天去教堂两次，那样和蔼庄重头头是道地讲道，而自己却不从中受益……（I. 11）

这段话一经译出，已经或多或少走了味。原文句子冗长，结构繁复，书卷气十足，采用了文绉绉的虚拟语气，还用了一连串委婉曲折的否定或双重否定句式。如，她不说格兰特脾气坏，而说"并非无瑕"。这些修辞方式很难充分移译，但是很重要。它们活脱脱地表达了范妮迟疑胆怯的心态。在现场争论中，她需要临时措辞为格博士和牧师们辩护，结果只能求助于这样的语句。这番话的表层——一本正经的腔调、正式的语法结构、老生常谈的词汇和形象，等等——与说话人因为不得不发言而感到惊惶不安的心理暗流形成对照。如果考虑到埃德蒙决定当牧师是得到爵士支持的，为之辩护本是万无一失，范妮的迟疑就更耐人寻味。很显然，与其说她是在代表家中当权派发声，不如说这展示了她一贯的惴惴之态以及与周遭所有人的心理距离。

另一方面，当范妮根本无法学舌或引用权威、必须用自己的话表达意愿时，她的文雅话风就崩解了，几乎语不成句。这便是她的第二种说话风格。家庭演剧活动散伙后，亨利·克劳福德离开曼园，稍后重返姐夫家看望玛丽，赶上了两位贝小姐均不在家的"空窗期"。于是他注意到了范妮，发现她变得漂亮了，甚至"长高了两英寸"。他决定延长在牧师宅小住的时间，津津有味地开始了一场新的调情游戏。他宣布说："我的计划是要让范妮·普莱斯爱上我"、"在她心上捅个小洞洞"（II. 6）。不想那女孩居然不买账。这激起了他更大的好奇和好胜

第三章　范妮·普莱斯与曼斯菲尔德庄园的蜕变

心，开始思考她的道德原则和性格优点，把她看成认真追求的对象，甚至打算正式求婚。于是范妮不得不应对这个始料不及的新情况。

爵士会见过亨利后前来问询，范妮回答说："哦，不，姨夫，我不能，我真的不能下楼去见他。克劳福德先生应该明白——他肯定明白——昨天我已经和他谈了——我明明白白告诉他这让我非常为难，我实在无法回报他的好意。"而后，面对姨夫的惊愕，她继续道：

> 您被误导了。克劳福德先生怎么能那么说呢？我昨天根本没鼓励他——恰恰相反，我对他说——我记不得我的具体原话了——不过我敢肯定我告诉了他我不想听他说那些，那让我实在很不开心，我求他别再跟我说那类话了。——我担保我说了这些，还有好些别的；要是我拿得准他是当真的话，我愿意说得更明白点儿——可我不愿意说过头话——万一他没那意思呢——那我可受不了。我以为他不过逢场作戏，一转眼就没事了呢。(III.1)

如果说在前面几段引语中范妮显得过分拘谨、过分书卷气，这段话的典型特征就是含糊嗫嚅。一席话里有一串破折号和逗号，车轱辘话"翻来覆去地讲，思绪时断时续，或根本未说出，或刚说一半就加以修正"[1]。同样的风格体现于她的另外一些涉及亨利的言论，比如写给玛丽的那封"不知道自己写了什么"（II.13）的信。埃德蒙与她恳谈时，她东躲西藏，总觉得自己"话说得太多，超越了自认为必须警惕固守的范围，为了防范一方不快，可能招来另一方不悦"（III.4），也体现了类似的左顾右盼、进一退二、欲言还止的姿态。

重视范妮的言论，不是因她讲得精彩，而是因为她嘴拙。有时候，

---

[1] Moler: "The Two Voices of Fanny Price," in John Halperin (ed.): *Jane Austen: Bicentenary Essays*, p.175.

"怎样说"比"说什么"更当紧，包含着更多的意味。范妮的不善说本身即是大有文章的一笔。有意无意，奥斯丁在这里触及了一个重要的社会、文化问题，即语言和权力（金钱）的关系。若是说占有生产资料和政治权力者也占有语言，恐怕讲得太概括、太绝对，也不免是把后人的理解强加给了奥斯丁。不过，小说也确实表现了范妮的"语言的贫困"。作为寄人篱下的弱女子和半主半仆的穷亲戚，范妮生存于不同社会语言区划间的某种"无言地带"。长期以来她对姨父惧多于爱，埃德蒙更是自打她进入曼园便持续地向她"灌输自己的思想，并赢得了她的感情"（I.7）。在最后一章里叙述者亲自出场再次强调范妮的"思想是在他［埃德蒙］的关心下形成的"（III.17）。范妮本人更是毫不含糊地归功于他："是你教会了我……如何思考与感受。"（I.11）这些都直指她的书卷腔的来源及有关话题选择的深层动机。不过，每天看人脸色过活的范妮又怎能如众望所归的司格特们那般潇洒飞扬，或拥有托马斯爵士的威仪和埃德蒙的自在呢！这位曼园灰姑娘自觉处处低人一等，所以即使发布道德高调也必须"低声地说"（I.6，9，13，15，II.7，III.5，etc.）。被刻意压低的声音或许是为了与埃表哥临时建立排外的亲密对话关系，但更可能是女主人公的不安全感和不自在感的天然流露。很多时候埃德蒙是她唯一的倾听者，是她思想的塑造者和评判者，也是她一意想赢得的男性和失不起的朋友。唯有采用埃德蒙／托爵士话语且有权威引文支持，她才有些许的安全感。她是学舌者，而且十分自觉本人在时时学舌，每逢开口，都惶惶然如上考场。也正因如此，当她面对男性家长或导师却不得不表达与他们不一致的想法和意愿时，无从引经据典的范妮顿时就吞吞吐吐、语不成句了。

如果身边没有她敬畏的权威人士，范妮有时也会出人意料地迸出几句或是尖锐或是独到的话。"票戏"被制止后那个寥落的秋天，留在曼园的范妮和玛丽不时互访，并常在牧师宅附近结伴散步聊天。一着太阳就头痛的范妮似乎对秋风倒不怎么忌惮，有时她会连声称颂秋色迷人，赞扬格兰特太太三年来培植的灌木林美不胜收，并颇为形而上地思忖："如果我们的哪一种天然官能可以被看得相对更为奇妙的话，我确信那就是记忆力……"（II.4）彼时彼刻，她在一派秋光中安坐于木凳上，且想且说，并不介意听者的反应，话语行云流水般顺畅而舒缓。意外见到重返曼园的亨利，她听到亨利万般惋惜地回顾"从不曾那么快活"的排演时光，便毫不犹豫地打断他："依我看，（那时）桩桩件件事都做过了头"（II.3），表态足够明确、坚决。再往后，她与玛丽谈及亨利时说："我虽然话少，可眼没有瞎"，又表示"我决不会对玩弄女性感情的男人有什么好印象"（III.5），说得干脆利落。不过对于范妮来说，这样全然没有被现场督查感觉的情形是很罕见的，"黑云压城"般的焦虑才是她对于发言的常规体验。埃德蒙与她恳谈，希望她能更积极地回应亨利的求亲。她急火攻心，一连说出四个"绝对不会"。埃表哥十分惊讶："话说得这么断然，这么肯定！这可不像你呀，不像那通情达理的你自己。"（III.7）范妮顿时警醒，意识到失态了，赶快转而絮絮叨叨躲闪腾挪地解释；紧接着又更加小心与玛丽周旋，结束后才长出一口气："总算谈完了，她躲过了，没有被责备也没有被揭露。她的秘密依然完好。"（III.8）

范妮两种最突出的说话风格表现很不相同，却都体现了表里矛盾。她那些文绉绉的套话表面热切凝重，四平八稳，其下却是惶恐惕怵，忐忑不安，暗含着对自身较低社会地位的极度敏感。而那种支支吾吾的表态，听来六神无主、不知所云，骨子里却很强硬，是在毫不让步地说"不"——只不过她明白必须弱化信息，因为自己要对抗的不仅是一位家长的意愿，还有整个社会的主导准则。也就是说，范妮开口不只是要交流，也是想遮掩和迷惑。难怪几乎所有的男性听众都误解了她。不论是亨利、埃德蒙还是托爵士，听来听去，都未能搭准她的脉。

这里，说话方式所传递的言外之意至少和字面表达的言内之意同样重要。范妮的两种说话风格,并非如有些人所认为反映了她的"教室思维"和"道德不成熟"〈1〉状态。她的"不善说"不仅生动表现了一种很有特色也相当矛盾的人物性格,更揭示了一名处于无钱无权的依附地位的女子与社会上两种流行强势话语——一是托马斯爵士和埃德蒙的言论所代表的"道统",一是玛丽式的赤裸裸都市个人主义——的复杂关系。她和这些代表权势和教养的语言既有联系,又有距离;既有羡慕认同,又有未尝说明、想透的批评和抵制。正是她讲话时的"不自在"说明她对自己的地位、对社会权力秩序有某种认识乃至某种不满,否则她就无从感知自己所不得不使用的那些语言的异己性质。

更值得注意的是,范妮比《理智》中的埃丽诺更寡言少语,在一帮喧哗欢闹的年轻人中显得十分"各色"。〈2〉她把"只须静静聆听"视为"最好的前景"和"度过美妙一天"的保障(II.5),埃德蒙曾略带责备地指出:她和家人相聚时"说话太少"(II.3)。玛丽与贝家人相识不久就宣布:"我现在对你们每个人都有所了解了,只除了普莱斯小姐……她的话那么少。"(I.5)数月后,另一位克家人亨利仍在试图解读她的沉默:"我弄不明白范妮小姐是个什么样的人。我不了解她……她性格如何?——她就喜欢庄重肃穆吗?——她生性古怪吗?她是不是有点假正经?她为什么要退避三舍地板着脸看我?我几乎没能引她开过口。"(II.6)

如果说范妮的"不善说"已经泄露了天机,使她的独立意识曝光,那么沉默就更体现了这个少女的特质。恰如灰姑娘,小范妮身边活跃着两位被娇宠的表姐,她与姐姐们的关系必然包含隔阂与对立。表姐

〈1〉 Moler: "The Two Voices of Fanny Price," in John Halperin (ed.): *Jane Austen: Bicentenary Essays*, p.173.

〈2〉 参看 Norman Page: *The Language of Jane Austen* (Oxford: Basil Blackwell, 1972), pp.35-37。

们参与的"社交季各种狂欢活动,都没有范妮的份儿"(I.5)。人人高兴时,她是不舒心的那一个。她眼睁睁看到外来客玛丽夺走了她平常骑乘的小马、转移了埃表哥的关爱:"在格兰特博士家的草坪上——埃德蒙和克劳福德小姐骑在马上,并辔而行……欢笑声甚至向上飘进她耳里,那可不是让**她**开心的声音;她想不通埃德蒙怎么会忘了自己,念此不由得心口一紧。"(I.7)引文里那个"**她**"原文中是用斜体her标识的,把一肚子怨愤的范妮从快活人群中区隔出来:她独自立在坡上,冷眼观看寻欢作乐的少爷小姐们。很显然,玛丽的欢乐的每一点增长,都是对范妮有限福分的侵蚀。她心如刀绞,她嫉恨特权者们的开怀:

> 不论从感情还是理性出发,她都反对埃德蒙[参与演戏]的决定。她不能原谅他的前后不一。他因此欢欣不已,真让她痛苦万分。她心里全是嫉妒和不安。克劳福德小姐满面春风地走过来,她觉得那欢娱是对她的羞辱……她周围的人个个都快快活活,忙来忙去……只有她闷闷不乐,无足轻重,什么事都没有她的份儿……(I.17)

范妮的沉默常常明白无误地充斥着不合群的别扭情绪。聚会的夜晚她拉埃德蒙看星星不成功,就独自留在窗边。在索瑟顿她同样是孤坐一旁的观察者。大家热衷演戏或打扑克牌,她都不愿参与。有人说她是"败兴的人,是仪式的摧毁者和家庭的分裂者"[1]。的确,她是大宅里的异类,面对贝、克两家人都有疏离感甚至逆反心。她暗自裁定亨利"思想该多么败坏"(II.5),苛刻得有点过分。埃德蒙写信诉说自己如何钟情于玛丽,她

---

[1] N. Auerbach: *Romantic Imprisonment*, p. 25.

深受刺激，对埃德蒙感到不满和恼怒。"……他瞎了眼，事情明明白白摆在眼前这么久了，他全都视而不见，那就再没什么东西能使他睁开眼睛了！他会娶她，而后一辈子倒霉不幸……写信吧，写吧。了结算啦。别再这样不上不下地吊着了。定下来，陷进去，让你自己遭罪去吧！"（III.13）

一段以直接引语出现的无声内心独白清晰流畅，不打半个磕巴，字句有力，怨毒之语气生动，全不似她平时说话。她也曾腹诽家中独掌大权的托爵士。后者频频施加压力，企图说服她接受亨利求婚，她一边思忖"他让亲闺女嫁给了拉什沃斯先生。那肯定就不能指望他有什么浪漫的体贴之心（romantic delicacy）了"，一边盘算如何在"尽孝道"的同时坚守拒绝的立场、等待时间可能带来的变化（III.5）。在18、19世纪之交，受情感主义思潮浸润和浪漫派诗风熏染，"浪漫"和"体贴"等都是分量颇重且内涵丰富的意识形态关键词。范妮实际上是指责姨夫在联姻问题上只顾家族利益，缺少对人际间契合、亲睦关系的理解与重视。

克·约翰逊认为：女性沉默乃是父权话语体系的内在支撑，体现了她们相对缺少话语权的受压制地位。[1]这话当然有理，但只是事态的一个方面。在奥斯丁笔下，范妮的沉默似乎更多体现了她的独立自我意识以及对强势话语的无声抵制。沉默最初是相对卑微的社会地位强加于她的，却越来越成为自觉的选择。当大表哥汤姆要求范妮的"服务"（在家庭演戏活动中跑龙套充当村妇角色），她紧张兮兮地推辞："我不是怕背台词，可是我实在不会表演。"（I.15）因为表演意味着要用他人的声音说话，而范妮即使模仿真心赞同的言辞也做得不自在、不高明，更不必说被迫当众演说那些"无足轻重"（nothing）（I.15）角色的台词。因此，即使表哥表姐以及诺太太拎出她的身世骂她"忘恩负义"，她也不

---

[1] 参看 C. Johnson: *Jane Austen*, p.112。

肯就范。市面上的流通语言常常背离范妮的心情和思想并可能使她暴露于外来的攻击;而沉默则成为她的掩护体和她审视世界的立足地。

无言地见证身边欲望蒸腾的人间闹剧,范妮获得了提词人和监听者的权力——而那恰是她最后在排演中被分派的活计。她知晓每个参与人的台词,并成为各怀心思的"演员"们的倾诉对象。借助提词人身份,她得以既在"戏内"又在"戏外",既开口说话又保持沉默,既在道德上反对玩票演戏,又以一种隐秘方式体味戏剧艺术、得到"同样多纯净无害的乐趣"(I.18)。她虽然不能像编剧和导演那样控制演出,却可以借助这个特殊分工了解事态、规避伤害。

正是在这些时刻,读者可以意识到范妮作为玛丽·克劳福德精神近亲的思想本质。她对后者的关注并非完全出于嫉妒,也是出于对其强大个人意志和从容自信做派的某种羡慕和认同。不过,范妮若是只知道为自己盘算,只是为一己利益和感受而喜怒,那么她与表姐或玛丽们也就并无区别了。也许更值得细察的是,自我调节也是范妮式沉默的重要功能——她每每压制了作为第一反应的自发情感,在沉静中长时间省思。她常怀疑、懊悔甚至否定自己对贝家人的一种本能的敌视。托爵士出远门之际,两位贝小姐觉得可以从"约束中解脱出来"、"一切由着自己",因此"非常高兴"。"范妮的解脱之感,以及她对此的自觉意识,一点儿也不亚于表姐们。不过,一种更温善的天性使她觉得这心情是忘恩负义,并为自己没能伤心而真的感到伤心。"(I.3)这几句概述虽然简短,却强调了范妮的心理发酵过程以及她与表姐们的区别。后来,她在另一场合又批评自己不该在"埃德蒙痛苦不堪时欢天喜地"(II.10)。如是,范妮常常把怨怼转化为某种"更柔和、更悲哀"(III.13)的情绪,也得以适时调控了一些不合时宜的喜悦和兴奋。当贝家陷入困境、召她带上妹妹从朴茨茅斯返回曼园协理家务时,她初始的反应是因为对自己得到重视而无比高兴:"明天!明天就要离开朴茨茅斯!正当大家痛苦万分的时候,她却是,她觉得自己正是,极有危险会无比快乐。一场大灾祸却给她带来如此巨大的好处！"随后她很快意识到这样心花怒放是不恰当的："她得强迫自己去想，去承认事态的可怕与严重，要不然的话，她就会忘记的。因为，收到来信后她那么激动、快乐而且急切地准备上路。"（III.16）的的确确，她常常先在沉默中酝酿并厘清自己的感受和愿望，然后很快对初始反应进行反思和反诘。如此这般两重心理活动在很大程度上是将克劳福德与"正统"的贝特伦之间的对话在内心演绎了一番。她认定对姨父应该感恩，对别人也要慈善为怀。这些观念在范妮的思想中作为理性的"再思"出现，是对自发情绪的一种审查和节制。

如若把这样的心态调整通通看作纯粹的自我压制，看作范妮受压抑地位的消极反映，就不免太片面了。"德行"是社会对范妮的一种制约，也是她自觉或不自觉地运用的思想武器。像理查逊笔下无依无恃的帕梅拉，范妮有意识地从"善"，从而取得某种精神上的优势和力量，心生某种自信与自尊。传统基督教道德还帮助范妮拓宽了理解力。在家庭演戏活动中，她"在一旁看着，听着。她看到他们人人自私而又都不同程度地掩饰自己的自私，不免感到有趣，忍不住猜想这一切将怎样收场"（I.14）。已经订婚的玛丽亚与亨利调情，让妹妹朱丽叶很不开心——"范妮看到这些，对朱丽叶很同情，不过她们两人表面上也没什么交情。朱丽叶闭口不谈，范妮也决不冒昧。她们各人独自咀嚼自己的辛酸，或者至多只是范妮在心里把两人联系到一起。"（I.17）

这些不是可有可无的附笔。范妮是小说中唯一真能看清事态的"明眼人"，她比较宽和，比较富有同情心，不论她对某人某事持何种评价，通常能设身处地地为旁人想一想。[1]由于她在庄园里半主半仆、非主非仆的尴尬处境，由于她常常是其他人寻欢作乐、追求私利的牺

---

[1] 在亚当·斯密看来，这种能力正是人类同情心和道德情操的基础。参看斯密《道德情操论》。

牲品,她比小说中别的人物都更深切地体会到人与人之间不可避免的互相依存关系——不论其好的方面还是坏的作用——因而更难以附和"在男性意识中占据重要地位的对[个体]独立性的信仰"[1],也对玛丽·克劳福德式的兴高采烈的自我中心主义深感怀疑。正是对个人主义的这点抵触和批评,使范妮在曼斯菲尔德庄园的小天地中鹤立鸡群。她很悲哀地意识到现代个人各自闭锁在一己煎熬中所共同感受的孤独。

小说提到朱丽叶和姐姐争风吃醋、痛感失意时,有一段耐人寻味的话:"可怜的朱丽叶……此刻全然是在遭罪……她自幼被调教得讲究礼貌,这时便不能一走了之;然而她又缺乏那种更高层次的自我控制,即缺乏为他人着想的公正思考、对自己心思的认知以及明辨是非的原则。"(I.9)这段话包含了范妮对世态的参悟,但总的来说更像叙述者的直接评说。无论如何,"更高层次的自我控制"似乎是以范妮为参照提出的,其重心在于对自我与他人存在的全面关照和对是非原则的持守。自省或自制的根基如果只是被迫接受的规范,便是压抑而消极的,但如果出于对他人有暖意的关心和理解,则虽不时与个人意愿有所错位乃至冲突,两者却可以商量共存,在内心发动建设性的自我对话,从而升华到某种全新的境界。

对于这位或鹦鹉学舌或吞吞吐吐或干脆缄口不言的范妮,读者的反响极为纷纭。《曼园》问世不久,便有国教会上层人士评论说:女主人公的一些表现未必最符合操行律条但更富有人情味,而这却使该书包含了作者笔下"最好的道德教诲"。[2]直到19世纪中期,范妮通常

---

[1] Julia Prewitt Brown: *Jane Austen's Novels: Social Change and Literary Form* (Cambridge MA: Harvard University Press, 1979), p. 161.
[2] Richard Whately: "Whately on Jane Austen (1821)," in Southam (ed.): *The Critical Heritage, 1811-1870, Vol. I*, (London: Routledge, 1979), p.107. Whately(1787—1863)于1831年起出任爱尔兰圣公会都柏林主教。

被赞为完美女性。步入20世纪,随着维多利亚王朝远去,文化艺术界急于清算旧时代的反叛心理日益强烈,对范妮的看法趋于复杂甚至负面。知名评家法利尔高调纪念奥斯丁逝世百年(用他的话说是"百年不朽"),唯独对范妮颇有微词,认为她是"假正经女性法利赛人的最可怕化身";称该小说"受某种严重的诚信缺失拖累,理所应当和亲见事实两者间的差异撕裂了奥斯丁"。⟨1⟩心理学家哈丁敏锐地注意到这个人物内心以及与她命运纠结缠绕的灰姑娘母题中包含的"有节制的憎恨"⟨2⟩,从而一举打破了19世纪营造的"温良奥斯丁"(the gentle Jane)的神话。美国文化人特里林不含贬义地将范妮称为"基督徒女主人公",但也认为恐怕没有人会喜爱她。⟨3⟩此后不少学者总体上认可特里林观点,虽然细节见解有所不同。英国小说家金·艾米斯则干脆说她"道德上可憎",是"藏在哭哭啼啼自我贬低外衣下的……自以为是、心高气傲的妖魔"。⟨4⟩如此等等。

到20世纪后半叶,随着奥斯丁著作的历史、政治内涵得到更多挖掘,这部小说及其女主人公又被一些人判定是"反雅各宾派"保守思潮的载体,与《傲慢》所体现的女性独立精神相悖。⟨5⟩在日渐活跃的女性主义学者中,有不少人——如吉尔伯特和古芭等——虽然意识到奥斯丁小说的复杂性,却未能更深入地探究范妮的内在矛盾,过于简单地断定她是顺从父权体制、缺少主动精神的白雪公主式女孩。⟨6⟩当

⟨1⟩ Reginald Farrer: "Farrer on Jane Austen," in Southam (ed.): *The Critical Heritage, 1870-1940. Vol.II*; pp. 264-265. 法利赛人原指古代犹太教的一个派别,也泛指虚伪的人。

⟨2⟩ D. W. Harding: "Regulated Hatred," in Ian Watt (ed.): *Jane Austen: A Collection of Critical Essays* (Englewood Cliffs, NJ: Prentice-Hall, 1963), pp.164,173-175.

⟨3⟩ 特里林《〈曼斯菲尔德庄园〉》,朱虹编:《奥斯丁研究》,227、229—230页。

⟨4⟩ Kingsley Amis: "What Became of Jane Austen," in Watt (ed.), pp. 142,144. 译文参见苏珊娜·卡森编:《为什么要读简·奥斯丁》,155—159页。

⟨5⟩ 参看 M. Butler: *Jane Austen and the War of Ideas,* pp.248-249。

⟨6⟩ 参看 Sandra M. Gilbert & Susan Gubar, *The Madwoman*, p.165。

然也有另外一些更多元化的评说,有的针锋相对地强调范妮具有令人不安的本质,是潜在的浪漫女性造反者;也有的指出,该小说所蕴含的那种难于归类也很难恰当诠释的严肃思想求索,恰恰寄寓于女主人公的一本正经态度及其对当时行为准则的顺从。[1] 不过总的说来,20世纪西方读者大都更欣赏玛丽式舒展开放的性格及其活泼犀利的言谈;与之大不相同的范妮便被归于怯懦虚伪的孝女良妻类型,认为她张口闭口宣扬尊卑秩序,压制个人意志,堪称维多利亚时代所鼓吹的"家庭天使"[2]的先声。她诸多自相矛盾的表现也常被视为作品的缺陷,是作者致力说教却难以自圆其说的证明。大相径庭的识见折射出评者的意识形态背景差异,也表明这个人物很难被归纳定性。

不过,可以认定的是,即使以当年的眼光度量,范妮也并非完美无瑕的道德典范。这种"不完美"触目地体现在她对待埃德蒙和玛丽两人的不公平态度:前者放弃原则、参与演戏且越来越乐在其中,范妮虽然又伤心又恼恨,却仍宽容体谅;后者在诺太太羞辱、呵斥她(范妮)之时表达了"真正的善意",可她全然不领情,甚至由于对方因此更得埃表哥赞赏而觉得"**此时**真真苦悲难熬"(I.15-16)。显然,很多时候主导她的并不是堂皇的伦理原则而是私人的感情。更何况,她的缄默包含太多执拗的怨恨、太多自我关注的闷骚,确实难以被归为"天使"或者沾沾自喜的帕梅拉。似乎是,认为范妮像令人困惑的"怪物"的观点[3]更接近真相。这情形多少仿佛《爱玛》(1815)中谜一般的姑娘简·费尔法克斯——像后者那样,她心怀隐秘的激情、不满以及自我伸张的人生计划。

那些认为伊丽莎白的活泼反讽腔调最接近作者心思的读者,有意

---

[1] 参看 Isobel Armstrong: *Jane Austen's Mansfield Park* (Harmondsworth: Penguin, 1988), p.99。
[2] 关于"家庭天使",参看傅燕晖:《"我们不是天使":伊丽莎白·盖斯凯尔与维多利亚时代家庭理想》。
[3] N. Auerbach: *Romantic Imprisonment*, p.24.

无意忽略了奥斯丁的叙述并不固执于一种风格,却常在不同的声音间切换。虽然她能轻车熟路地驾驭多种不同的文体和语调,但是像范妮一样,她对其中任何一种话语都不完全信任。伊丽莎白·班纳特最后在言说与沉默间达成了某种微妙平衡,她把说了一半的打趣话咽下,留出时间让达西"学习被人嘲笑"(*PP*, III.16)。玛丽和范妮却都没有那么幸运。玛丽到最后仍被囚禁在轻佻放肆的玩笑话中;而范妮却始终未能彻底克服对开口的恐惧,在小说以大团圆婚姻收尾之时,也没有把自己爱慕表哥埃德蒙已久的事实真相告诉对方。

两种拒婚的逻辑

范妮·普莱斯和玛丽·克劳福德两人反差极大。不过,就像贝、克两家人的对立和分界,两位姑娘思想性格上的歧异和冲突也是相对的,颇有"你中有我,我中有你"的味道。最能体现"正统"贝二代——埃德蒙以及范妮——与克氏姐弟之间隐秘精神联系的,乃是他们之间的相互吸引。在他们四人中,有三对异性恋爱在同时或先后进行,还有两个女孩之间爱恨交加的彼此关注。有评者指出:"对于埃德蒙,最能觉察乃至欣赏他的美德的其实是克家人,对范妮来说甚至更是如此。"[1]颇具反讽意味,除却埃德蒙,是头号拈花惹草老手亨利率先意识到范妮的可贵:"他知道她有高尚道德原则,有虔诚宗教信仰。他谈到她行为坚定,不迁不移,谈到她高度的自尊自重,谈到她严守礼仪。"(II.12)他对姐姐说:"她文雅、贤淑和温柔的性格……在男人眼中是女人可爱品格的主要成分",他甚至赞美她"像个天使"

---

[1] Susan Morgan, "The promise of Mansfield Park," In Harold Bloom (ed.): *Jane Austen's Mansfield Park* (New York: Chelsea House, 1987), p.61.

（III.3）。与他呼应，开朗不拘的玛丽也毫不含糊地认同"姑娘家就该腼腆"（I.5）。这些听来非常传统的观点与仿佛肆无忌惮的克氏风格并非么不相容。风流浪子们本来就在婚姻和调情中实行双重标准——他们似乎加倍地害怕被愚弄被戴绿帽子，所以，虽然自己四处留情、玩弄异性却愿娶贞淑处女为妻。克氏姐弟对爱德华和范妮的欣赏和尊重表明他们不乏单纯素洁的心性，而且保留着某种与传统道德剪不断的心理脐带。

小说中的"故事"围绕四人之间纠结的关系展开，其中最重要的环节是两个姑娘大相异趣的拒婚——即玛丽对埃德蒙的推托和范妮对亨利的回绝。

玛丽来到曼园不久，很快就看清贝家的纨绔长子汤姆眼下对她本人以至娶亲大业都不感兴趣，继而发现贝二公子埃德蒙对自己一往情深。她乐于与后者不时唇枪舌剑争执拌嘴，或耳鬓厮磨共享良辰。她说埃德蒙"风度翩翩、人才出众"，赢得了她一众闺密的赞许，满伦敦找不出三两个人可以与他比肩；同时又调侃他一脸严肃、比某爵士还要凶。她不断地就埃德蒙选定的牧师职业与他争辩，坦承这件事令她心烦——老是"钻进我的脑子里来给我捣乱"（III.12）。她直白地表示：作为没有继承权的老二，埃德蒙若不能在职业上谋求"出人头地"，最终将无法赢得她的芳心。总之，她不惮于半开玩笑地张扬对埃德蒙的欣赏，也时刻不忘摆出有顾虑、有分歧、随时准备断交的姿态。

在范妮回到朴茨茅斯城父母家探亲期间，玛丽写信给她打探汤姆的健康状况。她先说听到了汤姆病重的传言，并稍稍挖苦那些得到太多"大惊小怪"关怀的豪门长子，然后简短表达了合乎礼数和常理的同情："这么英姿勃发的年轻人，若在风华正茂的时候离开人世，实在令人悲痛。这对托马斯爵士将是可怕的打击。我确实为此深感不安。"随即她话锋一转，语气变得如知心大姐般亲昵、活泼而调侃："范妮，范妮，我看见你读到此处笑了，两眼闪着狡黠的光。"一句话便暗度陈仓转换了话题与氛围,还不由分说把自己的感受和做派全盘栽到对方身上,强拉出一个同盟军。接下来还有炫智的脑筋急转弯谜语:"可怜的年轻人哪。他若死去,世上就会减少两个可怜的年轻人"——因为,一个不复存在,另一位则不再穷得可怜。[1] 迅速理解玛丽的语言游戏需要同等当量的巧智。至此,铺垫已毕,她就公开摊牌了:

> 我可以面无惧色、声不发颤地对任何人说,[若汤姆离世]财富与门第将归到一个最合格的人手里。去年圣诞节他做蠢事[2]是出于一时鲁莽……漆饰和镀金可以掩盖许多污点。他只需要去掉名字后面的"绅士",接上"爵士"二字就行了。有我这样的真正的感情,范妮,再多的缺憾我也可以不计较……你用不着为我的想法或你的想法害羞。请你相信我,不论是你的想法还是我的想法都完全是合乎自然的,是慈善的,合乎道德的。(III.14)

此信典型地体现了玛丽的思想和风格,值得读者特别给予注意。她关注汤姆生死是因为它对另一位贝少爷(即埃德蒙)地位和财运的影响。这本是不那么好启齿的话题,而她不屑掩饰,直言亮出自己的真实关怀及其内含的冷酷自私,并为之辩护。她不依不饶地称埃德蒙当牧师是"蠢事"和"污点",但坦承如果他能继承爵位和财产,种种缺憾便可被抵消或被遮掩,自己对他的"真正的感情"就能不计前嫌地包容他。也就是说,她明白表示,名位和财产乃是她接受埃德蒙的必要前提。不过,如果只为打探消息,玛丽其实根本不必对范妮说那么多。为什么要这样呢?为了打开天窗说亮话的快感?还是意识到范妮可以是她与埃德蒙思想交锋乃至相互磨合、讨价还价的一个中介?抑或是,

---

[1] "可怜"原文中为"poor",是多义词,其首要义项是"穷"。这是玛丽玩的语言游戏之一。
[2] 指埃德蒙担任教会职务。

她乐于半开玩笑地张扬自己的信念和方式——恰如她得知自己剥夺了范妮骑马的机会后,全无愧色,也不想辩解,却大言不惭说:"你们知道,自私永远应该被原谅,因为它压根无法医治。"(I.7)

呈现玛丽来信,像在其他许多场合,叙述只提供她的言辞,并不深入展示内心的活动。除了飘浮灵动而又尖刻俏皮的谈吐,关于玛丽,读者有把握确认的东西并不多。她嘲笑海军,却又在挖苦教士的时候替海军说好话。她笑着为自己的自私辩护,然而换个场合就对格博士的自私发动攻击。与某些读者的感觉不符,她其实从未正面挑战任何现有秩序。确实,她不时以挖苦戳破体面社会的光鲜话语外衣,并且用看似不羁的戏谑态度调情。然而反讽本身却常常是一种复杂的认可方式。[1] 玛丽可以一面心安理得地享用格博士家提供的方便一面嘲弄抨击他。她指斥人们在婚姻交易中态度"最不老实",但这既不妨碍她赞成玛丽亚·贝特伦嫁给拉什沃斯的钱财,也不能阻止她将自己的直率活泼转化成捕获称心男士的"要计谋的生意经"(I.5)。

貌似口无遮拦的玛丽其实颇谙世情,她的动机也常常是混杂的。比如,或许是借助长期在亲戚家寄住的五味瓶历练,玛丽一眼就看穿了范妮的受气包处境并生出真切的同情;但是她与后者保持交往和通信却也不是没有实用的盘算——或是打问一下埃德蒙出任牧师的那个村庄里待字闺中的女孩子(II.15)以及曼园继承人汤姆的健康状况,或是借助通信完成弟弟的托付、传递自己的口风。再比如,这位掂量自己婚事时很在意对方身家和职业的少女,却不可思议地完全不讲求范妮的嫁资或背景,对弟弟亨利求婚采取积极促进的态度。为什么呢?是她认为对于家族继承人亨利,范妮作为贝家近亲和养女,身价已经足够?还是她真心欣赏后者的忠诚、感恩和温柔,认为她能让亨

---

[1] 参看 Alan Wilde: *Horizons of Assent* (Baltimore: The Johns Hopkins University Press, 1981), pp.1-16。

利活得更幸福（II.12）？抑或是另有某些曲折而幽微的心理动因？玛丽在信中谈及亨利将与拉什沃斯太太即玛丽亚再度见面时表示："我得承认对此我并不反对——我有一点点好奇——我想他［亨利］也是如此，虽然他不肯承认。"（III.12）她不反对甚至鼓励亨利向范妮求爱，是否相当程度上也是因为一方面深知这类感情游戏无论如何对男方无伤大雅，另一方面对事态走向以及女方抵制能力心存好奇呢？

貌似不可能却恰恰成真的是，侧重录述人物言说、回避揭示深层心理的叙述手法，却使玛丽成为不同于苏珊大人的复杂个性化人物。《苏珊夫人》是奥斯丁少年时代完成的最后一部书信体讽刺小说。女主人公苏珊是野心勃勃的美貌贵族孀妇，自己设下圈套追求多金男，还驱迫女儿嫁给某名声恶劣的贵族老头儿。她目标清晰，不择手段，意志坚定，口舌伶俐，私下里给至交写信直言不讳，宣布"我厌倦了让自己的意愿服从于他人的任性"（L.39）〈1〉，等等，类似于菲尔丁笔下机关算尽的刻板类型人物莎梅拉。多少不同于莎梅拉的是，苏珊作为讽刺对象没有被彻底丑化，她大胆直率的言谈有时会一针见血地针砭世道，她坚定不移趋向目标的奋斗有时会唤起五味杂陈的感叹。奎·德·利维斯曾推断这个人物及玛丽均以奥斯丁表姐伊莱瑟〈2〉为原型〈3〉，结论稍嫌武断；或许她应该用更浅淡的"虚线"来标识那种可能的内在联系。不过，无论如何，伊莱瑟生动而异样的存在，她那被身世谜团、异国情调乃至革命烟云缠绕的人生传奇，的确以某种方式把奥斯丁和更广阔的"世界"联系了起来。她发表的言论、她带来的思想和情感冲击，曾是年轻的简·奥斯丁不能不面对、不能不考辨的。《曼园》的写作期正覆盖了伊莱瑟（后改嫁成为奥斯丁的四嫂）病重过世那段时光。经过对表姐的命运起

〈1〉 Jane Austen: *Lady Susan*, in *Later Manuscripts* (2006), p.72.
〈2〉 伊莱瑟（Eliza）是简·奥斯丁姑母费拉（费拉德尔菲娅）的女儿。
〈3〉 参看 Q.D. Leavis: "A Critical Theory of Jane Austen's Writings," in Q. D. Leavis: *Collected Essays* (Cambridge: Cambridge University Press, 1983), Vol.I, pp.61-146。

伏和思想性格复杂性进一步的多角度长时段观察，中年奥斯丁不再以过度黑白分明的方式对待女冒险家们的炫目表演。于是，《曼园》中玛丽的行为和动机不仅仅被归于苏珊夫人式的欲望和利益追求，而是呈现为与精彩言辞缠绕、共振的多色调人生奔突。

玛丽对俏皮话的超级热衷指向某种天真。她不假思索、腾挪多变的立场和态度体现了顽主的姿态和青春的柔性，还远远没有僵固为利益至上的算计。埃德蒙企图为她开脱时，总是说："她这样说只是由于听惯了别人这样说"，是"同伴的影响"左右了她的言说方式（III.16，II.9）。在很大程度上，她确实是在模仿嘲弄一切的都市智者的时髦角色。不过，因为过于心安理得地轻佻耍嘴皮子，玛丽最终与她所采用的话语和姿态难以切割。如果说克氏姐弟言行中有几丝自由的个人解放意味，那更多是游戏性的自我放纵，是特权者的精神奢侈。对财富和社会尊荣的需求毕竟是玛丽人生取向的主导，就如亨利的调情强迫症，注定要在关键时刻猛烈发作。后来范妮为埃表哥分析玛丽的"人品"，点出她最重财势（III.16），不算厚诬。

正是由于准确接收了玛丽的有条件拒斥信号，埃德蒙连原来打好腹稿的求婚词都没能说出口。尽管那时他仍不忍责备玛丽，只是归咎于她那帮"没有心肝、慕恋虚荣""图财嫁人"（III.13）的女友。然而，归根结底是她选择的朋友圈及其语言方式决定了她本人的质地和命运。她就弟弟与贝大小姐私奔一事发表议论说："还有什么能与我们两位贵戚的蠢行匹比呢？"她的话听来轻快而无情，令埃德蒙十分"震惊"——虽然，她没有使用"比蠢行更严厉的表述"（III.16），原因很可能是在她所存身的伦敦社交圈语汇中，"蠢"已经算最"严厉"的责备。说来令人唏嘘，即便是有私产撑腰的聪慧大胆的玛丽，其实也没有真正的思想自由。至于绅士埃德蒙，对他来说玛丽的轻巧话是压垮骆驼的最后那根稻草。他终于彻底清算了对玛丽的喜爱。

而最能体现范妮个性特质和精神面貌的,则是她坚定抵制亨利求婚的"持久战"。

有关范妮,小说中出现过三种或彼此呼应或相互抵牾的"由人发起的计划和决定"(III.17)——即有别于天命的"人算"或情节设计。首先是在诺太太的企划和安排下范妮被从父母家挪至曼园抚养长大。诺太热衷于展示自身的慈悲之心和优越地位,乐见身边时时有一个作为衬托的卑微者。她对大妹贝夫人游说道:"此事的麻烦……与善举相比微不足道。让我们……"(I.1)她的如簧巧舌在"我们"和"你们"之间滑动,企图通过这个共同发起的善事,让妹夫一家出钱出力,同时将自己提升进更高一等的贝氏圈。她对范妮的不断斥责、教训和欺侮反复印证着她最初的出发点。这位谋划者与《白雪公主》中的邪恶后妈兼王后近似,但她的身份又仍只是企图分享曼园权势和荣耀的寒门亲戚,其设计必须得到贝氏父权家长认可方能实施。

第二个"策划"体现于亨利对范妮的追求。从一开始打算把不苟言笑的女孩变成调情游戏中的小小牺牲品,到后来半认真地考虑让她长久伴随自己目标不明的人生路,亨利兴味十足地掉着花样尝试将怯生生的贝家小表妹纳入自己的轨道。

然而,范妮并不打算永远当低人一等的依附者,也不想当任由他人算计、摆布的物件。诺太太的盘算没能称心如意;亨利·克劳福德的议婚也遭到范妮表面吞吞吐吐,实际却坚定不移的拒绝。也就是说,对自己的未来,看似怯懦的范妮自有定见。

按照贝家人的主流意见,亨利的求婚是飞来的福气,范妮有一百个理由欢喜,断没有拒绝的道理,应允他利己利家,是不可推卸的"责任"。因此,她的拒绝态度太不可思议了。姨夫大人简直不敢相信——"拒绝克劳福德先生!有什么借口?有什么理由?"他苦口婆心地晓之以理:"向你求婚的这个年轻人哪一条都很优越,不仅有地位、有财产、品德好,而且还十分和气,讲起话来,人人喜欢。"他甚至说："范妮，你在这个世上再活十八年，也不会再碰到一个求婚者地产有克劳福德先生一半多，有他的地产十分之一那么好。"而范妮唯一能出口的辩解词是强调一己的感受："我——我没法喜欢他，大人，到不了想和他结婚的程度。"（III. 1）

回绝亨利，最有力的辩词便是玛丽式个人主义话语，即强调个人感情和意愿的至上地位。不过，玛丽大胆直率又轻狂自私的言说背后有两万镑私人财产支撑，可范妮又能够依仗什么呢？在当时的英国，虽然表亲结婚合法合规[1]，但是女孩子不等男方求亲便暗生情愫却是有失体统、不符合淑女操行的丢脸事，范妮自然"宁死也不能承认真相"（III.1）。何况，埃德蒙毕竟是少爷，那时还正迷恋着漂亮潇洒的玛丽。对于高攀贝家少爷（哪怕只是没有继承权的二少爷），范妮压根不敢正面去想。若是让姨夫知道了她的心意，她一准会被赶出曼园。这本账范妮是一清二楚的。她知道绝不能以玛丽做派表态不服从家长，而自己平素挂在嘴边的那套有关自制、理性的话语此时也无补于事。她本能地也极明智地采取了含糊其词、顾左右而言他的方式。有人说范妮言行总是严格遵循"应该"[2]，其实不准确。爵士碰了几回软钉子，就发现了她顺从表象下的固执己见：

---

[1] 20世纪有些西方批评点出了本书中的"乱伦"因素（参看 Glenda A. Hudson: *Sibling Love and Incest in Jane Austen's Fiction*, London: Macmillan, 1992）。笔者认为这是一种时代错置（anachronism）的说法，不排除有追求耸人听闻效果的动机。当时在英国表亲联姻被法律许可（奥斯丁的四哥亨利就娶了表姐伊莱瑟），在社会中不会引出乱伦判断或触犯禁忌的感受。在中国，表亲联姻也曾长期合法，民间甚至对这种"亲上加亲"的婚事高看一眼。小说开场时托马斯爵士对于"表兄妹间恋爱"的顾虑应是基于财产地位差异而非乱伦禁忌。把禁止表亲通婚的当代社会的某些心理感受投射到前人作品中至少是不够严谨。笔者更赞成埃弗瑞特教授《艰难的浪漫传奇》一文谈及另一部小说所做的判断，即奥斯丁笔下这类爱情并无"一丝半点的乱伦"色彩。（见龚龑等编译：《奥斯丁研究文集》，371页）

[2] Tanner: *Jane Austen*, p.143.

> 我原以为，你与众不同，没有任性、自大，没有一丁点儿目前甚至在年轻女人中都很流行的那种精神独立的倾向……但是你现在向我表明，你也一样任性、乖张，你能够而且想要自己做主，毫不顾念、毫不尊重那些确实有权利指导你的人……全家人的利害得失……你似乎根本不放在心上。（III.1）

他觉察到范妮有不输于玛丽们的强烈而坚定的自我意志。在这点上，他很有眼力。

亨利正式求婚时，范妮的态度仍未改分毫。不过，她虽然"明白自己的心思，对本人的做派却不完全自知"，不知道自己的"羞怯、感恩、温和"的态度和委婉曲折的表达在对冲她的拒绝。因此亨利即使明白猎物尚未到手，却仍然感觉成功在望。认定"这桩联姻从各方面看都极为可取"的爵士随即再度出马，第二次与侄女恳谈，全面表彰亨利的长处，称这一求婚"光明正大"，说自己会毫不犹豫将女儿许配给他——言外之意是，地位低一等的范妮就更应感到受宠若惊。他还提醒范妮，亨利曾动用海军关系帮助她哥哥威廉升职成为军官，抛出了"忘恩负义"和"责任"之类的重磅词。（III.5）当然，他也意识到"仁善是更有力的说服"，向范妮表示"绝不会强压"（III.2）她，没有动用家长的专制权。

爵士的态度代表着贝特伦家"官方"意志。虽然诺太对小范妮居然运气如此之好有些耿耿于怀，但那无碍大局。贝夫人可以说是欢天喜地。她向外甥女道贺，回想起自己当年的成功，不禁得意地感慨说："咱们家人可真是长相漂亮呀"；还说："接受条件如此优渥的求婚是每个女孩的责任。"（III.2）埃德蒙也力劝范妮接受。他首先表示理解表妹的推拒："如果你不爱他，没有什么理由能证明你应该接受他的求爱。"这很大程度上是真诚的表态——埃德蒙与他父亲的重要差别之一，就在于他原则上反对没有爱情的婚姻。但他随后又明言："这门亲事是非常有利、非常可贵的"，还带着诚恳微笑鼓励道："让他最后成功吧。你已经表明你正直无私，就再表现表现你知恩图报、肠热心好呗。那你就会是完美的女性典范，我可是一直认为你生来就是要当模范的。"(III.4) 从后面的话判断，开头一句似乎不过是想化解对方的抵触、为后面的劝说做些铺垫而已。埃表哥搬出所有的美德来引诱范妮接纳一桩有利可图的婚姻，这令范妮感到双重的心寒——她一方面看出所有的道义之辞都不能支持自己，同时心如刀绞地感知表哥对自己丝毫不存两性情爱或婚姻之念。历来对这位精神导师言听计从的范妮，这一次只能小心地躲闪推诿，不直接对抗，也不接受劝导。

托爵士和埃德蒙们反复劝说，统统不能奏效。因为他们要克服的是范妮那"早已另有所属"的心（III.5）。十八岁的范妮已经读懂了自己的心思。她曾目睹亨利如何挑逗玛丽、戏弄朱丽叶，因此根本不信任那个男人。更重要的是，她对埃表哥的亲情依恋已经明确地升格为某种婚姻渴望——显然，克氏姐弟的"入侵"不仅搅动了两位贝小姐，也促成了范妮的自觉和自知。埃德蒙为玛丽而忽视了她，使她尝到了嫉妒的滋味，于是明白了自己最大的心愿乃是一生一世和埃表哥在一起，从而点燃了闷烧的"激情"。[1]

值得强调的是，范妮有足够的力量抵制当"典范"的诱惑。在认知并坚持个人意愿这点上，她不输于玛丽。相比之下，后者对男性萌生好感虽然不完全取决于资产，但考虑终身大事时念念不忘"出人头地"也即世俗成功（即士绅家庭平均线以上的收入和地位）。她对埃德蒙甘当收入有限的教区牧师表示气恼，是非常认真的。而范妮则为了自己从小信托依恋的表哥，断然拒绝考虑经济条件更优越的亨利，甚至不惜冒险与姨夫抗争。以某些现当代批评家的尺度衡量，后者才当

---

[1] 沃特利精到地指出，她在沉默中酝酿着对表哥的"狂热依恋"。参看"Whatley on Jane Austen," in Southam (ed.): *Heritage*, p.18。

仁不让是情感至上的正牌个性少女。

在这部叙述视角不时有所转移的作品中,第三卷里有关范妮回军港朴茨茅斯探亲的九章完全聚焦于女主人公的体验。托马斯爵士灵机一动,安排陷在求婚僵局中的范妮离开曼园,随休假的哥哥威廉回父母家小住。他想让小姑娘尝点苦头,品苦思甜,到朴港去反思丰裕生活的好处。

这一住就是三个月。"穿越"的对比令范妮百感交集。

在喧哗的普莱斯家人当中,令范妮牵肠挂肚的却仍是贝特伦们,尤其是她的埃表哥。已就任神职的埃德蒙告诉她自己打算向玛丽求婚,她便惴惴不安地等待事情尘埃落定:

> 从预计埃德蒙到达伦敦的日子算起,已经过了一个星期。而范妮还没有听到他的任何消息。他不来信可能有三个原因,她的心就在这三个原因之间迟疑不定。要么他有事耽搁了,再一次拖延了行期;要么是他还没有找到机会和克劳福德小姐单独会面;要不,就是他过于快活,忘了写信。(III.10)

短短几句话,把姑娘的心思在三种揣度间萦回缠绕的焦虑表达得活灵活现,实在是眉间心上,无计消除。因为,埃德蒙求婚的成败,就是对她本人命运的提前判决。

与此同时,她对于亨利至今仍锲而不舍的求婚进行曲的态度趋于复杂且有微妙改变。她没有得到翘首期盼的来自埃表哥的音讯,却不时收悉玛丽来函通告的亨利动态。更惊悚的是,亨利本人竟突然莅临,登了普家的门。范妮一则心慌,生怕自己和那位公子哥目前的尴尬关系曝了光;二则羞窘,担心家居简陋,亲人言行粗俗招来亨利耻笑鄙弃。叙述者微带揶揄地告诉我们:"虽然她一直想治好他的相思病,可是这个疗法几乎和病症一样糟。""险情"一一度过了——亨利的身份以"威廉之友"遮掩过去;家人在贵客兼恩公面前恭敬拘谨,克少爷也表现得亲切谦和——范妮这才稍稍松了一口气。亨利陪她们外出散步、到教堂礼拜并插空向她表白情意。她不由自主地想:"自从分别以来他已经大大地改变了……他变得文雅了许多,待人更诚恳,对其他人的心情也留意得更多了。"(III.10)

更为发人深思的,是范妮对父母家寒酸逼仄环境的痛切感受。睽违多年第一次回家,她头一个印象就是"小"。门廊"狭窄",会客室小得让她起先误以为是过厅。在那所小房里挤住着一家九口(不计范妮)和两名女仆。迎接她的,则是有关海军动向的铺天盖地的议论。还未进门,已经有女仆和一个男孩(弟弟)高声通告威廉服役的"画眉号"出港的消息,而父亲不等说完欢迎辞,就开始滔滔不绝地谈起舰艇、风向、港口,其间还夹着大量粗话。待几个上学的小弟回家,喧嚣便进一步升级,直到那位日日醉酒的父亲大吼:"你们都给我死去!你们吵翻了天!"(III.7)爵士的估计非常正确,刚入困窘之门,范妮已经觉得不堪忍受了。

普家尚使唤着两名女仆,勉强还在士绅人家之列,但已经属于其下层。这几章对贫寒退役下层军官生活的描写生动入微:

> ……此时离太阳坠入地平线还有一个半小时。她觉得她确实已经在这里待足了三个月;扑进客厅的强烈阳光不仅没给她带来愉悦,反而使她更加郁闷。她觉得城市的阳光和乡下的阳光完全不同。在这里,太阳的威力只是发出令人生厌的炫目光芒,使平素看不到的污物和尘土显现出来。城市的阳光既带不来健康,也带不来欢乐。她坐在刺目灼人的阳光下,坐在飞舞的尘埃之中,她的眼睛只能在墙壁和餐桌间游走,墙上有她父亲的头靠脏了的痕迹,桌面被弟弟们刻得坑坑洼洼,茶盘从来没有清洗过,杯子

和碟子虽然擦过，却还留有条条污痕，牛奶上浮着一层蓝色的灰尘，涂抹了奶油的面包，第一次经女仆丽贝卡之手放到桌上时就已经油腻腻，而后油污的程度每分钟都在增加……（III.15）

有父母家的反衬，曼园在记忆中迅速升华成人间天堂。那里"事事都秩序井然地进行，人人都有自己适当的位置，每个人的意见都受到尊重。如果说缺乏温柔体贴，也必会代之以健全的见识和良好的教养"（III.8）。很显然，港口城市中的普家小屋是作为乡村曼园大厦的对照物出现的，其物质细节如阴暗、噪声、肮脏、尘土等无不服从小说的思想主题设计。[1] 寄居朴茨茅斯的范妮似乎忘记了自己在曼园受到的漠视和冷暴力，越来越迫不及待地想回到那个从不曾真实存在过的幸福家园，心里默念着考珀的诗句——"她是多么渴望回到自己的家"。至此，范妮明确意识到，未回朴港之前，她把这里叫作她的"家"，而现在，"家"这个词虽"依然亲切，但它指的应该是曼斯菲尔德。现在那里才是她的家。朴茨茅斯是朴茨茅斯，曼斯菲尔德才是家"。（III.14）起了这样的念头，她很怕说漏嘴伤父母的心，结果却发现其实没有人在乎她说了什么。在普家拥挤喧闹的生活旋流里，她是很边缘的过客。尽管在范妮的思想中，"家的凸显只由于其缺失"[2]，但此处她将曼园认定为"家"的感触，或许更多可被视为对埃德蒙的忠诚，以及对两人间彼此扶持关系拓展升级的一厢情愿的想象。

长达九章的"返家记"所映现出的那个范妮，会因她对原生家庭近乎势利的厌弃让很多读者不安。但是，她的震惊和不适、她为"不体面"亲人感到的羞惭，和她陡然强化的曼园立场，恰是等级社会令人难堪的真相，如当代中国不少靠苦读应考等途径脱离贫寒的乡村年轻人曾

---

[1] 参看James Thompson: *Between Self and World*, p.33。
[2] N. Auerbach: *Romantic Imprisonment*, p.33.

有过的真切体验。在朴港，她对世态有了新理解，体会到阶级差别和地理距离使普家人与贝家人本质上形同陌路，"这么多年互不见面，双方处境又如此不同，血缘关系已经情薄如纸"（III.13）。她对母亲和她的姐妹也有了新理解，她意识到母亲性情上更接近慵懒的二姨贝夫人，比诺太更不适合操持一个勉强漂在贫困线之上的家。范妮对自家成员和居所的直接印象，她对曼园的无限怀念、对埃德蒙和克劳福德姐弟的细细梳理思量，都揭示出她的思想和见识如何在空间转换中步步增进。表面看，托爵士的安排的确生了效，朴港之行让范妮体会到另一种生活的可贵。此时突然现身的亨利简直有如恶魔财神，魅力十足地诱惑着被放逐到贫穷"荒漠"上的范妮。[1]可是范妮并没有急于抓住亨利带来的"跳龙门"机会——当然她也没有粗率地将他读作恶魔。她注意到亨利的表现相比从前有所不同，对他暂且存而不论，留下了进一步评估的机会。她更多是在幻想中反复回望并重构曼园。她的纷繁思绪的指向不但有悖爵士的如意算盘，也不符合其他任何人对她的设计。

不论是在曼园还是在朴港，范妮无言的观察和涣漫流淌的思忖，都充分体现了她对自身处境、利益和意愿的高度敏感和自觉。如前所说，沉默也常常包含她对个人本能反应和自发情绪的某种反思。她的自我责备既不是虚伪的学舌也不是纯粹的自我压制。在范妮身上，"再思"并不抹杀最初的本能情感反应，甚至并不挑战个人情绪的重要性；然而随后而来对一己情感与道德准则之间的区分和距离、对个人利益与他人利益差异的精准测度，确实修订或更正了第一反应。这使她并没有如某些人所想的那样一意张扬个体意志的胜利[2]，而是成为顾念他

---

[1] M. Butler: *Jane Austen and the War of Ideas,* p.242. 此处巴氏的论说借用了《圣经》中撒旦引诱基督的典故。

[2] 参看 Avrom Fleishman: *A Reading of Mansfield Park* (Minneaolis: University of Minnesota Press, 1967), p.80; 另，Harold Bloom (ed.): *Jane Austen* (New York: Chelsea House, 1986), "Introduction"。

人的成熟严谨的"个人"主义者,成为奥斯丁笔下最具维多利亚气质、最现代的人物之一。范妮的自我实现,从属于一个正在"发家"的社会阶层,带有较强烈的理想色彩和社会责任感。

玛·巴特勒说:《曼园》的立意是,让男性个人为中心(man-centred)的观念及庸俗自私自利思想,与对自我存疑并追求超越自我的价值取向形成对照。此言大致不错。但她继而判定"范妮是后一种正统思想意识的代表,由此她的意识的个体特性在很大程度上遭到了否决"[1],却有失准确。因为范妮不但具有不输于任何其他人物的强烈自我意识,也是书中唯一真正实现了自觉意愿的女性。玛丽·克劳福德所体现的是一种兑水的琐屑化的个人中心主义。如果把她的谈吐与她的同名人即写《女权辩》(1792)的玛丽·沃斯通克莱夫特比较一下,就会明白地看出,理想主义的女性个性解放话语是何等地真挚、何等地热诚、何等地"道德化",与克劳福德们的轻浮佻侻相去多么地远!奥斯丁选择玛丽·克劳福德作为代表这类社会话语的言说者,突出了质疑和批判的意味。

另一方面,曼斯菲尔德庄园旧秩序气数将尽,老托马斯爵士的权威名存实亡。他的子女多自私任性,唯有埃德蒙仍坚持宗教信念,恪守绅士之道,然而连他也经不住玛丽"糖衣炮弹"的进攻。因为对话双方(克劳福德兄妹和"正统"贝特伦)分别作为一脉思想的代言人不够理想也难以称职,方生出范妮在小说中的使命。作为两方面的批评者兼继承者,范妮试图将他们的思想兼收融会,并从中提炼出一种改良牌的道德规范和社会蓝图。

20世纪以来,不少当代读者不愿意认同甚至拒绝正视范妮式的执拗自我意志。这个在小说中最为重要、却不那么让人舒服的姑娘一直或多或少地打扰着读者。特里林敏锐地指出,范妮引起许多人反感的

---

[1] M. Butler: *Jane Austen and the War of Ideas*, p. 247.

一个根本原因是:《曼园》及其女主人公所支持的"责任"观后来盛行于19世纪英国,而"从我们[即20世纪中期知识分子]的道德理念看,'责任'这个词是很刺耳的",因为那意味着"愿意使个人的欲望服从某些外在的、非个人的善"。也就是说,很多当代人不愿意接受的,正是奥斯丁针对旧有人际关系分崩离析而提出的节制个人欲望的思想解决方案。如特里林说,该小说的"伟大与其开罪众人的力量相匹配"。〈1〉纷纭的争论或非议恰恰证明,小说的问题意识没有过时,仍是现今舆论场上的思想焦点之一。不过,当代标榜"解放"和"自由"的诸多知识分子,包括许多女性主义者,宁愿欣赏富贵小姐的恣肆放纵,却不能更多同情地位相对低下的人们蒙受压抑的自我意志,颇具反讽意味。这似乎表明,他们所标举的"个性解放"更多是羡慕等级社会中有财有势者的特权,而非支持卑贱者争取平等与自尊的努力。

在很大意义上,引发争议的范妮是奥斯丁给读者留下的重要思想难题,是作者最触目的成就之一。有些令人不安的,倒是叙述者有时就朱丽叶或亨利们发布的几句突兀而直白的评说,多少显露出艺术的粗糙或道德的粗糙。这是《傲慢》或《爱玛》中所不曾出现的瑕疵。

曼园重建:"暗淡"的收局?

小说趋近结束之际,贝家处于触礁状态,范妮·普莱斯旗帜飘扬地兴冲冲"回师"曼园。叙述略显居高临下的口气:"此时此刻我的范妮必是心怀欢喜的……尽管她为周围人的痛苦而难过,或者自以为感到难过,可她肯定是个快活人儿。"(III. 17)她对照料贝夫人、安慰埃德蒙、支持托爵士以及润滑整个庄园运转都发挥了无可替代的作用。

〈1〉 特里林:《〈曼斯菲尔德庄园〉》,朱虹编:《奥斯丁研究》,232、227页。

当年对"表兄妹间恋爱"（I.1）戒心十足的爵士最终非常热忱地欢迎范妮成为自家的儿媳妇。范妮正式嫁给埃德蒙以后，她妹妹苏珊接替了她在大宅中的位置，成为姨妈的陪伴和家里的"女儿"。

范妮成了曼园的新砥柱。她像《战争与和平》中的俄军主将，靠忍耐和时间化解了入侵者克劳福德们的强势冲击。最终她还以成为贝家主妇的方式战胜了原来蔑视她的贝氏诸人。这究竟是双倍的胜利、是胜中有败，还是败中有胜，恐怕是见仁见智的争议之题。不过，可以确认的是，玛丽亚与亨利·克劳福德私奔后的曼斯菲尔德早已不复旧曼园。

首先，一家之主托马斯爵士发生了不可忽视的蜕变。不少评家将这个人物简单定性为有钱有势的士绅地主兼男性家长，便不再细察；而英国当代知名女作家拜厄特和她的对话人敏锐地指出，他其实是书中唯一"经历了一场情感教育历程"、真正有本质改变的人物。[1] 小说最后一章的主要篇幅记述了他的心情和自我反省。以往他一意瞩目家庭地位的巩固和提升，自遭变故，他在羁留伦敦期间已开始更加留意子女，萌生了前所未有的体贴心或敏感性，很是怜惜正经历痛苦的二儿子埃德蒙。回到曼园，"身为父亲的他，时时意识到自己作为家长的一系列错误举措"，深感自己在教育孩子、任用诺太太以及认可玛丽亚婚约等事中处置失当。不知不觉中他越来越倚重范妮和埃德蒙，范妮实际上成了贝家老两口最亲近的"女儿"。所以，当埃德蒙提出与范妮成婚时老爵士"满心欢喜"，因为"他渴望用最牢固的纽带把对家庭幸福必不可少的现有成员结合在一起"。范妮婚后随埃德蒙入住"八英里"（II.9）之外的桑顿拉塞，而爵士竟然"几乎天天去看她"（III.17）。老爷子对她的心理依赖度可见一斑。改弦更张后将家庭和睦与亲情放在首位的托马斯爵士，与埃德蒙及普莱斯姐妹等共同构筑了

〈1〉 苏珊娜·卡森编，王丽亚译：《为什么要读简·奥斯丁》，166、173页。

曼园"新主流"。

这个新主流虽然包括出身寒门的范妮,但是对旧秩序中诸多弊端陋行——不论是地主出售本地教会神职,还是必须靠找门子拉关系谋求晋升军官,或者美洲的奴隶制——没有提出任何正面质问。然而,他们对宗教信仰废弛、道德秩序崩坏又显然心怀忧虑并力图重整"纲纪"。托爵士一贯强调女孩子必须驯顺,认为喧闹快活的家庭业余演出活动有害无益,他还从原则上论证如果埃德蒙担任了教区牧师,就应该在岗"驻守":

> 牧师如果不在教区常住,就不能了解那里的人们有什么需要和要求,靠代理人是不可能做到令人满意的。埃德蒙当然可以照俗话说的方式尽他在桑顿的责任,即去那边做做祈祷和布道,同时依旧住在曼斯菲尔德庄园;他可以每星期天骑马跑一趟去自己名义上的住所,领着大家做礼拜;他可以每七天里当三四个小时桑顿拉塞的牧师,如果他能心安理得的话。但是他不会安心的。他知道,人类天性需要的教化不是每周一次讲道能够成就的,也知道如果他不生活在教区居民中间,用持久的关怀证明自己是一心为他们谋福祉的朋友,他就既不能为他们,也不能为自己带来多少益处。(II.7)

爵士的说辞强调了牧师们应当坚守教区,亲力亲为地管理、服务信众,体现了现代转型之际,教士社会职能问题引发的焦虑、思考和争论。[1]埃德蒙为自己的职业选择做辩护时,虽不否认有保障个人收入的想法,

---

[1] 参看姜德福等:《转型时期英国社会重构与社会关系调整研究》(商务印书馆,2017)第二章。另参看奥·麦克多纳:《宗教:〈曼斯菲尔德庄园〉》,龚龑等编译:《奥斯丁研究文集》,268—271页。

却更强调牧师"所担负的责任,对于人类,不论从单一个体着眼还是从整体考虑,不论就眼前说还是从长远看,都具有头等重要的意义,他的责任是守护宗教和道德,并随之护卫由于宗教和道德影响而生成的言行规范……"(I.9)贝氏父子的立场近似,态度平和而从容,既认可教会从业者的合理个人利益和诉求,又较多地强调精神和道德生活及教会责任,听来几乎像国教会宣传家吉斯本之流的回声[1],很可能也受到福音派运动的若干影响。[2]

爵士的正统见解在与埃德蒙及范妮的思想共振中得到强化。埃德蒙和范妮对演戏活动都持反对态度,其中范妮打着姨夫旗号抵制演戏,表现得最坚决固执。她对大表姐私奔事件的态度也最峻厉,毫不犹豫将"一塌糊涂的恶行,无耻至极的罪过"(III.15)之类判决扣到那对逾矩男女头上。埃德蒙虽然不愿意苛责玛丽亚,但最终还是上纲上线地使用了"罪行"和"可怕的罪行"等字眼(III.16)。范妮的庄肃和偏激或多或少出于个人情感和卑下者的立场,但情节发展和小说结局总体上支持了她不肯迁就的严正态度。

更值得注意的是,埃德蒙每逢面临重要决定,必和范妮交心恳谈。比如,他决定参与《海誓山盟》演出活动、打算向玛丽求婚以及最后权衡是否放弃对玛丽的慕恋,都曾一一向范妮端出"活思想",希望她从旁帮助分析判断或者予以支持和谅解。不论范妮在这些场合的表现多么复杂甚至自相矛盾,他们有自我反省的习惯且能如此这般深入分享"灵魂生活",在曼园年轻人中实是凤毛麟角。

有关业余演戏活动的章节得到作者和读者重视,部分原因就在于

---

[1] 参看 Thomas Gisborne: *An Inquiry into the Duties of Men in the Higher and Middle Classes of Society in Great Britain Vol. II* (London, 1800; First published in 1794), Ch. XI.

[2] 参看 Waldron: *Jane Austen and the Fiction of Her Time*, p.90。

这也是彼时彼地文化氛围的一个显要指标。有关戏剧的争议发生在当年英国社会风尚转向的风口浪尖。18世纪中期，原本以写剧本成名的菲尔丁改写小说，便与官方加强了文化控制有关。奥斯丁少年时代曾兴致勃勃地参与家庭演出，之后却见证了随着循道派、福音派等推动宗教复兴运动兴起，这种娱乐方式越来越遭人诟病的社会情势。

在那些着重讨论思想及伦理是非的章节中，小说不仅选用了严肃的语调以及"原则""责任"等富于宗教意味的词句，还不止一次明确提到新兴教派。比如，玛丽听到埃德蒙对私奔事件的苛评后，带着几分惊愕和恼怒调侃道："这可是你最新讲道文稿上的话？你讲得这么漂亮，很快就能把曼斯菲尔德和桑顿拉塞的人统统改造了。我下一次再听你说话，只怕你已经成了循道派某个大教团出类拔萃的传道师了吧。"（III.16）有学者仔细梳理了奥斯丁对某些有明显福音派倾向的女性作品——如《克莱伦婷》、《凯列布寻妻记》和《自制》等——的议论、戏仿甚至挖苦[1]，指出她一方面嘲笑小说写作中借完美主人公进行说教的倾向，另一方面又曾在《曼园》出版后不久给侄女写信说，她认为"我们都成为福音派未必就不好，至少我相信那些出于理性和真情而成为福音派的人，一定最快乐最安宁"[2]。这些都表明：有关宗教运动七嘴八舌的争吵议论千真万确进入了奥斯丁的视野。

福音派及更早开始活跃的循道派共同促成了英国宗教复兴运动，红火了一个多世纪，在英国中下阶层影响尤深。奥斯丁并非福音运动的支持者，更不欣赏用小说直接进行说教。不过，《曼园》等作品中许多虚构人物的言行，比如格兰特牧师溺于口腹之欲、玛丽把圣职视为所有"饭碗"中最没出息的一种、亨利将布道看作个人表演并施展

---

[1] 参看 Waldron: *Jane Austen and the Fiction of Her Time*, pp.84-88；所涉三部小说分别是 Sara Burney, *Clarentine* (1798), Hannah More, *Caleb in Search of a Wife* (1808) 及 Mary Brunton, *Self-Control* (1810)。

[2] Le Faye (ed.), *Letters*, p.292.

魅惑力的舞台、多数人各自追求一己的眼前享乐，等等，的确勾勒出金钱当道的大势之下，上层人士信仰丧失精神迷茫、官方教会衰颓无能并终将导致家园崩坏的社会乱象。而这般众生相又从一个角度揭示了发起某种改革或"复兴"的必然性。英国福音主义运动跨越两个世纪，滥觞于国教会内部，最终脱离国教，一方面致力于重振教士风范，一方面在民间大力推动"严肃"的"身体力行"的基督教信仰。它部分地是对循道派乃至帕梅拉式情感主义道德改良思潮的继承与接续，部分地是对与法国大革命前后政治激进主义呼应的循道派群众运动——比如户外集会、当众皈依、聚众即兴祈祷（extempore prayer），等等——的节制与反拨。一些当代西方学者更多注重后一倾向，片面强调其保守甚至"反动"的色彩，说"它基本上由资产阶级领导，旨在通过父权实施社会控制"[1]，不够周全，是狭隘的政治化定性。当年福音派的社会目标显然是多面的，比如说，它是推动废除奴隶买卖的主力之一。包括福音派在内的形形色色的宗教复兴力量的努力与道德改良、社会改革等目标纠结、融合，形成了19世纪英国特别是维多利亚时代一种声势颇为浩大的社会运动，或可被理解为长程的和广义的"启蒙"进程（也即现代资本主义进程）的某种阶段性载体或者利器。[2]《曼园》彰显范妮式女主人公，有意识地点出宗教母题，让坚持原则、笃守信念成为范妮"赢回自尊和社会地位的途径"以及促使曼

---

[1] Waldron: *Jane Austen and the Fiction of her Time*, p.85；另参看Ford K. Brown: *Fathers of the Victorians* (Cambridge: Cambridge University Press, 1962); Olive MacDonagh: *Jane Austen: Real and Imagined Worlds* (New Haven and London: Yale University Press, 1991); M. Butler: "History, Politics, and Religion," in J. David Grey (ed.): *The Jane Austen Companion* (New York: Macmillan, 1986), pp.190-208。

[2] 近年也有不少西方学者比较深入地讨论了福音运动与启蒙的关系，参看Peter Knox-Shaw: *Jane Austen and the Enlightenment* (Cambridge: Cambridge University Press, 2004), pp.161-166。

园世界蜕变并"复苏"的关键因素[1]，似乎比其他几部小说更多地体现了奥斯丁接轨新世纪的思想关怀。

当然，正如很多读者注意到的，这部小说的"团圆"结局有些勉强，几乎有点"败兴"。

这首先体现于对女主人公范妮的处理。虽说她的立场和人生设计得到了情节安排的"天意"支持，然而叙述者的态度却显得暧昧。这位灰姑娘缺乏浪漫命运所对应的个人魅力。前面已经提到，生活在仪表出众、举止优雅的贝家少爷小姐们当中，她注定是最不起眼的那一个，而且多数情况下她吞吞吐吐、唯唯诺诺的说话方式难以讨人喜欢。何况唯一善待她的埃德蒙一味懵懂、不解其真心，反复倾诉他对玛丽如何钟情，说后者"是世上他唯一可以想象要迎娶的女人"（III.13）。

叙述最后交代埃德蒙和范妮的婚事时，更是采用了居高临下的戏谑口吻，几乎像在轻描淡写地回避：

> 大家都知道，医治难以克服的激情，改变决不动摇的痴心，不同的人所需要的时间是大不相同的。我只求大家相信，一个星期不晚、一个星期不早，恰巧在最适当的时间，埃德蒙便不再把玛丽放在心上，急切地想和范妮成婚，其急切的程度，正合范妮的心愿。（III.17）

男主人公的结婚意愿以如此反高潮的方式到来，范妮婚后仍旧小心翼翼、不肯把自己爱慕表哥已久的真相告诉他，也就不足为奇。

不过，细究起来，《曼园》和《理智》等书的结尾令颇多20世纪读家不爽，主因恐怕更多在于后者不自觉中（浪漫爱情观之）"毒"太

---

[1] Peter Knox-Shaw: *Jane Austen and the Enlightenment*, p.194.

深。范妮最终没有让人眼前一亮的宫殿来张扬灰姑娘式成功,新郎官显得窝囊无趣,而且他们的爱情几乎从未引爆两性相吸的激情化学反应。这些让不少人感到意趣索然。然而这恰是奥斯丁的刻意设计。如此前有关《理智》一章中所说,无能"好人"作为自私牟利者的反衬,几乎是18世纪情感主义小说的标配。而范妮因属意于既无继承权又无意"拼搏"上进的埃德蒙,毫不犹豫地拒绝了倜傥风流的现任地产主亨利·克劳福德的求婚,充分说明她宁可随青梅竹马的知心人"蹉跎"于寻常矮舍,也不肯选择更风光、更多金的那纸婚约。可以说,这桩让形形色色罗曼司爱好者失望的亲事恰与曼园重建的主题匹配,明确指向亲善重于性爱的家族生活共同体。范妮的婚事旨在探讨重建亲情纽带,而非张扬浪漫情事;后者根植于个人本能欲望,而前者聚焦人际社会关系。范妮初到曼园时在楼梯上与埃表哥相遇的经历已为两人关系奠定了基调,揭示出她的爱更多基于对"家"、对亲情和保护的迫切需要。后来她生出"爱这所房子"(I.3)的感受,开始觉得自己常消磨时光的"东室"里件件物品都是朋友(I.17),与初到曼园时的抵制心态已大相径庭,主要原因就是埃德蒙作为保护人和朋友所带来的某种"家"的安全感。

小说结尾着重展示了在贝家姐妹接连私奔的打击下曼园的分崩离析。私奔是奥斯丁笔下家庭生活喜剧中最大的灾祸。像班纳特家老爹一样,托爵士遭突变故,不得不和次子埃德蒙一道去伦敦收拾乱局。家里只留下贝夫人、重病卧床的汤姆和大姨妈诺利斯太太。这三人"个个都很愁闷,都觉得自己是苦中之最苦"(III.16)。前两位原本就从不关心他人,此时更感觉一己遭了大难;而善于张罗、长期全权代理女主人角色的诺太,则因为历来最宠玛丽亚并大力促成了她的婚事,面对眼前打击不仅活力尽失而且变得愈加乖张。他们各自闭锁在一己的抑郁中,彼此间不能沟通或帮扶。直到埃德蒙携范妮返回,情况才有了改观:贝夫人添了亲近的照料者和对话人;汤姆得到了弟弟的看顾、陪伴和劝慰；诺太的失能又使埃德蒙、范妮二人及相随而来的苏珊·普莱斯在家庭日常生活运转中日渐发挥主导作用。汤姆病愈后性情和作风有不小改变。托爵士经过反思更是大大改弦更张。名义上的女主人贝夫人倒最为恒定，一如既往充当慵懒无为但相对无害的良善寄生者。如此，曼园里那些被分割为苦恼个体的成员重新结构成相对稳定而和谐的网络状家庭。

当然，复苏后的曼园世界已大大减员。诺太、两位贝小姐和克家姐弟被尽数排除。其中，朱丽叶算是出嫁离家，但是她一度草率私奔的举动和玛丽亚的毁誉事件有密切关联，因而贝氏家长在相当时间里对她也是宁可眼不见心不烦的。这种删枝减叶不仅加重了曼园在后私奔年代的普莱斯色彩，也给小说结尾抹上了不那么喜剧的一道暗色。此外，作者对某些"被逐者"的具体刻画和命运安排多少有出人意料之处，从而使最终裁决传达的信息变得更模糊而纠结。

被排除的人中最重要的当然是外来"入侵者"克劳福德姐弟。随着埃德蒙下定决心掐灭对玛丽的好感，那位很有魅力的伦敦姑娘便从曼园销声匿迹。但更耐人寻味的是对亨利的处理。有人在对比了魏肯、威洛比以及18世纪女作家笔下的一干浪荡子之后，认定亨利比较有趣且不那么"坏"。[1] 初登场时他看似是个拈花惹草的典型登徒子（rake），即使后来关注了范妮，心态也并无太大改变。玛丽嘲笑说：他突然发现范妮长高了、漂亮了，是因为其他女孩都不在场；还敏锐地指出，范妮的魅力其实在于她不买亨利的账。亨利的言论和做派表明，他与理查逊笔下的B先生、洛夫雷斯乃至王室复辟后喜剧中的诱惑者（比如《如此世道》[2] 中的克莱门特·威勒比爵士）是一脉相承的。他一度半心半意地决定洗心革面，也没有逸出该类人物的基本模式，相反

---

[1] Waldron: *Jane Austen and the Fiction of her Time*, p.103.
[2] 威廉·康格里夫（1670—1729）的剧作。

可以说是步了及时改邪归正的B先生的后尘。而他最后的落败，自然也是人们熟悉的老套路——如哈丁指出，这类有钱有势的性诱者作为试金石，注定要"遭有道德眼光的灰姑娘的抵制"[1]。

然而有所不同的是，这一次奥斯丁较深入地多角度展现了那位浪荡子的其他特点和发展可能。其中有三个相关插曲值得仔细分说。一是三卷3章中亨利朗诵莎士比亚历史剧《亨利八世》的场景。那时他已开启了追求范妮的游戏。一天晚上，他和埃德蒙看到贝夫人、范妮两人在客厅做针线活儿，夫人说此前范妮在为她诵读莎剧《亨利八世》。亨利马上自告奋勇。他显然非常熟悉莎士比亚，信手拈来立刻找到有关场次，不同角色的台词便绘声绘色地从他口中淌出。范妮原本打定主意不睬他，却不由自主被吸引了："这是真正的舞台艺术。他的表演曾使范妮头一次懂得了戏剧能给人多大的享受，现在他的朗读又使她想起了他以往的表演……"在随后的交谈中亨利又进一步发挥说：莎士比亚"是英国人天生素质的一部分。他的思想，他的美，在辽阔天地里无处不在"，体现出对英国文化的某种深刻理解。

另一段相关细节是范妮的哥哥威廉在亨利心里搅起的波澜。下层海军军官威廉在休假期间到曼园探望妹妹，很自然要谈起自己过去七年在地中海和西印度群岛的"不凡经历"，以及"大海和战争带给他的种种危险"。除去一会儿找线一会儿寻扣子的诺太太，众人都听得聚精会神、心惊肉跳，而其中最动情的竟然是亨利：

> 他的想象力飞腾，对这个不到二十岁就已经饱尝艰辛、充分显示了聪明才智的小伙子倍感钦佩。对比后者光辉的英雄气概、服务精神以及艰苦奋斗和吃苦耐劳的品格，自己一味吃喝玩乐显

---

[1] D.W. Harding: "An Introduction to *Persuasion*," in D. W. Harding: *Regulated Hatred and Other Essays on Jane Austen* (London: The Athlone Press, 1998), p. 168.

得卑鄙可耻。他愿自己也成为一个威廉·普莱斯那样的人,充满自尊和快乐的热忱,靠自己的奋斗来建功立业……(II.6)

这段第三人称陈述采用了亨利的角度并深入他的内心,表达的见解却很符合叙述者的价值判断,内容有点超出范妮这类养在深宅的小女孩的感知。这番思忖让人联想到此前亨利回想起排戏体验时的神往态度:"[那时]周围弥漫着那样的兴趣,那样的生机,那样的洋洋喜气……我们每个人都活跃了起来。一天当中,我们时时刻刻都有事干,都抱着希望,都有所操心,都奔走忙碌……我从来没有那样快乐过。"(II.5)似非而是,浪荡子内心向往的却是英雄荣誉、团队合作及紧张操劳的充实生活。如此反观,亨利拈花惹草、游戏风月的主要动因似乎是力求避免无聊和烦闷。这位少年公子尚具可塑性,他的种种内心波澜让读者意识到,浪荡子之所以拼命浪荡,很大程度是等级制度和富贵家庭为他们设定的无所事事、有钱有闲角色造成的社会病。至少在上述瞬间,亨利的情感和价值取向一刹那间高度趋近了作者和女主人公范妮。

  第三个插曲是范妮去朴茨茅斯探家期间,有海军高层背景的亨利突然"莅临"后的行止。出乎范妮意料,不论身处普家逼仄房舍,还是面对领半薪的退休军官老普莱斯,抑或是参与当地教堂礼拜仪式,亨利都表现得彬彬有礼。他的出场不仅赢得了众人好感,化解了范妮的百般忧心,还使普家人大大地挣了面子。克少爷自然不会忘记抓住每个机会提醒范妮,他是专程为她而来,还极为郑重地畅谈了自己理家治业的设想,演足了痴情恋人和称职地主的戏码。尽管后来亨利与玛丽亚重逢,被偶发调情事态裹挟并最终与她私奔,小说仍在收尾章节探讨了另一种可能性:"倘若他能够满足于征服一名温柔女子的感情,倘若他能从克服范妮的抵触、一点点赢得她的尊敬和好感中得到充分快乐的话,他是有可能成功并得到幸福的。"(III.17)叙述者特别指出,只要亨利能继续表现得体,一旦埃德蒙和玛丽成婚,范妮就会顺理成章地应允他。这个替代结局不会改变女主人公的灰姑娘上升轨迹，而且显然更符合皆大欢喜的喜剧精神。

不过，这种可能性仅仅被以虚拟语气提及，并没有在情节发展中实现。范妮注定不会成为被热爱的浪漫女主人公。亨利注定要一失足成千古恨。菲尔丁笔下酒酣耳热的年轻人汤姆·琼斯漫步林中，想在树干上刻下心上人索菲亚的名字和海誓山盟的豪言；然而，一旦逢遇熟识的风骚姑娘，便立刻和眼前人一道钻进了矮树丛。在作者安排下，"自然之子"汤姆最终得到索菲亚的原谅。同样因一时情事出轨的亨利却不再能享受女方的无边宽宥。除了作家性别不同对最终"裁决"有所影响，针对性放纵的较严厉态度也指向19世纪更苛刻的道德氛围。进入维多利亚时代，《琼斯传》之类18世纪小说已经被认为是"少女不宜"甚至"君子不宜"了。即便如此，奥斯丁对另外一种可能性的提示，仍然使读者意识到她绝非头脑简单地被某种宗教或伦理规条全盘掌控。

诺利斯太太和玛丽亚是小说结尾处严厉道德制裁波及的另外两人。像书中多数女性，玛丽亚认为嫁给有钱人是自己天经地义的责任和获取社会成功的正途。她明明看不起拉什沃斯却愿意嫁给他，甚至当父亲心怀疑虑地再次征询意见时仍不改口。另一方面，她又属于已经受到《多情客游记》熏染并具有强烈自主意识的新一代富家小姐。也许是家庭地位、长女身份和大姨宠爱惯坏了她，她放任到不管不顾的程度。因此，与亨利重逢并旧情复燃后，已经身为拉什沃斯太太和社交名媛的玛丽亚，以飞蛾扑火的决绝姿态与他私奔了，甚至断然拒绝听从家庭安排在事态扩大前与情人悄然分手。像其他贝二代一样，玛丽亚对都市风格的复杂性游戏尚见识不足，放纵得过于认真而投入。她最后一骑绝尘的表现在小说中被虚写，如浮光掠影中的小小幽潭，虽然或许只不过是一汪任性的浅水，但也可能掩藏着次要人物来不及被展开的复杂心理和思想。而最让读者惊讶的或许是诺太太。那位一贯谄上欺下、虚伪好事的大姨没有转而讨好后来得势的范妮，却建议贝家宽容地接纳迷途的长女,遭到拒绝后心甘情愿伴随颜面扫地的玛丽亚前往冷僻的放逐之地。小说让两个自私女人一起度余生或许意在设计一种真正的惩罚,让她们互为对方的地狱。但是这选择不符合诺太太向来巴结权势的做法,倒更像是真心宠爱孩子的寻常母亲的作为,不期而然为这个漫画人物加添了几笔悲剧色彩[1],使她不再是彻底类型化的被讥讽对象。

奥斯丁常常在小说收局时部分地肯定此前曾经针砭、嘲笑过的一些东西——比如《诺桑觉寺》中凯瑟琳·莫兰对哥特小说的热衷,或《傲慢》著名开篇中"举世公认的真理"。《曼园》对《海誓山盟》一剧演出的处置与此有些相似。在第一卷里女主人公范妮坚决抵制出演角色,支持托爵士对那场热闹的裁定和镇压。但是后来作者借亨利朗诵莎士比亚剧本的场面告诉我们,范妮在排练过程中曾感受甚至享受"戏剧之美"。而且故事的结局最终证明,范妮与埃德蒙的关系最近似戏里的那对恋人——女孩子主动而热烈地爱上了塑造她思想情趣的教师兼牧师。由此产生的某种结构性错位或者反讽,使小说结尾五味杂陈,失去了黑白分明的是非裁判和截然两分的思想对垒。

最重要的,当然是常常不讨喜的范妮·普莱斯作为文学中"史无前例"的女性形象[2]的鼎新作用。作为恪守原则的模范,她不再有帕梅拉那般的自以为是,相反她对埃德蒙们代表的正统话语感觉不很自在。作为坚韧抗争的女主人公,她却经常对本人的真感受含糊其词,而且从不轻易信任直觉和本能,每每要站在他人的角度对自身做一番校正。作为最终成功上位的灰姑娘,她没有得到"王子"的倾心之爱——故事临近收尾,她仍在内心独白中直呼表哥名字,绝望地悲叹:

---

[1] 有不少读者注意到诺太的这一表现。参看金·艾米斯:《简·奥斯丁怎么啦》,156页。

[2] John Wiltshire: "Introduction," *Cambridge edition of the Works of Jane Austen: Mansfield Park* (Cambridge: Cambridge University Press, 2005), p. lxxviii.

"埃德蒙，你不懂我！"（III.13）她力图批评玛丽和玛丽亚等人自私自利、追求财势，但她的人生路与玛丽们主张的有利可图的婚事又并不泾渭分明，不能完全逃避开针对后者的批评。作者或许有意在《曼园》中塑造一名具备健全自我意识的女性人物，并让她肩起责任，重新织补业已崩裂的家庭纽带。可读者最终看到的却更多是范妮意味深长的迟疑和窘惑。不论奥斯丁自觉的目标是什么，作为产品，《曼斯菲尔德庄园》呈现的是一种色调丰富、自相矛盾的叙述。

相比《傲慢与偏见》中的伊丽莎白，范妮最后通向婚姻的路是靠一针一线地操劳、一砖一瓦地修复改善家人关系来铺就。小说的结尾没有童话故事中终遂夙愿的狂喜或轻松欢快的情调。如有的学者指出：该书本质乃是嵌在浪漫小说形式中的悲剧，其喜剧结尾颇不自在，作者在此所做的事其实是对浪漫传奇/罗曼司文类的抵制。[1] 细细品味叙述如何语带调侃地与主人公命运保持距离，如何让"惩戒"主题与婚姻结局尴尬地共挤在一章之内，读者可以意识到，与范妮发表正确言论时的学舌腔类似，这些处理表明，小说的主旨并非如有些人断定的那样是"毫不掩饰的说教"[2]。

如果说辛劳甚至某种心酸乃是非罗曼司式"幸福"的必然组成部分，由近亲结婚带来的某种幽闭氛围，则更为其添上了暗淡的一笔。指出范妮和埃德蒙的婚姻"是向内发展而非如传统喜剧的肯定性结尾那样拥抱新关系的构成"[3] 的评议，可说切中肯綮，范妮主导的曼园

---

[1] 参看 John Wiltshire: "Introduction," *Cambridge edition of the Works of Jane Austen: Mansfield Park*, p. lxxxiii。

[2] A. Walton Litz: *Jane Austen: A Study of Her Artistic Development* (London: Chatto & Windus, 1965), p.116.

[3] Rachel M. Brownstein: *Becoming a Heroine: Reading about Women in Novels* (Harmondsworth, Middlesex: Penguin Books, 1984; 1st published in USA by the Viking Press, 1982), p.112. 笔者认为，如果在这个转喻层面上，用"乱伦"一词来点出范妮婚姻的某种封闭性和反高潮特征，是可以接受的。

重建似乎暗含了对外部世界的失望甚至绝望。这或许是读者深感她和埃德蒙的联姻"不足以化解世道"的根本原因之一。如果说对克劳福德姐弟以及玛丽亚和诺太的"放逐"还有情节发展或主题设置上的必然性,范妮与亲生父母即普莱斯夫妇在精神上的切割却是令人困惑而不安的。虽然小说借托爵士的感触认可了威廉和苏珊等普家"精英",甚至强调了"自幼多吃苦,受严管,懂得人生要奋斗要忍耐,大有好处"(III.17),却把朴茨茅斯港世界,连同退役下层海军军官脏乱差家居中的粗犷活力,统统排除在重建后的曼园"高雅"生活之外。如范妮这般把理想的和谐关系圈划得窄而又窄,在以"小"见称的奥斯丁作品中也是独此一处。相比之下,《傲慢》中的"出嫁"不但意味着女主人公摆脱或打破旧生活格局,而且也让凯瑟琳夫人和加丁纳舅舅等人物所代表的界域不同、差别显豁的群体意识意外相遇并有所勾连,从而碰撞出新的可能。

托爵士和范妮共营的大做减法后的曼园,似乎预示了此后数十年英国人对所谓"家庭堡垒"的痴迷。对"家庭"的赞美是"维多利亚社会的核心关怀"[1]之一,为逐渐失去原有宗教信仰支持的世俗人提供了某种想象的"归宿"和"天堂"。简·爱或大卫·科波菲尔们的故事都是从"无家"(孤儿)始,以"有家"(结婚)终。小说结尾的婚姻每每代表着主人公们努力争取到的人间幸福,以及他们在精神上的成熟和完善。然而,如果没有突破旧格局的可能性,没有新元素带给生活共同体的更多营养,坍缩的个体家庭如何能支撑一种生活愿景?在20世纪前期女作家艾维·康普顿-伯内特(Ivy Compton-Burnett,1884—1969)的小说里,憧憬变成了噩梦,家的"天堂"化作了"地狱"。她笔下可能有"娶亲",却没有"出嫁";而且新来者总是在没过

---

[1] George Levine: "Introduction", in G. Levine (ed.): *The Emergence of Victorian Consciousness* (New York: The Free Press, 1967), p.14.

门时就已加盟原有的秩序——这近似范妮的情形，但是甚至不含范妮引入的那点普家人顽强进取的下层气息。康普顿-伯内特所展示的阴暗、封闭而且衰颓的后维多利亚时代家庭，或许可被视为对曼园结尾所隐含的阴暗怀疑的一个拓展注释。20世纪后期，西方诸多女性主义学者对范妮所代表的危机化解方案心存不满，是可以理解的。然而，她们选择掉头欣赏已经被奥斯丁细致考察并从根本上驳斥的玛丽·克劳福德式自我张扬，实在令人失望。似乎是，近时西方（或说英美）思想界里目不暇接的"新潮"，在本质上尚未能超越奥斯丁问题和奥斯丁答案。

第四章　海伯里村的爱玛·伍德豪斯

《爱玛》(1815)记述了同名女主人公如何每每自以为是，待人处事犯下了一个又一个错误。如果说《曼斯菲尔德庄园》将变化中的地主、士绅产业状况及生活秩序与寒微女性挣扎图存的个人奋斗"挂钩"，《爱玛》这部唯一以人物命名的奥斯丁小说却呈现了空前绵密交织的群体关系。爱玛自幼在海伯里村长大，年复一年寻常度日，村里芸芸众生构成了与她息息相关并彼此制衡的另一被叙事聚光灯照亮的群体"主人公"。

自家的以及别家的长者

对于这部笔调轻松、干净整饬的喜剧故事，有不少过往的西方评论将其中男主人公乔治·奈特利定义为"父辈"角色。随着在当代文学理论中沾"父"沾"长"的词被越来越多地涂上负面色彩，很多人将小说题旨定义为"保守"的。当然也有人反其道而行之，试图论证奥斯丁其实是"进步"的，对"父权"及"男权"取嘲讽乃至抵抗拆解的态度。这些评论虽有引发进一步讨论的功绩，却多少肖似我国数十年前动辄"上纲上线"的做法。而小说作者在思想领域的探求其实更小心，更含糊，也更意义深远。

与之前登场的女主人公们不同，《爱玛》中的伍德豪斯小姐不是相对卑贱、受人欺负的"灰"姑娘。她出生在本村数一数二的富有人家，芳龄二十一，"漂亮，聪明，又有钱"（I.1）[1]，虽然母亲早逝，却有父亲宠着，有仁爱、通达的家庭教师泰勒为伴，小小年纪就做了当家女主人，还顺理成章成为海伯里村的"第一女士"。

爱玛的父亲伍德豪斯先生自然就是书中的头号家长。

伍先生是奥斯丁笔下最一惊一乍的老病号，比不时抱怨神经衰弱的班纳特太太更胜一筹。他笃信本村医师佩里。他迷恋"香喷喷的薄粥"（I.12）。他对穿堂风怕得要命。他自己难以消受甜食，就力阻其他人吃蛋糕——全然想不到别人的感受可能很不相同。这个被"温和的自私习惯"左右的扁平人物承受着作者的讥讽，还被有些读者认定是不断操控别人的"最隐蔽的坏蛋"，他盘踞的家宅对爱玛来说其实形同"监狱"。[2]

开篇伊始，读者首先"见"到泰勒女士和韦斯顿先生结婚那天晚上冷清对坐的伍家父女。他们的姻亲、近邻兼老友乔治·奈特利专门赶来相陪。伍先生惋惜"可怜的泰勒小姐"贸然嫁人，奈特利则直言，对于泰勒而来说，这事关乎"是自立门庭还是寄人篱下"，况且，只须对付一个丈夫，无论如何总比讨好（伍家）两个人容易。爱玛遂接口道：何况两人中有一个那么任性而且难缠。老先生于是叹气道："只怕我当真很任性而又难缠呢"（I.1），慌得爱玛赶紧解释说自己讲的不是他。

这段戏剧性对话不仅拉开了故事的大幕，也披露了三位主要人物的性格和行为特点。奈特利说话坦率尖锐；伶牙俐齿的爱玛则一方面借自我嘲笑抢占与奈先生话语交锋时的有利地形，另一方面对老爸十分孝敬、小心呵护；而伍先生虽然思想围着自己打转，却心地良善、

---

[1] 译文参照李文俊、蔡慧译：《爱玛》，人民文学出版社，2005。
[2] Richard Jenkyns: *A Fine Brush on Ivory: an appreciation of Jane Austen* (Oxford: Oxford University Press, 2004), pp.154-158.

生性懦弱且不太机灵，稍感风头不对就赶紧俯首帖耳、承认错误。有时候，老先生的啰唆道歉话，可与书中同样极富特色的贝茨小姐的繁复感激辞相媲美。

这样一位父亲，与其说享有"父权长者的必然权威"[1]，不如说更像个贪求照顾的老小孩儿。爱玛对他并非百依百顺。对他的荒唐和过分，她有清醒的认识。她照顾父亲的衣食住行，应付他的要求吩咐，但办事时常常自行其是。伍先生想起该给贝茨家送点猪肉，颠来倒去地掂量选哪个部位好、该叫人家用什么法子烹调，其实呢，爱玛早把东西送出去了。

小说中还有另一个恶名远扬的病号家长，即弗兰克的舅妈丘吉尔太太。海伯里村无人不知她高傲刁蛮，苛待外甥，常常以自己需要照顾为由限制弗兰克的活动自由。但是细考之下，我们会发现，所有这些说法的主要来路只是小弗本人和他的父亲，而且大多是作为他不能来海伯里看望生父的托辞。

弗兰克·丘吉尔是韦斯顿先生与已故前妻的儿子。当年母亲下嫁韦先生曾引起兄嫂的强烈反对。母亲去世后，弗兰克自小由富有的舅父收养并随了丘家的姓氏。舅父母的强烈门第观念和钱财上的与夺之权无疑是笼罩在弗兰克头上的一片阴影；不过，待他终于在海伯里露了面，读者们发现他仍然很像一名无忧无虑的快活公子哥儿。此后，随着情节推进，围绕他的各种悬念水落石出，这一感觉便被超额证实了。他是那种能够灵机一动就借口理发直奔伦敦在最负盛名的琴行买一架高级钢琴匿名送人做礼物的主儿，显然平素手头不紧，做事也不需三思。连他亲爹都说这做派简直"像个纨绔子"（II.7），哪里当真是时时处处受挟制的受气包儿呢？相反，他想跳舞就忽悠父亲举办舞会；

---

[1] John Wiltshire: "*Emma*: The Picture of Health," in Fiona Stafford (ed.): *Jane Austen's Emma: A Casebook* (Oxford: Oxford University Press, 2007), p.201.

送钢琴引起满村议论，他便去附和爱玛不着调的猜疑，甚至从中取乐。他出口随意说漏了话，就出点子玩字谜游戏，借猜谜给女孩子们分别传递不同的信息。这样一位跳脱青年口中的舅妈形象，有多大可信度呢？他说舅妈"什么时候于己便利就什么时候发病"（II.12）。然而，就在海伯里人众口一词非议那位母亲兼舅妈的时候，丘太太已经病重并很快去世了。可见病号们叫苦连天虽不招待见，却未必全是装模作样。

弗兰克应对伍先生的插曲也很说明问题。他鼓动父亲办舞会，伍先生登时吓得不轻，说那"太欠考虑了"，说爱玛会受凉，韦斯顿太太（即原泰勒小姐）包管也得病倒，还连带批评"那个年轻人"不体贴人，老是开门不关，"也不考虑考虑有穿堂风"。（II.11）可这挡不住弗兰克。第二天他转而游说在村中旅店办舞会的新方案，并半开玩笑地威胁老头儿说：若是不去旅店，在家里聚会地窄人多气闷，备不住有人会打开窗户呢。显然，有和舅妈多年交道的经验，他拿捏、对付病号可谓驾轻就熟。他这番话的前提是根本排除了不办舞会的可能性，只半恐吓半诱导地逼迫老人家两害取其轻，掌控议题的手段炉火纯青。他毫不含糊地把老先生看作可被操纵的弱者[1]，态度中颇有几分玩世不恭和肆无忌惮；之所以还肯费心争取长者首肯，无非是碍着继母和爱玛的情面。

在丘太太病故一事的衬照下，似乎在小病大养的伍先生虽然仍显得过度自恋，但毕竟只是个软心肠的体弱老人。这位女儿心中的慈爱老爸，却遭到一些当代英语读者强烈的排斥，除了有父权代表的恶名，他还被视为"必须摆脱的白痴……和寄生植物"，是爱玛不"投身于人类世界（human world）"的借口。[2] 对此，著名学者约翰·贝利曾

---

[1] 有学者强调指出了伍先生的依附性和弱者本质，甚至说他实质上是易被操纵的"老女人"，参见 Marvin Mudrick: *Jane Austen: Irony as Defense and Discovery* (Princeton: Princeton University Press, 1952), 192页。

[2] Ibid., p.196.

尖锐地挖苦道：如此言说的人显然持［与奥斯丁不同的］另一种世界观，他们认为"有些人比其他人更是人"（some human beings are more human than others）。[1] 而需要被摆脱的老伍们显然被划入低一等的"其他人"。随着关于"身体"（body）的理论探讨渐成当代显学，有学者指出，现代社会的政治经济运作和主流意识形态在极大程度上干预甚至主导了人们对"健康""病态"等的理解、感受和相应处置。[2] 病号伍先生的形象可说是体现了对"健康"的社会文化内涵的早期敏锐感知。当然，《爱玛》一书中的诉苦谈病、热衷养生，更多涉及具体个人的生存方式以及周边人群的回应，而未像在奥斯丁最后的未竟残篇《桑迪顿》中那样，与商业开发和飘浮的现代能指"身体"深刻纠结。[3] 不只是伍先生，在奥斯丁笔下，几乎所有的父亲都是失效的。他们有的干脆缺席，故事没有开始就撒手人寰（《理智与情感》）；有的躲在书房和冷隽俏皮话里逃避生活的难题和责任（《傲慢与偏见》）；有的极度自恋、醉心享乐（《劝导》）；有的或多或少是独断"暴君"（《诺桑觉寺》）；也有的虽然代表着某种社会和道德秩序，却左支右绌，难以应付内忧外扰的重重困境（《曼斯菲尔德庄园》）。父亲们集体失职，很难被解释为是理想化父权社会图景。《爱玛》中的叙述主要从女主人公的角度出发，一些具有历史意味的内容大都浮在私人日常琐事的外缘。从人物零碎的对话和故事的某些细节，我们可以知道海伯里是个日渐衰败的村镇，它过去曾兴盛繁荣，而今人口减少，旅店厅堂也因

---

[1] John Bayley: "The 'Irresponsibility' of Jane Austen," in B. C. Southam (ed): *Critical Essays on Jane Austen* (London: Routledge & Kegan Paul, 1970, First pub. 1968), p.5.

[2] 参看 Lauren Berlant: *Cruel Optimism* (Durham: Duke University Press, 2011)。该书尝试详细梳理辨析的典型事例之一，是现今西方发达国家以及其他许多准发达国家围绕"肥胖症"（obesity）出现的一系列引人注目的社会现象。

[3] 参看 D. A. Miller: "The Late Jane Austen," in Laura Mooneyham White (ed.): *Critical Essays on Jane Austen* (New York: G. K. Hall, 1998), pp.223-240；译文见龚龑等编译：《奥斯丁研究文集》，205—217页（韩敏中译）。

长久废置生出霉气，举办个舞会都很费踌躇。在弗兰克们影响力越来越大的社会变局中，家长或老辈人，包括父亲和其他"老"男人，尽管各自出演不同的角色，但代表权威的可能性在急剧减少。相反，恰如伍先生，他们很容易由权势名片快速转化为十足的弱者。

爱玛第一次明确意识到自己不会嫁给弗兰克，恰是在他和伍先生谈话讨论舞会之后。[1] 此前韦斯顿夫妇一直有意撮合两人，对此爱玛不仅毫无反感，还曾半认真地掂量过那种可能性。但是到这时她明确地否决了弗兰克，可见那场对话至少在无意识层面影响了她。实际上，早在爱玛对哈丽特发布不结婚宣言时，父亲就在她的人生规划中占据着重要地位。她说自己经济独立，犯不上嫁人求生存，又说哪一个男人都不如父亲待她好，去哪儿都没有在家里自在。她使用了一连串"我"和"不"，听起来洋洋得意而又自我中心。其实呢，爱玛不想改变现状很大程度是在为父亲着想。更令人感叹的是，在这番思量中，除了父亲的好处，老人根本没有作为其他因素（比如某种必须承担的责任或无法摆脱的制约）出现。也就是说，爱玛自然而然把自己和父亲视为一体，设想未来时根本没有在自己和父亲之间做过切分。所谓"牢狱"云云，只是代表20世纪以来西方人的主导观点。对爱玛来说，父亲的生活就是她的生活。

于是，毛病多多的老病号伍德豪斯作为生存共同体的重要一员，成了对人们的考验。韦太太把对父亲和亲人的至诚善意列为爱玛最好、最能补赎过失的品质。也因如此，弗兰克逼迫老人屈从就范的戏剧性表演，姐夫约翰·奈特利不耐烦的言行，都会引起爱玛的抵触。而爱玛的同盟军不仅有韦太太，更有约翰的大哥乔治·奈特利。后者会赶紧与爱玛一道转移话题，终结约翰和伍先生的拌嘴。有一次晚间外出

---

[1] 参看Jonathan H. Grossman: "The Labor of the Leisured in *Emma*: Class, Manners, and Austen," *Nineteenth–Century Literature,* Vol.54, No.2 (Sep., 1999), p.158。

做客时,约翰随口称外面下大雪了,一时引起众说纷纭,害得草木皆兵的伍家老爸惊恐万端。唯有奈先生(即乔治)〈1〉悄然出门查明情况,平息事态,随即叫爱玛安排老人离开。下雪本是小事一桩,但奈特利尽力避免无端惊扰神经兮兮的老人。他的体贴周到和耐烦精神有点出人意料。

海伯里村还有另一位重要年长者,即与母亲一道生活的贝茨小姐。

简·费尔法克斯是爱玛的同龄人,作为简的大姨,贝茨小姐无疑也在"家长"之列。在奥斯丁小说中,母亲或代理母亲的形象与诸位"父亲"相比,常常更是等而下之。〈2〉读者跟随叙述,透过爱玛聆听那位缺心眼儿的贝姨喋喋不休述说家里家外大事小情,感受她如何把每一种感激之词、赞美之语说到肉麻烦人的地步。

然而,对于海伯里村的社会生活和道德生活来说,这个夸张的滑稽人物非常重要。贝茨是本村过世老牧师的女儿,和寡母一道生活,人人熟悉,无比好心又极端凑趣,是所有社交活动的积极参与者。即使是爱玛,如果没有召之即来的贝家母女,想在傍晚给父亲凑个牌局有时也会有难度。贝茨小姐身处"世上最窘迫的境地":"既不年轻,又无钱无貌,且单身一人。"平淡的年轻岁月已逝,如今她和日渐衰老的寡母只有些许薄产,在属于"生意人家"的房舍(II.1)里租了二楼一处较宽敞的房间(原起居室)对付全部居家需求,"精打细算,尽量让每一笔小小收入多维持些日子"(I.3)。逢得有客人来,贝茨便要不停口地为楼梯的黑暗和狭窄表示歉意。

〈1〉 当时的英国士绅家庭里,唯有长子可以直接冠以家族姓氏称先生。所以,奈家老二即爱玛的姐夫只能被称为"约翰·奈特利先生"。

〈2〉 参看 E. Margaret Moore: "Emma and Miss Bates: Early Experiences of Separation and the Theme of Dependency in Jane Austen's Novels," *Studies in English Literature, 1500-1900*, Vol.9, No.4 (Autumn, 1969), pp.578-579。

也因如此，贝茨母女还是有脸面的村民表达公益爱心和社会关怀的主要标的之一。老邻居如奈特利和伍家父女会时时惦记给她家送点生鲜食品。新来者如埃尔顿太太，则一到海伯里村就迅速圈定贝家作为显示自己地位和善心的对象，左一个"我们"右一个"我们"地对爱玛说，她们这样有车有马的人家应当如何照应贝茨们。

不仅贝茨小姐一人。她身边还活动或蛰伏着更多的"穷淑女"（the impoverished gentlewomen），除了她的母亲和外甥女简，突出的还有戈达德太太以及她手下的教师和女生。戈太太是"一所实实在在、规规矩矩的老式寄宿学校"的校长。有别于某些以"新"为噱头却为追慕虚荣推波助澜的"学院"，在戈太太的学校就读的女孩儿们吃得饱、穿得暖，住所宽敞，"但凡缴付了合理的学费定能购得合理数量的才艺"（I.3）。因而该校在当地颇有声誉，学生也常常多达四十余人。戈太太年轻时曾奋力打拼，此时便也偶尔放松，还一还伍老先生旧日里曾经多加照拂的人情债，成为后者牌桌上的常规座上客之一。奥斯丁没有在女校长的婚姻和家庭生活上多费笔墨。呈现于读者面前的是一位已经半退休的职业女性，虽然她办学事业有成，但仍属草根阶层，社会地位不高，仅能与落魄的贝茨们一道，沉浮于士绅圈的下层边缘。作者用尖刻的"购得"一词，将这类学校作为尚"不入流"的商业经营场所的本质揭示得淋漓尽致，更何况那些女校长女教师（乃至她们的多数学生）都要靠辛勤操劳安身立命，而这却是与"淑女"的本质大大相悖了。[1]

贝茨既是穷淑女又是年长者，便更凸现了老辈人的弱势。此外，作为困窘的未婚女性，她还代表着"老处女"群体的处境。如班纳特

---

[1] 参看 Beth Fowkes Tobin: "Adding Impoverished Women: Power and Class in *Emma*," in Alistair Duckworth (ed.): *Emma* (Boston: Bedford/St. Martin's, 2002), p.476. 作者引用实例说明，当年淑女们不能经营牟利或从业挣钱，因为"被迫践行的温文尔雅（genteel）、不事劳作乃是其阶级属性的必要标志"。

家和达什伍德家的景况所示，当年的英国女性没有继承权和财产权，即使父母本来家境小康，一旦成了单身老姑娘，便有"受穷的可怕趋向"。⟨1⟩ 无收入保障也无丈夫儿女，她们的人生被认为是荒废的，可鄙视的。⟨2⟩ 难怪天真无凿的哈丽特听到爱玛宣布自己不打算出嫁时，错愕不已地说：那岂不是和贝茨小姐一样了吗？少女的一句无心话道尽了海伯里舆论对老处女的菲薄。⟨3⟩

全书中最重要的"危机"发生在与贝茨直接相关的博克斯山出游中。博克斯山是英国西南部最高的山，登顶并不容易，因此这次活动一度在海伯里生活圈引起不少兴趣和期待。然而出门游玩开张不吉。爱玛觉得好热闹的韦斯顿先生网罗来的人过多过杂。弗兰克情绪不高，蔫头蔫脑。其他人各怀心思。过了好一阵弗兰克才打起精神，宣布爱玛是聚会的"首脑"，自己受她之命吩咐每人贡献"一个绝妙的段子……或中等精彩的段子两个……实在平淡的，就讲三个"：

> "哦，那就好，"贝茨小姐叫起来，"那我就用不着担心了……什么时候只要我一张口，保管淡而无味的段子三个就有了，你们说是吧？"……
> 爱玛忍不住了。
> "哎呀，大姑！有一点可能有点不好办呢。很抱歉，对您可就有个数量上的限制——须得三段合一。"

⟨1⟩ Deidre Le Faye (ed.): *Jane Austen's Letters,* 4th edition (Oxford: Oxford University Press, 2011), p.347.

⟨2⟩ 奥斯丁残篇《瓦森一家》中的瓦森姐妹也明白地讨论过这个话题——长姐伊丽莎白·瓦森对小妹爱玛谈心时，同样直截了当地把不婚与受穷及歧视联系在一起。她说："我们必须嫁人……老境渐至却穷窘无靠、被人讥笑，那可太糟心了。"参看 "The Watsons", in *Jane Austen: Later Manuscripts* (Cambridge: Cambridge University Press), p.82.

⟨3⟩ 参看 Alasdair MacIntyre: *After Virtue*, Notre Dame, Indiana: University of Notre Dame Press, 1984, p.240.

她说得还挺客气，贝茨小姐信以为真，一时没有辨出这话的意思，等到突然明白过来，脸就红了，虽说还不至于动气，却是伤了心。

"啊，哎哟——真是！好好，我明白她的意思了，"她扭过头去对奈特利先生说，"我一定得好好管住我的舌头。我一定是很不知趣，讨人嫌了……"（III.7）

这下，连捧场专业户都开不得口了。很显然，贝茨并非如爱玛所想根本不辨好赖话，只是她仍不愿或不能想象别人的恶意。唯有韦先生不看情势，自顾自讲了个毫无智趣、肉麻恭维爱玛的所谓谜语。埃尔顿太太因为自己没能当核心和焦点而意兴阑珊，说了几句风凉话就径自和老公走开。简和贝茨等人也都三两不成群分散了，只剩下爱玛和弗兰克还强打精神你来我往地调笑。后者心不在焉地耍贫嘴，让爱玛都觉心烦。

待到曲终人散，奈特利瞅了个空子一脸严肃地对爱玛说：

……今天我还得说你一回。我不能眼看着你做错了事而不来跟你说说。你怎么能对贝茨小姐那样毫无同情之心呢？你讲几句俏皮话也就罢了，可又怎么能对她那样性格、那样年纪、那样处境的妇女这般刁蛮无理呢？

爱玛辩白说：贝茨的良善和她的可笑分也分不清。奈特利反驳道：若双方处境地位相当，取笑两句倒也无伤大体，可"她是个穷人"，而且是在当初她家境较好的时候"眼看着你长大的，你怎能忍心当众羞辱她"（III.7）。奈特利说罢转身离开。而爱玛心里则如同打翻了五味瓶。

《爱玛》一书写得精彩微妙，看似简单的讲述其实有好多层次，深藏种种波谲云诡。这节中最表面也最重要的情节发展是上述爱玛引发奈特利批评的经过。然而在这场多角戏的另一个侧面，上演的却是弗兰克和简·费尔法克斯的感情危机。对于他们私下订婚一事，此时众人尚蒙在鼓里。读者至多和爱玛一样，觉得弗兰克从萎靡消沉到过度活跃，表现未免轻佻夸张。但他其实是故意做给简看的。按照弗兰克后来所说，他们两人此前不久刚刚吵了架——表面原因是简拒绝让他陪送回家，实际上却更多是由于简对他的一系列轻率言行特别是以遮掩地下情为由放肆大玩追求（爱玛）游戏心生"种种不满"，"终于到了一触即发的地步"（III.14）。此时在博山上，眼看着那浑小子变本加厉地和爱玛调笑，想必简的心绪经历了一场翻江倒海。然而这些却都是弦外之音，只有待"整个故事被融会贯通地理解"，那些抽丝剥茧后的内情、草蛇灰线之妙笔方能被渐渐觉察并反复体味。[1]

　　上述种种冲突，外加另一位不称职家长韦斯顿好心添乱、埃尔顿夫妇私欲难逞心生妒恨，等等，构成了他人与自我、群体与个体的多重交织。乍看爱玛是海伯里小世界的中心和主导，是观察者和设计者，是被关注的主要对象；但是实际上她不可避免被诸多他者的意图和作为所影响乃至左右。在博山出游中，他人的态度在更大程度上决定了事态发展。韦斯顿先生一味凑热闹的脾性把爱玛拖进不尴不尬的情境。弗兰克与简情人斗气，爱玛被莫名其妙卷进去当了工具，并轻率地随着弗兰克的调子"起舞"，说了伤害贝茨的错话。[2] 彼时彼刻，爱玛是别人浪漫爱情冒险故事的陪衬，也是奈特利冷眼旁观、分析裁断并严加批评的目标。可以说，在博克斯山上，第一章里那位十足得意的海伯里"女王"遭遇了"脱冕"，失去了自我想象中的设计者和支配者地位，显露出群体生活中宾格"我"的另一重面目。一场杯里风波戏场

---

[1] Reginald Farrer: "Jane Austen," *Quarterly Review,* 228, July 1917；reprinted in Norton Critical Edition (3th ed.) *Emma* (ed. By Stephen M. Parrish, 2000), p.366.

[2] 参看 Waldron: *Jane Austen and the Fiction of her Time*, p.129。

面不大，描述的却是真正的社会生活，是不同主体间复杂关系的精妙呈现。而贝茨正因为是不讨爱玛们喜欢的年长单身穷女子，是既促进沟通又妨碍理解的懵懂饶舌者，才出乎意料又顺理成章地成了邻里社群以及与"吾老"同等重要的"人之老"的一个代表。

如奥斯丁所明白直言，她的小说格局狭促，囿于乡间三五户士绅人家，把其他的纷杂世态特别是重大历史事件以及劳动阶层的生活屏蔽在叙述之外。[1] 对此，多数读者也都认同。小说一卷10章开头记述了爱玛带着小哈丽特去村里一"贫病交加的家庭"进行"慈善性访问"，一路上爱玛侃侃而谈，陈述她关于婚姻的见解。在英国旧式封建农村生活中，乡间主要领主或富户以及牧师家庭是要承担若干访贫问苦责任的。作为牧师女儿的奥斯丁以及她笔下"极富同情心的"（I.10）爱玛对真正的穷困显然并非懵然无知。不过，作者没有让我们看到穷人家徒四壁、衣食不继的具体情形。读者只追随两位姑娘的脚步，知道那境地并不遥远——从士绅家庭日常往来的唐韦尔道拐进一条小径，往前不远即是牧师宅，再走到尽头便是那家农户。接下来，用一段总结性语言概括了爱玛扶危济困的善心之后，叙述迅速地把读者带回了将要与埃尔顿先生相遇的牧师宅巷，以喜剧性的"优雅方式将海伯里生活全貌"的一个方面排除在"视野和小说的聚焦之外"[2]。

贝茨小姐是奥斯丁世界边界线内侧的重要人物。她和寡母收入寥寥，却要在爱玛们挂在嘴边的"体面社会"（good society）中维生。可以说贝茨家已经有一条腿跌入劳力者的屈辱和艰辛。埃尔顿太太曾敦促贝家第三代简姑娘接受自己张罗来的家庭教师职位，责备对方不知

---

[1] 参看 Arnold Kettle: "*Emma,*" in Ian Watt (ed.) *Jane Austen* (Prentice-Hall, 1963), pp.112-141。
[2] John Wiltshire: "*Mansfield Park, Emma, Persuasion,*" in E. Copeland & J. McMaster (ed.), *The Cambridge Companion to Jane Austen*（上海外语教育出版社，2001, First published by Cambridge University Press, 1997），p.68. 参看龚龑等编译：《奥斯丁研究文集》，327页。

谋职之难。简的回复绵里藏针："我会不知？……对此有谁会比我想得更多？"她还说：伦敦有不少事务所干这个行当呢，虽说"卖的不是人肉，而是人智"。一语道出，埃太大惊失色，追问是不是指贩奴，还表白说她荐的人家可是一贯主张废奴的。简淡然回应道：自己讲的不过是家教职介生意，两种买卖的罪愆各有不同，但两类被卖的受害者中到底哪个更痛苦还另当别论（II.17）。简的话当真有一点石破天惊。撇开不可言说的娼妓业"人肉"生意，即使只是蜻蜓点水地指出家庭教师与出卖体力的奴隶的相似之处，点出许多造诣过人的娴雅女性在市场社会已经不得不变成要靠出卖能力（尽管非单纯体力，而是更多强调智力和技能）的"作为<u>商品</u>的人"〔1〕，已经显得多么见识不凡而又锋利尖锐！这是对被屏蔽世界的匆匆一瞥，在奥斯丁的淑女中，唯有贝茨家谨言慎行的简姑娘如此这般把士绅世界撕开一个骇人眼目的"裂口"，并非偶然。

给诸多侄儿侄女当姑妈的简·奥斯丁同样是跟随没有固定收入的寡母生活的牧师家未婚女儿，对贝茨们的经济挣扎和辛苦操劳，应是深知其中三昧，明白不论简、贝茨小姐还是先做家教而后幸运嫁人的韦太太都很可能遭遇近乎奴隶的悲惨命运。透过老姑娘贝茨及其社会关系，读者隐约地感知了缠绕在奥斯丁刻画的绅士社会边缘的困苦、压迫与挣扎。

从推进罗曼司情节即爱情故事的角度说，贝茨和无能家长伍先生一样，是冗余闲人。他们似乎只是代表着旧有人际关系对女主人公的包围与牵制。不过，也恰因如此，奥斯丁对这类人物的重视才更显得耐人寻味。

---

〔1〕 马克思：《1844年经济学哲学手稿》，（人民出版社，1979，刘丕坤译），58页。下画线乃原文所有。

左邻右舍和流短飞长

贝茨小姐的重要性,还在于她是海伯里的闲话传播中枢之一。玛·巴特勒在为人人丛书(Everyman Library)版《爱玛》(1991)写的序言中指出,作者奥斯丁不只体现于爱玛,也体现在女主人公身边的群体,那些人的生活综合起来说明了社会变化对受过教育的女性意味着什么——"通过展示傻瓜们和闲言碎语所体现的人性,奥斯丁避免了她的许多同代人的[政治、道德等的]教条倾向,成就了她出人意料的最精彩之笔。"[1] 巴特勒对次要人物和闲聊活动的梳理分析鞭辟入里,凸显了社会群体在小说主题中的重要地位;也突破了她原来"进步""保守"两分的过度政治化解读。

在18、19世纪之交的英格兰乡村,街谈巷议发挥着地方报纸、广播电视乃至互联网的种种正、负面作用。奥斯丁小说中每每有许多绘声绘色的闲谈聊天,而《爱玛》在这方面大约可算首屈一指。作为作者笔下的顶级话痨[2],贝茨喋喋不休的絮语被大段大段地引述,占据了可观的篇幅。

闲言"生产流通"的一个典型例子,是村民对守口如瓶的简姑娘的种种打探和揣测。简·费尔法克斯自幼父母双亡,由父亲的老上级、退役军官坎贝尔上校领去和他女儿一道抚养长大。此番简回到外婆家,不久便有一架很讲究的钢琴从伦敦送来。如此吸引眼球的奢侈品,怎能不在小镇舆论圈引发闲言狂潮?其中最出格的猜想来自淑女爱玛。她以为此事蹊跷,必另有隐情,说不定根子是坎贝尔家新女婿迪克森

〈1〉 M. Butler: "Introduction to *Emma*," in Duckworth (ed.): *Jane Austen: Emma* (Boston & New York: Bedford/St Martin's, 2002), p. 612.

〈2〉 参看 Jan B. Gordon: *Gossip and Subversion in Nineteenth-Century British Fiction: Echo's Economies* (New York: St Martin's, 1996), Ch. 2。

先生对妻子的闺密简姑娘有非同一般的好感。她口无遮拦地把这大胆假设的念头透露给同样新到海伯里村探亲的弗兰克，说迪克森定是此事中"最重要的角色"；而后者则仿佛茅塞顿开似的回应道：那架琴"绝对是一种爱的奉献"。（II.8）在极端缺乏证据的情况下做如此歪门邪道的推断，说明爱玛对言情故事很在行，内心里还对简怀有小小恶意，远非每时每刻正襟危坐的模范女娃。而且，她就虚幻的第三者插足事件过足了瞎猜取乐的瘾，却没有打算从道德上严厉裁决。

不过，有些读者或许会忽略的是，营造起七嘴八舌众议纷纭气氛的始作俑者，却是贝茨和科尔太太们。那一次在科尔家晚会上，她们俩你来我去把钢琴说了个底儿掉，还率先推想礼物可能来自坎贝尔夫妇，引得许多人纷纷附和，连素来稳重的韦太太都私下说：保不住是奈特利先生对简有意呢。在此般氛围的激励下，有意遏制想象力都很难办到。爱玛自以为和弗兰克有交情，于是把不可与外人道的一闪念通通端出来和他分享，也是受了以韦斯顿夫妇态度为代表的海伯里闲话势力暗中怂恿。总之，在这部小说中，女性闲话，或更确切地说是闲谈女性，不仅如古希腊剧中的合唱从旁观角度提供了某种公众意见或判断，更是故事的参与者，是以群体集合身份制造、推动甚或扭转情节发展的一个重要"角色"。[1]

博克斯山出游那日当晚，简突然决定接受埃太太提议的家庭教师职位。第二天，贝茨小姐对前来道歉的爱玛详说事情的前前后后：

> ……那是上茶点以前——等等——不对，不会是以前，因为那时我们刚要坐下来打牌……还是用茶以前，记得当时我想……

---

[1] Frances Ferguson: "Jane Austen, *Emma*, and the Impact of Form," in Fiona Stafford (ed.): *Jane Austen's* Emma: A Casebook , pp.296-305; 另参看 P. M. Spacks: *Gossip* (New York: Knopf, 1985); Jan B. Gordon: *Gossip and Subversion in Nineteenth-Century British Fiction*, pp. 12, 59-69。

哎，不对不对，现在我想起来了，现在我统统想起来了：喝茶以前有件事，可不是这事。是埃尔顿先生被叫了出去，是约翰·阿布迪老头的儿子找他要说句话。可怜的约翰老头——我很敬重他，他给我可怜的父亲当执事，干了二十七年，可怜的老头，如今卧病在床，骨骨节节给风湿折磨得真够惨的……我今天一定得去看看他，简要是能出门的话我相信也一定会去。可怜的约翰，他儿子是来找埃尔顿先生谈教区救济的事的。你也知道，他儿子在克朗旅店当领班——作马夫，还兼打杂差使什么的——自己倒还过得去，可是缺了救济就不大养得起老人。埃尔顿先生回来就把马夫约翰说的话一五一十都告诉了我们，后来又说起旅馆派了辆马车到兰德尔斯，接了弗兰克·丘吉尔先生回里士满去了。那才是上茶以前的事。简找埃尔顿太太说话是在吃了茶点之后。（III.8）

在这个段落里贝茨的朴素纯良和嗜说无度都尽显无余。之前她已经把在埃家用晚茶的详情说了好几箩筐，此时又细细梳理简姑娘表态接受家教工作的现场经过，不但把回忆过程都用嘴公布出来，而且随机联想，所有话题一律平等，说着说着就在可怜的约翰老头儿的身世上收不住嘴了。从一个角度说，她顽冥迟钝，全然不觉埃太太的"恩惠"含有羞辱，对弗兰克离去等重要事态也只是信口带过，对后者与简的决定的隐秘关联懵然无知。与此同时，她的态度又恰恰映现着某种真善意，体现着淹没在滔滔闲言中的"道德"心[1]——她急于和盘托出的说话热情表达了对爱玛的宽宥，她看似滑稽的走题体现了不分亲疏的平等态度和对更低阶层人的具体痛苦的关切。

属于村中新富人家的科尔太太是另一闲言枢纽。她和贝茨时时往

---

[1] Wiltshire: "*Emma*: The Picture of Health," in Fiona Stafford (ed.): *Jane Austen's Emma: A Casebook*, p.193.

来，交换信息。她家餐桌是你一言我一语的重要平台——有关简姑娘耸人听闻的议论就是从她家开始的，给爱玛奔腾的想象力提供了"生动的资源"（II.8）。不过，对于爱玛，天真无邪、口无遮拦的哈丽特也许是更重要的信息源。那小女生刚刚结识了海伯里"大人物"（I.3）爱玛，就兴致勃勃地谈起她的农民朋友马丁一家，说马丁太太"有两个客厅，两个非常不错的客厅，真的不骗你……有一名高等女佣（upper maid）"，而且他们家"有八头奶牛，两头是奥尔德尼种的，一头是威尔士种的，非常漂亮的威尔士种小母牛，真的不骗你……在花园里有座非常讲究的凉亭……足足可以坐下十来个人呢"。（I.4）

这一段和随后的闲聊所透露的社会政经信息，与言说者的私人心思一样丰富。如同爱玛，读者可以饶有兴致地得知，租种地主家"一片大农庄"（I.3）的自耕农能够实现地位的迅速攀升——如果他像马丁那样既有头脑又辛勤勤劳、养殖牛羊讲究品种、肯于每周跑城镇市场以好价格出售农畜产品，他就能让家里女主人享有专用休息室、高级女仆（这意味着家中另有公用客厅和其他粗使用人）和优美的花园凉亭，让家里的女孩子进学校学一些被奈特利认定为"一无用处"（I.8）的淑女才艺。也就是说，除了他本人需要亲力亲为地参与劳动和买卖，他家女眷的生活方式可以明显超过很多低阶"绅士"，难怪哈丽特要啧啧赞叹呢。然而，爱玛对社会知识的好奇心仅止于蜻蜓点水，因为当她得知马丁是个单身汉后，立刻从小女友的态度中嗅出了危险。仰慕一个农民！——这可与她为哈丽特做的人生设计南辕北辙！于是她立刻把话题转向贬损马丁的风度做派和思想境界。

十七岁少女哈丽特还信马由缰地向爱玛披露了其他林林总总的琐事。比如她谈起马丁一家时，还随口提到女校校长戈达德太太与三位女教师如何一起享用马丁母亲送的肥鹅，寥寥数语令读者亲历般感受到几名劳动女性柴米油盐生活的氛围和温度；她提到埃尔顿，便联想到学校首席女教师纳什如何跟女生们一起窥望并议论那位新来的牧师，从而揭示了在弗兰克登场前埃牧师一度在海伯里享有的"明星"地位，等等。她转述佩里医生如何邂逅正兴冲冲赶往伦敦替爱玛办事的埃尔顿是一个更重要的例子，充分体现了闲谈的众声喧哗特征。这段文字用的是第三人称，却被多个说者的声音深深浸染，为典型的自由间接语体（也称"自由间接话语"）。那从句连从句、逗号接逗号的上气不接下气的长句子，分明是小丫头一口一个"真的不骗你"般的兴奋语调。同时，她所转述的佩里和纳什小姐等人（在小说中这两个人物几乎完全存在于他人的闲话中[1]）的言谈也口角宛然、十分生动。中间传话人之一纳什的讲述不仅让哈丽特，也让聆听再转述的爱玛，了解到埃尔顿如何宁可放弃例行牌局，也要赶赴伦敦执行由爱玛交付而他"求之不得"的"美差"。（I.8）总之，一如贝茨，哈丽特绘声绘色的讲述充分体现了作者作为小镇人类学家观察并录述南部英格兰乡村彼时彼刻生活实况的深湛功力——那些东拉西扯不但揭示了街谈巷议的路径，更说明了这个小社群中人际关系的密度——每个人的事都是其他人的关切和消遣。其中，小哈作为近乎透明、并无明确意图的中转传话人，却并没有免于传言的影响。这一次闲话流通的直接后果是，爱玛欢欣鼓舞，深觉自己为小友谋划婚姻的创举得到了充分的验证和支持；受她恩惠的哈丽特则恣意畅想、激动不已。

海伯里闲聊不论发生在室内或者户外，其主力都是女性，虽然村里的男人也并非不屑于嚼舌头。在前面提到的有关哈丽特的例子中，启动那一轮闲话接力的，就是曾直接与埃尔顿相遇并交谈的男士佩里医生。贝茨小姐也曾"转播"来自另一位重要村民科尔先生的最新埃牧师动态。被外地富豪收养的弗兰克·丘吉尔更不必说，人未亮相先

---

[1] 参看 Oliver MacDonagh: *Jane Austen: Real and Imagined Worlds* (New Haven: Yale University Press, 1991), p.129. 作者指出，相比其他奥斯丁小说，虽然《爱玛》给读者的印象是海伯里村人际关系稠密、社会交往频繁，但书中真正登场并开口说话的人其实非常少，仅只是大约九十位被提及姓名的人物中的十六位。与此相应，书中有大量被转述的言说。

有流言，在本村闲言场中久盛不衰。而这首先得归功于他父亲韦斯顿先生。老韦多年来不断谈论儿子并赞不绝口，于是弗兰克虽隔山隔水地生活在遥远的舅舅家，却仍被海伯里左邻右舍视为"本村人"，得到"众口夸奖"并时时引发"大家猜测"。(I.2) 他一直不曾来探望父亲，每每暗示身不由己，于是关于他舅妈（即养母）"丘太太的坏脾气"（I.14）的真真假假的说辞也成海村言论库多年来的"标配"，几乎已构成一种特色地方传说。小说开篇之际恰值韦先生再婚。不在场的海伯里青年才俊兼舅父家财产未来继承人弗兰克是否会回村探望父亲和继母，理所当然成了人人关注的话题。爱玛直言不讳地断言，他的到来会在唐维尔和海伯里整整两个教区"成为好奇心聚焦的对象"、引起"轰动"（I.18）。

可以说，小说中的海伯里众生，几乎无一例外都被有"重量"的闲言所笼罩。连爱玛这样主意特大、无求于人的千金小姐也不例外。埃尔顿牧师新娶的有万镑嫁资的新媳妇来了，她不喜欢那女人，却感到必须为她设一次家宴："别人家请了，他们是绝不能不请的，不然她就会受到恶意的猜疑，人家会以为她八成是怀恨在心，气量太小。"（II.16）当然，最能体现闲言碎语对个人多方面影响的，是简·费尔法克斯。与弗兰克相仿，她是另一名被传言缠绕的缺席者，是自幼被外乡人收养、抚育长大的海伯里青年。对爱玛来说她更像个谜，因而极具诱惑力，催人探究、欲罢不能。如果说弗兰克故事的始播者是老爸韦先生，那么有关简姑娘的新闻发布人就是她的大姨贝茨小姐。这个相貌秀美的女孩幼年失怙，由坎贝尔上校领养，与坎家女儿一起得到了"厚爱与良好的教育"（II.2），十八般淑女才艺无不精通。她是贝家两位孤单女性长辈生活中的阳光和清风，也是贝小姐最心爱的话题——"她的每一封来信都被念上四十来次。她对所有朋友的问候都被再三再四地带到。她若给大姨寄了一张胸衣纸样，或给外婆织了一副吊袜带，那么一个月内你就休想听到别的话题了。"（I.10）这类话是对爱玛观感的呈现，其中的厌烦毫无掩饰。奈特利尖锐地批评爱玛对费小姐的态度过于挑剔、有失公允，指出其原因在于后者的完美让她感受到自己的不足。确实如此。爱玛和简年纪差不多，当初一起开蒙学习，后来也几乎"每一年"（II.7）都有机会见识到对方的才学技艺进步迅速，明显高出自己一筹。这显然让海伯里第一女士爱玛心里不怎么爽。

恰如弗兰克，简的出场也事先被闲言笼罩。小说第二卷1章详细录述了贝茨曲折散漫的海聊，重心是最后宣读简通告家人自己即将返回海伯里的来信。在此之前，贝茨还漫不经心地"插播"了来自科尔太太的有关埃尔顿在巴斯的消息，以及一条令人浮想联翩的相关新闻——"简在巴斯可真是人见人爱"。村民们还有幸得知，简姑娘在海滨度假胜地韦默思镇小住的时候，恰逢本村另一位缺席名人弗兰克·丘吉尔也在那里。爱玛相隔两年再次见到简，少不了要就此打探一番。可是她无论如何都从简那里榨不出对弗兰克少爷的真看法：

"他长得漂亮吗？"——"她觉得大家都认为他算是很好看的年轻人。""他讨人喜欢吗？""一般印象都觉得他是的吧。""他是不是显得挺通事理、知识面挺广呀？""不过疗养地偶遇罢了，在伦敦也只是点头之交，很难对这样的问题做出判断啊。举止做派是唯一能做出些靠谱判断的方面……反正大家都觉得他在礼数上还是很周全的。"爱玛怎么也无法宽恕她。（II.2）

这段叙述表达的是女主人公爱玛对简的印象。以她的敏锐，爱玛精准地抓住了简姑娘小心翼翼的言之无物。简的说话技巧显然不亚于她的琴技。她或是害怕自己的隐私暴露于众，或是对那位少爷尚无定见、心存疑虑，总之是采取了以复述他人说法的方式回答问题。她比范妮·普莱斯更成熟更有见解，于是也更刻意地与自己所复述的公众看法划清界限。结果她的回答简直成了双重的"非说"。一方面她通过强调信息来源("大家""普遍印象")的话回避表达个人意见;另一方面她躲躲闪闪的态度似乎是在拒绝对他人看法投赞成票。在爱玛听来,简姑娘总"用一袭彬彬有礼的斗篷把自己裹得严严实实","讳莫如深的态度令人生厌,也令人生疑"(II.2)。

然而从简的角度看,小心谨慎、步步为营是绝对必要的——因为她的一举一动以及命运遭际,都在村人好奇心的聚光照明之下。到外婆家不久,在科尔家餐桌上便曝出有人匿名送她高档大钢琴的惊悚新闻。后来伍家设晚宴款待新嫁到海伯里的埃尔顿太太,闲谈中简去邮局取信淋了雨一事,又被一干主宾尽数听得,引起全方位大惊小怪。成年男女纷纷出面告诫简万万不能再如此行事,埃太太更是拿出保护人的派头,想包揽简的收信事宜,直搅得后者应接不暇,差点动用急赤白脸的非淑女姿态来捍卫取信权。在此期间,同龄人爱玛没有发言,却"什么都听在耳里,看在眼中",而且暗自揣想,"要不是期盼至亲至爱的人有信来,她不会这样……不惜淋雨也要走这一趟"(II.16)。〈1〉如此被众人瞩目,对简来说显然是相当危险的。彼时彼刻,闲话在转化为攻击性谤言(scandal)的关键节点颤动,一不小心,也许就是身败名裂。

后来,离去一段时间的弗兰克重返海伯里,在伍家当着一群客人提起了佩里医生添置马车一事,他父母惊诧地表示毫不知情,将他的提问视为"咄咄怪事";随后贝茨絮絮叨叨地详细解说春天里佩家确实曾做此打算,只有自己和科尔太太区区几人与闻。(III.5)难道说除了

〈1〉多少令人惊讶的是,在此过程中没有任何信息是由邮政人员透露的。似乎是,有可能掌握许多关键信息的邮局是个异数——它对简·费尔法克斯和她的爱情冒险来说显然至关重要,但又游离于村庄的日常生活和闲话流通之外。可以说,《爱玛》一书的情节悬念得以维持,某种程度上依赖于(奥斯丁心目中)邮局及其从业者严谨守则的现代职业特征。

韦氏夫妇,弗兰克还与其他熟知海伯里街谈巷议的人有联系?聊天聊到这一步,私下里与弗兰克暗中通信的人已是呼之欲出。公子哥儿漫不经心说漏了嘴,旁边可有人要惊出一身冷汗。

关于包括流言(rumor[1])、传说(lengend)和闲聊(gossip)等在内的"广义的集体性话语传播"的社会功能,国内外已经有许多卓有成效的讨论和研究。[2] 近年这类研究中很有势力的一脉,借鉴福柯对社会权力运作的研究,倾向于强调或渲染集体性话语活动对个人及弱势边缘人群的压制、规约和惩戒,及其作为各类权力政治工具的社会功能。[3] 事实上,在20世纪后半期全球主导性话语中,"集体/群体"一词在很大程度上遭"污名化",认定个人与群体两相对立的思想大行其道,乡村闲言碎语、流短飞长作为一种群体行为自然也难逃挑剔和批判。不过,在奥斯丁笔下,海伯里村闲话家长里短的自发活动呈现的面貌却是丰富多样的,"不可靠""压制个体"等负面色彩并没有被掩饰或遮蔽,但同时也鲜明体现了社群成员彼此间深厚的相互关怀,发挥着沟通信息、臧否人物、维系社群运行的正面作用。和书中的村民一样,读者也是通过这些街谈巷议获得许多人物的生存状况、地位变化甚至出行动态等的信息。奥斯丁笔下热闹的闲聊场面似乎呼应了另一些学者和思想家的观点,比如,人类学家格鲁克曼认为,社群"靠说三道四、诽言耸听(gossiping and scandalizing)得以维系并护持

---

[1] 很多中国学者将rumor译为"谣言",但我个人仍倾向译作"传言"或"流言"。因为"谣言"一词在现代汉语使用中包含真伪判断,即指凭空捏造的不可信的话(见《新华字典》);而西方学者对rumor的定义则是无关真伪,参看让-诺埃尔·卡普费雷:《谣言:世界最古老的传媒》(上海人民出版社,2008,郑若麟译),3—4页。
[2] 参看周铭:《"流言"的社会功能》,《外国文学评论》2011年第2期,109—121页。
[3] 参看安·斯特拉森、帕·斯图瓦德:《人类学的四个讲座:谣言、想象、身体、历史》(中国人民大学出版社,2005,梁永佳等译),82—120页。另参看Finch Casey Finch & Peter Bowen: "'The Tittle-Tattle of Highbury': Gossip and the Free Indirect Style in *Emma*," in Norton Critical Edition-(3rd ed.) *Emma* (ed. By Stephen M. Parrish, 2000), pp.543-557.

其价值观"⁽¹⁾；当代进化心理学家邓巴等人则强调：人类之所以能进化成为人，最根本的原因之一在于规模逐渐扩大的群体生存方式，而闲谈则是维系较大原始群落的重要方式，是成员之间表达亲善、沟通感情、维护团结的手段。⁽²⁾

如果说贝茨对老约翰的关心代表了闲谈中的邻里善意和彼此扶助，那么众人对既卓越又无助的简·费尔法克斯的好奇凝视，便体现了集体围观所包藏的潜在隔岸观火、幸灾乐祸心理及其必然带来的各种压迫力。作者充分意识到，这种与闲聊活动的判断、规约功能相伴生的压力，在很多情况下可能产生相当残酷的抑制、打击作用。男人或能较从容地应付，而对于弱势女性如简·费尔法克斯，却几乎可以导致灭顶之灾。

奈特利风范与新绅士形象

亦师亦母亦友的泰勒小姐结婚离开哈特菲尔德之后，爱玛有点落寞也有点无聊，苦于"施展空间有限"⁽³⁾，便把目光投向了小女生哈丽特，断定她孺子可教，自我任命当了她的保护人，谋划将她嫁给年轻牧师埃尔顿。哈丽特对伍德豪斯小姐佩服得五体投地。埃牧师更无比殷勤，又是百般赞美，又是积极办差，又是编出表达深情厚谊的谜语。爱玛自以为大功垂成。谁料有一天牧师却突然信心满满地向她本人求婚。爱玛又急又气，斥责此举"最最可鄙可憎"（I.15）。埃尔顿气恼之

〈1〉 Max Gluckman: "Gossip & Scandal," *Current Anthropology*, No. #4 , 1963, p.308.
〈2〉 Robin Dunbar, Louise Barrett & John Lycett: *Evolutionary Psychology* (Oxford: Oneworld Publications, 2012; First published in 2007), p.116.
〈3〉 Sandra M. Gilbert and Susan Gubar, *The Madwoman in the Attic: The Woman Writer and the Nineteenth-Century Literary imagination* (New Haven: Yale University Press, 1979), p. 158.

下立马离开了海伯里，不久后带回一名身价虽不及可得三万镑财产的爱玛，却也号称拥有万镑嫁资、地位远远高于哈丽特的新娘，娶妻效率可与《傲慢与偏见》中的柯林斯先生一比高低。

爱玛的媒婆工程碰了壁，落下一堆需要收拾残局的麻烦事儿。不过，随着简姑娘和弗兰克少爷相继出场，活力十足的她马上被新人新事新机会吸引。她猜测编排简的私事。她和弗兰克耍闹调情。她甚至开始忖度可否让哈丽特充当弗兰克·丘吉尔的温柔小妻子。

爱玛恣意搞事情的过程中，身边有位目光敏锐的督察官兼持之以恒的告诫者，即时年三十七八岁的乔治·奈特利。奈先生是爱玛的大舅哥（姐夫的大哥），近亲加近邻，几乎每日都在伍家出出入入。他批评爱玛不该过于自以为是，不该随心所欲干涉别人的生活。他指出她读书没有耐心、学音乐浅尝辄止、作画常半途而废；说她不肯与修养才能与自己相侔的简姑娘为伴，是存嫉妒之心；还不断警告她埃尔顿是一味谋求实利的人、弗兰克和简之间似有隐秘交道，等等，等等。

博克斯山之行即将结束时，他为爱玛细细评说为善邻、为晚辈之道。他所标举的并不是有闲阶层讲究的繁文缛节、仪表风度。如伦理家麦金泰尔所指出，奥斯丁注重区分美德本身及其"影像"，强调后者是风度和做派，前者乃是对待他人、对待我们所存身的社会群体的本质态度。⟨1⟩ 显然，奈特利是在申说地位较高者的社会责任，要求爱玛扩大她对"共同体"的理解，用对父亲那样的爱心来对待其他需要理解和帮助的人，不仅把父亲看作共命运的"吾老"，也把贝茨小姐们当作不可不尊重并看顾的"人之老"。他这场宣讲重头戏可被视为是对其为人风范或曰"奈特利原则"的一次正面阐发。

此前此后，小说中着意体现奈特利为人之道的例子不胜枚举。他曾在社交聚会中悉心照顾怕风寒的伍老先生；曾特地安排车马接送出

⟨1⟩ 参看 MacIntyre: *After Virtue*, p.241。

行不便的贝茨母女（他本人平素不用马车，也没有饲养拉车的马匹）；曾于小哈丽特在舞会上遭轻侮对待时不动声色地为她解围。与这些类似，当弟弟约翰与岳父伍先生谈话进行不顺、眼看要生出争执之际，他便赶紧和爱玛联手"灭火"，用改造穿过自家草场的小路一事来转移话题、消弭不快，匆匆一言半语间仍不忘点到心心念念的"众乡邻的便利"（I.12）。记述海伯里诸人去奈家采摘草莓的一章文字，更是让我们充分见识了他如何宽怀大度、无微不至地接待照料各色来客。奈特利确实有师长之风，难怪很多评家把他视作奥斯丁笔下的道德权威或"彰显规范的楷模人物"，认为作者意在通过他来肯定传统父权价值观。[1]

不过，道德标杆作用虽然确实存在，却只是奈特利这个人物"含义"的一个层面。

细心的读者注意到，听了奈特利在博克斯山一席话，爱玛悔恨万端、泪流不止："这辈子都还从来没有这样焦躁，这样羞愧，这样难受。"（III.7）我们多少会觉得这份痛苦的重量有点超过了她的过失。她为什么不安至此？部分的原因在于，奈特利的言语中包含某种前所未有的疏远——那番话不仅是义正词严的长篇训诫。奈特利郑重其事反复讲"今天我还得说你一回"，一个"还得"拉开了距离，不再是想说便说，而是要靠某种道义责任来支持讲话的义务和权利；而且，"一

---

[1] Alastair M. Duckworth: *The Improvement of the Estate* (1971), p. 148; 另参看 Douglas Bush: *Jane Austen* (Macmillan, 1975), p.140; Tony Tanner: *Jane Austen* (Macmillan Edu., 1986), p.202; Laura G. Mooneyham: *Romance, Language and Education in Jane Austen's Novels* (Macmillan, 1988), p.132; Edward Neill: "Between Defense and Destruction: 'Situations' of Recent Critical Theory and Jane Austen's Emma," *Critical Quarterly*, No. #29 (1987), p. 44; Alison Sulloway, *Jane Austen and the Province of Womanhood* (Philadelphia: University of Pennsylvania Press, 1989), p. 39; Roger Gard: *Jane Austen's Novels: The Art of Clarity* (New Haven: Yale University Press, 1992); and Beth Fowkes Tobin: *Superintending the Poor: Charitable Ladies and Paternal Landlords in British Fiction, 1770-1860* (New Haven: Yale University Press, 1993), ch. 3, esp. pp. 69-70。

回"岂不表示已有生分之感、今后不想再多嘴？[1]的确，博克斯山出游是奈特利对爱玛的系列考察的终点：看了爱玛和弗兰克两人的表演，他认为两人恋爱关系已经确立，自己必须马上抽身而退，立即启程去往伦敦。虽然爱玛尚不确知全部内情，但显然已经被某些弦外音深深打扰了。

奈先生的言行所透露出的思想感情绝不能以"道德操行"、"父权"或"传统士绅"之类一言蔽之。

我们不妨举三卷5章中众人猜字谜一节为例。

一次，活泼率性的弗兰克不留神说漏了嘴，提到他本人离开后海伯里的一些逸事传闻，比如医师佩里曾打算购买马车，引得四座讶然。因为了解此事的人极少，连他父亲和继母都全然不知。听者稍做思考，便可断定那位少爷在海村另有情报来源，甚至不难推断出联络途径。小弗一时难以圆场，打个哈哈说或许是自己做了个梦，随后便提议大伙儿玩玩猜字谜，打算借此分别给简和爱玛传递信息，安抚这两个能影响事态的女孩。

出人意料的是，奈特利对这场小游戏极为投入，"拿准主意，要尽量不放过一切观察的机会"。他看到：简见了弗兰克给她的谜语，"淡淡一笑"、待哈丽特把谜底大声读出来，却又脸上一红，给谜语"添了一层本来不明显的意思"。随后，弗兰克把派给爱玛的谜语转给简，引发了大不相同的反响：爱玛半喜地嗔他"胡闹"，而简的脸却顿时更红了。

他们的一举一动、一颦一笑被奈特利尽收眼底。这部基本以爱玛为视点人物的作品，此时却"有选择地浸入"[2]奈特利的思想里，让

---

[1] 参看 Mary Waldron: *Jane Austen and the Fiction of her Time*, p.130。
[2] Wayne C. Booth: *The Rhetoric of Fiction* (Chicago: The University of Chicago Press., 1961), p.254.

他的耳目摄取场景言谈，自由间接话语叙述也首先再现他的感受。事后他追问爱玛：弗兰克给她的谜语有什么名堂。爱玛不好意思承认自己曾凭空猜想简和迪克森先生有瓜葛，并和弗兰克私下就此开玩笑，便胡乱搪塞。然而对奈特利来说，这态度有如雪上加霜："看到爱玛这样慌了神，等于默认了他们之间关系亲密，这就足以表明她已是情有所钟。"至此，叙述明白地点出了贯穿奈先生"侦查"过程的紧张和焦虑。显然，奈特利急于判断爱玛的感情归属以及弗兰克的真面目。其间一个值得注意的细节是，在他思想中出现的总是弗兰克·丘吉尔的全名。小丘在海伯里是人人喜欢的"弗兰克"，反映爱玛观点的小说叙述也每每如此称呼他，奈特利正式而生分的全名称谓触目地表达了他和那个年轻人的心理距离。此外，他对弗兰克的评判（"别有用心""口是心非、两面三刀"，等等）也显过分苛刻武断。可以说，热切的监视和苛刻的裁决恰恰表明，奈特利并非超然在上的公允"父辈或父权监管人"[1]。他不是旁观的终审者，众人表现与他命运攸关。他因为弗兰克的出现才意识到自己对爱玛感情的排他性质，然而刚刚确认了爱情就似乎面临出局的危险。如果我们读毕全书再"反刍"猜谜游戏一段，就能更深切体会到那其实是奈特利在外来刺激下从"大哥"和挚友身份正式转型为恋人的苦恼挣扎。

那一章结尾，奈特利秉持对"亲爱的爱玛"负责的精神知其不可而为之，郑重其事地和她讨论弗兰克的表现。可是爱玛咬定她敢为弗兰克"一力担保"。奈特利如同"挨了一闷棍"，"匆匆告辞回家去了——唐韦尔修道院冷清些，却也凉快些。"说唐韦尔凉快，淋漓尽致地表达了奈特利此时待在哈特菲尔德的憋闷和不快，同时也隐约透出叙事人的揶揄和哂笑。一语双关的讲述令人想起此前两人因马丁向哈

---

[1] Joseph Litvak, "Reading Characters: Self, Society and Text in *Emma*," *PMLA*, Vol.100, No.5 (Oct., 1985), pp. 764-765.

丽特求婚一事相争、不欢而散的情景——我们得知，爱玛"不像奈特利先生那样总是绝对满意自己，总是十分确信自己正确而对方错误。他离开时比原先更彻底地相信自己没有丝毫错误，而她尚不能那么自以为是"（I.8）。叙述文字显然被爱玛的心情濡染，但紧接其后的"不过，爱玛倒也没有真的垂头丧气"一句却在突出第三人称述者视角，表明前文中的表达和语调不能完全归于爱玛。在这"既是爱玛的又不尽然是爱玛的复合声音"〈1〉里，与奈特利相关的"self-approbation"等用语和一连好几个表示绝对的修饰词（absolutely, entirely, complete）中包含的贬抑和调侃令人回味。有女性主义学者指出，作者对奈特利的塑造不无嘲讽，对爱玛和奈特利均有褒有贬，两相平衡。〈2〉当然，用在奈特利身上的有时似贬还褒的笔风，用意也是明白不过的：事涉爱玛，他大哥式专断的"护犊子"心态不含任何婚姻交易的商业算计，甚至也几乎未受情欲骚扰，对一己心意糊涂到如此憨态可掬，出人意料又感人甚深。

博克斯山之游结束后，奈特利远去伦敦进一步求"凉快"，直到听说弗兰克和简秘密订婚的爆炸性新闻，才又赶紧返回海伯里来安慰爱玛。结果他喜出望外地发现他们俩其实心心相印。这一刻，叙述中包含的温和嘲笑可说是历历可闻：

> 他看到她心绪不宁，无精打采。弗兰克·丘吉尔真是个害人精！他听见她斩钉截铁地说她从来没有爱过他。这么说弗兰克·丘吉尔还不算十恶不赦。等到他们回到屋里时，她已经成了他一个人的爱玛了。他不但握了她的手，还得了她的千金一诺；

〈1〉 Frances Ferguson: "Jane Austen, *Emma*, and the Impact of Form," in Stafford (ed.), *Jane Austen's Emma: A Casebook*, p.305.

〈2〉 Laura G. Mooneyham: *Romance, Language and Education in Jane Austen's Novels* (Macmillan, 1988), ch.5.

> 如果这时候他还能想起弗兰克·丘吉尔的话，他大概会觉得，那小子也还算满不错的。(III.13)

奈特利对弗兰克的态度变化取决于他对后者与爱玛关系的判断。叙述者的语调明白无误是戏谑的，取的是一贯用于爱玛的多少居高临下的俯看姿态。有些具有解构色彩的批评虽然未必能让人全盘接受，但正确地指出了奈特利和爱玛的是和非不是绝对的。[1] 他们有本质的相似。两人都是因为眼看要失去对方才意识到自己的爱情。他们都在"正"与"误"之间摸索。奈特利虽然更年长、更有经验也更为客观，但是对人对事也常有误读——弗兰克的表现出乎他意料，而简·费尔法克斯的本相可以说既逊色于又大大超过了他的赞美，他还曾经看低了哈丽特，等等。此外，这位奈大哥在自认为有"责任"时干预他人的劲头毫不亚于女主人公，就如他经年不懈批评爱玛或大力挽救哈丽特和马丁的姻缘。

当然，乔治·奈特利本质上的复杂性或复合性，更多地体现在社会生活和思想文化层面。作为社会人，奈特利有多重面相。首先，小说为他设定的先天身份，标示着他乃是存在已久的古老贵族士绅阶级中的一员。奈氏家族的地产覆盖两个相邻教区，整个海伯里村，除去哈特菲尔德所占去的"小小一隅（a notch）以外，全都是唐韦尔修道院的地盘"(I.16)。继承祖业的奈家长子乔治自然也是当地顶级的特权人物，顺理成章地担当着治安长官的责任。在爱玛眼中，他是真正的绅士，无论其血统还是其思想观念都无可挑剔。

然而，从另一个侧面看，奈特利却并非如某些人所想是老派乡绅的翻版。奈特利压根不像热衷喝酒打猎的魏斯顿乡绅，也绝非奥尔华

---

[1] 参看 Litvak, "Reading Characters: Self, Society and Text in *Emma*," p.764。

绥式宽和大度却不善理事的天堂府"善人"。⁽¹⁾唐韦尔现下的这位当家人非常热衷田地的管理和改善，干劲十足地及时审读精明管家拉金斯的"每周报账"（II.12）。而拉金斯则"把主家收益（profit）看得比什么都重要"（II.9），会一丝不苟地把除去自用以外的全部多余优质苹果及时出售，换回现金。奈家的"草莓圃是一流的，草莓品种也是一流的"（III.6），在乡邻间名声远播，连商家出身、对当时英国草莓产销状况甚至不同品种口味差别都颇有了解的埃尔顿太太都啧啧称道。特别值得注意的是，他高度评价并充分倚重善于经营的佃租者⁽²⁾马丁，其情形令人联想到马克思关于"土地所有者通过佃租者在本质上已经转化为普通的资本家"的论述。⁽³⁾就这点而言，奥斯丁笔下其他一些地主，比如约翰·达什伍德、托马斯·贝特伦乃至《诺桑觉寺》中的提尔尼将军，都与奈特利不无相似之处。奥斯丁并未直接交代笔下男性有产者们的经营活动，但通过对家庭和社交生活的记述，间接反映了他们的渐变转型和驳杂面貌：不止一位经商发家的人（如《爱玛》中的韦斯顿、科尔，《傲慢》中的卢卡斯爵士等）在乡间买宅购地；与之类似，发了殖民财的贝特伦也要转回母国乡村置业，力图成为货真价实的乡绅；另一方面，不少继承了田土的地主也发生了蜕变，或如约翰·达什伍德几乎成了重视金融收益的投资家，或如奈特利，其言谈行止颇有几分新派成功企业家勤勉务实的作风。⁽⁴⁾

〈1〉 奥尔华绥和魏斯顿是菲尔丁的小说《琼斯传》（1849）中的重要人物，天堂府是前者乡间大宅的名称。有的评论者认为，奈特利是奥尔华绥式人物。参看 Paul Delany: "A Sort of Norch in the Donwell Estate: Intersections of Status and Class," in Duckworth (ed.): *Emma*, p. 521。

〈2〉 到1790年，英国四分之三的土地是由佃户耕作的。参见 Malcolm Day: *Voices From the World of Jane Austen* (David & Charles, 2006), p.57。

〈3〉 马克思：《1844年经济学哲学手稿》，61页。

〈4〉 有的学者，如德兰尼，强调区分"阶级"（class）和韦伯所说的"地位"（status）两个概念，认为前者仅与财产相关，而后者涉及"血统"、"等级"（rank）、"社会关系"（connection）、"家族"（family）和"显要"（consequence），等等，参看 Delany, pp.509-510。笔者认为，认识到两者有时有所区别和错位是必要的，但不赞成机械地将（转下页）

对于奈特利的这个定位很重要，但并不是决定小说题旨和人物寓意的唯一因素。就奥斯丁想要表达的问题而言，奈特利与约翰·达什伍德们的差异更值得深思。小说一卷11、12章记述了乔治在伦敦做开业律师的弟弟约翰·奈特利携妻子伊莎贝尔（即爱玛的姐姐）以及一双儿女到哈特菲尔德省亲的经过。亲人相见自有一番热闹，何况其中有两个活泼稚童。晚上伍老先生拉住大女儿絮絮不休，特地赶来的奈家大哥乔治也有不少话要和约翰谈谈：

> 兄弟俩谈的是他们自己所关心的和正在做的事，不过主要还是哥哥的事……（乔治）作为地方治安官，总有些法律上的问题要向约翰请教。同时，作为经营唐韦尔家庭农场的农人（farmer）〈1〉，他必须说一说来年哪一块土地打算种什么，把所有当地农业方面的情况也都对兄弟做一番介绍。这里也是弟弟度过一生大半时间的家……约翰尽管表面上比较冷清，但是对于开一条水渠，换一排围栏，每一亩地究竟该种小麦、萝卜还是春作物，也同样显得兴致勃勃。

显而易见，奈特利是农业经营甚至某些农业劳动的参与者，已基本转型为躬身亲为的实业家和新式农业地产主。他在考察并设计农业改良

（接上页）两者明确切分甚至割裂。其实，在英国本质上进入现代资本主义阶段后，在很长时段里（大致延续到20世纪第一次世界大战结束？），贵族和乡绅等地产主和继承来的世家"老钱"仍能享有更高地位，不过是由于17世纪市民阶层清教革命受挫、王政复辟、"光荣革命"达成妥协等一系列曲折历史进程形成"英国特色"。过往社会形态遗存与后起金钱至上秩序驳杂共在的"特色"，可能使英式资本主义的发展在某些方面未能以最纯粹的方式呈现，但另一方面也为反思、批判现代社会的弊端提供了更丰富、更多样的切入点和参照系。

〈1〉 有的译本将该词翻译成"农场主"，当然也不错。18世纪或许是这个词的意思正发生最重大变化的时期。参见OED。

时，思虑得非常周全而慎重——比如，若让经过他家地界的道路向北挪移，避免穿行自家草场，同时务必使村民出行便利得到保障。这些表明他与约翰·达什伍德迥然有别，也让他在海伯里村的颇高人望显得更加理所当然。多少出人意料，他并不过于在意身份差别，能够与过去时甚至现在时的家庭女教师（如韦太太）推心置腹、平等争论。[1]他毫不犹豫地称佃租农马丁是自己的"朋友"，说他具有真正的"士绅气度"（gentility，I.8）。如果碰上哈丽特或贝茨母女等地位相对卑微的人受到不公正对待，他会不动声色出手相助。他不介意身着户外使用的"皮质厚护腿"（thick leather gaiters，II.15）走进朋友家的客厅。而且他居然连驾车用的辕马都不养，若不是为照顾邻里老人妇女根本不动用马车。有如当今的汽车，在18、19世纪之交的英国，马车不仅是遮风避雨的快速出行工具，它本身及其大小形制都是地位和财富的重要标志。所以埃太太会不停嘴地谈论姐夫家和她家的"大马车""小马车"（II.8），佩里医师的购车计划会成为街谈巷议的热点，连爱玛也一本正经地对奈特利说乘车才合他的身份。可是倾心农业经营的奈特利却不留闲钱也不养驾车专用马。这显然是出于自觉选择而非财力不济。由于没有身份、地位的焦虑，也由于讲求实效，奈大哥对标志等级的虚荣指标以及过分嚣张的势利心态相当抵触。如果说，他作为实业家的操劳是通过本人言谈以及亲友邻人闲聊间接传达出来的，与前面提到的几位地产主的差别则更多是精心设计、直接描写的，传达了这个人物最重要的"新"[2]体现在哪里。可以说，《傲慢》的男主人公几经波折才修炼成为某种理想新绅士[3]，而

---

[1] 参看C. Johnson: *Women, Politics, and the novel*, p.126。
[2] 克·约翰逊也强调了这个人物的"新"及其对社会思潮的回应，但她的论述过于聚焦在性别特别是男性特质（manhood）问题上。参看C. Johnson: "'Not at all what a man should be!': Remaking English Manhood in *Emma*," in Duckworth (ed.): *Emma*, p.452。
[3] 参看何畅：《"情感主义"还是"反情感主义"？——从〈傲慢与偏见〉中的绅士形象谈起》，《外国文学》2019年6期，34—43页。在《爱玛》一书中，"gentleman"一词出现了48次，语境及内涵常常很不同，折射出相关的社会关注以及明显的认知差异和争论。

奈特利却一出场便已经是具备了诸种必要优秀品格的成熟版达西。他们以及奥斯丁笔下其他正面男性人物,从有所不同的角度共同表达了作者对正在日益占据领导地位的现代有产者的批评乃至校正。

海伯里村是个缩影,反映着威廉斯所论说的那个等级差异显豁却又在经历巨大变迁的18世纪英国社会。在《爱玛》中出场的绅士们已经非常商业化或职业化了。不仅奈特利这类老世家地主在蜕变。伍德豪斯是贵族人家旁支,但主要财产却不是得自土地,家庭虽在乡间落户好几代,却没有多少地产也不依靠农业收入。科尔和韦斯顿的家资均来自经商。埃尔顿牧师、在伦敦执业的约翰·奈特利律师以及伍先生无比信赖的佩里医生当然是货真价实的职业人士。科尔家日趋活跃、伍先生无能退避以及贝茨家渐渐陷入经济困境等,进一步体现了士绅阶层的换血和迁变。爱玛起初不太乐意屈尊出席科尔家的晚会,后来却唯恐得不到邀请,最终则忘了老钱和新富之间的差异和暗斗,在科尔家跳舞跳得很开心。这是通过年轻爱玛的眼睛摄取的世界,没有预先设置的历史哲学或政治文化理论,只有当事者所体验的正在变化的具体生活。爱玛们的成见、失误和局部反省,奈特利的诚恳周全与中道行事,文雅生活圈边缘时隐时现的贫穷和苦难,都是奥斯丁对那特定变化世道中"左右人类行为的各种准绳的探察与发现"[1]。

争论是爱玛和奈特利"二人转"关系的最重要组成部分。

他们几乎从头吵到尾。小说开篇,奈特利批评爱玛自以为是、企图左右别人命运,爱玛则起而自卫,说正确的处置须在"放任自流和大包大揽"(the do-nothing and the do-all,I.1)两端之间寻得。那姑娘真是了得的辩者。她的用语与亚当·斯密纵论国家经济大计的词汇如出一辙,而且她的观点确有道理——彻底的不干预是不存在的,奈特

---

[1] Raymond Williams: *The Country and the City* (Oxford: Oxford University Press, 1973), p.113.

利本人也并非不介入他人生活。大约一年之后，对自己和他人都有了新认识的爱玛仍旧略带自嘲地安排了哈丽特的伦敦之行。

在另一场争论中，奈特利力陈哈丽特不应拒绝马丁求亲，举出的论据有些确属从男性角度出发且着眼于财产和地位，立刻被爱玛抓住了把柄。爱玛对埃尔顿的判断固然错得离谱，然而她有关"女性权利与教养"（I.8）的说辞却不全是强词夺理。此后，在对埃尔顿、弗兰克和简姑娘等人的解读和判断上，他们还有一系列争吵。

绵延的争论呈现的是一种平等的两心相通的互动关系，其中奈特利并非高高在上的父辈角色，而是"不无小过的"男人，他对爱玛感情的最重要特征是"互助/互动"。[1]这里，评家点出的"互助"是一个值得注意的关键词。进化心理学家邓巴认为：在群体中生存乃是人类的本质特征，而具有"强互惠"（strong reciprocity）倾向的个人则是社群得以维系的保障。他还用了另外一个与该术语相近的词，即"利群品性"（prosociality），指称以慷慨、利他、原谅他人过失等为特征的待人处世态度。[2]从奈特利对待左邻右舍的态度，从他与爱玛的关系等来看，奈特利的"和蔼可亲"并不如某些人所认定的那样，指向切斯特菲尔德伯爵的绅士观[3]，而更像是与人为善的"强互惠"利群行为的一个范例。

叙述曾以微讽的笔调记述爱玛的姐姐伊莎贝尔一心一意当痴心妻

---

[1] Peter Knox-Shaw: *Jane Austen and the Enlightenment* (Cambridge: Cambridge University Press, 2004), p. 212；Mary Waldron: *Jane Austen and the Fiction of her Time*, pp.114-126.
[2] 参看 Robin Dunbar, Louise Barrett & John Lycett: *Evolutionary Psychology*, pp. 116, 185, 189-194。邓巴等人强调：人类的本质特点如大脑容量等与其所存身群体的规模直接相关；而所谓"强互助型"（reciprocity一词亦有互动、互惠之意）个人在群体中数量较多，则是该群体得以在自然竞争中免遭淘汰的关键因素之一。
[3] 参看 Waldron: *Jane Austen and the Fiction of her Time*, p.127。切斯特菲尔德伯爵的"绅士观"强调修养和外在风度，参看切斯特菲尔德：《教子信札》（安徽人民出版社，2013，褚律元译）。

子溺爱妈妈，堪称"女人幸福的样板"（I.17）。显然，姐妹俩的做派大相径庭。读者可以明显感到，奈特利对爱玛的偏爱很大程度恰恰在于欣赏后者生气勃勃的挑战姿态。即使事态发展使爱玛逐渐服膺奈特利的"意图和判断"并检讨自己盲目自大（III.18），她也并没有失去独立意识和自主行动能力。她按下哈丽特自称爱上奈特利一事不提，私下里赶紧安排那姑娘去了伦敦。这一小小隐瞒和《曼园》结尾不无相似，颇有反讽意味地戳破了奈特利对他俩间绝对坦诚关系的赞颂，而且触目地揭示出：面临婚姻的女主人公并非如有些人所说，被剥夺了权力并"退缩"为只会百依百顺的小媳妇。不仅如此，爱玛的语言风格也一如既往。奈特利开玩笑说要罚她，她立刻反击说："罚我？我向来只有受敬重的份儿。"（III.18）不过，最后几章里爱玛的欢悦几乎淹没了因他人而生的顾虑和种种妥协安排，终使针砭并修正自我中心主义的道德寓言在大团圆婚姻中收束，让小说在强调社会纽带的同时又给个人追求和个人情感留下充分的空间。[1]

认清奈特利的非家长身份[2]并充分感受他与爱玛之间全面对话并局部对抗的关系，才能领会到奈大哥最后"令人瞩目地放弃了自己的男性权威"[3]，决定入住以爱玛为中心的伍德豪斯家，其实是顺理成章、水到渠成。可以想象，爱玛和奈特利之间的周旋与拌嘴、批评和自我批评，还会长久地进行下去。《爱玛》一书中的"权威"并不静止地体现奈特利的"教官"角色，却动态地更生于他和爱玛间的对话关系，并时时律动在包容了种种争议和更多人物情态的那种诙谐嘲讽的叙述声音里。

---

[1] 参看 Linda Troost & Sayre Greenfield: "Filming Highbury," in Stafford (ed.), *Jane Austen's Emma: A Casebook*, p. 240。

[2] 参看 Waldron: *Jane Austen and the Fiction of her Time*, pp.114-126。

[3] Ashley Tauchert: *Romancing Jane Austen* (Houndmills: Palgrave Macmillan, 2005), p. 130.

"非典型"女主人公

很多读者觉得,小说结尾时爱玛几乎回到了开篇时的位置,她和奈特利将像老夫老妻般继续他们在哈特菲尔德的日子。在这个意义上他们的恋爱不怎么"浪漫",没有一见倾心,没有耳鬓厮磨,没有热情万丈的反叛与冲决;有的只是老朋友的争论,只是经由认识他人的曲折路径而更新自己的刻骨体验。在这个过程中,个人心路被密密织进超越核心家庭的家族和社会网络中,凸现出作者所刻意强调的"群体"生存。

在奥斯丁生活的乔治王时期以及后来的维多利亚时代前期,哥特小说或勃朗特姐妹、狄更斯笔下的主人公大抵是备受迫害的孤儿,几乎像玛丽·雪莱名著《弗兰肯斯坦》(1818)中的怪物那样与周遭社会深刻对立,最后才突破旧格局,经浪漫奇遇缔结良缘。与她(他)们对照,爱玛作为主人公很有"非典型"色彩。显然,奥斯丁自觉地尝试通过这个不同的人物与前一类叙事划清界限。她的作品看上去很相似,都以婚姻为主线,但其实每一部都在探索一些新的领域、新的可能。

奥斯丁毫不掩饰,家庭和诸多近邻对于爱玛在颇大程度上是一种拘囿和压抑。到小说结尾,我们才明晰地意识到爱玛是年轻一代绅士淑女中唯一始终生活在海伯里村的人——原因显然在于她那位坚决不愿改变常规的父亲。如前所述,在奥斯丁笔下,帕梅拉父亲[1]那般循循善诱的男性权威已经销声匿迹,伍先生的存在更多地成为对女主人公的考验和磨炼。照料一位自我中心的老病号,不仅要安排衣食住行,还须每晚张罗客人来作陪聊天打牌。如此"老一套的平淡日子"

---

[1] 理查逊同名小说中的人物。

(II.12)，空间局促，单调乏味。爱玛很赞同泰勒小姐和韦先生的婚事，然而当她独自面对未来处境时，便深深感受到自己的损失——以后家里连个对等交流的人都没有了。虽然她"很爱父亲，可父亲却不是她的伴儿。他不能在谈话中和她唱对手戏，不论是理性讨论，还是戏言取乐"（I.1）。两句话道尽了舒适大宅女主人爱玛的孤单。其实，不止父亲不堪为"伴"。家中村里，这个表面上的核心人物还真没有几个知心朋友，反而有几分如同是个落落寡合的"局外人"。[1]

然而，丢下父亲远走高飞的念头压根没有在爱玛头脑中出现过。她尚年轻，却自以为拿定主意放弃了结婚的打算。哈丽特问，她"那么可爱"怎么还没成婚，爱玛笑答道，要结婚"至少还得<u>我</u>觉得<u>别人</u>可爱才行"（下画线为笔者所加）。然后她严肃了一点，说：若不能遇到比此前认识的所有人都"优秀得多的人"，"我结了婚也不可能比现在过得更好"：

> 财产，我不需要。我不愁无事可做。显赫的地位呢，我不贪图。在哈特菲尔德我能当家，我相信，没有几个女子能在丈夫家做一半的主，像我在哈特菲尔德这样。我永远、永远也不指望哪个男人能像我父亲一样真正疼爱、重视我，始终把我放在首位，并且认为我永远是对的。
> ……………
> ……只因贫穷，才使单身生活受到宽怀大度的公众的蔑视……而一位饶有资产的单身女人却能一直受人尊敬……（I.10）

这位年轻姑娘确实以自己的逻辑认真思考过人生，她并不认为出嫁是所有女性的必然归宿。作为小说女主人公，她的"新"、她的非典型

---

[1] 参看 Tony Tanner: *Jane Austen*, 1986, p.176。

性，正在于此。在爱玛看来，选择终身伴侣，前提是彼此间心有灵犀且相互敬重。此时她尚不认为自己已经发现了这样的人，况且照应老父的责任在肩，那她唯一的选项便是坚守海伯里村，最多也就是能设法给自己的留守生活添点内容和色彩。不过，必须指出，乔治·奈特利早已是伍家日常生活的一部分。爱玛称她不想出嫁，乐于继续在老爸家当女主人的好日子，那个时时出现在身边的大哥式人物已经被想当然地包括在其中。只是爱玛本人尚不自觉。这就是她听韦太太第一次提起奈特利或许对简姑娘有意立刻心慌意乱的原因。

由此观之，爱玛迫不及待"提携"哈丽特作朋友并大包大揽为她张罗婚事，其实是为生活缺憾所迫，甚至潜在地是以哈丽特做替身参与一把不无危险但趣味十足的求爱游戏。不久，当她明白盲目培植哈丽特对埃尔顿的好感和期待实在是大错特错，开始考虑为小友另择良配时，竟不时直接以自己的感受作为取舍依据。她想："不，不，我可受不了威廉·考克斯"，便把"那个臭脾气的年轻律师"（I.14）从候选名单上删除；又认定自己"有一点点喜爱［弗兰克］已经够够的了"，实在不想"更多卷入"（II.8），便打算转而把弗兰克推销给哈丽特。但是另一方面，爱玛却并非没有真朋友的诚恳。当她告诉哈丽特自己看错了埃尔顿之时，对方竟毫无怨言地接受了埃牧师看不上自己的事实。这让爱玛很羞惭，甚至觉得那个跟在自己身后学步的少女其实是"她们两人中更优秀的一个"（I.17）。总之，漏洞百出的做媒活动像旋转彩灯般投射出爱玛处境和人品的斑斓色彩，虽然与她作为上层特权女孩的控制欲密切相关，但其驱动心理非常复杂，不容简单看待。[1]

接近全书收局之际，当爱玛了解到自己全然错判了弗兰克和简的关系，而且有可能真的失去奈特利的看重和钟爱时，便惊恐和痛悔到难以自持的地步。一向信心满满、自鸣得意的爱玛意识到自己的错误

---

[1] 参看 Tanner: *Jane Austen*, 1986, pp.181-182。

极有可能断送一生的幸福，于是夏末风雨中独自消磨的黄昏显得无比"漫长而凄凉"。她试图说服自己坚忍地接受相对黯淡的半贝茨式单身生活前景——"在即将来临的冬季，在此后每一年冬日"，在那些不再会有奈特利做伴的冷清日子里，"唯有多些理性、多些自省"（Ⅲ.12），更加善待父亲与他人，以为人生之安慰。捧读至此，人们难免被这个过失很多的女孩子内心的那份高贵所触动。〈1〉也正因深知她的为人，韦太太最后听到爱玛和奈特利订婚的消息，起初有点意外，但很快就喟叹自己糊涂——唯有奈特利才能在婚姻中顾全伍老先生，这么明显的事怎么早没想到！

美国知名学者波伊瑞尔曾指出：许多美国名家，如爱默生和亨利·詹姆斯等都不喜欢奥斯丁，马克·吐温甚至说：倒给他贴钱他都不读奥斯丁。这是因为美国文化人对"社会"大多取抵制怀疑态度，奥斯丁展示的社会图景不合他们所赞赏的那种"满怀渴求（aspiring）的浪漫人物"。〈2〉特里林有一段议论也表达了类似的想法。他说，"自我"观念虽古已有之，但西方18世纪以后现身的"自我"却与以往不同，它将自己与所存身的文化之间的关系想象成是"强烈对抗的"。〈3〉

的确，与马克·吐温们不同，奥斯丁能够成功地塑造奈特利式的人物，并把主人公的未来融于某种真切的社会生活。也许恰恰因为奥斯丁身处现代"自我"发轫之初，对传统农村社群生活尚有亲切体验，女性处境又使她能更敏锐地洞察共同体瓦解的危险，因而她能如此自

〈1〉 Harding: *Regulated Hatred and Other Essays* p.182.
〈2〉 Richard Poirier: "Mark Twain, Jane Austen, and the Imagination of Society," in R. A. Brower & R. Poirier (ed.): *In Defense of Reading* (New York: Dutton, 1962), p.282; 另参看Thomas Edwards: "Persuasion and the Life of Feeling", in Bridget G. Lyons (ed.): *Reading in an Age of Theory* (Rutgers University Press, 1997), pp.117-118。
〈3〉 Lionel Trilling: *The Opposing Self* (New York: Secker & Warburg, 1955), pp. ix-x；他还指出：黑格尔《历史哲学》卷四最早讨论了现代自我与社会文化之间的这种紧张关系，最早论及现代自我的"疏离"（alienation）。

然地想象不与他人隔绝或对抗,想象在具体的"社会"网中拓展并完善个体的道德意识和私人生活,能让"模范"绅士奈特利生动可信,让爱玛的悔过自新毫不牵强。

  他人是自我的镜子。人物间的平行、相似和相衬是《爱玛》一书的一个重要特色。不仅男女主人公的相似性是理解小说主题的重要线索,爱玛与其他人物包括埃尔顿太太的局部重合同样不可忽视。埃太太作为新嫁娘来到海伯里,一边不住嘴地炫耀"我姐夫萨克林先生的宅邸"及其生活方式(II.15),一边时时处处想充当本村社交圈的女一号。不少明眼人指出,这个趋炎附势而又见识短浅的女人自我任命充当简姑娘保护人的言行,几乎是爱玛做派的漫画版。[1]爱玛与被她鄙视的人竟如此近似,揭示出女主人公的自我定位与事实真相之间的偌大距离。叙述没有直接点明这些,但确凿地展示了两个人物的动机和行为的可比性,从而为爱玛直到小说结束并未终结的自我批评预存了很大扩展余地,也为所有属意自我认知话题的读者留下一个极有反讽意味的提示。

  爱玛与简姑娘则构成另一对耐人寻味的人物。两个女孩年龄、美貌、智力和修养都最为接近,相似处甚多,本来最有可能成为心意相通的闺密。然而两人间财产和地位的差异又使她们的性格和行为方式差异极大。与爱玛恰成对照,简的父亲只给她留下不足赖以维生的几百镑,因而村里众人都知道她日后"还得设法挣自己的面包",好心养育她的坎上校也正是"打算把简培养成一名教师"(II.2)。

  与无忧无虑、读书学艺每每浅尝辄止的爱玛不同,简姑娘超群的才艺(如弹琴唱歌等)显然是以长期认真学习、演练为基础。而她的

---

[1] 参看 Mudrick: *Jane Austen: Irony as Defense and Discovery*, pp.194-195; Bush: *Jane Austen*, p.165。

缄默躲闪、矜持疏离以及偶然迸发的尖锐议论——比如她对"贩卖人智"的愤恨——也显然是范妮·普莱斯式处境的产物，与爱玛的快人快语恰成对照。比这些差异更引人注意的，是两人在小说中命运轨迹的不同：好动善说的爱玛固守家宅，除了境界提升没有空间挪移；另一方面，颇有悖论意味的是，缄默喜静的简姑娘却远走高飞，嫁入了地位远远高于自己的丘氏宅门。关于简和弗兰克的爱情和婚约，小说中全部虚写。读者只是从他们最后的告白中得知，简在海滨城镇社交场合邂逅弗兰克，两个自幼被亲友收养、境遇相似的年轻人一见钟情，后者更是热烈地表达了心意，于是互通款曲私订终身。这是简在小说中做过的最重要的人生决定之一，说明了情侣间彼此吸引的力度，也说明这位文静姑娘有孤注一掷的冒险精神，当之无愧归属浪漫爱情故事女主角类型。不过，这个被她后来一度认定为"完全有悖于自己的是非观念的"（III.12）秘密婚约，也给她回到海伯里后的生活招来无数麻烦和痛苦，最终导致了另一个重要决断。在草莓采摘、博克斯山出游等活动中，简对弗兰克与爱玛调情的表演终于忍无可忍，判定他心意改变、德行有亏，立刻决定与那位行事飘忽的公子哥儿一刀两断，接受埃太太大力推荐的家庭教师职位。正是这个毫不拖泥带水的决定，证明简判然有别于露西·斯蒂尔之类。她当初订婚主要不是希图弗兰克可能获得的产业和地位，因而此时也绝不拖延观望这方面的发展和前景。在那个当口，她几乎已经一只脚踏上了职业劳动的人生路，这样的年轻淑女在奥斯丁小说中是绝无仅有的。

简的决定让弗兰克受到惊骇，舅妈的去世又使舅父相对平顺地接受了他的婚约。身处19世纪初年的奥斯丁，最终还是让这个有底线有自尊更有"真正高雅风度"的女孩圆了灰姑娘梦，从"微不足道"的简·费尔法克斯一跃而成"万般尊贵"的"丘吉尔太太"，让人不得不对"女性命运"（III.8）的覆雨翻云感慨不已。然而，简姑娘之所以得到作者特别护佑，关键因素正是她具备第二个决定所揭示的那种精神品质。连带的，不时行差踏错的弗兰克最终也因为对爱情的真诚和坚守得到了宽待，使他最终被区别于威洛比和克劳福德等带来痛苦与败坏的一干男性"外来客"，反而因他的活泼、热情、不固守礼仪和等级秩序的自在风格为海伯里生活带来几许清风。借助这位小哥，奥斯丁不仅蜻蜓点水地摸索了扰动者可能的积极作用，也给那组"花花公子们"的群体面貌添补了若干内容和色彩。

两位海伯里淑女，一个实写一个虚写。在碰壁路上频频领受教训的爱玛是前台的女主人公和叙事的视点人物，而简姑娘则是被观察、猜想的对象，有关后者的资讯只有经过在读者心目中拼图组合才能最终还原出典型的爱情罗曼司。一实一虚也是一重一轻。作为对照，简映衬出爱玛的短处与长处，也揭示出作者对流行婚恋情节俗套既有所认可也有所保留、有所扬弃的态度。可以说，爱玛这个被置于前台的女主人公的"新"，颇大程度上正在于她曾认认真真思量过不婚的人生前景，在于她最终发现并全心争取的爱较少情色成分，却多有老夫老妻式[1]的相濡以沫和亲情扶持。对作者了解稍多的读者或许会联想到，当年着力塑造这位任性女孩的奥斯丁，已经彻底放弃了任何婚姻打算，并在小说写作上倾注了最大的人生期待和喜乐悲欢。爱玛超越传统罗曼司婚恋情节的思考和筹划，的确也可以被表述为她不看重所谓"异性恋脚本"，其欲望不被"求爱"（courtship）情节所局限，立身行事十分"自立"，甚至可以说奥斯丁借助奈特利及爱玛等人物使"德性去浪漫化、去异性恋化"（desentimentalizes and deheterosexualizes virtue）[2]。

---

[1] 参看 Wiltshire:"*Mansfield Park, Emma, Persuasion,*" in E. Copeland & J. McMaster (ed.): *The Cambridge Companion to Jane Austen*, p.74。

[2] 语出克·约翰逊，见Claudia Johnson: "'Not at all what a man should be!': Remaking English Manhood in *Emma*," in Duckworth (ed.): *Emma*, pp.445, 450。然而，如果就此进一步认定奥斯丁意在通盘否定罗曼司叙事，甚至推断爱玛有非异性恋的性取向等，就近乎是对文本施用削足适履的刑罚了。

需要特别仔细分辨的，是迷漫于小说中的势利心态。因为在这点上，不仅爱玛，连奈特利都和埃尔顿们有一定共同之处。他们都强调门第、风范，都不时使用等级话语。埃尔顿向爱玛求婚的闹剧中最滑稽也最意味深长的地方，是双方都觉得备受羞辱。埃牧师恼的是爱玛竟以为他会看上没钱没势的私生女哈丽特；爱玛则因那位先生居然没有认识到"她在资产、地位上远远胜过他"（I.16）而愤愤难平。当爱玛阻挠哈丽特和马丁恋爱或者思忖是否参加科尔家晚会时，对"地位"的考量在她的思想和言谈中频频出现。她和奈特利为哈丽特争执，双方的论据均立足于等级——爱玛猜哈丽特是绅士的女儿，所以理应嫁一位绅士；奈特利则强调她身份暧昧、没有资财、教养平平，培植不切实际的幻想反而会大大地害了她。从这个角度看，爱玛对哈丽特的态度引人注目：

> 这孩子缺少的只是好好栽培与调教……她可得关心她，她可得拉她一把。她可得把这孩子跟她那些水准不高的朋友隔离开来，并把她引入体面社会（good society）……这将是一桩饶有兴味的差使且必定是高层次行善积德之举，对爱玛自己的生活状况，对消磨闲暇、发挥能力来说，也是再相宜不过的。（I.3）

一连串"她可得"挖苦意味浓重，活灵活现了爱玛内心独白的腔调。文句中反复出现的主语"她"（she——爱玛）和宾语"她"（her——哈丽特）之间的主次、授受之别，刺耳地表达了爱玛在地位和智识上的浓重双重优越感——她不但自以为正确，而且自以为能够主宰事态。类似的例子还有很多。比如，弗兰克初到海伯里，就对克朗旅店当年的舞厅功能大感兴趣，怂恿多办舞会；爱玛和韦太太则以没有那么多地位合宜的上流人家为由劝阻他。可是那位少爷似乎没学得多少丘家人的"矜傲"（pride），倒不缺他老爸韦先生热衷交际的随和脾性，"对不同等级人混杂共处并不介意"。对此爱玛颇有点腹诽,认为弗兰克对家庭门第如此不讲究,"未免显得心智上有失高雅"(II.6)。当然,爱玛的势利心表现得最刺眼的地方是她对马丁的贬低和拒斥。她一方面用有点过时的老字眼"自耕农"(yeoman)给马丁定位,另一方面把他具有的新式农民特征一概涂上负面色彩,对哈丽特说那个年轻农夫"土头土脑","全然缺乏绅士风度","满脑子尽是市场价格","除了利润与亏损,别的什么都不想"(I.4)。即使说这些话的目的更多是要打消哈丽特对马丁的敬意和好感,保障其媒婆计划顺利进行,也确实体现了爱玛对马丁这类经济上自立的农人的劳动和经营活动的漠视和轻视。

不过,我们却不可因此以偏概全,把爱玛甚至奈特利等同于埃尔顿之流。埃尔顿夫妇以在现存等级社会中谋求更上层楼为生活目的,势利是他们为人的基色。就如奈特利与约翰·达什伍德们有本质差异,爱玛的言行与埃尔顿夫妇之间的对比和区分显然更重要。爱玛就其本心和自觉接受的原则而言不是自利者。她不缺乏善意和同情心。她在很多场合能够自我节制、沉默不语甚至为人排忧解难,表现出对他人的体谅和尊重。[1] 如韦太太说,她有"让人信赖的品质",即使不免犯错误也有改正能力。(I.5)

爱玛对财富、权势、地位和等级的看法常常自相矛盾。科尔、埃太太娘家和韦斯顿等人均靠经商财富立身,但她对这些人的态度很不一样。她评判马丁和他妹妹时所用的尺度也不尽相同。[2] 她为哈丽特设计婚事时不论地位家产而使用浪漫爱情的逻辑,更是不容旁人因韦太太曾经的家庭教师身份慢待了她。实际上,爱玛大抵只对她感到

---

[1] 参看 Claudia. Johnson: *Jane Austen: Women, Politics and the Novel* (Chicago: The University of Chicago Press, 1988), pp.129-130。

[2] 参看 C. Johnson: *Jane Austen,* pp.136-137。

不满和厌恶的人挥舞"等级"武器。她强调地表达对马丁的轻视是为了实现自己为哈丽特设计的未来。她对埃尔顿求婚感到愤懑不已,部分地针对后者诌上欺下的心态,部分地源于自知铸成大错出乖露丑贻害朋友的羞恼,却并不真的主要因为"伍家……是古老世家的旁支,而埃尔顿们却是寂寂无闻之辈……除了在商界别无其他社会关系"(I.16)。

爱玛的立场游弋也表现在其他是非判断中。她曾在韦太太面前表示:弗兰克"一个大男人"言而无信,拖着不来看望父亲和继母,却推说舅妈难缠,"令人难以理解"(I.14)。韦太太是出身寒微的后妈,渴望得到继子承认,因而也对他的一拖再拖最感失望,却碍于身份不能不为小弗辩护几句。后来,奈特利就此表示类似看法,指出丘少爷"一不是没有钱、二不是没有闲空",爱玛却掉头用韦太太的口气责备奈特利不体谅弗兰克"受制于人"的处境。[1] 这一出被分切为上下两场的三角对话,可被视为小说开场戏的继续。其中,观点跳荡体现了爱玛的某些重要特征:一是一种活泼的思想方法,即珍视反对意见的价值,她似乎直觉地意识到真理或真相更大程度上并非存于单一断言,而是存于不同考量的对话中;二是她表达的理解和判断与语境或对话者有密切关系——前一次她对弗兰克的质疑或责备是在道出韦太太无法说出口的心声,是表达对朋友的体恤与安慰;而在奈特利面前为弗兰克辩护,则再次突出地体现了她与奈先生关系中那种亲近的游戏态度,小丫头故意放肆、成心作对、亦真亦假。她不但自觉到本人前后矛盾,而且乐在其中:"使她感到非常好玩儿的是,她所采取的立场恰恰与自己真正的意见相悖,她是在运用韦太太的论点反驳自己。"(I.18)当然,我们更不应仅仅依据家境就断定爱玛和奈特利的婚事代

---

[1] 参看王海颖:《一场辛苦而糊涂的意识形态之战》,《外国文学评论》2001年第2期,104—105页。

表金钱和土地的联姻⁽¹⁾，此类说法貌似深刻的阶级分析，却忽略了作品对两人关系的细致刻画，偏巧沦为埃尔顿夫妇观点的回声。

爱玛很大程度上只是顺手拈来地使用社会上流行的语言"通货"（有时奈特利也是如此），就如"文化大革命"期间很多中国人不论泄什么私愤都常常借助于扣政治帽子。小说中无处不在的等级言论和势利心态，与其说揭示了女主人公个人的思想特征，不如说在展现世态，披露主流话语对海伯里众生的渗透和影响。当然，爱玛式的随波逐流也在一定程度上被审视被评判。对奈特利风范的某些描写就被呈现为对爱玛的无声批评，更何况他和韦太太两人还都曾直言责备爱玛。

奥斯丁对题材的自觉选择（限于乡村里"三四户人家"），既使她最成功地利用了个人阅历，也的确凸现了她想象的局限。海伯里天地不宽，爱玛的做媒热情揭示出小世界中女性用武之地的短缺。那个带有太多传统印记的村镇共同体囿于地主士绅，而且对它的展示如历来批评所指出，遮蔽了诸多英国和欧洲的重大社会事件和问题。尽管如此，奥斯丁敏锐地抓住了传统农业社会瓦解之后人际关系走向这一根本性的社会和思想挑战。

数十年后，美国的马克·吐温感到他的哈克贝利·芬在自然之河里的恣意漂流很难收场，长久迟疑后无可奈何地把他送回婆婆妈妈的"社会"。或许这颇为典型地象征了现代"自我"两百年不断"挣脱"、不断剥离社会关系争得更大"自由"以后面临的困境。在这个意义上，《爱玛》一书的前提预设了哈克们"叛逃"后将遭遇的问题。它适度修复了在《曼园》中遭到重创、几乎土崩瓦解的家族世界，通过奈特利

⟨1⟩ 关于此类观点，参看 Grossman: "The Labor of the Leisured in *Emma*: Class, Manners and Austen," *Nineteenth-Century Literature*, pp.145-146; J. Thompson: *Between Self and World,* pp.40-41。

亦旧亦新的绅士形象，通过爱玛作为女性和年少者在一连串失误和痛苦自省中完成的与男主人公的权力共享[1]，通过弗兰克式的外来客造成的冲击与融合以及诸多海伯里人相互间的摩擦与互动，通过罗曼司故事模式带来的民间大团圆式喜剧收场，来构想某种有所更新的生活共同体——不是对社会的逃离再逃离，不是一味的对立与拆毁，而是对社会纽带几乎润物细无声的调整与重塑。

在错综的人际关系中，事态发展有时是多向度的、难以预料的。比如，伍先生起初不肯让小女儿嫁人，后来却突然改变了主意。不是他忽然变得开明，而是其思维系统一时以"另种方式运作"（III.19）——他听说邻家发生失窃，感到需要有个女婿入住保护自己。伍先生举重若轻的不变之变似乎是个提示，暗示整个叙述作为多角度多层面的"系统"，也在以不止一种方式运行。海伯里虽然并非真的如贝茨所说是"好人集聚福满堂"（II.3），但喜剧的可能性却不时以出人意料的方式存在。爱玛插手哈丽特的成长和婚事，按照奈特利的批判，弊极多而利甚少。但是，结果两个女孩子都没受大伤害，却因此各自重新认识了自己，学到不少东西。更吊诡的例子恐怕是埃尔顿太太对简姑娘的"提携"。埃太太人前人后大谈自己在姐夫家附近给简觅得家教职务，百般自夸，极力敦促，给本来深陷爱情困局的简无端添了许多苦恼和羞辱。然而，当简判定弗兰克负心、决意中止他们的秘密婚约时，埃太以倨傲态度抛出的提议却立时成了现成的救命稻草。于是简当机立断决定接受那个职位。这种种似是而非和似非而是，也许就是社会生存的本来面目：福祸在时时转化，生活在人们各种彼此冲突的意图和影响的交织中展开。结婚后的爱玛不仅要当贝茨小姐的好邻

---

[1] 参看 Mudrick: *Jane Austen: Irony as Defense and Discovery*, pp.187-195; Claudia L. Johnson: *Jane Austen: Women, Politics, and the Novel*, p.127；前者对爱玛嗜权评价趋于负面，后者持女性主义立场，赞赏爱玛所体现的女性掌权者形象。

居，还得生活在埃太太们享有可观一席之地的村庄里。奥斯丁用大量笔墨和篇幅细致入微地呈现了年轻女主人公个人命运主线之外的纷纭生活。由贝茨和海伯里众生构成的其他叙述层面并不颠覆或拆解爱玛开悟过程所体现的思想寓言，却限制、丰富、深化、加强了它。倘若叙事完全聚焦于爱玛的道德自我完善，即使对自我主义的批评再严厉，故事本身也仍然是以个人为中心的。而《爱玛》一书的多角度反讽叙述在超越主人公。如福斯特所指出：奥斯丁的作品更侧重展示人与人之间的"相互依存"和"千丝万缕的关系"，不是茉儿·佛兰德斯那样"孤立的树"，而更像密丛中的灌木，"紧密交织""不容删削"。[1] 贝茨们构成的海伯里众声喧哗不经意间织成某种真正绵密的关系"网"，体现了人物游刃其中、如鱼在水，却又不像乔治·艾略特刻意呈现的社会网络意象那样需要劳费许多的文学修辞手段来明说暗示。如此，不少有见识的评论家，包括肖勒等人在内，才会认为该书是奥斯丁"著作的顶点"[2]，是她"最伟大的一部小说"。[3]

或许也正因此，小说收尾之际主持象征喜剧结局的系列婚礼的人，是自私而势利的牧师埃尔顿，最后做个性化发言的则是他绝妙的太太。埃太太把握十足地认定：爱玛贪图的是奈特利的家业；而她的婚礼远远没有自己的排场。

高贵的庸常的可敬的可笑的，一个都不少。

---

[1] 《小说面面观》，见《小说经典美学三种》（上海文艺出版社，1990），254页，方土人译。茉儿·佛兰德斯是笛福同名小说的女主人公。
[2] R. Farrer: "Jane Austen," *Quarterly Review*, 228, July 1917; reprinted in Norton Critical Edition (3rd ed.) *Emma* (ed. By Stephen M. Parrish, 2000), p.365.
[3] 马克·肖勒（Mark Schorer）:《〈爱玛〉》，朱虹编:《奥斯丁研究》，264页。另参见 Walter Allen: *The English Novel* (New York: E. P. Dutton, 1954), p.124. 作者称《爱玛》是奥斯丁喜剧的"高点"。

第五章　《诺桑觉寺》中的"外来妹"

在奥斯丁的小说中,宁静小村庄的居民每每被能量十足的都市"外来人"——比如威洛比、魏肯、克劳福德和弗兰克们——惊扰,从而引发了一系列矛盾、摩擦、折冲和变故。而《诺桑觉寺》中的女主人公凯瑟琳·莫兰却出任了唯一的另类外来者。之所以称"另类",一则因为其他外来客是或多或少有阅历的成熟男,而她是个年仅十七岁的懵懂女;二来是因她的运动方向是从乡下进入城镇。就这两点看,凯瑟琳仿佛是在步伊芙琳娜^{〈1〉}后尘初次离家见世面的"闯荡者"。她不是静态乡间生活的扰动因素,而是面对新天地的惊诧的见证人和"小学生"。

这是作者自觉尝试绘写传统乡村之外世相的一部作品。

城　市

凯瑟琳·莫兰是城市的短期过客。

她父亲在乡下做教区牧师,当地大地主艾伦先生患有痛风,医生建议他去温泉城巴斯小住疗养。艾伦夫妇无儿无女,便带上了往来密切的邻家少女凯瑟琳。

〈1〉 弗·伯尼同名小说中的女主人公。

巴斯以温泉闻名，是18世纪快速兴起的新型消费城市，至今仍是展示当年英国风貌的一个旅游参观的标本。存有古罗马时代遗迹的壮观洗浴理疗中心，众多的剧院，星罗棋布的商店，供人餐饮、跳舞、打牌各类场所一应俱全的豪华高敞的聚会厅……这一切都显示出两百多年前，围绕医疗保健、社交休闲等核心产业而展开的巴斯商业活动已经高度发达，配套成龙地规模化经营。由著名建筑师精心规划设计的城市联排房沿街拔地而起，适应着不同层次的消费需求。凯瑟琳跟随保护人艾伦夫妇住进大名鼎鼎的"普尔特尼大街〈1〉上的一套舒适住宅"（I.2），开始了"暴露（exposure）"〈2〉于陌生社会风景的青春狂欢季。

　　叙述者在女主人公动身之时强调她正面临着"在巴斯居留六周所有的困难和危险"（I.2）；随后又煞有介事地公告说，到达之后她"每天上午都要尽一尽常规的责任（duties）：逛逛商店，游览游览城内一些新鲜地方，到矿泉厅转悠个把小时……"（I.3）小说分章详述了凯瑟琳日复一日在（上、下）聚会厅、矿泉厅、商家、剧院和街头的种种尝新经历之后，于上卷接近收束时不厌其烦地列数一周每日序列，高调地表示至此叙事已经构成了对巴斯一周消费活动的完整展示"橱窗"："星期一、星期二、星期三、星期四、星期五和星期六，已一一呈现给读者检阅；每日的事件、它引发的希望与忧虑，痛苦与欢乐都已分别陈说，只需再描述一下星期天的不宁心绪，一周历程就臻于完备啦。"（I.13）有钱有闲者区区数周的疗养生活被描述为有重重"困

〈1〉 该街（Pulteney Street）为巴斯城东部的一条主干道，是当时众所周知的富人住宅区，奥斯丁一家也曾在那一带生活过。参看 Jane Austen: *The Annotated Northanger Abbey* (New York: Anchor Books, 2013, ed. by David M. Shapard)，33页注释20。

〈2〉 Barbara Britton Wenner: *Prospect and Refuge in the Landscape of Jane Austen* (Ashgate, Aldershot: 2006), pp.42-3. 作者使用 J. Appleton: *The Experiences of the Landscape* (New York: John Wiley & Son, 1975)提出的"暴露"概念，指的是一种缺少庇护（refuge-deficiency）、机遇（prospect）与风险并存的生存状态。

难"和"危险",揶揄的态度溢于言表,与随后把跳舞聊天逛店等活动说成"常规责任"、小题大做地列数一周每日名称的郑重腔调⟨1⟩彼此烛照发明,亦谐亦庄。此处笔法类似蒲柏的《劫发记》(*The Rape of the Lock*, 1714),以不相称的正经口气反嘲小凯姑娘少历练缺见识以及艾伦们巴斯生活的琐碎无聊,甚至影射前辈女主人公伊芙琳娜都市历险中的类似荒唐色彩。但是,勾兑了调侃戏谑的夸张用词却又在自我强调地暗示:正如白琳达⟨2⟩的梳妆台映现了全球性商业运作的"史诗"级大动作,这些日复一日的舞会牌室剧院消费活动和街头漫步闲聊等确实就是新兴城市巴斯的主业、正事乃至"责任"!当然,与此同时叙述也毫不含糊地提示读者人类日常生活中的危险陷阱、争夺缠斗和悲欢离合。

在巴斯,艾伦太太引人注目地展示了她的"服装控"兼消费狂本色。"巴斯可真是个迷人的地方,有那么多好店铺。我们不幸住在乡下……再看看这里,一出门儿,五分钟就能买到东西。"(I.3)她的抱负和兴趣似乎全在借助服装在城里体面出场而且回到乡下后一领风骚。"衣着是她的最爱。"在公共场合正式露面之前"她先费了三四天工夫打听穿什么衣服最时兴,还装备了一身符合最新时髦的裙衣"(I.2)。在以巴斯为背景的十七章(一卷2章至二卷3章)中,这个次要人物在多数章节(除了一卷6、11、15章和二卷2章以外)都现了身,而且每次出场必牵出穿着打扮问题。不论身处怎样场合,面对何种对象,她开口只谈衣装,或议选料,或说样式,或指点褒贬他人,或担心自己的装饰被熙攘人群挤压破坏。刚刚还在嘟哝叹息自己谁也不认识,没有办法帮小凯姑娘寻个舞伴,转瞬间她就提起了精神:"瞅瞅那儿来了

⟨1⟩ 有的中文译本省略了对一周每天日子的正式罗列,采用"星期一到星期六这几天"等概括性表述,未能充分传达原作的韵味。

⟨2⟩ 《劫发记》中的人物。

个怪模怪样的女人！她穿了条那么奇特的长裙！多么老派过时呀！瞧瞧那后背身哟。"（I.2）显然，对她来说，看到别人穿着露怯带来了莫大快感，能有效化解因身处陌生人中或其他任何原因造成的苦恼。她向小凯转述有关蒂尔尼一家的街谈巷议时，全然记不得那家人住在哪里，却清清楚楚地记得蒂太太出身阔人家，"结婚的时候，父亲给了她两万镑，而且，还另有五百镑买结婚礼服。那些衣裳从货栈运来以后休斯太太瞧了个一清二楚"（I.9）。

在艾太太的指导和监护下，凯瑟琳首场学习的内容自然有关出门的衣饰。头一次前往舞厅，她由"最好的理发师……理了发，再仔仔细细地穿好衣服"（I.2）并得到艾太首肯后才出门。像斯摩莱特《汉弗莱·克林克》（1771）一书中的年轻女仆，小凯对巴斯商业化世风没有任何防范和抵触，急切而热情地拥抱城镇带来的娱乐、热闹和新选择。[1] 她曾因第二日要参加舞会并见到自己喜欢的青年人亨利，头天晚上为服装问题大伤脑筋："舞会上她该穿什么裙子、梳什么发式，成了她最大的心事。"（I.10）天真未凿的小姑娘居然开始为着装发愁，显然是关注时尚、"热衷衣饰"的艾太太的教育成果。

到奥斯丁于18世纪末动笔撰写《诺桑觉寺》初稿的时候，英国商业的发展已经相当先进、成熟。而本土时尚化服饰业营销的标的之一就是艾伦太太们。她们对服装的社会文化符号意义有本能的深刻感知，并且迅速地把自己的人生追求尽数转化为对商品的畸重关怀。艾太的服饰癖展示的不只是某个人的漫画形象，更是商业化社会中的典型生存状态。的确，消费竞赛似乎已有了点席卷千军的气势，不仅艾太，几乎所有女性人物，包括小凯本人，都对"长裙，袖子"（I.6，9，10）或花色、质地之类颇为上心，只是没有艾太那么夸张而已。

同样热衷服饰的伊莎贝拉姑娘是巴斯生活方式的另一位体现者，

---

[1] 参看拙作《推敲自我》（2005）第九章。

也是有待凯瑟琳认识的重点对象。

经历了头两日在熙熙攘攘的陌生人中冷落难堪、手足无措的体验后，舞会司仪给凯瑟琳介绍了彬彬有礼的年轻男士亨利·蒂尔尼做舞伴，使她觉得如同久旱逢甘霖。却不料蒂先生春风一过就不见踪影，众里寻他千百度也无济于事。恰在失望之时，艾伦太太旧日老同学突然现身，她的女儿伊莎贝拉·索普与凯瑟琳甫一相见即成莫逆，之后便日日聚首，回回畅谈。

贝儿（这是家人对伊莎贝拉的昵称）比小凯年长四岁，漂亮，外向，听到莫兰这个姓氏后更是表现得热情万分。原来，凯瑟琳大哥詹姆斯与索家长子约翰是牛津的同窗好友，曾经到索家做客过圣诞。见多识广的贝儿与凯瑟琳谈友谊聊衣着说场所论调情，点评巴斯的舞会和风尚与其他城市有何不同，还指教小闺密如何从一对青年男女的眼神中发现私情，如此等等。她不时称赞小凯的衣装头饰，甚至自己在穿着打扮时用心良苦地与她呼应。此外，她还大力推荐风头正劲的哥特小说[1]，主动借书给小凯。与此形成鲜明对比的是，凯瑟琳后来结识的蒂尔尼小姐就无法立刻成为这样的知己。毫无城府的小凯也迫不及待地谈起刚刚认识的年轻人亨利，贝儿马上表示相信亨利必定很讨人喜欢，还意味深长地说，自己是因其牧师身份而特别喜爱他，因为"说老实话，我本人尤其喜欢这个职业"。说罢，还轻轻叹口气。伊莎贝拉的这番话是半自由间接引语。不过，作为女主角的小凯茅塞未开，对贝儿姐何以特别喜欢牧师又为什么要叹气等等浑然不察。叙述者不得不亲自出马点出，凯瑟琳竟然既不追问也不打趣，致使"爱情的花招"虚掷，"友谊的职责"（I.5）也全都落了空。

不过，时日稍长，小凯便也感到女友有些不可思议之处。比如，

---

[1] 18世纪末在英国流行一时的一类小说，常以恐怖古堡、阴森墓地等为设定场景，情节推进有时借助于超自然奇幻因素。这类作品对后世的小说写作有相当深远的影响。

那日她疾言厉色地说讨厌聚会厅里某两名男士的关注，口口声声表示要躲避，实际上却在人家面前晃来晃去，而且竟然在那两位离去后还强拉着不情不愿的小凯赶到人家前边去。贝儿她这是什么意思？又如，她俩有约相见，即使贝儿是迟来者，也要亲昵而热切地责怪小凯"上哪儿去了"，好像等了好久的是她贝儿；舞会上她会信誓旦旦地说只要小凯尚无舞伴自己绝不接受男士邀请，然而片刻之后便消失得无影无踪。有时，即使贝儿和自家长兄詹姆斯一起伴在小凯身边，但那两人言来语去密不透风，也让后者觉得自己是手足无措的局外人。这些又说明了什么？

最终促使小凯与索家兄妹疏离的是约翰·索普。

约翰是更夸张的滑稽人物。上卷7章记述道，那天贝儿扯着小凯在街上狂奔，企图冲到两名陌生年轻绅士前面去进一步露脸，几乎撞上一辆轻型马车。随后她们发现车上的男人竟然就是她们的兄长约翰·索普及詹姆斯·莫兰。索普谈吐粗鲁，动辄喷粗话；还热衷犬马，刚见面就炫耀自己如何挥金如土，从阔同学那里购买的二手车多么华美、马又怎样的神骏。他吹嘘自己驱马驾车日行百英里、玩枪打猎弹无虚发。他嫌詹姆斯小气不肯买马车，对凯瑟琳所说的"买不起"不以为然。凯瑟琳提到哥特小说，索普不屑一顾，将之视为低人一等的女性爱好，漏洞百出的言语又表明他压根拎不清所谈的是哪本书。他曾经事先约小凯跳舞，到了现场却漫不经心地把女孩子晾在那里独自难堪。此外，他说起钱来毫不掩饰自己的热切，直白地打探蒂尔尼的家境以及凯瑟琳是否有望继承老艾伦家资产，等等。他说亨利的父亲蒂尔尼将军"贼拉有钱"（rich as a Jew），还向小凯询问："老艾伦阔得像个犹太佬吧？……而且没有孩子？……他不是你的教父吗？"（I.9）但转眼换个场合，他又毫不介意地表示，对于他本人的婚姻，"（对方的）财产是无足轻重的。反正我有一份可观的收入"（I.15）。

这般贴着牛津名牌大学标签的浪荡青年在当今的中国人看来或许

多少有点匪夷所思，然而在18世纪的英国却是司空见惯的。实际上，直到19世纪中期英国文化哲人马修·阿诺德仍然觉得，称他们的贵族阶级为"野蛮人"最贴切。[1] 可以说，索普体现了当时社会中某些很容易辨认的土乡绅地主特征，比如不事劳作、热衷打猎游乐等体育活动[2]、炫示勇敢豪迈，等等。艾迪生、斯梯尔笔下的乡绅、菲尔丁《琼斯》中的地主魏斯顿乃至所谓"约翰牛"的形象都是令人印象深刻的前例。只不过后几位典型往往具备某种率真质朴的气质，不乏笃实刚直品性，不像家境并不太宽裕的约翰·索普的夸诞言行那么明显透出跟风摆谱的粗鄙与虚浮。

凯瑟琳最初对索普先生也只是不欣赏而已。在小凯看来，既然他是哥哥的朋友、朋友的哥哥，即便不太喜欢，也必须尊重善待。可是索普的讨嫌却并不止于此。他似乎看上了小凯的相貌和气度，觉得载上她驱车招摇过市很有面子；又一厢情愿地认定她日后必能继承老艾伦的一些财产，于是和贝儿一唱一和、强人所难地裹挟她随自己一伙活动。有一次小凯与亨利兄妹约定在周五那日一道散步，约翰却借当天下雨造成的耽搁和疑虑哄骗小凯改变计划参加自己的驾车出行。他夸口说安排有参观古堡等精彩节目，还说曾亲眼目睹亨利和一名漂亮姑娘乘车往城外去了。凯瑟琳听信了他的话，结果在路上却看到亨利兄妹正朝着自己的住所走。她慌忙叫停车，索普不仅不理会，反而快马加鞭。事后小凯羞愤难当，巴心巴肺地向亨利兄妹解释清楚并重新续约。可是索普们却再次设计周日出游。贝儿又是连呼心肝宝贝，又是怪罪她厚新薄旧、看重蒂小姐胜过自己，还说小凯伤了自己的心、

---

[1] 马修·阿诺德:《文化与无政府状态》（生活·读书·新知三联书店，2008修订版，韩敏中译），70—71页。

[2] 在阶级社会中，有闲标识身份。远离劳动是证明自身有钱的最方便证据，因此也是显示社会地位最方便的标记。参看 Thorstein Veblen: *The Theory of the Leisure Class: An Economic Study of Institutions* (New York: The New American Library, 1953), pp.41-46.

败了大家的兴。连哥哥詹姆斯都发声质问一向随和的妹妹何以此刻如此固执。索普则故伎重演,自作主张去见了蒂小姐,编了个借口替凯瑟琳推掉散步之约。这下子凯瑟琳恼了,说她无论如何要亲自去和蒂小姐说个明白。一众人七嘴八舌都拦她不住——

> 我不管。索普先生没有权利捏造这样的谎言。假使我觉得需要推迟散步约定的话我可以自己去对蒂尔尼小姐说。索普先生出面说明只会更显冒昧……他星期五的错误让我已经唐突了一回……
> ……我认为错误的事情,别人要是无法说服我,也休想骗我去做。(I.13)

性情温和的小凯姑娘如此表态,是真的生气了,甚至可以说是撕破了脸皮。如有的评说,索氏兄妹胁迫他人违背自己意愿和承诺的表现使她多少失去了对人的天真信赖,而且作者还给她安排了一番"缜密得实在有些超水平发挥的思考"[1],即开始疑心女友"心胸狭窄、自私自利,除了自我满足以外其他一切都不顾"(I.13)。至此,原本待人不存戒心的凯瑟琳对非良善之辈有了初步认知。"翻脸"是她走向成熟的关键一步。

描摹艾伦太太和索家兄妹这几个漫画人物意在呈现巴斯世相。前者映现出时尚消费对富裕人群日常生活的渗透乃至主导;后者则代表谋富者在商业世界中干劲十足的闯荡。当然,另一方面,写这些人也是为了反衬凯瑟琳。

凯瑟琳的形象或多或少以之前一些女性小说为参照,却反其道而

---

[1] Susan Morgan: *In the Meantime: Character and Perception in Jane Austen's Fiction* (Chicago: The University of Chicago Press, 1980), pp.136-137.

行之。与聪颖异常、才貌出众的艾米琳⟨1⟩们不同,她是出身于宽裕乡村牧师家庭的普通孩子,相貌一般,禀赋平平,也没有遭逢父母早亡之类天灾人祸。奥斯丁"准许"她没心没肺地以"最不宜做女主人公/女英雄"的方式在乡间跟着哥哥们吵闹撒野,对"男孩子们的游戏样样喜欢"(I.1),觉得打板球远远胜过抱娃娃或摆弄花花朵朵,所以长成大姑娘了也不大懂欣赏室内风信子花的雅趣。这个活蹦乱跳、喜欢从自家房后青草坡上滚下来的疯丫头从一开始便赢得不少读者的心。⟨2⟩

莫家也曾尝试对长女进行常规教育,但用力不怎么猛——背诗不上心无人追究;学琴不爱练就放弃了事;一度热心涂鸦却到头来也没学到拿得出手的绘画技艺;修习写字、算数和法语均成果寥寥。这些科目总归不如逃出去玩板球棒球和骑马打闹来劲哦。然而,被小凯瑟琳半途而废的功课,一项项可都是当时女子教育的大端。到18世纪末,不仅士绅阶层男孩就读牛津剑桥是标配,对于淑女才艺也已经有了相当明确的项目清单。教养是地位和财富的标志——女孩子们日后作为待价而沽"商品"的人生竞争已隐约可见。幸而,偏居乡下的莫兰一家似乎仍很懵懂,至少不那么唯恐女儿输在起跑线上。小凯虽然十五岁后零敲碎打地拣拾了不少蒲柏、格雷、汤普森和莎士比亚等人的名句,却仍幸运地保持了十七年的无忧无虑。她没有算计之心,轻松自然,憨态可掬。

到出门去巴斯的时候,凯瑟琳已经有了可人的俏丽模样,不过她对此没有太多自觉:"她到巴斯只是想要开心,而且她(刚来就)已经觉得很快活了。"(I.2)她对亨利·蒂尔尼的好感来得很快,显然是因为有艾伦太太们启发在先,她早知此番外出目的之一是求个姻缘机会。

⟨1⟩ 夏洛特·史密斯(1748—1806)同名小说(*Emmeline*, 1788)的女主人公。
⟨2⟩ 许多对作者生平有所了解的读者,觉得对凯瑟琳的这一段描写与少年奥斯丁的生活颇有相似之处。

对"女大当嫁"的规则她自然而然地接受并奉行，碰上一位把自己救出无人理会尴尬境地的有教养男青年，便顿时生出无限崇敬。翌日早上，小凯满怀期望赶到人人必去的矿泉厅，眼巴巴东张西望，留神地看着一群又一群人进出，愤懑地发现"全是些没谁介意没谁想见的人"（I.3）。只因为没有见到她所牵挂的那一个，眼前众人就被统统归于全然无人待见——这一句自由间接体叙述所呈现的幼稚而直白的判断非常孩子气，生动地表达了凯瑟琳所经历的"过尽千帆皆不是"的又焦急又失望的情态。实在，她对亨利的一见倾心非常"小儿科"，既朦胧又坦荡，没有太多自我意识也没有更多婚姻算计，丝毫不知害羞和掩饰，遭遇失望后的反应也不过是没心没肺地多吃傻睡。因而，她自然也看不透其他人的情场手段——比如对伊莎贝拉，小凯既不知当如何理解她千方百计想吸引两名陌生男士注意的举动，也不太分辨得出她宣布特别喜欢牧师、处处表示赞同詹姆斯·莫兰见解的目的何在，更测不准她时时抓机会吹嘘自己和哥哥约翰重感情、攻击蒂家人"骄傲"等（II.1）背后的心机。

伊莎贝拉当着凯瑟琳与詹姆斯调情。可是待前者宣布两人订婚时小凯还是感到意外。贝儿喋喋地说自己如何一往情深、詹姆斯怎样英俊过人，同时把小凯等也都抬到天上，而后又叹自己"财产太少"恐怕莫家看不上。小凯姑娘一边心里暗赞爱情之威力，一边安慰女友说：财产差别并不重要。贝儿便郑重宣布："人要是真心相爱，贫穷本身也是财富。我讨厌豪华的生活。"（I.15）小凯听人剖白心曲，觉得对方正像自己欣赏的罗曼司女主人公。加上她本来就认定，为了钱而结婚"是生活中最卑劣的事"（I.15），此时自然全力支持这当前的女友、未来的嫂子。随后詹姆斯回乡去请示双亲，贝儿则留在了巴斯交际场。她说自己的心在远方，绝不想跟其他男人共舞，小凯就拿着鸡毛当令箭替她挡驾刚刚休假来到巴斯的蒂尔尼家老大弗雷德里克。谁料一转眼她却看到贝儿正跟那位英气逼人的蒂上尉翩翩起舞呢！小凯急得抓耳挠腮。等詹姆斯带回了双亲的认可,索普母女却显然对莫家的财务安排不那么欣喜若狂,只不咸不淡地说了句:老莫兰"当然有权自由处置财产啦"(II.5)。凯瑟琳有点疑惑,但人家没有把话说得太明白,她就仍然糊里糊涂。

凯瑟琳的天真未凿还体现在她与亲近者打交道的方式。在巴斯街头意外遇到与索普同车前来的大哥,她满心感动,便瞅了个空子谢哥哥"到巴斯来看<u>她</u>"(I.7;黑体和下画线是笔者添加),让后者一时无言以对。她对亨利·蒂尔尼十分看重,却并不刻意迎合。见到和家人一道重返巴斯的亨利,小凯满心欢喜准备与他再下舞池时却遇到索普前来骚扰。亨利揶揄地表示:他可不喜欢别的男人打岔——土风舞伴有如婚姻,双方有忠诚专一的义务。面对这个调情卖乖的好话题,小凯一本正经地争论说:对舞是一时而婚姻是一世,两者根本不是一回事;又说索普是大哥的好友,总不能不搭不理,不过,反正她也不认识其他什么人了。得了这超级实诚的回复,亨利乐不可支,呼天喊地地说,凯瑟琳给他的"保证"太可怜啦。(I.10)再后来,凯瑟琳和蒂家兄妹散步之约一再遭索普破坏,她急于解释道歉,急忙赶去蒂家却被不礼貌地拒于门外。当晚,她去剧院看戏,看到一半时瞥见蒂家人在场,却似乎无视自己,一时生出想闯进对面包厢的冲动。谢幕后亨利来到她们这边,小凯立刻开始解释违约事件,慌慌张张地要求艾太太为自己做证,害得后者抱怨她弄皱了自己的长裙。亨利则解释、道歉说,白天蒂小姐未能接待她是因父亲事先另有安排,失礼的是他家人;何况自己压根没有权利生凯瑟琳的气。小凯脱口回复道:"可是,不论谁瞅见你那张脸,都不会以为你没权生气呀。"话说得真拙直,与前面关于乘车路遇蒂氏兄妹时自己曾连声叫停车、"假使索普先生停下来我准会跳下车追你们"的表白如出一辙(I.12)。她心怀坦荡,对是否堕入情网丝毫不自觉,因而也就根本想不到女方不能率先示爱的戒律。一连串超逾礼仪的举止写活了这个少女。

从乡村伊甸园中走出的天真姑娘凯瑟琳，猝不及防与典型消费城市中现代人际关系迎面相遇了。新女友伊莎贝拉触目地代表着商业都市社会中发酵的贪婪欲望和躁动的肆意追求。小凯不知不觉中经历着考验：是持守本初的质朴、善良以及对相知相依、至情至性的珍重，还是跟随贝儿们转型而去？

另一种大宅

小说第二卷（不分卷连排本第16章）"揭幕"，伊莎贝拉还没有退场，凯瑟琳在巴斯结识的另一户人家即蒂尔尼们的戏份就急剧增长了。蒂家宅邸诺桑觉寺则成为叙述的聚光场景和核心关注。

由于贝儿大力推荐，凯瑟琳在巴斯居住的几周里几乎是全心浸淫于哥特小说，对古代建筑和探险寻幽生出了非同寻常的痴迷心。除了参与社交，她最大的快乐几乎全都来自阅读拉德克里夫太太[1]的小说，甚至在亨利·蒂尔尼忽然消失的难过时刻，只要捧上《尤多尔弗的奥秘》便能够物我两忘。所以，提一提"布莱兹城堡"的名头，便能诱她动心参与本无兴趣的索普"自驾游"；登上巴斯郊区小山，她便立刻联想到拉氏笔下的法国南部，甚至"认为整个巴斯城都不配作为风景的组成部分"（unworthy to make part of a landscape，I.15）。她与约翰·索普、亨利以及每个新相识的朋友谈论哥特小说。她满怀期待地说起将要在伦敦出现的"大惊悚"（I.15），引起蒂尔尼小姐的惊慌，以为要发生暴民骚乱和流血事件；其实呢，她指的不过是即将面市的拉氏新作。

---

[1] Mrs. Ann Radcliffe（1764—1823），哥特小说代表作家之一，《尤多尔弗的奥秘》（1794）是她最著名的作品。

亨利的父亲蒂尔尼将军对凯瑟琳异常热情,不仅在巴斯住所款待她,动辄为她的缘故厉声呵斥儿女和仆人,还迫不及待通过女儿邀她去自家乡间宅第诺桑觉寺做客。小凯听到宅名居然包括个古意盎然的"寺"〔1〕字,顿觉邀请的诱惑力成倍提升,以为有机会亲炙回廊、密室和"倾圮的小教堂",一时雀跃不已,"满脑子想着亨利,满嘴巴念叨着诺桑觉寺"(II.2)。等到马车驶往诺寺的路接近终点时,她早已

> 急不可耐了。每到转弯处,她都带着肃然起敬的心情,期待着看到它厚重的灰色石墙,屹立在古老栎树林中,最后一抹太阳余晖闪耀在高高的哥特式长窗上,美丽动人。谁曾想那栋建筑那般低矮……连个古老的烟囱都没瞧见。(II.5)

如此,凯瑟琳对诺寺的哥特式幻想在还未登堂入室之前便触了礁,耳边还不时响着亨利促狭打趣的"伴音"——尽管那一刻(甚至直到故事终了)她并不知晓,当时声名远扬的布莱兹城堡其实也已是重修的伪古建,并非原装。

诺桑觉寺实在与她之所盼南辕北辙:庭苑入口处的门房有"现代风貌",大厅里的堂皇家具也一派"现代格调"。(II.5)一连两个"现代"为诺桑觉寺定了性。不过,虽说有点失望,小凯在做客期间仍心心念念想从那里的旧物、旧事、旧房中寻找某些哥特元素,窥得若干恐怖往事。她力图打开卧室里的大木箱,不巧被蒂小姐撞见,觉得非常难堪。雷雨之夜,她心惊胆战地搜索屋角里的古旧立柜,结果只找到了一叠陈年洗衣账单。她严重怀疑已故蒂太太当年"未必幸福"(II.7),甚至大

---

〔1〕 此处原文是 Abbey,意为"修道院"。英王亨利八世(在位期1509—1547)与天主教罗马教廷发生龃龉乃至彻底断绝关系后,建立了以他本人为首的英国国教会,英国各地许多原属于天主教会的教堂、修道院被废弃,其房地产等也随之易手,但很多旧地名仍旧保留了下来。

胆推测那不幸女子说不定如今仍被关在某间密室里受难。于是她私下搜索探查女主人卧室，最后却发现那是一间异常整洁舒适的大房，位于晚近重建的现代部分。这样的结果令她很"汗颜"（humbled，II.6, 8）。雪上加霜的是，在"探险"过程中她还偏偏撞上了亨利。

  对于已经年满十七岁的姑娘，此类表现似太过低幼，有些夸张，因而相关描写被一些学者认为"最不令人满意"[1]。不过这却也事出有因。可以说哥特小说迷凯瑟琳的碰壁体验，较多地体现了尚未在修改中被充分消化并再铸的奥斯丁少年习作的痕迹。另一方面，这些略显粗糙的喜剧性经历在揭示诺寺真相、呈现人物发展上又是至关重要的。一方面，小凯在那个过程中感到"humbled"，这对于奥斯丁的女主人公很重要，每每标志成熟与进步的起点。另一方面，与巴斯城一样，诺寺是书中充满象征意义的关键场地，哥特幻想的破灭高调点明了这栋历史悠久古宅的"现代"品质。对《诺寺》的评论最初常常聚焦于作者对哥特小说传统的讽拟挖苦，后来的批评特别是某些女性评家进一步意识到，现代宅主蒂将军其实很粗暴、很唯利是图，最终以近乎迫害的方式把小凯逐走，的确可说有几分哥特式男权恶霸的嘴脸，由此生发，高调伸张该书乃至整个哥特文化中同情弱者抗争的女性主义内涵。于是，对这部"次要"小说的理解渐渐变得更层次丰富，多面多姿。然而，除了个别精到论文，涉及蒂尔尼将军一些深有意味且相当出彩的写实细节及其社会、历史的内涵外延的探讨仍旧相对稀少。如有的评论指出："蒂尔尼将军以及奥斯丁意欲通过他表达什么谜题，迄今没有令人满意的解答。"[2]

  诺寺大宅与其主人乃是两位一体。

---

[1] Mary Waldron: *Jane Austen and the Fiction of her Time*, p.127.
[2] Robert Hopkins: "General Tilney and Affairs of State: The Political Gothic of *Northanger Abbey*" (1978), in Ian Littlewood (ed.): *Jane Austen: Critical Assessments* (Montfield: Helm Information, 1998), Vol.3, p.175.

退役将军蒂尔尼的注意力每每聚在财物上，而他的物质攀比言论又每每从自贬开启。凯瑟琳一到，他便自谦地说："寒舍房室狭小，家具粗陋，皆为方便日用，仅舒适而已"；但随后马上找补说：不过诺寺"也有几间屋颇可一看，并继而着重专提其中某房间的昂贵鎏金装饰"（II.5）。他矜夸自家餐室，接下来表示："他料想，'小姐在艾伦先生府上必是已经习惯了更大的饭厅？'"（II.6）得到意想之中的否定回答后，他才扬扬得意地进一步自我展示。

　　有人注意到蒂将军的言谈全部以自由间接引语形式出现，并很有说服力地指出：这种后期熟练使用的手法在《诺寺》中的出现频率或可揭示中年奥斯丁对早年原作的修改程度。那时，自由间接引语的使用尚属创新，语法处理还没有约定俗成的规则，奥斯丁用了单引号，表明她是有意识地把人物言谈处理成第三人称的自由间接引语。[1] 这种情况下使用的单引号凸显了作者在自觉地追求一箭双雕的效果——既突出将军的个性化语言风格，又时时保留小凯的视角和感受。有关餐具的讨论是一个小例子。小凯惊叹蒂家早餐瓷器精美，将军便得意地说此乃他本人挑选的，还表示很希望不久后有机会再买一套更精彩的新瓷器——"'尽管不是为了他自己'。"不为自用，那为了谁呢？隐含的提示已经表达得非常露骨。叙述者插进来指明："在座的人里，大约只有凯瑟琳一个人没有听懂他的话"（II.7），从而把小凯的反响推到前台。一方面是将军的被间接引用的言谈背后别有心思算计，另一方面却是女孩子懵懵懂懂的天真烂漫。

　　更说明问题的例子是，第二天一早将军"自告奋勇"当客人的参观

---

[1] Narelle Shaw: "Free Indirect Speech and Jane Austen's 1816 Revision of *Northanger Abbey*," in Austen: *Northanger Abbey*, Susan Fraiman ed. (New York · London: W. W. Norton & Company，2004), pp. 341-343. 有必要说明的是，很多现代英语版本并没有保留单引号的使用，笔者使用的剑桥版以及诺顿版均用双引号，也有的版本直接按现今语法习惯不用任何引号处理间接引语。

向导，而且借口天气好半强制地把小凯拖往室外首先去见识他的"厨用园地"（kitchen garden），根本不顾姑娘眼里的失望。对此蒂小姐埃丽诺很感羞窘，勉强地附和父亲。小凯暗自问了一连串的为什么——为什么蒂小姐会那么难堪呢？为什么将军这么一大早就要出门遛弯儿呀？

在田园打滚长大的凯瑟琳其实最想看的只是年深日久古意盎然的老屋。不过，蒂家的园子还是让她大大地惊讶了一把：

> 园子圈围的田亩之多，让凯瑟琳听了不由得惊愕，因为把艾伦先生和她父亲的花园合在一起，再加上教堂的墓地和果园，也不及它一半。隔墙似乎多得数不胜数，长得无尽无头，围墙内暖房林立，像一个村庄，似乎整个教区的人都在里面忙碌干活儿。她脸上吃惊的神情明白无误，将军颇感自得，而后又逼她进一步承认以前从未见过可以与之相比的园子。将军随即谦虚地承认，虽然他不曾如此奢望，连想都没有想过，不过，他倒的确相信这园子在王国里是无与伦比的。如果说他有什么嗜好，这就是了。他喜欢果蔬园……不过，照料这样的果园是很麻烦的事。珍贵水果，即使费尽心血，也不能保证有收获，去年菠萝种植房总共才收获了一百个菠萝。

他随后大讲照料园子的辛劳，还进一步问询艾伦先生家的"温阶暖房（succession-houses）[1]如何运作"等等。艾家自然压根就没有那种新潮玩意儿，让将军不免"又是欣喜又是鄙夷"（II.7）。

小凯只是一惊一乍。但是较有生活经验的读者或会看出更多名堂。巨大的菜园、分成诸多不同温度隔间的暖房、好像有整个教区劳动人口在其中工作的繁忙景象……如此种种，几乎可与当今中国的大

---

[1] 指一组连接在一起、每个单间的温度逐渐提高的温室。

棚农业比美。对于仅有父女两位常住人口的蒂家（即使加上若干仆人和不时回家的蒂氏兄弟）显然是太小题大做、供过于求了。其中的点睛之笔是菠萝。这种原产于热带、引进英国仅约百年的"贵重水果"是当时欧洲上层社会社交餐桌上象征身份的奢侈品之一。〈1〉随后提到的"温阶暖房"就是为了在英国这样的寒凉之地种植菠萝等热带植物而发明出的新技术设施。有些英语读本的注释将诺寺拥有此种先进设备归于蒂将军的"口腹之欲"和"邪恶"。将军确实曾当场自称"喜欢上等水果"，还表示要顾念"朋友和孩子"的需要；后来小凯也发现他"特别讲究饮食"（II.11）。但是，通观其言行，读者能明白地看出他绝不是溺爱的父亲，也远非开销无度、日日欢宴的社交迷。相反，他女儿和客人小凯在诺桑觉寺的日常生活堪称冷清。他更上心的是为次子亨利的小片房地产谋划砌围墙种牧草，是郑重其事地与固定资产"核查员"（surveyor）议事（II. 11），是为他的庭苑种植未能达到"计划"（II.7）而烦恼忧虑并不辞辛苦地监管落实。正因如此，他在歉收之年还能收获上百只菠萝。种种迹象显示，蒂家果蔬园的规模生产不可能是自产自销。

前一章讨论《爱玛》时我们已经注意到，奈特利家仅有一株苹果树结的果子品质特别好，他和长于经营之道的管家为了更多的"收益"也会尽量多出售（*Emma*, III.9），以致多送了贝茨家一份以后连自家食用都不能保证了。相比于奈特利和他家的区区一棵苹果树，对收益和聚财的热情至少要高好几个数量级的蒂将军发展出庞大的庭苑经

〈1〉 自从哥伦布从美洲带回菠萝，菠萝就被当时的欧洲人视为"水果之王"，即使只有一枚出现在贵族家餐桌的中心，也体现着主人的热情好客，还标榜了财富、价值、威望与尊严。现今英国巴斯市新月楼展示18世纪上等阶层生活的展馆内陈列的满桌待客甜点中，摆在最中央独占鳌头的便是一只菠萝，据说当年价32英镑。有人甚至估算一颗菠萝"闯荡"欧洲的最高价格纪录相当于如今的5万—10万美金。参看微信公众号《物种日历》2021年10月17日文章《欧洲贵族餐桌上的菠萝，一度是租来的》。

济,无疑主要是想对接外部消费市场,难怪有评者直白地称之为"市场园"(market gardens)。[1] 此前,《诺寺》的叙述曾详细记录了凯瑟琳对将军每天大清早出门的习惯疑惑不已,看似赘笔;到这里便现出了意味——原来,将军不是如小凯所想只是随意散散步,而是正儿八经实施例行经营巡查。蒂小姐当时的困窘便也有了解答:她感到难堪不仅因为父亲的霸道作风,也因为他的生活方式不太符合有闲绅士们的常规。

大致看罢果蔬园,两名少女不顾将军反对,选择了经由园外潮湿的林荫路返回。蒂小姐说那是她、也是她母亲最爱的小径,凯瑟琳则钟情于周遭的参天古木。然而蒂将军不时给她们设限:这不让看、那没意思,还不明不白地让她们干等了一个小时。种种令人不快的表现让小凯对将军的怀疑升级。在他的主持下,客人小凯还观看了富丽的客厅、书房和客人卧室。"好宏伟,好堂皇,好迷人"等笼统字眼是凯瑟琳唯一能说出的赞美词。因为她"不辨高下"的眼几乎连缎子的颜色都没有看清,而且她对"一切晚于15世纪的家具"全都不感兴趣。"所有对细节的称道,所有意味深长的赞誉,全都由将军提供","将军满足了自己的好奇心,仔仔细细地查看了每一件熟悉的装饰"(II.8)。一行三人还造访了经过彻底改造并加装了最新设备[2]的老厨房。

  ……诺寺的全部古迹到厨房的墙壁便终止。四方院[3]的另

---

[1] Katherine Kiekel: "General Tilney's Timely Approach to the Improvement of the Estate in Jane Austen's *Northanger Abbey*," *Nineteenth-Century Literature,* Vol.63, No.2 (Sept. 2008), pp.160-161;另参看N. Shaw: "Free Indirect Speech and Jane Austen's 1816 Revision of *Northanger Abbey*," p.346,该文讨论了蒂尔尼将军的市场取向及他对科学和技术的某种兴趣。
[2] 索瑟姆认为,蒂尔尼将军是拉姆福德(B.T. Rumford, 1753—1814)伯爵式的发明家。参看B. C. Southam, "General Tilney's Hot-Houses," *Ariel* 2 (1971), pp. 52-62。
[3] Quadrangle,由四面楼房及其围起的中庭构成,格局多少类似我国的四合院。从书中描述可知,诺寺大宅的主体便是一座四方院。

一面老房因为濒于坍塌，早被将军的父亲拆除，盖起了现在的房屋……新房不仅是新，而且大力标榜其新，且因本来就打算用作家务间，后面还有马厩，也就没有考虑建筑风格的一致性……居然有人为了区区家庭经济运行之便而毁掉了全宅原本最有价值的古迹，凯瑟琳真想对此大发雷霆，……她宁可不到这惨遭破坏的地方来受罪伤心。可是，若说将军有虚荣心的话，那恰恰就体现在这些家务间的安排上。他相信，看看那些足以减轻身份卑微下人劳动强度的舒适便利设施，莫兰小姐心中必会感到十分欣慰，因而他领她一路观看也就不必时时向她致歉了……（II.8）

小姑娘家没有多少见识，蒂家的排场让她惊叹不已；何况所见所闻有许多是从未接触过的新事新物。从小凯的心情到将军的强制挟持，叙事无缝对接。

在很大程度上，观看果蔬园和内室两段是揭示诺寺大宅真谛的关键章节。[1] 叙事用笔意在言外，借小凯的见闻向读者提示，退役将军蒂尔尼不仅是世袭地主，更是其他什么——比如说，热衷于改良和创新的生意人和尚未定型的农业资本家，或用索瑟姆的话说，是"见过世面的（urban）有产者和城里人"。[2] 名称古色古香的诺桑觉寺（包括房子和园囿）岂止"现代"，它几乎是"先进"生活的橱窗，是其主人新型社会身份的外化和物化。

凯瑟琳在诺寺住了将近一个月，最后一段将军因事出门一周，亨利因职责所在也需要时常回到自己的教区。其他人不在，两个年轻姑娘倒是过得更加融洽自在，蒂小姐甚至表示要留小凯再多住些日子。

---

[1] 参看 N. Shaw: "Free Indirect Speech and Jane Austen's 1816 Revision of *Northanger Abbey*," p. 344。

[2] Southam: "General Tilney's Hot-Houses," p.59。

不料一天晚上蒂将军突然返回，而且对客人的态度陡然改变，甚至压根不留任何时间让她做些联系安排，就不由分说地驱赶毫无独自乘坐公共驿车经验的小凯第二天一早立刻离开。

与将军最后的粗暴行为隐隐呼应，在逗留诺寺期间凯瑟琳还遭遇了女友的背叛。

凯瑟琳对伊莎贝拉生疑是早有端倪的，但她不愿也"不敢"把朋友往坏里猜想。可是，明明白白看到贝儿和蒂家老大（即正在休假的民团上尉弗雷德里克）眉来眼去、调笑共舞，小凯不由得深感不安，"替自家哥哥吃醋"（II.4）。离开巴斯前她曾请亨利去提醒蒂上尉与已经正式订婚的伊莎贝拉保持距离。亨利不愿介入，还指出：如果索普小姐心思笃定，其他男人的关注就不会伤害她的未婚夫。住进诺寺后第十天，凯瑟琳收到家信，得知哥哥不堪忍受贝儿与蒂上尉拉拉扯扯的关系，解除了婚约。亨利和埃丽诺尝试安慰小凯，还询问了索普家的财产状况，却都不相信他们的大哥会当真考虑娶伊莎贝拉为妻，也不信这一次贝儿"找到了真正爱的人，或许会忠诚不渝"：

"保不住她会，"亨利说，"倘若没有再遇上个准男爵，或许她会忠诚。那可是弗雷德里克唯一的指靠啦。我得找份巴斯的报纸，看看那边最近新到了些什么人。"

"那么你认为这都是为了名利？是的，有些事的确像。我记得，当她第一次听说我父亲会给他们多少财产时，似乎大失所望，嫌太少了。"（II.10）

亨利的腔调有几分冷嘲热讽、玩世不恭。然而凯瑟琳的回答很认真。她不理解财产计较与她心目中慷慨的蒂将军及其富有家庭能有什么相干，却第一次把伊莎贝拉的言行与物质谋求联系起来。在亨利的步步引导下，她终于得出结论，尽管自己"无法再爱"贝儿，但既然失去的只是用心如此不纯的女友,"我并不像大家想的那般非常、非常痛苦"(II.10)。

从凯瑟琳口中道出的贝儿的某些言行,似乎证明后者确实是在婚姻市场里谋财,从而验证了亨利对她的判断。小凯心里难免会想起女友曾不止一次宣布自己重情而轻财。此前,她已经看出将军讲究饮食却每每说相反的话,暗自思忖这位长者莫不是"信誓旦旦嘴上说一套,同时想的却是另一套"(II.11)。成长的重要一步,便是认识到社会中人们常常有心口不一的时候。

果然不出亨利所料,不久贝儿给小凯寄来了蜜语甜言的长信,称"你哥是我唯一爱过、唯一能够爱的男人",说她"最最讨厌的"蒂上尉已经离开了巴斯,还企图说服小凯出面解释误会,以修复她和詹姆斯的关系。但是,对于已经伤心失望的小凯,这番话有如伤口撒盐。她愤愤地说:"她(贝儿)一定认为我是个白痴。"(II.12)

对伊莎贝拉的再评价[1],标志着天真少女凯瑟琳心理成熟的一个重要节点。亨利兄妹所揭示的伊莎贝拉凉薄重利的真面目,使后者进入奥斯丁笔下不择手段的女性婚姻猎手的行列——其中的代表人物包括冷静而坚韧的露西·斯蒂尔小姐以及瓦森三姐妹中的二姐,等等。未完成书稿《沃森一家》开场一幕便是沃家大姐向刚从学校归家的小妹揭发老二"仅仅为图谋个人进境"不惜伤害至亲(即破坏大姐婚事以求自己捞个家道殷实的丈夫),并用"过度男性化且肆无忌惮"(too masculine and bold)定义这种竞争性行为。她宣布说:"贫困固然是极大的坏事(evil)……但我宁愿当学校教师……也不愿嫁给自己不喜欢的男人。"不过,转眼间她又似乎忘记了自己刚刚攻击过男性化竞争,自相矛盾地声称"女性娴雅"(femininity)是一种奢侈,自己不得不

---

[1] 参看 Mary Waldron: *Jane Austen and the Fiction of her Time*, p.130。

"既贤淑又凶悍"（feminine-predatory）。⟨1⟩从未能写完的手稿很难推断沃森大小姐的真心与全貌，不敢说她宁做女教师也不愿随便嫁人的表态是否当真。但是，她的言说表明她通谙世事，对这些问题做过非常自觉的思考。或许，伊莎贝拉在某种程度上是沃家大姐与二姐的集合体？

无论如何，贝儿是一面镜子，让小凯见识了人际交往中的钱财谋划和口是心非，并开始意识到在那个时代和社会中女性特别脆弱的处境。

巴斯是友谊被重新审视之城；而诺桑觉寺则是哥特式"罗曼司梦幻破灭"（II.10）之地。小说的两大幻灭主题同时也是对自身文学传承和素材来源的充分自觉的多重戏拟。关于这部小说对哥特故事的调侃讽拟，早期英语评论有许多的论述。值得强调的是，戏拟是双刃剑。亨利两次教导凯瑟琳，提醒她不要忘记当时"英格兰南部"也即英国最文明地区井然有序的现实状况（I.15），还要学会区分古与今，以及不同的"国度"和"时代"（II.9）。亨利的谆谆之言看似意在制衡哥特想象、肯定现代文明，其实却饱含奥斯丁向写实转型时一路相携的反讽。《诺寺》戳破哥特式幻想的不合时宜，却同时提示了现今时代的"妖魔"（monstrous）面相。⟨2⟩从针对哥特故事和罗曼司的讽刺出发，奥斯丁已经步入探讨真实人生及人间万象的写实小说。凯瑟琳被蒂尔尼将军逐出家门时意识到，自己原来似乎不着调的怀疑其实没怎么冤枉那位家长，他的确有几分专断可怖。

最早一批读者中有人敏锐地意识到：在小说第一部分里巴斯几乎就是"中心人物"，恰如第二部分中诺寺及其所代表的一切。⟨3⟩这里，

⟨1⟩ Austen: *The Later Manuscripts*, pp.80-84.
⟨2⟩ 参看 George Levine: *Realistic Imagination* (Chicago: The University of Chicago Press, 1981), Ch.3。译文参看龚龑等编译：《奥斯丁研究文集》，147—162页。
⟨3⟩ "Whatley on Jane Austen," in Southam (ed.): *Jane Austen: The Critical Heritage,* Vol. I. (London: Routledge and Kegan Paul, 1968), p.100.

"人物"是指某种被多方描摹刻画的形象。巴斯城和诺寺大宅两者合一,正构成了这样一种被观察、思考的"世界"形象。我们有理由认为,这部以地名为书名的小说的核心关注就是这世界图景,一个通过天真乡村少女之眼摄取的非常商业化的世界(虽然工业资本的运行基本在视野之外)。在奥斯丁笔下,这个新世界的一些尚难以辨别清楚的特征要靠某些细节点醒关注,比如备受追捧的衣饰时尚,比如巴斯配套成龙的保健休闲消费,比如席卷万众的畅销小说,比如令人愕然的菜园经济和菠萝暖房,比如新设备闪亮登场的大宅厨房和家务间,比如在优裕生活外围浮荡的令人忧心的"恐怖"感觉……

亲自出马的叙述者及"我的女主人公"

《诺桑觉寺》与其他几部奥斯丁小说最不一样的地方,便是让读者明确感到作者"时时在场"[1]。当然,这里的作者指叙述者或小说叙事呈现的作者形象。

叙述者的触目表现之一,是三度亲自到前台登场发表议论:一次是谈小说,一次是论服饰,另一次是评说女子无知。这在奥斯丁小说中当真十分罕见。表现之二则是反复强调凯瑟琳的"女主人公"身份,不仅多次提到"我的女主人公"(比如在上卷10、12、14章和下卷14章),还曾多次未加定语"我"直接说"女主人公"。小说"第一章就突出了作者的在场"[2],说:但凡见过襁褓中的凯瑟琳,"谁都不会想到她会成为女主人公",随即向读者一一介绍她幼年相貌寻常、才艺平平

---

[1] John Mullan: *What Matters in Jane Austen?* (London: Bloomsbury, 2013), pp. 291, 294-295.
[2] 兰瑟:《虚构的权威》(北京大学出版社,2002,黄必康译),75页。原著为 Susan S. Lanser: *Fiction of Authority: Women Writers and Narrative Voice* (Cornell University Press, 1992)。

等种种情状,最后在该章接近结尾之际却笔锋一转:"但是,当一位小姐命中注定要做主人公,即使方圆左近有四十户人家从中作梗,事态的发展也保准会给她送来一名男主角。"(I.1)

"作梗"云云指的是莫兰家附近士绅人家中没有和凯瑟琳门当户对的年轻男性。这段话的腔调里洋溢着乐不可支的揶揄,也体现着叙述者相对于人物的"恩主"般的地位。有人认为这种庇护姿态似乎蔑视多于善意[1],其实未必。因为,强调童年小凯"普普通通",是对拉德克里夫、史密斯和伯尼等女作家笔下女主人公模式的小小颠覆,营造出某种"讽拟"的张力,体现了对女性写作传统既倚重又诘问的态度。可以说,突出叙述者"我"的存在是一种提醒,表明"作者致力于嘲讽其他小说的套路"[2],宣示本书的与众不同和作者进行艺术探索的自觉性。

另一方面,"我的女主人公"之类说法透露出对凯瑟琳这个人物的某种带有调侃和俯视意味的宠爱。在奥斯丁生活的时代和她小说里,对人的称呼加上"我的"(my)指示至亲至近的关系。《爱玛》中乔治·奈特利是女主人公的近邻加姻亲,时常不离左右,可以说是看着爱玛长大的,却直到两人正式订婚后才称她是"我的爱玛"。[3]"我的"一词虽略显居高临下的占有心态,但放在语境中更多是凸显了作者/叙述者在这个人物身上的感情投注,其既嘲又宠的态度近似亨利,传达出特别的欣赏、呵护之意。然而,不同于亨利,立足点更高的"作者"几乎没有说教的欲望,却更多是饱含同情的观者,看出这个混沌未凿的小姑娘其实在很多方面胜过她的教育者。亨利最后对小凯说"感谢",原因也在此。

---

[1] Elizabeth Hardwick: "An Engaging Story about Human Being," in B. C. Southam (ed.): *Jane Austen: Northanger Abbey and Persuasion, A Casebook* (Macmillan, 1976), p.99.
[2] Mullan: *What Matters in Jane Austen?*, p.295.
[3] Ibid., p.292.

深得叙述者"欢心"的小凯也被后世众多读者判定是"可爱的傻妞"（engaging goose）〈1〉。她的可爱到底体现在哪里？这其实是理解小说题旨的一个关键线索。

　　如一些评者说，凯瑟琳的可爱恰恰在于其不谙世事的天真本色。前面两节已经分别述说了她如何对人毫不设防、痴迷于哥特式幻想时又表现得有多么荒唐。她一再被现实教训、深感羞愧，从反面印证了她的纯朴。不过，最最重要的也许是，直到最后小凯本质上仍然是个天真者，许多人和事对于她来说仍是不透明的观察对象。虽然她后来终于对类型化人物索普兄妹有了一定判断力，但是对蒂尔尼一家等等却仍旧远远未能看清。

　　提到蒂家，首先自然是蒂尔尼将军。将军粗暴地把自己盛情请来的客人逐出家门的行为使凯瑟琳百思不得其解。后来亨利给了一个粗略的解释，说将军最初的热情全都建立在约翰·索普刻意制造的误会之上。索普起初以为小凯是自己已经追到手的猎物，为了挣面子信口开河向蒂将军吹嘘她"钱"景如何可观；后来遭到小凯再三拒斥，便一百八十度掉头诬她穷得掉渣。将军则不仅仅是以身价定态度，而且把上当受骗的恼羞成怒也全部报复到无辜小姑娘头上，将小凯扫地出门时丝毫不顾起码的礼貌和体面。于是有评者指出：这是个令人费解的人物；其邪恶超出必要，实在是很"妖魔"。〈2〉如果说这话前半句言之有理，最后的结论却仍待商量。

　　纵观小说叙事，对蒂将军的处理确实包纳多处含糊。不妨再举几个例子。比如，将军对仆人和子女的粗暴态度被反复提及。自从在巴斯认识了亨利兄妹，凯瑟琳每次去拜访蒂家人都直接间接地见识了将

〈1〉　W. D. Howells: "A Very Engaging Goose," in B. C. Southam (ed.): *Jane Austen: Northanger Abbey and Persuasion,* p.55.

〈2〉　Elizabeth Hardwick: "An Engaging Story about Human Being," in B. C. Southam (ed.): *Jane Austen: Northanger Abbey and Persuasion,* pp.102-103.

军责骂仆人呵斥儿女（上卷13章第一次记述了相关内容），弄得家里人一个个胆战心惊。由此看将军似乎显得很"暴君"。然而这个人物的职业是被明写在他的名称里的。读者不可能不意识到，不论他的严苛时间规定还是他发号施令、动辄骂人的习惯，也许或多或少都是源自长期军旅生涯[1]，并非全然是恶魔特质。此外，他还有两段出人意料的言论，分别关涉本国制造业和"职业"。

一天，凯瑟琳注意到蒂尔尼家早餐餐具十分精美，"她对他（将军）品味的赞赏令他喜不自胜，承认那些瓷器确实洁雅简素"，还表示"应该鼓励本国的制造业"，说对他而言"用本国斯塔福德郡瓷土制品沏出的茶，和德累斯顿或塞夫勒[2]的茶壶沏出的茶没有什么区别"（II.7）。另一次，在与凯瑟琳谈亨利的处境及其牧师身份时，将军不但介绍二儿子其实收入颇为宽裕，还在更形而上的层面论起了"职业"的必要性：

> ……这看上去有点奇怪，除了长子我只有两个更年少的孩子，为何还认为亨利需要有个职业（profession）；当然了，我们有时候也希望他能免受任何俗务（business）缰索的羁绊。不过……你父亲会赞成我的看法，认为让每个年轻人有事可干是有益的。钱无关紧要，那不是目的，重要的是有所作为（employment）。你瞧，就连我的长子弗雷德里克，他将要继承的地产或许相当可观，恐怕比起本郡任何平民[3]都不逊色，可是他也还是入行从业了。（II.7）

---

[1] Kiekel: "General Tilney's Timely Approach to the Improvement of the Estate in Jane Austen's *Northanger Abbey.*" pp.145-147.

[2] 德累斯顿现为德国萨克森州首府，著名的工商业城市，18世纪率先发展出了欧洲瓷器制造业。塞夫勒为法国著名瓷器产地（法国塞夫勒皇家瓷厂于1756年迁至该地）。

[3] 在当时英国社会中"平民"（private man）可泛指所有没有贵族封号的庶民百姓，包括地位仅次于贵族却没有正式封号的地主士绅。奥斯丁小说所描写的，几乎全部是这类上层平民。

蒂将军喜欢追新比奢，这我们早已有所领教。"洁雅简素"等间接引语表达的客套和自夸相当直白而粗糙，然而对本国制造业的关注却并非每位热衷攀比炫耀的老贵新富都有的关怀，在奥斯丁笔下也是独一无二的。显然，极度注重物质的蒂将军并不"崇洋"，且颇有发展民族工业的理念。他还自诩"为国事"（affairs of state）竟日操劳、夜不能寐，"为他人的利益"累瞎了眼（II.7），等等[1]，显然也超逾了旧式地主的日常生活和精神襟抱。至于以直接引语表达的对"职业"和"工作"的重视，则令我们联想到奥斯丁笔下那些理想化新派绅士。此前的章节已经阐述过"business""employment""profession"等关键词在奥斯丁小说中的作用。她心目中名副其实的绅士绝非游手好闲的沃尔特爵士们，而是身负"业务"（business）、锐意经营的奈特利和达西。可以说，关于民族制造业和职业的议论使地主出身、有长期行伍历练又追随新潮的蒂将军具有某种"先进性"，令他的形象具有另外的色彩和面相，更为立体化了。这个人物看似"扁平"，其实不仅与约翰·达什伍德的资本运营多有呼应，也与奈特利先生的行止举措有所重合。

不仅如此。蒂将军的复杂性还体现在他与其他人物的关系及其在小说叙事中发挥的作用。举个例子说，在带自家儿女和凯瑟琳一道前往诺寺的后半路程，他作为家长吩咐小凯与亨利同乘一辆车。此前，艾伦先生曾对索普与小凯同车表示不以为然。《理智》一书中玛丽安与威洛比同乘轻便马车外出更是引起了很多误解和非议。以当时的习俗，将军这一举动说明他正式许可甚至鼓励亨利与凯瑟琳交往，发展通向婚姻的关系。后来他说希望不久后可以为"别人"买新瓷器更是暗示了对办婚事的期待，还在参观亨利的牧师宅时征询小凯对房间装饰的看法，俨然已

---

[1] 有学者对此做了非常政治化的历史阐释，将蒂将军这方面的操劳与英国社会18—19世纪之交反改革的保守政治活动联系起来。参看 Hopkins: "General Tilney and Affairs of State: The Political Gothic of *Northanger Abbey*," pp.180-181.

经把她当作未来的女主人。到最后，连木头木脑的小凯也多少听懂了这些明说暗示，不禁欢欣鼓舞起来。在这种情况下他又突然反目，不但凸显了他作为监护人很不可靠、对礼仪缺乏敬重，更揭示了他肆无忌惮地谋求家族经济利益、漠视他人的情感乃至安危。由于在这部未能充分修订完善的小说中对人物和事件的描写相对粗疏，突兀的转折使将军呈现出较多恶魔特征。但另一方面，凯瑟琳与亨利同车行路的轻松快乐的心境以及亨利因父亲背信弃义心生歉疚反而加速求婚进程等情节设计，又揭示了事态的复杂以及坏事和好事的转化和纠结——像达西姨妈凯瑟琳夫人一样，将军实际上成了男女主人公终成眷属的促成者。

正因为叙事中这些较为复杂的层面不是小凯所能参透的，正因为到小说结尾她仍对将军的骤然变脸百思不得其解，叙述者微带哂笑反复念叨"我的女主人公"，用意之一即是在这部以天真女主人公为主导视角的小说里不时拉开与人物的距离，提示读者真正贯穿全书的，乃是一种远比小凯眼光更深邃开阔的思想意识，不但更通晓世情，也更富于批判精神。

同样不该粗率略过的，还有蒂家其他成员。老大蒂上尉虽然只是稍许露过几面甩过几句俏皮话的半类型化人物，却也是凯瑟琳不曾见识过的，所以她傻乎乎地认为一旦他知道贝儿订婚的事实就会改变行为方式。当然，更耐人寻味的是小凯的朋友，即小说的"正能量"人物亨利和埃丽诺。这兄妹俩其实也相当不透明。他们对待父兄的态度尤其暧昧，有待凯瑟琳日后慢慢体味认识。

亨利曾经为了向小凯说明他们如今生活在文明的基督教现代国度，举出"自愿当间谍的邻居们"[1]来证明哥特式家庭暴行不可能存在。与

---

[1] 索瑟姆指出，此说"有确切的历史含义"，是拿破仑战争期间英国社会的真实状况。B. C. Southam, "'Regulated Hatred' Revisited", in Southam (ed.): *Jane Austen: Northanger Abbey and Persuasion,* pp.123-124。

此相似，当小凯兴致勃勃提到伦敦的"恐怖"事件，唤起的却是蒂小姐对"三千暴徒聚集……银行遭攻击，伦敦塔受威胁，伦敦街头血流成河"（I.14）的担忧。这些表明，蒂家老二亨利和他妹妹埃丽诺对世事的了解远远超过凯瑟琳的悟性和想象。难怪有学者称，这些涉及哥特文学的反讽章节在"薄薄一层文学幽默之下"展示"并不可乐的现实景况"，"反讽指向富足中产阶级浅薄脆弱的自满"。[1]

亨利们显然不同于小凯，是现代生活阴暗面甚至恐怖面的知情者和"经验"者。这经验部分地体现于他们对待父兄的态度。蒂小姐在父亲面前表现得战战兢兢且唯唯诺诺，但即使在背后也从不在外人面前怪怨父兄或以归咎父亲的方式为自己的某些失仪之举辩护。她回避小凯有关将军为何每天一大早出门散步之类的疑问。谈及长兄蒂上尉与伊莎贝拉调情一事，亨利不但拒绝介入，甚至躲躲闪闪顾左右而言其他。他不介意裁量甚至"审判"伊莎贝拉的行为，却不肯当着小凯追究大哥的是非对错。

他们两人有良好教养、原则操守和悲悯之心，却无心扮演急公好义、疾恶如仇的大侠。他们看出父兄的道德缺陷，不约而同与其保持某种反讽的距离，却不愿过于有悖父子之道。亨利及埃丽诺的态度表明，一方面他们对父亲为人处世、治家理财的方式，对大哥游戏情场的花花公子做派都是有看法的；另一方面他们又明智地意识到，不论考虑家中的地位和话语权，还是以社会规范和常态衡量父兄，都没有他们插手的道理和空间。亨利和妹妹明确抵制父亲的行动仅仅涉及个人的婚姻抉择。似乎，他们和作者奥斯丁一样，认为在这个领域即使弱势者也有决定性的投票权利，只要自己肯于承担后果。埃丽诺明知父亲反对却毫不游移地默默倾心于一名囊中羞涩的青年；亨利则被迫采取了更有抗争色彩的行动——将军赶走小凯后，出于对父亲唯利是

---

[1] Southam (ed.): *Jane Austen: Northanger Abbey and Persuasion*, pp.125-126.

图态度的不满和对凯瑟琳的愧疚，他毅然追到后者家正式提出求婚，并对小凯的信任表示"感激"。他去的正是时候——小凯当时熬煎着呢。自两人头回相见，她"那颗心早就"闭眼一跳河地许给这位亨利大哥了，到这时心上那块大石头才算落了地。

不论结局多么皆大欢喜，男主角亨利本质上是自相矛盾的。一个说明问题的线索是，尽管这位开明而理性的青年发表了诸多调侃或辨析的言论，他却是书中唯一精通哥特故事并曾熟读拉德克里夫作品的男士。他和凯瑟琳一道乘车时，一路上肆意发挥，虚构种种可怕场景，仿佛是在揶揄戏弄，结果却是进一步唤起、鼓动了他似乎打算反驳的哥特式想象。有人认定这个以工笔精描细画的人物其实是作者表达"有节制的憎恶"的一个样本[1]，对这个人物否定多于认可。这类说法有些过分。塑造亨利式温煦年轻人，与其说作者意在否定，毋宁说是在用心探讨。叙事把蒂家两位年轻人与父兄剪不断的关系和其中的长幼之序设定为自然而且必要的。父兄没有逃脱他们审视的目光并且在很多方面被他们暗中批评诟病，然而他们必须与之共存，甚至维护家庭整体性和长者的权威。亨利和埃丽诺体现了这种共存的难堪、沉重甚至苦痛。同样地，奥斯丁与家里家外的掌权派有千丝万缕联系，看不到安然实现根本性改良的前景，也不认为私奔之类个人叛逃可以成为化解、革除社会弊端的路径。亨利们不得不与父兄共存但又有所拒斥、有所抗争的两难处境，似乎倒是更多体现了或呼应了作者的思想立场和写作手法。

《诺寺》一书最终选择以埃丽诺的恋人意外得到爵位和遗产这样的小概率事件匆匆解决了情节困局。蒂将军对女儿婚事万般得意，叫女儿一声"（子爵）夫人"便通体舒泰；接着又发现莫兰家并非一贫如洗，凯瑟琳名下有不无小补的三千镑陪嫁，而且从老艾伦的家产中分

---

[1] Southam (ed.): *Jane Austen: Northanger Abbey and Persuasion*, p. 127.

一杯羹也未必不可能。于是他对二儿子亨利的婚约也就解禁放行了。奥斯丁深知，如此处理，是在公开耍任性，是霸蛮地依仗偶然事件。因此，提到蒂小姐婚事的段落是叙事者"我"最积极地抛头露面的文字之一。"我想，这件事一定会使所有认识她（埃丽诺）的人感到满意。我自己也感到由衷地高兴"，作者说，一边罗列蒂尔尼小姐的种种好处，语调里跳跃着一份揶揄的热乎劲儿。然而，对于那位如意郎君，作者没有记述他的任何感人事迹，甚至连名姓都没有透露，只说是个"天下最最可爱的青年"，还俏皮地号称："我知道，行文规则不允许我在与本书无关的人"上浪费笔墨。读者所能得知的只有这两位情侣相知已久，男方只因"财产地位逊色一筹"（II.16）未能更早公开追求心上人，直到他有一天意外地继承了家业。〈1〉还有就是他当初虽然没有求婚的实力，却有资格在诺寺长久做客，凯瑟琳进行哥特式"探险"时发现的洗衣单就是他留下的。把化解亨利凯瑟琳婚事僵局的这位关键贵人说成"与本书无关"，故意张扬喜剧结尾的偶然性，相当于从另一个角度重提亨利们为人处世的难题——如果埃丽诺男友没有和后来《简·爱》中的男主人公罗切斯特一样意外获得了继承权，亨利和妹妹两人的"抗争"会被容忍到怎样程度？又该如何收场？须知，亨利本人的饭碗其实也握在父亲手里呢。亨利们面对父兄时的两难含糊态度与奥斯丁本人同她所讥讽的世道之间的关系实在颇有几分类似，莫非这恰恰喻示着求改良者在由蒂将军主宰的"新"世界中的境遇？

除了蒂家诸人，凯瑟琳最终也没能看明白的，还有她在巴斯城亲历的两种时髦，分别体现于艾伦太太的服装癖及由伊莎贝拉传导的哥

〈1〉 此处小说行文暗示那位青年是贵族（子爵）家的次子，按常规无权继承家庭的封号和主要财产，因而在婚姻市场上不太吃香，面对蒂尔将军这样算盘打得无比精到的父亲自然更得小心谨慎、步步为营。另一方面，他曾在蒂家长期做客（甚至需要外送洗衣）这一细节又表明蒂将军很在意结交贵族人家。参看 Austen: *The Annotated Northanger Abbey* (New York: Anchor Books, 2013, ed. David M. Shapard), p. 507, 注释12。

特式惊悚小说热。而且,叙述者本人的现场说事也是由这两种"热"引发的。

先说说时装。在欧洲,直到奥斯丁的时代(也就是说,在工业革命使许多消费品价格发生重大改变之前),优质纺织品一直相当昂贵,衣服是一项重要资产。理查逊的名著《克拉丽莎》(1758)里有一个相关细节。书中哈娄家老爸逼女儿嫁给一个不讨人喜欢的有钱人。女儿克拉丽莎表示宁死不从。父亲怒不可遏,打算强制执行。不可思议的是,面对这生死攸关的婚姻大事,老哈娄在给女儿下最后通牒时却中途话题一转,谈起"裙子"来。他说他打算给女儿六条绸缎长裙作陪嫁,可是她原本有一条几乎全新的绸裙;如果她愿意拿现有的那条顶作六件之一,他可以另贴她一百畿尼(畿尼为旧时英国金币,价值略高于一英镑)。我们由此可知,当时一条考究的丝绸裙衣的价格大大超过百镑——那笔钱足够让一名单身男士过两三年体面而舒心的日子!难怪老哈娄虽然很有钱,却不敢忽视裙子。他认定女儿绝对没有胆量和能力当真违抗父命,因此不等她表态应允婚事,便迫不及待地就嫁奁讨起价来,想把一条"几乎全新"的旧裙子算入陪嫁。我们在本章头一节里已经述及艾伦太太如何高度重视蒂尔尼太太当年结婚时从父亲手里得到的两万镑嫁妆外加五百镑婚礼服购置费。这两个小插曲相互映照,让我们更充分地理解了蒂太太的结婚礼服怎样在街谈巷议中成为家庭财富和个人身价的标志。

18世纪,英国不仅率先开启了日后改变全球面貌的工业革命,而且也经历了同样影响深远的商业化历程。服装时尚的影响日渐扩大,厚重而华美的绸缎衣裳曾一度是高贵身份的体现;而到了18、19世纪之交,轻而薄的白色或浅色的棉布(或丝、麻)衣裙蔚然流行。浅色对应"纯洁",似乎含有某种道德意味;而且浅色服装不适合劳动,正好成为财产和闲暇的象征以及"文雅的标志"。这时,衬裙(petticoat)、裙衣(gown)和长外衫(pelisse)、短外衣(spencer)各司其"职",步行装、骑装和晚礼服分工明晰,时尚的更替深入人心。时装所标示的不仅是财产,还有"情趣"和鉴赏力。作为一种符号,服式的选择包含着美学的和道德的判断。奥斯丁在写给亲友的信里谈论衣物时常用"优雅"(elegant)一词,表达的就是包含美学-道德判断的"品味"(taste)。虽然美学品味多数时候要以金钱为后盾,两者毕竟不完全同一。因此,衣服寒酸固然令人看不起,但若衣料昂贵、品味却不入流,得不到认可,也会招来鄙视。一个多世纪以后,法国社会学家布迪厄在《品味之分》(初版于1984年)中指出,在现代商业主义社会中对不同档次物品的消费使得"品味……成了划分'阶层'的标记","品味从根子上参与决定了一个人拥有的一切——人或物事——也即在他人眼中那人的本质,因而(品味)便是一个人借以给自己分类并被别人分类的东西"。[1]

从艾伦太太一到巴斯城就着急忙慌地调研、采购服饰的举动,我们可以窥出商业运作的端倪。英国经济学家、医师兼金融投机家尼古拉·巴蓬(Nicholas Barbon,1640—1698)在早于奥斯丁约百年的时候已对时尚的本质有了敏锐的洞察。他说"衣装和服饰的变化是商业的精神和生命"、"多亏时装,庞大的商业机器得以持续运转",还进而指出:"时装在很大程度上起因于特权阶级不惜一切代价要与跟在他们后面的大众相区别,要在两者之间树立屏障……来自跟随者和模仿者的压力显然促使带头人跑得更快。"[2]的确,焦虑是购买欲的根源,在很大程度上"时尚"是商业化社会持续制造焦虑的"阴谋"。时尚运作

---

[1] Pierre Bourdieu: *Distinction* (London and New York: Routledge Classics, 2010, trans. by Richard Nice), pp. xxiv, 49, 书名参考袁伟的翻译;另参看刘晖:《从趣味分析到阶级构建:布尔迪厄的"区分"理论》,《外国文学评论》2017年第4期,49—65页。
[2] 转引自法国著名历史学家费尔南·布罗代尔(1902—1985)的论著:《15至18世纪的物质文明、经济和资本主义》(生活·读书·新知三联书店,1996,顾良、施康强译),383页(包括相关注释)。

的奥妙就在于人为地、系统地使消费者现有的物品"过时"。服装"过时"意味着"穿主"在身价和趣味上的双重贬值，几乎万无一失会引发新的焦虑和新的购买活动。

奥斯丁对艾伦太太的服装癖采取挖苦态度，也不赞成小凯们为着装过于忧心忡忡。叙述者站到前台发布的三段长论之一即与此有关。在讲述了小凯在认识亨利后为该穿什么衣裳参加舞会大伤脑筋之后，叙述者举重若轻地调侃说，其实她本不必如此："衣着向来只是小小不言的讲究（Dress is at all times a trivial distinction），过于煞费苦心只会适得其反"；还说，男人对新衣并不敏感，女人则只想自己出风头，"对前者来说，你衣着干净而又应时就足够了，而对后者来说，你穿得有点寒碜有点不得体才能博得她们欢喜呢"（I.10）。看来，奥斯丁在小说中避免过多细致描写衣饰是自觉的选择。她时刻意识到"有见识"的男士们的看法，不希望被划归艾伦太太的行列。然而另一方面，作者的戏谑语调又表明，她也时时意识到在钱成为人的"价值"的主要（甚至是唯一）尺度而裙子又很值钱的社会里，"穿"的问题与体面、"名誉"甚至人的起码的尊严密切相关。由于涉及钱，涉及与整体生活方式、教育方式密切相关的品味和修养等等——尽管奥斯丁不可能使用后世思想家发明的"文化资本"（cultural capital）[1]——来归纳或分析有关现象，但服装背后有十分复杂的权势关系，因而说到底毕竟不仅仅是"小小不言的讲究"。

实际上《诺寺》的叙事也远比那段议论更微妙婉转、色彩丰富。作者按照乡村少女本相呈现小凯，展现她对艾太太的着装训导言听计从的态度。她对服装的身价符号作用还几乎没有意识，对艾太太因他人衣装逊色而生出的沾沾自喜全无批评之意，甚至也不十分理解贝儿在考虑出门穿着时为什么总是念念不忘"男人的注意"（I.6）。她的服

---

[1] Bourdieu: *Distinction*, pp.5, 225, 283-285.

装焦虑更浅直地出自取悦亨利的本能愿望，对服装背后的社会评价和社会竞争并无太多自觉，所以也谈不上任何抵制。叙述者并没有正襟危坐地提出某种权威分析或结论，却借助有点调皮的活泼点评带动对热点话题的进一步思考和讨论。

有关小说阅读和写作的一长段"夫子自述"也发挥着类似的作用。上卷第5章交代了小凯和贝儿相识之初如何形影不离，甚至在不能出门的雨天里也要"聚在一起，关在屋里一道读小说"。之后叙述笔锋一转，开始半开玩笑地斥责起那些在自己作品中贬低其他同类写手的小说家：

> 天哪，如果小说的女主人公不从另一部小说的女主角那里得到庇佑，她又能从哪里得到保护和尊重呢？我可不赞成这样做。让评论家去穷极无聊地咒骂洋溢丰富想象力的作品吧，让他们用充斥当今报章的种种陈词滥调谈论每本新小说吧。我们可不要互相背弃，我们是受到伤害的整体。我们的写作比之其他文学形式给人们提供了更广泛更真挚的乐趣，但遭到的诋毁却如此之多，超过了其他任何一类作品。

接着，叙述者设想了一位姑娘埋头读书、遇到别人询问时的反应："'哦，只不过是本小说罢了'，那位年轻女士答道，一边假装毫不介意地把手中的书放下，多少还有点不好意思——'不过是塞西丽亚，卡米拉或比琳达[1]罢了。'"如果说前边以"我"和"我们"的口气发出的那些议论不无夸张，紧随女读者答话而来的貌似客观的陈述可以说显得相当认真："或者，简言之，不过是这样一些作品，它们展示了最

---

[1] 分别为弗·伯尼（1752—1840）和玛丽·埃奇沃思（1760—1849）的同名小说中女主人公的名字。

有力量的思想、关于人性最透彻的知识，以及对人的复杂性最精妙的描绘；它们用最恰当的语言向世人传达最生动活泼、恣肆汪洋的智趣和幽默。"

这是在为尚没有列入文学"正册"的小说体裁张目。最重要的是，此处被点出的女主人公名字以及前后文所展示的小凯阅读书目都直白地说明，叙述者或隐含作者心目中的"小说"，虽然不排斥《格兰底森》之类男作家的长篇巨作，但更多是指当时女写手的出品，包括爱情传奇和哥特小说，或者两者混血的虚构故事。这揭示了奥斯丁强烈的自觉传承意识，与戏仿手法乃至书中其他文学评论成分相呼应，强化了戏拟和仿作向原型致敬的功能，在奥斯丁作品中占有独特位置。

奥斯丁的少年习作[1]对人物大抵采取俯视姿态，叙述者高高在上，以欢闹的嘲弄笔调和少年的任性放肆摆布情节。而她的成熟作品则趋向对主人公的平视，自由间接体叙述的视点大抵落在女主人公身上，视点分离情况出现最多而且最触目的即是《诺寺》。评家通常认为是因为该书更多保留了早期写作的痕迹。对叙述者亲自出马发表议论，除了涉及女性阅读和女性写作的段落在后世女性主义批评中受到较多重视、引述率颇高以外，其他没有得到太多关注，即使被留意到，也常归于作者的一时自我放纵。[2] 但是，从前面讨论的两段看，它们的起因均与巴斯所代表的商业世界里惹眼的时尚——时装和畅销书——有关，恐怕并非纯属偶然。它们表达了作者给话题打上加重号的意图。小说展示了哥特幻想对小凯们的吸引力，并暗示：她们生存空间狭小

---

[1] 杜迪说那些自由挥洒的少年习作是奥斯丁真正想写的作品，判断不见得全对，但对理解较多保留早期特色的《诺桑觉寺》有参考意义。见 Margaret Ann Doody: "The Shorter Fiction," in *The Cambridge Companion to Jane Austen*（上海外语教学出版社，2001），pp.84-99.

[2] 参看 Reginald Farrar: "A Big Stride Forward," in Southam ed., *Jane Austen: Northanger Abbey and Persuasion*, pp. 60-61.

单调,由此酿出的对历险刺激、异国情调以及种种更丰富多彩生活的渴望与哥特文化一拍即合。当时英国生活场景,恰如诺桑觉寺大宅,正在迅速改变,古老旧物事旧传统在眼前迅速消失,不免使人们怅然若失地回顾过往。如华兹华斯所说,哥特文学的崛起在这个节点上迎合了大众心理。[1] 层层递进展示凯瑟琳哥特情结的同时,叙述者又以直接发言的唐突方式将读者强行带出女主人公的视域。叙述者"发言"的作用不在于提供权威定论,而在于指向某种远比小凯更洞悉世情、更远虑深思的视角。叙述者的直白言说与人物形象两相结合、彼此映照,小说整体的思想艺术丰厚度便大大增加了。千真万确,"《诺寺》中的真相一直没有终结"[2]。

叙述者另一次现身发生在小凯与亨利兄妹到巴斯市郊山地游玩之际。三位年轻人边享受风景边畅怀聊天。亨利有分寸地称赞了哥特小说,小凯则憨态十足地大鸣大放,对当时历史著述中"男人都一无是处、女人却几乎一个没有"、对"折磨"儿童的种种学识教育表示不满。转眼间她又因为自己不懂景观学问、"对有品味的事物一窍不通"、无法恰当地欣赏周遭美景而"不胜羞惭"。接下来的叙述从混声中剔除了人物即小凯的视角和腔调,只余下作者颇为尖刻的嘲讽之音:

> ……羞惭大可不必。人们若想要依傍眷恋,就该总是展示无知。自恃渊博无法满足别人的虚荣心,是聪明人力求避免的。特别是女人,如果她不幸有点儿知识,就应该尽可能地遮掩。
>
> 有位姐妹作家,曾用神功妙笔阐述了漂亮姑娘天生糊涂的好

---

[1] 参看 Stuart M. Tave: "Jane Austen and one of her contemporaries," in John Halperin (ed.): *Jane Austen: Bicentenary Essays* (Cambridge: Cambridge University Press, 1975), p.63; Barbara B. Wenner: *Prospect and Refuge in the Landscape of Jane Austen* (Aldershot: Ashgate, 2006) p.47。

[2] Morgan: *In the Meantime*, p.65.

处……我只想为男人补充一句公道话：虽然对于多数肤浅男士，女人的愚笨大大增添她们的妩媚，然而确有部分男人，他们很有理性也很有见识，对女人至多也就希求无知而已。可是凯瑟琳不解自己的优长，不知娇美多情而又懵懂无知的女孩定能迷住个聪明的小伙子，除非机缘特别不利。(I.14)

接下来，我们便读到亨利如何兴致勃勃地现场教学，给小凯传授风景画构图知识。祛除"女子无知便可爱"的男权世态绝非一两百年的事功。不过，此处我们想重点阐发的不是隐含作者对那种世道痛下针砭的挖苦，而是叙述者前台发言在本书叙事中的功用。"凯瑟琳不解"等用语明确点出了选择一位天真主人公造成的两难处境——一方面行文至此，如果不跳出小凯的眼光，便不能将对普遍世态包括对"教师爷"亨利的讥刺表达出来；但另一方面，由于《诺寺》中情节和人物设置都相对简单，没有《爱玛》式八面玲珑的丰富细节铺垫和多音部社群发声，想呈现不同于在场人物的境界颇为不易。或许这是《诺寺》保留了更多叙述者声音的一个根本原因。得力于叙述声音所提示的世情和见解，女主人公的天真本质、懵懂"外来人"本相才得以进一步彰显。

凯瑟琳的家庭背景被虚写。第一章展示的那个洋溢着知足常乐、宽容和睦气息的乡村牧师家宅，乃是儿童成长的最佳嬉戏场。于是小凯的天真代表了一种渐行渐远的生存方式和精神状态，与商业城巴斯和新乡村示范橱窗诺桑觉寺形成鲜明对比，几乎像是工商业长足进展的社会对失去的"乐园"的一种回眸，与布莱克《天真之歌》(1789)对童年天籁的谛听和华兹华斯《抒情歌谣集》(1793)对乡村景色、淳朴人物的凝视有异曲同工之妙。并非巧合，纯真和质朴恰是18世纪末浪漫派诗人的核心关注之一。

正因如此，凯瑟琳具有一个比该书以至主要奥斯丁小说中其他所有人物都更可爱的特质，即异常干净澄明的心地。亨利和妹妹埃丽诺对谈，说反话挖苦伊莎贝拉·索普，称她"为人坦率，正直，诚实，单纯无邪，感情强烈却朴实，不自负，不作假"（I.10），却歪打正着恰是对凯瑟琳的概括。无知是凯瑟琳的本质。如果她能"看透"蒂尔尼一家，或对商业游戏和资本游戏有所自觉，甚至对世态具有批判性认识，便无论如何是那个世道里的"经验"者了。尽管如在布莱克诗中，天真是脆弱的，不时会被黑暗和苦痛袭扰，不全然可取也缺乏自我保全能力，但仍指向与索普们甚至蒂尔尼们不同的真正的异样，表达了奥斯丁由衷认同的一种取向。这个简单人物提示着某种特殊的深刻。

  凯瑟琳离家来到巴斯，突然"被暴露"于资本新世界。她代表了此后两百年全世界各地的人们陆陆续续、或多或少要面对的处境——即被裹挟带入日新月异的逐利的商业社会。过往的生存环境已不能重归，陌生的新事物需要认识，未来的人际关系有待构建。人人都如小凯瑟琳，注定会是无从逃避的局中人，也时时是莫名所以的外来客。在变化的异己世道中，相对弱势的女主人公们如何安身立命、如何寻得迎"战"外界的方式？小凯瑟琳的答案是坚持本色。奥斯丁乐观地允许她始终保有天真、纯善的初心。不论这处理是否"现实"，都表达了作者心底无比珍爱的一个愿景。

第六章 《劝导》：安妮"突围"

"1814年夏天"（I.1）⟨1⟩，家住英格兰南部乡村的沃尔特·埃利奥特爵士有些烦恼。

自从通达明理的妻子去世后，十多年来沃尔特爵士慕虚荣、好享乐的心魔失去了把控，渐渐背下越来越多的债，陷入了不易化解的财务困境。不得已，他勉强听从了友邻拉塞尔夫人、律师谢泼德和二女儿安妮的建议，决定出租祖宅凯林奇大厦，自己携家人迁往开销较小的巴斯城生活。在爵士及其长女伊丽莎白眼中，搬家是扰乱舒适常规生活的不便和不快，可以很快抛到脑后；但对于安妮·埃利奥特来说，这一迫不得已的改变却如雪上加霜。这便是奥斯丁最后完成的小说《劝导》开篇时所呈现的情势。

《劝导》是"奥斯丁小说中唯一明确了时代的一部"。⟨2⟩而那被画在括号里呈现的"1814年夏天"则是多重政治变化交织、对后世影响非常深远的重要历史时刻。之前数十年发生了一系列令人眼花缭乱的社会"地震"：先是在欧陆、英国（乃至大洋彼岸的美洲），种种改革和革命的思潮风起云涌酝酿传播；随即美国独立战争开启、法国大革命于1789年揭幕，求变的情绪如山火蔓延；之后法国革命日趋激进化，拿破仑上台执政并发动了旷日持久、横扫欧洲的战争。1814年夏

⟨1⟩《劝导》的译文参照孙致礼译：《诺桑觉寺·劝导》（译林出版社，1985）。

⟨2⟩ A. Waton Litz: "*Persuasion:* forms of estrangement," in Halperin (ed.): *Jane Austen: Bicentenary Essays* (Cambridge University Press, 1975), p.239.

季英国海军及其盟军取得了针对拿破仑军队的决定性胜利,而标志最后胜利的"滑铁卢战役"发生在1815年。也就是说,埃爵士及其女儿们的家庭悲喜剧看似茶杯里的风波,却与如此浓墨重彩的社会风云巨变密切关联,并且是以后者为大背景徐徐铺陈展开的。

婉约与酷谑

夏季悄然逝去。

安妮虽不喜欢巴斯的九月骄阳、眷恋"乡下秋季时光那么甜美而又哀伤的韵味"(I.5),却仍旧准备和父亲一道动身。然而,嫁给本地乡绅默斯格罗夫家长子查尔斯的小妹玛丽却说身体不适,要求二姐安妮暂且留下帮助自己料理家务。安妮的日子一向过得憋屈而清冷,说话无人听取,冷暖无人问津。玛丽的婆家有一定地位,父亲和长姐多少还得正视一下,而依旧待字闺中的大龄女安妮似乎压根"微不足道"(nobody,I.1),是去留全然无关紧要的多余人。

于是安妮滞留在了11月的乡间。清朗通透的村野风光是她唯一的安慰,迁居之事使她时刻意识到这最后的避难所即将被剥夺。她常常注视着"那映在棕黄枯叶和凋萎树篱上的一年里仅剩的明媚笑颜,从千百描绘秋天的诗歌中拈出几首暗自默诵"(I.10)。安妮所表现出的对自然美的敏锐感知以及心底涌出的浓浓诗意,是奥斯丁世界里空前的"现象"。之前,玛丽安或范妮赞美自然都有几分学舌者的笨拙或夸张,而安妮却是以无声的注视表达对户外景色发自内心的眷恋、欣赏以及趋向升华的多情善感。她从孤独和哀伤中提炼并酝酿出了某种超脱与澄静。与奎·利维斯的判断[1]相反,这寥寥数语颇有功力地展示了与

---

[1] 参看 Q.D. Leavis: "Jane Austen: Novelist of a Changing Society," in Q. D. Leavis: *Collected Essays, Vol. I*. (Cambridge: Cambridge University Press, 1983; ed. G. Sign), pp.26-60。

浪漫主义诗歌灵犀相通的气质。有人曾仔细体味这类"十足华兹华斯式"文字的韵味[1]，也有人辨认出其中的"拜伦式忧郁"[2]。对这些富于诗情画意的孤独时刻的描摹，为安妮和奥斯丁赢得了不少赞词[3]，使《劝导》被许多读者视为奥斯丁最美的小说。弗·伍尔夫说，该书中出现了"一种新元素……（作者）开始发现世界其实比她过去想的更广阔、更神秘、更浪漫"[4]。

然而，或多或少被忽略的是，此类浪漫的表达其实是和一些遭到质疑的刻薄文字共生共存、相辅相成的。《劝导》上卷中同时出现了不少过分尖酸苛酷的文字，让一些读者为之不安。如马德里克说，在这类片段中"奥斯丁的语调里出现了尖刻的个人化情绪，呈现了某种不由自主的愫恨（a compulsive exasperation）"[5]，"反讽硬化成酷谑（sarcasm）"[6]。

小说一开场便毫不含糊地告诉读者：沃尔特爵士虚荣、傲慢又愚蠢——他"自命不凡：觉得自己要仪表有仪表，要地位有地位，以致爱慕虚荣构成了他的全部性格特征"（I.1）。因此，他最爱读《准爵录》一书，对其中有关自家的那一段尤其百看不厌。现任女当家即大小姐伊丽莎白是父亲的年轻女性翻版。当被迫考虑节省家庭开支时，

---

[1] A. Waton Litz: "*Persuasion:* forms of estrangement," p.227.
[2] Mary Waldron: *Jane Austen and the Fiction of Her Time* (Cambridge University Press, 1999), pp.146-7.
[3] 参看 Angus Wilson: "The Neighbourhood of Tombuctoo: Conflicts in Jane Austen's Novels," in Southam (ed.): *Critical Essays on Jane Austen* (Routledge and Kegan Paul, London: 1968), pp.182-200.
[4] 弗吉尼亚·伍尔夫：《简·奥斯汀》，《伍尔夫读书笔记》（译林出版社，2015，黄梅、刘炳善译），22页。
[5] 该表述最早出自 M. Lascelles: *Jane Austen and Her Art* (Oxford University Press, 1939), 28f，不过拉氏的本意是认为奥斯丁避免了此种情形。
[6] Marvin Mudrick: *Jane Austen: Irony as Defense and Discovery* (Princeton University Press, 1952), p.207.

她认定自己的每一样开销——不论是讲究的衣衫还是到伦敦度过社交季——都绝对不可削减,唯一可能被节约的是给穷人的施舍和偶尔送给妹妹们的仨瓜俩枣的小"礼物"(I.1)。走心的读者大都注意到此时叙述的"喜剧手法中有一份严苛,表明作者不再觉得沃尔特爵士的虚荣或艾略特小姐的势利滑稽有趣。讽刺是生硬的,笑话是粗粝的"⟨1⟩。全书对他们两人的处理也循此定调,几乎彻底地扁平脸谱化,没有班纳特太太或柯林斯们令人解颐的一面,也不曾暗示他们和女主人公有任何共享或相通的处境和心意。虽然埃家长女伊丽莎白像其他诸多奥斯丁女性人物一样没有继承权,父亲名下的不动产全都得传给远亲威廉·沃·埃利奥特先生;她想和那位继承人攀亲的打算也落了空,可是叙述却不肯更多从那些充满着眼前烦扰和长远忧虑的角度观照她。

同样刺耳的还有对默斯格罗夫太太的挖苦。其中,一个引起不少注意的小插曲发生在埃爵士迁居巴斯以后。安妮始料未及的是,承租凯林奇大厦的克罗夫特将军竟是她初恋爱人弗雷德里克·温特沃斯的姐夫。已经升职为海军上校的温特沃斯舰长⟨2⟩,回到英国后重访这一地区并且很快成为近邻默斯格罗夫家的常客。由于此时寄住在妹妹家充当帮手,安妮自然时不时也会在场。那一次,她便是如坐针毡地旁听着温特沃斯与两位默小姐畅谈海军往事。默太太忍不住提起了她的二儿子,即一度在温舰长船上当差、后来因病故去的狄克。她说:若是那孩子能在温舰长手下多干些时日,事情的发展该会多么不一样。温某闻言,脸上掠过一丝讶异。"安妮当即意识到",他的感想恐怕和默太太大相径庭,说不定当初就是他本人设法把那个痴顽青年调出了自己的舰艇呢。那表情转瞬即逝,温特沃斯随即过来和默太太恳切地低声交谈起来:

⟨1⟩ 弗吉尼亚·伍尔夫,《伍尔夫读书笔记》,22页。
⟨2⟩ 温特沃斯的头衔"Captain"一词既指军衔(海军上校),也指职务(指挥体量较大的主力舰只的舰长)。本章中多译作"舰长"。

> 他同安妮其实坐到了同一张沙发上……只隔着个默斯格罗夫太太。可那却是不小的障碍。默太太生得高大匀称，天生只宜显示乐乐呵呵的兴致，而不善表达温存细腻的感情……应该称赞的是温特沃斯舰长，他尽量克制自己，倾听默太太为儿子长吁短叹。其实，那儿子活着的时候谁也没把他放在心上。
>
> 当然，身材和哀伤之间并没有固定的比例。高大肥硕的人和世间最纤巧玲珑的人一样，能够陷入极度的悲痛。但是，不论公平与否，它们之间的某些关联就是显得不适合，有时候令理智无法赞成、让情趣无法容忍，难免见笑于他人。（I.8）

对默太太身材的讥讽，以及此前用"死不开窍、没心没肺、一无是处"等词描述倒霉的狄克、说他被送去当水手是因为"在岸上表现得愚不可及、无可救药"（I.6）等等，的确都不厚道。鉴于18世纪英国人的约翰牛风格其实比较粗鲁生硬[1]，虽然经过情感主义运动大肆提倡同情心和善感心也还没有彻底改观，读者或许应该适度调低对这种"铁石心肠"（tough-mindedness）[2]的惊讶反应。即便如此，这般的刻薄既不能完全被归因于习俗和通例，也不尽如马德里克们所想，是作者本人在思想上或艺术上的缺陷或瑕疵，与其私人书信中某些毒舌八卦不无相似。[3]因为，叙述既然点到了"固定比例"和"公平"的问题，

---

[1] 约翰牛是英国人的绰号，出自英国作家兼宫廷御医约翰·阿布斯诺特（John Arbuthnot，1667—1735）的政治讽刺作品《约翰牛的生平》（*The History of John Bull*，1712）。该书主人公约翰牛是"自耕农"（yeoman），为人诚实直率但粗鲁冷酷、逞强好斗，有乡村莽夫的牛劲儿。这一绰号虽然最初含贬义，却得到很多英国人半是自嘲半是自傲的认可。至于当时尚不过分讲求温文尔雅，从世纪前期著名诗人蒲柏与出身高门世家的才女玛丽·沃·蒙塔古夫人（Lady Mary Wortley Montagu，1689—1762）写讽刺诗打笔仗时，双方均不吝于动用人身攻击甚至挖苦对方生理缺陷等做法或可略见一斑。

[2] 这一表述见 Terry Eagleton: *The English Novel: An Introduction* (Oxford: Blackwell publishing, 1988), p.109。

[3] 参看 Mudrick, *Jane Austen: Irony as Defense and Discovery*, pp.211-213。

就是说作者明知不论从话题还是语气看,这番议论是过分的。但是她仍然选择这样写。个中缘由不可不究。

哈罗德·布鲁姆曾引用另一位学者塔夫的话,说被家人忽视的安妮在故事中却举足轻重,"我们通过她的耳朵、眼睛与心灵留意到周围发生的事情"〈1〉,如莎剧《皆大欢喜》中的罗瑟琳,几乎达到了唯有小说家或剧作家才能掌握的全知视角。〈2〉布思也强调了安妮作为"某种叙述人"的重要地位。〈3〉对此众多读者几乎没有异议。但奇怪的是,许多评家在审视那些苛酷行文的时候,却大抵没有进一步推敲它们和安妮心态的关联及其传达的意旨。比如玛·巴特勒,虽然既明确指出了开篇有关章节缺少同情、"冷漠疏离"的笔触,也敏锐地意识到这些毫不含糊地呈现了安妮视角和安妮印象,却非但没有深究反而直接"上纲上线"地将安妮归为范妮·普莱斯的同类,称她们"延续着老旧的道德规定(old moral certainties)"〈4〉。实际上,当第三人称叙述明确指出默太太真"是不小的障碍"时,便已为当时场景做了界定。读者几乎能身临其境地感受到,被隔在沙发另一侧的温特沃斯的存在对于安妮是火上浇油的巨大刺激。那些让绅士淑女多少感到难堪的刻薄言辞虽然肯定和作者奥斯丁有干系,但它们在叙事中的最重要功用,却是以醒目的方式表达女主人公安妮对身边人群的极度隔膜甚至厌恶的心态。那时,拉塞尔夫人正有事外出,安妮辗转于默家的乡舍(妹妹、妹夫一家的居所)和大宅之间,半客半仆、辛劳忙碌地煎熬度日。她分分秒秒都痛感自己熟稔并喜爱的乡村生活即将被彻底剥

〈1〉 Stuart M. Tave: *Some Words of Jane Austen* (Chicago: The University of Chicago Press, 1973), p.256.
〈2〉 哈罗德·布鲁姆:《西方正典》(译林出版社,2005,江宁康译),197页。
〈3〉 Wayne C. Booth: *The Rhetoric of Fiction* (Chicago: The University of Chicago Press, 1961; 11th Impression 1975), p.245.
〈4〉 Marilyn Butler: *Jane Austen and the War of Ideas* (Oxford: Clarendon, 1975), pp.276-277, 279.

夺,在逼仄的城市住宅里与相看两厌的人近距离共处的日子正渐渐逼近。那样的前景令这位年届二十七岁的姑娘[1]对周遭环境的敌意迅速升级。

与温特沃斯的重逢更如撒在心灵创口上的盐。安妮事先反复告诫自己不要太多情善感——"八年,几乎八年过去了……什么情况不会出现?……变化,疏远,迁居……"(I.7)然而,再度相见还是让她动魄惊心。是的,那人的一举一动、一言一行都刺激着她的神经。温舰长夸张地摆出要娶媳妇安家的姿态,毫不避讳地与默家两位千金盘桓周旋,让安妮坐立不宁。更何况她还听到了别人的传言,说温某人称她"变得让他认不出了"(I.7)。两人相遇时那份疏远客气的礼貌也令她痛彻骨髓——"曾是彼此的万千珍爱!而今却不如蝼蚁!"(I.8)一次次,安妮锥心地意识到,在她心中温特沃斯的位置从不曾被取代——"对于执着的感情,八年时光或许是可以忽略不计的";与此同时,她又不得不再三再四地强迫自己节制个人情绪,冷眼旁观,反复重温"深谙一己在外人眼里无足轻重的艺术"(I.6),至多是允许自己在熬过头一次重逢后喃喃地反复对自己说——最难的关口"总算过去了"(I.7)。

在这种情境里,默家人日常生活中表现出的各种"毛病"变得让安妮几乎忍无可忍:自恋而虚荣的小妹玛丽时时抱怨身体不适;妹夫查尔斯耽于打猎游乐;两位默小姐追求时髦只问眼前快乐;老两口对自家事过于津津乐道;大宅和乡舍两边都私下嘀嘀咕咕、指摘对方……很明显,有关默太太的过激言辞传达的更多是安妮本人的主观痛苦。彼时彼刻,安妮不仅深感与周遭亲友格格不入,而且已经有些情绪失控,几乎可说是气急败坏。

---

[1] 二十七岁似乎是当时英国士绅阶层待嫁姑娘避免成为"老处女"的最后时机。《傲慢》中的夏洛蒂·卢卡斯就是大约在这个年龄决定嫁给柯林斯的。

安妮的怨怼和绝望在此前第4章有关拉塞尔夫人的段落中也得到了引人注目的表达。拉塞尔是已故爵士夫人的挚友,对朋友的三个女儿视若己出,尤其怜爱聪颖温柔的安妮。然而,即使对这位半是家长半为挚友的唯一亲近者,此时安妮也心存芥蒂。因为拉夫人和她不堪回首的过往有深入的纠结。

八年前,十九岁的安妮堕入情网,爱上了海军军官温特沃斯。两人情投意合,很快私订终身。沃爵士自然不乐意女儿下嫁一无门第、二无资产的区区水兵。可是真正下大力气出面劝阻并促使安妮取消婚约的,却是拉夫人。此后,安妮在小小乡村世界里再没有爱上任何人,她拒绝了查尔斯·默斯格罗夫的求婚(后者随即成为她妹妹玛丽的夫婿),在伤心和隐忍中渐渐香消玉殒。多年来

> 在……这个主要问题上,她们〔安妮和拉夫人〕并不了解彼此的观点,不知对方的想法是一如既往还是早改初衷,因为这个问题从来没有提起——不过,安妮到了二十七岁,想法已经和十九岁时大不一样了——她曾接受拉塞尔夫人的指导,为此她既不怪怨拉夫人,也不责备自己;可是她觉得,假设此时有哪位年轻人处境相似,她绝不会为人家出那样的主意,让人遭受无可逃遁的眼前苦痛,却未必能得到缥缈虚无的长远裨益……
>
> 若让安妮·埃利奥特开口,她该有多少雄辩说辞——至少,她会理由十足地支持少年人的炽热恋情和对未来的乐观信心,反对过度的谨小慎微,因为那简直就是对奋斗的羞辱和对神意的不信任!——她年轻时被迫采取小心持重的态度,随着齿龄增长反倒逐渐习得了浪漫的心性,这该是不自然开端的自然后果吧。(I.4)

不少人从这两个重要段落中读出了浪漫取向,认为奥斯丁较之以

前更加注重情感而非理智了。[1]不过,在《劝导》中,叙述者和女主人公安妮之间的离合关系是十分微妙而灵动的,需要更细致地体味。应该说,上述略有综述色彩的文字未能如非议默太太的前段引文(其中安妮直接在场,与默太太及温特沃斯同坐在一条沙发上)那么"满负荷"地传达安妮的心思,然而叙述与女主人公心态、语气和表达方式的重合度却又明显超过开篇有关沃爵士的段落。"若让安妮……开口"等语句对安妮角度加以确认,破折号的使用也呈现了且思且述的沉吟情态,仿佛在同步直播正徐徐生成的思绪。准"剩女"安妮的内心独白不仅毫不含糊地表达了针对拉夫人所认同的世俗主流婚姻观的抵制态度,也痛切地揭示出横亘于两代人之间的深刻隔阂。由于往事留下的伤痛,由于难以弥合的观点分歧,也由于绝不愿伤害对方的殷殷顾念,这两名往来密切、情同母女的女性在这个重大问题上竟无法袒露胸襟、彼此沟通。

安妮甚至与自己往昔的恋人也拉开了心理距离。第4章开头,叙事以两页多的篇幅简要概述了八年前两人携手共坠爱河的"艳遇"。当时,温特沃斯因参与圣多明各海战[2]获提拔,得到了指挥较小战船的资格,却又因为战事暂缓没有领到实职。于是,那年夏天这位父母双亡的年轻军官到哥哥担任助理牧师的小镇闲居半年,并邂逅了附近士绅家的小姐安妮·埃利奥特。经过战火磨砺的小伙子"聪明过人,朝气勃勃,才华横溢",而韶华照人的女孩"极为秀美","温柔娴雅,谦和文静,品味不俗,感情丰富",俨然一对璧人。然而,那一连串婚姻市场上流通率极高的俗套褒义词标签,却也隐隐流露出若干不祥的

---

[1] 有人甚至揣测、推断奥斯丁是在以此驳斥司各特认为她属于"反情感派反浪漫派"的观点。参看 A. Walton Litz: "*Persuasion:* forms of estrangement," in Halperin (ed.): *Jane Austen: Bicentenary Essays* (Cambridge University Press, 1975), p. 231。
[2] 为1806年初英国海军(也即反法联军)与拿破仑军队之间的一场重要海战,以英方胜利告终。圣多明各位于加勒比地区,当时为西班牙殖民地,即现今的多米尼加共和国。

意味。果然，接下来的一句就变了调子："其实，他们各自只须具备一半的魅力也就足够了，因为男方恰值无事可做，而姑娘又几乎无人可爱。"这句拆台话中有毫不留情的针砭之意，在飘扬的浪漫气球上戳了个小洞，揭示出当年两个年轻人都涉世不深也相知尚浅的真相，还渲染了多年后安妮回首往事时刻意与少艾恋慕保持距离、冷眼挑剔的心态——这些在概括该段恋情的用词中表现得淋漓尽致："那段充满伤怀往事的**小小历史**（little history）结束已有七年多了。"（黑体为笔者所加）这真相是两人私订的婚约遭到沃爵士的抵制和拉夫人的劝导后土崩瓦解的主因。而那份自我疏离的冷酷分析则与安妮稍后在第7章中批驳拉夫人的思考既有所冲突，又相辅相成。

考虑到安妮在虚荣而势利的家人中形单影只的处境以及她在本地乡绅圈里扞格不入的态度，加上她对昔日恋情刻意设置的心理距离，可以说她在情感世界里已几乎没有安身之所。再联系到不时出现的"疏远"（estrangement）、"间离"（alienation）等极具现代气息的醒目字眼，女主人公与最亲近友人之间星星点点的不和谐便显得触目惊心。如坦纳指出，安妮是奥斯丁笔下"最孤独的女主人公"，她所置身的社会处于"道德及话语高度分裂离析的状况"，她时时被"飘零无根"之感缠绕，小说中充满"（人与人）彼此隔绝的氛围"（atmosphere of disconnectedness）[1]。应该说，"劝导"之所以成为必须辨析的问题，与人际关系纽带的瓦解和女主人公作为孤独个体所具有的鲜明"现代性"[2]处境密切相关。对于生活在19世纪初的安妮们，来自权威长者的劝导已经不再理所当然。

另一方面，不可忽略的是，安妮的思考委婉、迂折而缜密。她的

---

[1] Tony Tanner: *Jane Austen* (Houndmills & London: Macmillan, 1986), pp.208, 218, 220-201. 有关安妮与周遭人疏离关系的分析，可另参看 Warren Roberts: *Jane Austen and French Revolution* (London: Macmillan, 1979), pp.57-60。

[2] 参看 Litz: "*Persuasion*: forms of estrangement," p.232。

立场包含不能回避的内在矛盾——即虽然认定拉夫人当年的劝阻是错误的,给年轻人带来了莫大伤害,却仍然强调自己不怨、不悔。也就是说,她对那一轮伤筋动骨的劝导既坚决反对,又有所认可。而且她思考问题时遣词造句十分考究,整饬的巧智对仗("年轻之时"对"齿龄增长"、"眼前苦痛"对"长远裨益",等等),以及温和的反讽口气都映现出女主人公的修养和气韵。严谨和讲究说明这场绵延的思考在内心酝酿多年,浓郁的自言自语风格更提示着读者,女主人公是如何在有话无处说的漫长孤独时光中,把对个人悲欢的反刍部分地转化成了对普遍原则的追问,将怨艾升华为修辞的艺术。这是对超越的探索追求,也是双倍的孤寂了然。

随后,拉夫人又和安妮一起来到巴斯,感受却南辕北辙。两人间的隔阂与差异被再一次拉到聚光灯下——夫人听到城市里车辚辚马萧萧的喧闹外加此起彼伏的叫卖声,心里泛起喜悦;而安妮望着雨幕中烟雾腾腾的高楼大厦,"硬是不喜欢巴斯这个地方"(II.2)。可以说,越来越强烈地意识到与拉夫人的重大分歧,是压垮孤独者安妮的最后的稻草。

刻薄是安妮敏感、痛楚心态的外化。

温特沃斯的冷淡和礼貌固然留下扎心的痛,然而更让人难以承受的,是兑进绝望中的吉光片羽的体贴、善意和温暖。初次重逢后安妮又几度"遭遇"温特沃斯。近似第三人称自由体的叙述细致入微地交代了事态的进展,还栩栩如生地呈现了安妮高度紧张、阴晴不定的心情。有一天温特沃斯到访默氏乡舍,意外见到客厅里只有安妮跪在沙发边照应生病的婴儿查尔斯。安妮不曾回头,却一直警觉地留意着温特沃斯和随后进门的海特先生的动静。这时另一名小外甥(两岁多)却爬到她背上,好一阵纠缠不休,让她几乎无法应付——忽然,"一霎间,她觉得自己被解脱了出来……那死死搂住她颈子的有劲小手被掰开,小家伙被人不由分说地抱走……"(I.9)这里,被动语态的句式,不确定的人称代词,逗号造成的分割和停顿,体现了某种"神经质"

的主观状态,"意在模拟头脑所遭到的印象轰炸"[1]。读者被拖进主人公的体验,和安妮一道屏住呼吸,紧张地感知并等待后续进展。其他许多细节,如安妮弹琴被温特沃斯关注,她长途散步后在树篱下休息时听他和路易莎谈话,又经他安排乘马车回家,等等,都以相同方式无限拉近了叙述者、女主人公及读者间的距离,让读者身临其境地体会着安妮如何在全然没有安全感的情况下,亢奋地注意着温特沃斯的一举一动。字里行间,满纸心动的感觉。由此,小说上卷的相关叙事积聚起巨大的"抓人"力量。《劝导》得到很多读者偏爱并被布鲁姆选入《西方正典》(1994)一书加以讨论不是偶然。

　　这外表沉静的女子具有令人惊讶的心理深度和复杂的精神世界,有深情也有悲恨,能宽谅也会酷评。哀婉和刻薄是她赴巴斯前孤单留守于乡村士绅世界时的双重心理反应。每当置身人群中,她心生强烈的疏离厌恨之意;而若处在自然景物环绕中,她便得到抚慰、酿出绵绵诗情。而那近似于"秋花惨淡秋草黄,耿耿秋灯秋夜长"的感受里,显然也包含种种有关"丧失"和"终结"的深切体味。孤独与失望两方面的表现都被展示得具有震撼力,引起历代读者纷纷评说。因为厌恨力度加强和审美体验扩展,安妮作为女主人公便具有异样的鲜活新意和特殊的生命力。她不仅在大自然中获得片刻喘息,还在审美过程中汲取着某种力量。浪漫诗歌内含的冲决意志与悲秋之情的心理暗示其实相距不远,这一点在后文中以明确点出上层社会逆子拜伦的诗作的方式表达了出来。哀伤固然与隐忍同调,其中却也不乏求变之心。因为与近旁人群格格不入,因为秋色唤起的悲凉感,也因为明知毫无希望却又不由自主地关注温特沃斯,安妮意识到:现状不堪维持,也不该维持。她投向户外景象的视线甚至捕捉到了超越诗歌、浪漫以及有闲生活的劳动场面。她意识到了劳作本身所蕴含的内在坚韧——

---

[1] 参看 Litz: "*Persuasion*: forms of estrangement," pp.228-229。

"农家不信诗人那一套,不图那感伤的乐趣,而要迎接春天的再度到来"(I.10)。她在暗中积聚冲决的能量,渴望着甚至开始谋划着春天的到来。总之,安妮的形象并非如玛·巴特勒所说失之"过于完美"[1]——她固然性格温婉做事稳妥,却并非标准娴雅淑女。相反,如某些早期评论所指出,这个人物内含"自行其是的倾向"[2],尽管如今我们对这一判断表示赞同时已绝无贬损之意。

秋寒、苦涩和绝望,是安妮人生之旅的新起点。

"突围"与"接应"

在神经兮兮的紧张心态中,安妮动身随默斯格罗夫家的年轻人一道去往海滨小镇莱姆观光。

在莱姆发生了几件值得注意的事。

首先,安妮结识了温特沃斯的两位海军战友——退役后定居莱姆镇的哈维尔上校和在哈家小住的本威克中校。本威克正因为不久前未婚妻(哈维尔的妹妹)突然病故而伤心欲绝。安妮主动和他聊天,谈司各特和拜伦,说"重建生活"的可能性(I.11),表现得空前积极而又善解人意。

对于情节推进更加重要的,则是路易莎意外受伤一事。默家二小姐路易莎自鸣得意地发扬敢作敢为的作风,贸然跳下又高又陡的海堤石阶造成摔倒后脑部重伤,以致昏迷不醒。[3] 事出突然,众人慌乱无

---

[1] M. Butler: *Jane Austen and the War of Ideas*, p. 284.
[2] B. C. Southam (ed.): *Jane Austen: the Critical Heritage*, Vol. I, p.84.
[3] 应该承认,这段故事编得有点粗糙。以路易莎下跳的方式和当时的景况,似乎不大可能头先触地,造成严重脑伤。参看索·毛姆:《简·奥斯丁和〈傲慢与偏见〉》,《巨匠与杰作》(南京大学出版社,2008,李锋译),63—64页。

措,连温特沃斯都因为自责一时没能回过神来。唯有安妮一面镇定地扶住晕倒的默家大小姐亨利埃塔,一面分派人抬伤者、请医生。她指挥若定、临危不乱的表现,胜过了在场的海军军官们。温舰长想不表扬安妮都难,因为"谁也不及她妥帖能干"(I.12)。这场意外事故如多米诺骨牌的倒塌,引出了一系列的变数。

除此之外,还发生了另外一件相当重要也很耐人寻味的事,那就是安妮和远亲埃利奥特先生的邂逅。抵达莱姆后翌日早晨,众人在海边与一位仪表堂堂的青年绅士擦肩而过。那人盯着安妮细细打量了好一会儿,引起大家特别是温特沃斯的注意。事后,玛丽和两位默小姐得知,陌生人原来并非陌生人,而是日后将继承凯林奇大厦并曾拒绝与伊丽莎白结亲的埃利奥特先生!女士们七嘴八舌,嚷着要结识那位重要的亲戚,安妮却按下自己后来曾在旅店走廊里和那人再次相遇一事不提。闲话少说固然是明智之举,但是隐瞒也往往提示着某些晦暗不明的感觉或尚未成形的思绪。无论如何,一行人从莱姆归来后,拉夫人发现安妮似乎变得比此前丰润漂亮了。而安妮则"不无欣慰地把这种恭维同她堂兄〔即埃先生〕的默然爱慕联系了起来,希望自己能够获得青春和美丽的第二个春天"。与此同时,玛丽两口子已经在为是否应该促使本威克中校发展与安妮的关系而拌嘴。(II.1, 2)

如上所述,小说下卷起始章节所表达的安妮心态转变,虽然有点突兀,却毫不含糊。从安妮在莱姆的积极姿态回头追溯,不难断定,不论本人是否充分自觉,她初遇本威克和埃先生等人时,走出旧生活圈的意向已经基本酝酿成熟。女主人公不打算错过新场景可能提供的新机会。也就是说,受绝望心情驱策的冷言酷谑和触景伤情都是"突围"的前奏。如此,莱姆之行成为全书的转折点。小说前半部不断唤起对亡者——如安妮对母亲、默家人对狄克等——的回忆和追怀,与悲秋的笔调两相呼应。然而在莱姆之后,叙事笔调与前文的压抑悲伤迥然有别,形成明显的对照。可以说,有莱姆"突围",才有后来在巴斯的情势逆转。

安妮随拉塞尔夫人初抵巴斯，对喧闹的城市充满拒斥之心。然而，与她暗淡的预期相反，为她铺展开新可能性的场地却正是巴斯。首先，传来消息说路易莎养伤期间与本威克中校朝夕相处，随之两人突然宣布订婚，温特沃斯便重归"无羁无绊自由身"。安妮的心情不禁一扫阴霾——这"太像欣喜的感觉了，根本无理可讲（senseless）的喜悦"（II.6）。她"藏住脸上的喜色"（II.4），"浑身都是勇气"（II.7）。不论家里人是否仍对温特沃斯心存偏见，反正她已经"更有勇气做自己认定应该做的事"（II.8）。她看出重新露面的温特沃斯行事难免有几分尴尬，意识到自己必须充当两人中"采取主动"的那一个。[1]她仔仔细细地观察温特沃斯在社交场合的一言一行，其中有情人的关切，也有"出击"者的警觉。音乐会上相遇时，她对温特沃斯说："每个新地方都能引起我的兴趣"（II.8），显示了跃跃欲试的活力。她还敏感地辨识出温特沃斯对埃先生的"嫉妒"，从而料定"他一定还爱着她"（II.8）。这使安妮一改心目中的巴斯城印象："激动人心的爱情，永世不渝的忠贞，安妮一边转着这些美妙念头，一边从卡姆登巷朝西门大楼走去，巴斯的街上肯定不曾有比这更美好的情思经过，简直足以一路净化周遭、播洒芬芳啦。"（II.9）

有些读家认为：小说后半部分叙事从注重内心转向外在，表明女主人公的巴斯生活更为孤寂落寞。但是他们忽略了或至少严重低估了上述这类文字。该段引文开头完全聚焦于安妮的感受和想法，但是随后一句"巴斯的街上肯定不曾有比这更美好的情思经过"却把镜头推远了，拉开了与人物的距离，更大程度变成了全知叙述者的口吻。即使如此，"简直足以"之类饱含婉讽和打趣的词语，也洋溢着女主人公的快乐与信心。她对结局已经十拿九稳了。

---

[1] Douglas Bush: *Jane Austen* (London: Macmillan, 1975), p.175.

次日，安妮再度拜访默家投宿的旅店，抓住机会以旁敲侧击方式与温特沃斯进行了有效的沟通。温舰长立即再次求婚，随后双方深入交谈，这使她当晚回家时心里充盈着无限的欢愉。作者在一个不长的段落中连续使用了"比任何家人所能想象的都更快乐"、"极度欢欣，以至于不得不寻几缕忧思来做点对冲"、"激动万分、无比幸福"等字句（II.11），标志着安妮的"突围"大功告成。

值得注意的是，《劝导》中实现了命运转折的并非安妮一人。

几乎与安妮同时尝试"突围"的，还有她的女友夏洛特·史密斯太太。在很大程度上她们两人可以说是"盟友"。如果说安妮的困境更多是精神上的，她少年时代同学史密斯却是真的走投无路了。史密斯还算年轻却已丧夫，没有地位，没有财产，没有亲戚，没有子女，连一名用人也雇不起。而这几"无"作为典型标志，表明她已经跌出了士绅阶层。难怪安妮的老爹沃爵士一听到她的寻常姓氏和她在巴斯的贫寒住地"西门大楼"，立刻精准判定了她的身价，发出轻蔑的嗤笑。

不仅如此。这位年轻寡妇还患有严重风湿症，行动很困难。《劝导》一书中"伤"和"病"占据着相当惹眼的位置。史密斯是继小查尔斯和路易莎之后出场的另一名伤病者。不过，她和自以为疾病缠身的班纳特太太或伍德豪斯先生截然不同。她不诉苦，不抱怨。她移居巴斯，为了温泉水疗，更为了少花钱活下去——在这个新兴城市里，她可以租住一处半地下室，还能借助为全楼服务的女仆维持日常生活。不必说，在这里还可能遇到更多的人，发现更多的机会。

于是史密斯认识了女房东当护士的妹妹，两人成了好朋友。后者为她提供信息和免费医疗咨询，甚至教会她编织手艺并无偿帮她推销产品。史密斯由此获得了一星半点儿收入辅助生计。在这种困窘境地里，她见到安妮时毫不颓唐地谈自己的状况，还兴致勃勃地议论别人的聚会聊天、饮食男女、里短家长。也许史密斯懂得，诉苦不仅是一种奢侈，更败事有余。又或许，闲话周转本身是神奇的魔棒——它挥动一下便能揭示饶舌者们视界狭隘、关注琐屑，但也常常转瞬间就将狭隘和琐屑变为对他人的倾心关怀，对尘世生活的热忱执着。无论如何，安妮在狭小昏暗的地下室里见到的，是一个对外界充满兴趣的从不灰心的女人。她惊讶万分又感佩不已，自然也暗中汲取了继续"突围"的勇气。

而最能表明夏洛特·史密斯的坚定意志的，是下卷9章里她说服安妮帮助自己的过程。

那一次相见，史密斯先是表示，她听说安妮和埃利奥特先生的婚事已定，希望安妮"对他施加点影响"。随后，不容安妮推托，她步步紧逼地补充说："我总可以认为最晚到下周就会尘埃落定了吧，就该能托埃利奥特眼下的福气谋点我自己的私利了。"她说：安妮将得到幸福，因为埃先生"很有见识，懂得你这样一个女人的价值"。

然而，待到安妮非常严肃、非常郑重地表示自己不会嫁给埃先生，史密斯的态度便陡然有了一百八十度的转变。她开始痛斥埃某人是"没有感情、没有良心的男人，是谨小慎微、诡计多端、残酷无情的家伙"，揭发他当年如何挖苦辱骂沃爵士一家；还说他那时困顿不堪，常揩好友史密斯先生的油，还调唆后者放纵行乐。后来他们两人家境逆转，史先生破产病亡之后，他竟不肯帮朋友遗孀一丝一毫，甚至拒绝当史先生的遗嘱执行人。

很显然，史太太已经打定主意无论如何要以某种方式借力安妮，至于具体通过哪种途径，她相机而定。

这位用粗线条勾勒出的女配角是奥斯丁世界里的"新"人，社会地位低得空前，几乎相当于笛福笔下最落魄时的茉儿·佛兰德斯。也如茉儿，她争生存时有几分不择手段。安妮同情甚至赞美她的顽强，但也意识到了其中的可疑之处。听罢她揭发埃利奥特先生，安妮有点不安地指出："你刚才似乎还在夸赞他！"史密斯辩称自己"没有别的办法"。不消说,态度前后不一,且用年轻时代私人书信做证据指责他人以达到为自己谋利的目的,从道德上说很值得商榷。如果不是因为史太太本人穷困潦倒、深陷绝境,是很难让人原谅的。但是安妮乃至作者奥斯丁似乎认可了史密斯的自我辩护,至少是放弃了进一步刨根问底。奥斯丁存疑而不深究,刻意为史密斯的挣扎奋斗留出了空间,让它与女主人公争取幸福的努力具有某种彼此借力的同构关系。安妮每次看望女友,都感叹她的百折不挠。两位"闺密"惺惺相惜。从重逢那一刻,安妮就在思忖:女友处境那么不堪,怎么就能看去仍然快乐多于愁苦。她把这乐观部分地归因于天然禀赋,认为女友"心性坚韧,随遇而安,有能力变害为益并总是有所事事,从而避免了孜孜专注于自身……"(II.5)这不仅如有些人所推想,是安妮在朋友身上见证自己[1],更多是她拿史密斯的范例暗暗自我激励。

面对史密斯的揭发和亲笔书信的铁证,安妮得出结论,认定埃利奥特先生"是虚伪做作、老于世故的人,除了自私自利以外,从来没有过更好的指导原则"。她庆幸自己早已把埃利奥特排除在婚姻选项之外。然而,真的是早被排除了吗?接下来的一段陈述却又似乎表明并非如此:"她本来是有可能听人劝说嫁给埃利奥特先生的……她完全可能被拉塞尔夫人说服!"也就是说,史密斯独家发布的"别人不能提供的消息"(II.9),在安妮对埃先生最终下判断时起到了决定性的作用。

史密斯后来果然也因此得到了报偿。安妮结婚后,她的丈夫温特沃斯帮助史太太追回了一笔史先生的殖民地资产。夏洛特·史密斯由此温饱无忧,重返体面绅士淑女"大家庭"。

除了史密斯,在安妮的爱情"突围"中发挥了重要支持、策应作

---

[1] 参看 Elizabeth Jean Sabiston: *Private Sphere to World Stage: from Austen to Eliot* (Aldershot: Ashgate,2008), p.47。

用的还另有人在，比如本威克等一干海军军官。当然，海军将士在小说中的作用远不止于此——有关这组人物，我们将在下一节中进一步讨论。此外，就女主人公个人命运而言，事态"转折的关键"[1]，是她与埃利奥特先生的意外相逢。埃先生是重燃温特沃斯心中情火的"插足"者——是他在莱姆海堤边的凝视促使温某人把目光再次投向旧日恋人安妮。与此同时，作为优游富裕且前程可观的倜傥绅士，他构成了对安妮的诱惑和考验。

不过，这个人物最特别之处或许却是其四分五裂的破碎形象。很多读者都注意到书中人对埃先生的评价简直南辕北辙——史密斯说他是彻头彻尾的恶棍，拉夫人却对之赞不绝口。[2] 在拉夫人眼中，"简直无法想象有谁比他更讨人喜欢、值得尊重。他身上综合了一切优点：富于理智，见解正确，洞晓世事，为人热忱……具有强烈的家族荣誉感，不傲慢，也不怯弱；……生活阔绰而不炫耀……"(II.4)，真乃人中极品。另一方面，如前面提到，史太太抨击他"心是黑的，既虚伪又狠毒"，曾是在教堂寄宿的穷光蛋，一心"想要的只是钱"，所以头婚娶了个嫁妆不薄的屠夫孙女，还号称愿以五十英镑价格出售他日后可以到手的准男爵"爵位，连同族徽和徽文，姓氏和号衣"(II.9)。如果以史密斯的激烈贬词为凭，埃先生之可恶甚至超过《理智》中的威洛比。然而，这些极端的褒贬都只是一面之词。

细究起来，史密斯对埃利奥特的差评有很多不太站得住脚。早年贫穷不能算个人恶德。他曾经公然蔑视家族地位，并肆意践踏沃爵士和伊丽莎白的联姻意愿，其实与安妮对家人的看法并非没有暗合之处。恐怕也是由于这个缘故，当安妮得知那个陌生人就是埃利奥特先生后，

---

[1] Waldron: *Jane Austen and the Fiction of her Time*, p.148.
[2] 参看 Alistair M. Duckworth: *The Improvement of the Estate: A Study of Jane Austen's Novels* (Baltimore: Johns Hopkins University Press, 1971), p.182。

并未立刻心生厌恶，也没有压制胸臆间隐约的忐忑和希冀。的确，埃利奥特先生的形象要由那些彼此抵牾的证言碎片拼凑，最终很难合成完整的图画。而且，在针锋相对的评说之外，埃利奥特的为人同样难以定论。两人初见时他的长时间凝视点燃了安妮。在一群活泼鲜艳的年轻女子中，低调的安妮应是相对不起眼的。是什么让埃利奥特一眼把她挑出？显然不太可能是对财或色的超强关注。而如果他能对气质及其底蕴有很敏锐的觉察，又怎么能是彻里彻外的贪鄙之徒？无论如何，安妮从看到他的那一刻就模糊地意识到这个人物所带来的可能性，后来才会生出对"第二个春天"的明确向往。无形中，她的突围渴望得到了相当有力的支援。

在巴斯，埃先生在沃爵士住宅频频出入，迅速重新赢得了爵士及其长女的好感，俨然成为备受欢迎的近亲。安妮向他抱怨说，父亲和姐姐只看门第，社交往来没有"相宜的"知交，了无乐趣。埃先生问明安妮交友时对教育水准和趣味等等的要求，便笑着说：身份相当，就算相宜（good）之伴啦，你的苛求，要的不是相宜，而是"最好"（II.5）。他在社会习俗认可和个人价值判断之间做了区分，既恭维了安妮的趣味和眼力，又有人情练达者的随俗从众，话说得老到圆通，其实有让人刮目相看之处，被毛姆赞为"绝妙"。[1] 他在音乐会上恭维安妮的意大利语知识，说自己既曾多次拜访，便不可能不对安妮小姐略知一二："我深晓她至为谦退，故世人无从探知她的一半造诣，然而她又实在多才，她那份谦逊若放在其他任何修养相当的人身上都会显得不自然。"话很绕，但弦外音里似乎确有知己的味道。而后他继续追击，说自己早听说安妮的种种长处，仰慕已久："长久以来，安妮·埃利奥特这个名字让我深感兴趣，令我心醉神迷。假如不过于冒昧，我倒要说我希望这个名字永不改变。"（II.8）因为他们是同

---

[1] 索·毛姆：《简·奥斯丁和〈傲慢与偏见〉》，《巨匠与杰作》，67页。

姓远亲，如果联姻，安妮的姓氏不会有变化。这话已经近乎直白的求婚，却说得相当委婉，绝无柯林斯们自以为十拿九稳的唐突。难怪拉夫人要对他赞不绝口，郑重向安妮推荐他为优先考虑的候补夫婿，还补充了一条难以抗拒的理由——如果这一联姻成功，安妮就会像她亲爱的妈妈一样成为凯林奇大厦的女主人。夫人知道那片家园在安妮心里的分量。

安妮却没有轻信埃先生。她认为："对于说话人的观点……必须打个折扣"，因为尚不知对方心里究竟"打的什么主意"。起初，她思忖：讨好自家人，从地位和财产上考虑于埃利奥特并无利可图，他莫不是看上了伊丽莎白？这种冷静分析的态度，表明候补"剩女"安妮阅人时的老练和谨慎，更揭示了她与埃先生的心理距离。但这还不能算是对后者品格的明确否定。此际安妮的态度仍有几分含糊。一方面她觉得埃先生的言行无可挑剔，"能与之相比的只有一人"（II.3），即她心中最可信赖的温特沃斯；与此同时，她意识到自己"并不真正了解他［埃先生］的品格"，何况他还有若干不良习惯，比如在礼拜日随意出门，等等（II.5）。对于安妮一类两百年前的英国乡村淑女，把教堂礼拜仪式置之脑后、礼拜日外出游荡等行为无论如何都是很难为之辩解的过失。然而，对于拥有事后诸葛智识的当今读者来说，埃先生或许不过是稍许激进、得时代风气之先而已。值得注意的是，安妮没有就此将埃先生视为十恶不赦的渎教者，甚至仍然没有对他下结论。可见安妮和她的创造者奥斯丁都并不过分讲究教条。而这也从一个侧面表明，安妮对那个人确有一些好印象，可以抵挡不少负面评论。

总而言之，史密斯的揭秘虽然起了不小作用，但是她开列的埃某人罪过清单中，可以被明确认定的似乎只有后者拒绝帮助陷入困境中的史太太本人一事。而且如一些评者指出，连这事我们也只听到了一面之词。此外，还有一项不容忽视的埃先生特质，那就是他的与时俱变。当他在巴斯企图重新与爵士一家结好时，曾信誓旦旦地表态说：他向来是最重家族荣誉的,"不像某一些追随时潮的人"(II.3)。信口带出"时潮"一词,提示着人物所体现的历史维度。由此我们联想到,蔑视旧上层家族一度(大约在法国革命风云初起或拿破仑军队横扫欧洲之时吧)在某些英伦圈子里非常时髦。穷小子埃利奥特曾经夸张狂傲地讥讽那些自以为高贵的亲戚、决定先捞取现金自立于世也就不难理解了。他的过分的言辞很可能还曾在朋友圈里博到一些喝彩和笑声。然而到了1815年,拿破仑已经兵败山倒,埃某人也走近中年且积累了相当可观的私产,对家族、门第和未来生活安排便可能有了不同的理解和设想。只是,他态度翻转或信口开河这般轻车熟路,抹杀过往言行毫不犹豫,讨好富贵者的技艺又如此炉火纯青,未免令人齿冷。虽然埃某人的表演并未充分进入安妮的视野,虽然安妮不曾将他的言行与当代历史大风大浪直接联系起来考察分析,面对拉夫人的高度称许,她依然审慎地认定那位先生过于圆滑老到,缺乏自己最珍视的"直率、坦荡的性格"(II.5)。况且,不同于《爱玛》中同样被别人认为"不够坦率"的费尔法克斯小姐,他没有不得已而为之的理由。最后,埃先生宣称离开,其实却滞留在巴斯城并与克莱太太在街头约见,证明了他确实不可信任。

  安妮没有让埃先生的如簧巧舌获得更多辩解机会。因为,最终决定她的意向的,不仅有埃某的人品,更有她对温特沃斯当下心境的新了解以及两人间那份伤了骨头连着筋的初恋深情。安妮不纵容胡思乱想,也不允许自己得意忘形。但是她显然明白自己和温特沃斯的关系已经柳暗花明。两下比较,埃利奥特出局势在必然。只不过,不管安妮是否承认,她和温特沃斯破镜重圆,其中有埃先生几毫小小贡献。

  像史太太一样,无意间侧面"支援"了安妮的埃先生,也是此前奥斯丁小说中不曾出现的类型人物。他们都指示出作者的某种"新起点"(new departures)[1]。两人都写得比较粗糙,有明显的"破绽"或自

---

[1] Christopher Gillie: *A Preface to Austen* (London: Longman, 1974), pp.158-159.

相矛盾之处。这些也许应该更多归因于该书的未完成性质——因为，1815年开始动笔写《劝导》时，奥斯丁的健康状况已在快速退化，而搁笔之际距她病逝则仅有一年光景，她已经没有时间和精力像对前几部作品那样反复推敲修改。如果说这两个人物的塑造显露了一些艺术上的缺憾[1]，就"突围"主题而论，他们却标示了作者的新视野和新尝试。因为，不确定性和矛盾性乃是思想和艺术新边界所常常具有的特征。

乡村士绅 vs 海军翘楚

故事的结尾依旧是奥斯丁式的皆大欢喜。准男爵的女儿安妮终于嫁给了立业有成的青年海军军官温特沃斯，步入新的生活天地。"新"相对"旧"而言。安妮原有的生活圈主要由居住在凯林奇大厦和厄泼克罗斯村一带的乡村士绅人家构成，前文着重讨论过的那些"刻毒"文字主要是针对他们的。

在这个阶层里长大成人的安妮对熟稔的亲友冷眼旁观。自家老爸和姐妹深度沉溺于虚荣和享乐，几乎不可救药。前者对镜自赏百看不厌；后者或是一门心思巴结身份更高一等的贵族亲友，或是与人斤斤计较所谓"领先权"（I.6；II.4）。[2] 父亲持家无方不得不出租凯林奇大厦，被安妮判定为"不配留下来"掌管祖业（I.1）。她还因为父亲和

---

[1] 参看 Richard Gill & Susan Gregory: *Mastering the Novels of Jane Austen* (New York: Palgrave Macmillan, 2003), pp.58-59。

[2] 传统英国社会分明的等级秩序的体现之一，是在公开场合或社交活动中讲究出场的先后次序即所谓"领先权"（Precedence）。参看 Daniel Pool: *What Jane Austen Ate and Charles Dickens Knew* (New York: Touchstone, 1994), pp. 33-35。玛丽认为自己出身准男爵家庭，比婆家人地位高，所以在默家的社交活动中会有争"优先"的想法。

姐姐对巴斯住宅津津乐道而心生鄙夷，认为他们"对失去在自家祖居地的义务和尊严毫不懊悔，却因为忝居小城而沾沾自喜"（II.2）。通过"拿破仑战争结束之际乡村大宅物质生活和社交生活的种种鲜明生动的细节"，奥斯丁展示了那帮自以为高贵者的"势利"[1]和衰颓。如果说在当时"地主阶级还没失去权势，至少对女主人公来说已失去了社会尊严（prestige）和道德权威"[2]。小说结尾，安妮结婚后对丈夫温特沃斯说，很遗憾，除了拉夫人和史太太，自己的熟人中"不能给他加添什么值得交往的明眼人"（II.12），一句话直白地道出了安妮对于自己所属阶层的心灰意冷。她几乎将准爵一家诸位全都彻底扫进了生活的"垃圾堆"。

在这类人中，拉塞尔夫人是个例外。安妮允许她进入自己的未来——前提是夫人能够包容或认可她的某些抵制。拉夫人重视家庭经济安全，当初因年轻的温特沃斯没有财产，力促安妮放弃和他的婚约；她强调举止风度，并据此认定埃利奥特先生是安妮的理想夫婿。拉夫人的"理性"代表着当时上层社会的主导观念和流行见解，但是安妮从自己苦痛的初恋经验出发，已经对这些旨在维护现有绅士阶层财产和地位的信条产生了严重怀疑乃至厌弃。

默斯格罗夫一家人的情形又有所不同，也更为纷杂。他们憨厚诚实、重视亲情，有颇多可爱可悯之处，尽管从另一个角度观察，他们中的大多数懵懵懂懂地消磨于无所事事的乡村地主生活，又难免可悲可笑。况且，在他们热情好客的做派之下同时暗存着一份对事不关己者的冷漠——读者很难忘记，正是在他们家感受到的世态炎凉迫使安妮提醒自己要反复重温她本人压根"无足轻重"的真相。不过总的来

---

[1] 参看 D.W. Harding: *Regulated Hatred and Other Essays on Jane Austen* (London: Athlone Press, 1998), p.160。

[2] Claudia Johnson: *Jane Austen: Women, Politics and the Novel* (Chicago: The University of Chicago Press, 1988), p.287.

说，作者赋予了默家两个女儿活泼好奇、甚少算计、柔韧可塑等特征，并在全书后一章里以亲切而大度的笔触描述了他们旅居巴斯时宾客齐聚的场景，让这家存留着某些传统美德的人享有传承的活力和转化的可能，一如他们那处在变化或改善状态中的国家。^{〈1〉}

总之，在这些相关讲述中，安妮和叙述者共同分享着对地主士绅即传统社会主导阶层的批判和疏离态度，表达了"对一个阶级失职的裁决"^{〈2〉}。哈丁曾强调指出：奥斯丁远不是心安意得地置身于某个自己能认可其典章规条的社会——相反，她对周遭人们的评价颇低。^{〈3〉}那份骨子里的尖刻不仅属于安妮，也几乎是所有奥斯丁女主人公所共有的品质，不论她们是否伶牙俐齿。伊丽莎白·班纳特曾对她姐姐说："不必担心我会抢了你广施善心的特权。我真正爱的人本没有几个，我认为好的人就更少了。"(*P & P*, II. 1)

小说中与安妮相关的关键词之一是"有用"和"用处"(use/useful/usefulness/utility)，虽然有时只是针对一时一事，但在言及女主人公的行为和表现时曾再三触目地使用，让读者不能不留心叙述者的意图。安妮是家里的"做事"者。如艾米莉·奥尔巴赫所注意到的，奥斯丁有意以安妮的"有用"(utility)对比其家人的"无用"(futility)^{〈4〉}——她早早就提醒姐姐要警惕克莱太太；她给父亲的书画造册登记；举家迁居之际她负责与佃户道别；在默家聚会、众人跳舞时她弹琴伴奏。父亲即将移居巴斯，小妹玛丽要求安妮留下给自己帮忙，伊丽莎白信口应许，称"反正在巴斯不会有人需要她"。接下来的

〈1〉 参看 Janet Todd & & Antje Blank: "Introduction," in Austen: *Persuasion* (Cambridge: Cambridge University Press，2006), pp. xxx-xxxi。

〈2〉 Tanner: *Jane Austen*, p.223.

〈3〉 参看 Harding: *Regulated Hatred and Other Essays*, p.147。

〈4〉 Emily Auerbach: *Searching for Jane Austen* (Wisconsin: University of Wisconsin Press, 2004), p.236.

叙述说:"被认为尚属可取(good),即使人家的表达方式不那么得当,总比让人判定一无是处从而抛弃好一些。安妮很乐意被人看作还有点<u>用处</u>,担一些作为<u>责任</u>分派给她的事务。"(I.5,此处及下段引文中有下画线的黑体为笔者所加)

这番话呈现安妮的感受,前一句评议自家姐妹的态度,说妹妹虽然是打算让自己提供无偿劳务,但总比姐姐的轻蔑和漠视强。<u>被动语态和有意为之的低调、自贬的表达</u>透着无奈和挖苦。后半句点出名字让安妮现身,而且小中见大地直说"用处"(use)和"责任"的关系,顿时使"有用"被提升到精神层面,超越了日常生活的柴米油盐。"有用"或"被需要"乃是安妮(天下芸芸众生又何尝不是)在群体中安身立命的先决条件和根本心理需要,也是她对生存意义的界定。叙事曾反复提及:安妮对侄儿小查尔斯疗伤养病很"<u>有助益</u>"(I.9);玛丽在小姑子路易莎受伤后争抢照料伤者的机会,说凭什么自己就不能和安妮一样"<u>有用</u>"呢(I.12);此后安妮回到厄泼克罗斯大宅协助乱成一团的默家老小,心下"明白自己在那里极为<u>有用</u>,甚觉宽慰"(I.1);而默太太终因她对一家人"<u>助莫大焉</u>"而衷心地对她生出喜爱(II.11),等等。

安妮对是否"有用"异常敏感,耿耿于心。这固然是身处逆境的无足轻重者给自己打气,但也是对原则的申说和确认。换个角度看,将"有用"作为对人的价值判断,构成了对地主士绅阶层的尖锐批评。全书中数沃爵士最颟顸无用,"顽固执迷于极端自我主义"[1],只关注人的地位和长相——不过,若是有人(比如克莱太太)能把奉承话说得让人称心如意,他就连这两样也都忽略了。伊丽莎白和玛丽作为家庭女主人承担了一定的责任,但是她们奉行的原则是尽可能求得更多虚荣享乐、逃避"有用"的具体劳作。默家中有用之人也不多。叙述介

---

[1] Tanner: *Jane Austen*, p.209.

绍玛丽的丈夫查尔斯时用虚拟语气说,倘若他得到更好的引导,或许能够更明事理,过"<u>更**有用**的生活</u>"(I.4)。这等于直白地说,在现实中他溺于打猎游乐的生活很无用,很寄生。在安妮的乡绅生活圈里,愿意为他者服务的人凤毛麟角。

当然,安妮也并不孤立。奥斯丁小说中所有的男女主人公和正面人物都须证明自己"有用"。比如范妮和埃莉诺们,又如《傲慢》中的达西。有些20世纪思想家认为,接受社会角色是逃避个人自由,但在奥斯丁看来,自由只有置于恰当的社会关系中才货真价实。达西曾批评宾利行事过于率然任性,有碍持家立业、管护乡里等"非常必要的事务"(very necessary business,I.10)。自然,可能有效发挥某种社会功能的人还包括各类新派职业绅士,包括世家地主兼亲力亲为农艺师乔治·奈特利、尝试在乡村社区生活中出任某种引领者角色的牧师爱德华·费拉斯和埃德蒙·贝特伦,等等。海军军官是奥斯丁呈现的最后一组"有用"之人,也是最彻底地割断了和土地所有权关系的新兴群体。

有学者指出,奥斯丁对"用"的强调并非偶然,与休谟在《人性论》(1739—1740)等著作中阐发的思想多有呼应。休谟是最早积极关注"用"的18世纪英国思想家之一,稍后的实用主义大家边沁曾明说,研读休谟令他茅塞顿开。[1]不过,休谟的着眼点主要不是主体个人的得失或悲喜,而是同情心及为他人的服务。与边沁不同,休谟认为,所谓有德(virtuous)者,乃是对众人或社会有益有用之人,而最能有效考察某个人品格的"社会",是与其密切关联的狭窄私人活动圈。[2]这些都与奥斯丁小说的题旨彼此印证,<u>丝丝入扣</u>。新教道德对"职业"和劳动的重视[3],显然也与致"用"思想有一定关系。《勤与

---

[1] 参看 E. M. Dadlez: *Mirrors to One Another: Emotion and Value in Jane Austen and David Hume* (Chichester UK: Wiley-Blackwell, 2009), ch.7.
[2] 休谟:《人性论》(下),(商务印书馆,1994,关文运译),645页。
[3] 参看马克斯·韦伯:《新教伦理与资本主义精神》。

懒》（霍加思系列画作名）的对比，是新教道德的一个核心体现。而休谟把"勤"明确列为中等阶级的主要"德行"之一[1]，更点明了"勤"和"有用"的阶级属性。20世纪初，理·亨·陶尼在对"逐利社会"的分析和批判中强调，那种社会的根本弊端之一是，财富占有者比如地主阶级常常不为社会提供任何服务，不具备任何"职能"。[2] 可以说，安妮们重视"用"的思路与百年后的陶尼有异曲同工之处。

海军代表人物自然首推温特沃斯舰长。他在上卷7章中的初次露面饶有趣味。这是全书中不多见的一段从男主人公角度出发的叙述。奥斯丁对视角等艺术手法问题足够重视，却比较依赖直觉，不刻意讲求角度统一之类，因此叙事周转腾挪起来相对自由，反而比后来一些意识流名家显得更为灵动。

八年一觉旧地梦。此前温舰长已经在默家亮过相了。"而今他的目标就是成家。他有了钱，又上了岸，打算一旦受到点像样的诱惑就安家落户……"当然，安妮除外。他用故作玩世不恭的口气对姐姐说："我打算稀里糊涂成个亲了事。十五到三十岁之间任何一位姑娘都行。多少有点姿色，给点儿笑容，说上几句海军的好话，我就算交代啦。"是的，他说这话底气十足，只等人反驳呢。爱过安妮的小伙子八年后有那么好糊弄吗？他另外在比较正经的时候开列过理想媳妇资格要点，归纳起来就是"心思坚定，风度可人"。如叙述者所提示，他前前后后的表态恰恰表明，安妮并没有被彻底"闪"掉，"其实还纠结在他的思绪里呢"（II.7）——因为，很显然这两条标准是严丝合缝比照安妮提出来的，前者针对他痛恨不已的安妮弱点，后者则是人人公认的安妮特征。叙述者采用揶揄的全知语气，展示了青年温特沃斯最好的一些

---

[1] 参看David Hume:"Of the Middle Station of Life," Hume: *Essays: Moral, Political, and Literary* (Indianapolis: Liberty Fund, 1987, Revised Edition. Ed. by Eugene F. Miller), pp.545-551。

[2] R. H. Tawney: *The Acquisitive Society* (New York: Harcourt, Brace & Company, 1920), p. 20.

品质。他对旧恋人变卦心存怨恨却未能忘怀，却又并不充分自觉。他不卖弄伤感多情的姿态，既天真又务实地盘算自己的婚姻大事，有点粗犷，也有点幽默和自嘲。这是全书中他与读者距离最近、面目也最可爱的时刻。

然而，旧日恋人如今已是咫尺天涯。安妮对温特沃斯的深刻了解无计可消，才下眉头，又上心头。默太太为已故二儿子狄克叹息，安妮一眼便捕捉到温舰长眼里的错愕。玛丽对默家表亲海特先生表示不屑，说有他这样的亲友（connections）可真丢份儿，"叫人扫兴"。温特沃斯"没有接话，只是勉强迎合地微微笑了笑。一转身，眼里便露出鄙夷的目光，安妮完全明白其中的含义"（II.10）。诸如此类的插曲在叙事上有好几层功效。这些场面被安妮一一收在眼里，表现了两位前恋人重逢后的微妙关系——尤其是女方的紧张凝视。与此同时，行文寥寥数笔即鲜明地揭示了温特沃斯的特点，既暗示了军旅生活的残酷和军人必备的毫不婆婆妈妈的硬心肠，又让他在对陈腐门第观念表达鄙视的同时，保持温和的态度，不轻率违犯大众习俗和"文明"行为方式。

彼此间的深刻相知不仅体现在安妮一方。骄傲的温特沃斯自以为和安妮已经一刀两断，决不会生出向拒绝过自己的人再献殷勤的想法。可他偏偏就是知道她什么时候累了，什么时候心里苦楚，而且无法让自己坐视不理。他默默无声地把爬在安妮背上纠缠不休的小外甥拎了下来。他和众人长途散步后请正巧驾车经过的克罗夫特夫妇把疲惫的安妮带回家。这些举动虽然并未超越礼貌绅士待人接物的惯例，但或多或少也揭示出，对于温舰长来说安妮总归不是一般人。他听路易莎信口说起安妮拒绝查尔斯求婚的事，忍不住要多追问两句。往昔又岂是一刀就能斩断的呢？安妮不可避免要从别人不会注意的细节中读出温特沃斯本人都未必意识到的情意，并久久为之心暖而又心痛。

如果仅仅为了写爱情故事，一名温特沃斯舰长已经足够。但是小说用了不少笔墨，很下功夫地塑造出了一个群体，有名有姓并且在相当程度上个性化的海军军官至少有四名。其中虽然也包括多情善感的本威克，但他多少是个特例，且性格和作风都尚在成长、变化的过程之中。总体说来，定义这个群体的最重要词汇之一也即与安妮直接关联的"有用"（useful）。提到哈维尔上校时，叙述两次明确提到"用"：一次是说他虽已受伤致残，但有"力求致用的思想"（I.11）。他劳动不辍，熟练掌握了木匠手艺，把局促的海边小屋收拾得井井有条。另外一次，在路易莎受伤事故中，他的到场带来"最有效的理智和勇气"（II.12）。他及时安排救治和沟通渠道，与安妮共同掌控了局面。克罗夫特将军对凯林奇大厦的改造也体现了注重实用的思路——他移除了埃爵士所热衷的诸多大穿衣镜，改装了洗衣房的门。将军观赏绘画用的是顶级现实主义眼光，关注的不是笔触、色彩或寓意，而是画中的船看起来是否适航。那种深入神髓的务实精神也体现于对待婚恋的态度——他反对没完没了的卿卿我我，主张快刀斩乱麻。连将军妻子即温特沃斯长姐也修炼成了行动者。小说突出了克太太与丈夫并肩担当战火和灾祸的勇气。她不在岸上过太平日子，选择上船随军，将自己转化成和一帮粗野水手同舟共济的"哥们儿"，这在奥斯丁时代是有几分惊世骇俗的。即使战后回归宁静乡绅生活，克太太也不大理会淑女规范，亲自驾车在村野小路上东冲西闯一路狂奔，像英语文学中其他许多乡下怪人那样富于喜剧色彩。勇敢、冷静、坚毅，长于行动，讲求实效，海军军官与百无一用的沃爵士们对照鲜明。《曼园》中范妮·普莱斯当水兵的弟弟威廉甚至曾经让公子哥儿亨利·克劳福德羡慕不已："他的英雄气概和卓著劳绩（usefulness），他的艰苦奋斗和坚忍不拔，都是多么光荣夺目，相比之下，自己自私享乐的积习是何等可耻……"（II.6）

《劝导》一书中对时间坐标和当代事件的指涉比比皆是，比如：温特沃斯提到他初识安妮是在1806年尚未出海之际（I.8）；还有"我们回到岸上的发了财的海军军官"（I.10）战后解甲归田的境况；以及新发表的拜伦诗作《异教徒》（1813）、《阿拜多斯新娘》（1813）和《海盗》（1814），等等。由此读者可以得知，故事发生在1814至1815年间，而这批海军军官们则是曾参与拿破仑战争、在海上成功捍卫了英国利益的"英雄"。在海外战事余波未尽的历史时段里，军人作为向社会有效提供特定服务的成功职业人的代表，在当时社会乃至在奥斯丁笔下，都赢得了由衷的尊敬。[1] 沃尔特爵士认为海军是寒门子弟爬到"非分高位"的途径，安妮则为之辩护说："我们得承认，他们享受的所有安逸都是以勤奋工作换取的。"（I.3）小说全篇以海军对于国家的重要性收尾："她［指安妮］为做水兵的妻子感到自豪，当然也不得不担惊受怕，付出从属于这个职业的人必须付出的代价；而水兵们，他们在家庭中的美德极为卓著，若是可能的话，甚至超出其为国效忠的无俦功业。"（II.12）这样的颂词恐怕不能全都归结于奥斯丁有两位在海军当高官的兄弟。[2] 此外，考虑到英国小说里房宅所具有的延绵不绝的象征含义，克罗夫特夫妇接手埃家祖宅虽然只是租住，其意义也绝不限于双方居家度日的经济安排。如安妮说，凯林奇大厦"转到了更好的人手里"（I.8）。她似乎在暗示：勤于任事、勇敢担责的职业人正在接管的不仅仅是一处房产。

安妮最终选择温特沃斯作为自己的命运归宿，是对两心相知的认定，也是对"世界"的重新选择——她走出士绅地主的圈子，进入了海军"哥们儿"的生活。坦纳说《劝导》是关于"移植再生"（transplantation）的小说；而"迁居既是影响更深远的社会解体过程及

---

[1] 参看 Juliet McMaster: "Class", E. Copeland & J. McMaster (ed.): *The Cambridge Companion to Jane Austen*（上海外语教育出版社，2001), p.120。
[2] 参看 J. H. Hubback & Edith C. Hubback. *Jane Austen's Sailor Brothers: Being the Adventures of Sir Francis Austen, G.C.B., Admiral of the Fleet, and Rear-Admiral Charles Austen* (London: J. Lane, 1906).

社会流动性的象征，又是其中一个组成部分"。⁽¹⁾在这个意义上，个人选择具有了政治意味，安妮的婚姻同时也是某种社会探讨——《劝导》最重要的独特点在于，孤单者安妮哀戚而丰富的生活体验和性格特质使她最终得以……冲决陈腐过时且半是虚假的社会规制，并在一个不同的世界获得自由和满足。"⁽²⁾有情人皆成眷属的喜剧结局是否意味着长久的"自由"和"满足"固然可以质疑，但是无法否认此处奥斯丁对变化所持有的开明态度——她整体上认可甚至期待那由海军军官们构成的"新"世界所代表的财产和政治权力的转移。

值得指出的是，在1815年全英举国欢庆滑铁卢战役胜利⁽³⁾的氛围里，奥斯丁并没有过度美化英国的海军官兵⁽⁴⁾——不论是存在状况还是精神境界。书中最早介绍温舰长的文字曾反复提到他的"好运气"（I.4），暗示着海上生涯的高风险；而默家二公子狄克在战船上服役丢了性命的事实，更证实了战争行当中阴暗、残酷的实情。战争结束后受伤的哈维尔和本威克住在海边逼仄的灰泥小房里，生活既不宽裕也不轻松。是的，在岸上靠半薪养家的中下层军人的生活很可能不仅财务上捉襟见肘，而且如《曼园》中普莱斯一家那样终日处于嘈杂混乱中。连克罗夫特将军这样的正面人物也不免或多或少是粗线条的漫画形象。⁽⁵⁾他谈到某位熟人的孙子时直言不讳地讲："和平来得太早了，那小子没赶上发财的机会"；言及本威克时又说："这年头［仗打完了］，想升官可不易喽"（II.6）。他把能活到下一场战争视为军人的"好运气"，还毫不避讳地议论"背景、门路（interest）"之类的重要性

〈1〉 Tanner: *Jane Austen*, p.95.
〈2〉 Bush: *Jane Austen*, p.186
〈3〉 参看斯蒂芬·吉尔：《威廉·华兹华斯传》（广西师范大学出版社，2020，朱玉译），526—531页。
〈4〉 参看 Todd & Blank: "Introduction," in Austen: *Persuasion*, p.xxvi.
〈5〉 参看 D. W. 哈丁：《简·奥斯丁作品中的素描人物与漫画人物》，朱虹编：《奥斯丁研究》，313—314页。

（I.8）。将军本人显然认为这些事态乃是天经地义，连长于反讽的奥斯丁似乎都没有充分自觉这些记述可能包含的针砭之刺。温舰长也曾不无得意地感叹自己在舰上时"钱来得多么快呀"（I.8）。他们不搬弄半句爱国高调，实话实说地谈发战争财[1]，说明在他们眼中从军很大程度上是一种谋生方式或者生意经，海军军官不过是一群以特定方式牟利的"企业家"（entrepreneurs）[2]。这一定位虽然没有斯威夫特的言辞[3]那么尖锐和断然，却也入木三分。《曼园》曾同样以平铺直叙的口气陈述范妮的弟弟威廉借道亨利·克劳福德走后门成为军官，说明此类职位的稀缺以及拉关系走门路的普遍性。克家叔父（亦为海军上将）完全无视彼时公认的良俗，堂而皇之地让情人登堂入室，亦可见那个圈子里伦理规矩多么松弛。与萨义德细加考究的安提瓜殖民地相仿，奥斯丁笔下的海军带给了读者许多提示，包括"轻巧但明确地划出……[英国]国内改良进步的外边界，或快捷点出攫取海外领地以扩充本地财源的商业冒险，又或作为一项依据以证明历史感性（a historical sensibility）中不只充斥着举止和礼貌；也包含着思想的对抗，包含着与拿破仑法国的争战，以及对世界历史中革命时代里地动山摇般经济社会变迁的感知"。[4]

  作为21世纪的中国读者，因为祖国当年曾饱受英国坚船利炮的侵害和劫掠，我们无疑对皇家海军的发财者们有着与安妮非常不同的观感。我们义不容辞有超越奥斯丁的眼界和思想局限的责任。不过，我们倒也没有理由过度苛求安妮和她的创造者充分理解发生在大洋另一

---

[1] 当时英帝国海军状况是近年有关奥斯丁的文化研究的一个重要侧面，参看 Edward Neill: *The Politics of Jane Austen* (Macmillan, 1999), pp.124, 129-130; Todd & Blank, "Introduction", pp. xxxiv, xlv-xlviii。
[2] Elizabeth Jean Sabiston: *Private Sphere to World Stage*, p.40.
[3] 参看斯威夫特：《格列佛游记》第四卷5章。
[4] Edward W. Said, *Culture and Imperialism,* pp.93-94.

边的情形，或指责她们未能具备后世的英语小说家约瑟夫·康拉德那样的洞察能力，从而以《黑暗的中心》(1899)之类作品中的无情鞭笞戳破英国淑女心目中的帝国殖民开拓的英雄神话。[1] 奥斯丁所做的以及可能做的，只是在英国视域里反复扫描、分析日常生活现场，并尝试探寻日趋衰朽的固有传统领导阶层之外有可能带来生机和改良的"新人"群体。

除了温特沃斯们，不同于旧式地主的另类"新"人或许也可包括投机家埃利奥特先生。他想和沃爵士一家重新修好之时，表白自己极为重视家族，"与当今的非封建（unfeudal）风气很不合拍"（II.2）。从他的话可知"非封建"至少曾一度蔚然成风。据说若干年前他曾用十分夸张的语言表达对家族地位和荣誉的轻蔑。这类传言或许不过证明了一个年轻人曾经玩世不恭的激进态度，史密斯太太对此的严正批判以及安妮和叙述者对她的声援反倒显得有点老派，有点虚张声势，甚或是别有私心。埃某人思路清晰地规划了首先抓住现钱的人生路径图。他的第一次婚姻凸显了投机人的本相；而后，也许是由于第一桶金已经捞到，也许是因为拿破仑战争前后英国社会风气快速变化，他对家族的态度也有了一百八十度大转弯。在某个意义上，这位先生算得上一个时潮风向标。而安妮却是在埃利奥特先生们转而要利用世族地位的历史时刻坚定地走出了士绅地主家庭，毫不含糊地否定并厌弃了这帮自以为是的"人上人"。这一份毅然决然是属于她的，也属于奥斯丁。[2]

---

[1] 康拉德（1857—1924），著名英语小说家。出身于波兰没落贵族家庭，后因家国命运多舛，1874年加入英国远洋商船队，从底层水手起步直到担任船长，历时约二十年，到过南美、非洲、东南亚等地。

[2] 有评者认为奥斯丁站在"古""今"哪一方，其实含糊不清（参看Tave: *Some Words of Jane Austen*, p.62）。这个判断不够准确。

三思"劝导"

可以说，这部小说中最见功力、最胜出前作的，尚不是悲秋的私人情感和曲折的恋爱故事，而是对主题词"劝导"的辨析所体现出的"真正思想深度"。[1]

提到"劝导"一词的意义，多数读者首先想到的是书中最重要的"前事件"，即拉塞尔夫人说服安妮退婚。不少评家从前文引述过的（上卷4章）安妮针对那段往事的内心独白中读出了浪漫取向，认为此时奥斯丁"前所未有地深入了个人情感且饱含同情"，更多地站在了个人、情感和欲望一边，更接近所谓"美国立场"[2]，宣扬抵制家长式的乃至其他种种来自他人的说服和指导。有人甚至揣测作者是在借此辩驳认为她反对浪漫情愫的议论。[3] 然而这类判断与该节叙述全貌以及小说中许多相关内容有抵触。一些学者将注意力聚焦于对拉夫人早年劝导的批评，忽略了其他一些信息，并且或多或少把小说人物安妮在具体情境中的感受过度解读为作者的主导意见。

实际上，到重逢之时，男女主人公各自经过百转千回的思虑，已对往事有了某种裁断。但是那段初恋仍然盘结在他们心底。安妮情不自禁一次次地反复思量，剪不断、理还乱，所谓理性反省实际却更多是对旧情肝肠寸断的一步一回望。另一方面，对于大英皇家海军舰长温特沃斯来说，恋人悔婚留下的创伤则仍隐隐作痛，他愤恨地认定安

---

[1] Elizabeth Bowen: "A Masterpiece of Delicate Strength," in B. C. Southam (ed.): *Jane Austen: Northanger Abbey & Persuasion, a Casebook* (London: Macmillan, 1976), p.170.

[2] Thomas Edwards, "Persuasion and the Life of Feeling," in Bridget G. Lyons, ed., *Reading in an Age of Theory* (Rutgers University Press, 1997), p.121.

[3] 参看 A. Walton Litz, "*Persuasion:* forms of estrangement," in Halperin (ed.): *Jane Austen: Bicentenary Essays* (Cambridge University Press, 1975), p.231; 另见司各特：《一篇未署名的评论〈爱玛〉的文章》，朱虹编：《奥斯丁研究》，10—25页。

妮顺从长者劝导是"优柔寡断"、是顶不住"草芥琐事的无聊干扰",所以,当邻家少女路易莎宣布自己"才不那么好说服呢"(I.7),他毫不迟疑地表示了赞赏。然而后来的事态却动摇了他的自信。路易莎为了证明她的勇敢和坚决,不听劝阻从莱姆镇海堤的陡峭石阶上贸然跳下,无端让自己受伤、令众多亲友陷入惊恐忧扰。这一任性表演无意间成为主人公们再次检点前尘旧事的契机。全力救助伤者的安妮不由自主地分神猜想——这下温特沃斯是否会意识到"坚定的性格也应该有个分寸和限度"、"容易被说服"并非全然不可取(I.12)。如有的学者指出,两人在重逢历程中的这些情感发酵、思想调整等"内在动作"构成了小说真正的情节主线。[1] 然而在这一阶段他们两人有关"劝导"的所有言说和思考,虽然无不以对方为"目标"和潜在对话人,却似被无形绝缘体屏蔽,彼此没有直接交流。

直到分手八年的恋人终于重修旧好,他们才得以当面锣对面鼓地认真讨论"劝导"。温特沃斯表白道:莱姆之行使他最终相信还是安妮的方式更靠谱,承认"有必要区分原则坚定和一意孤行"。安妮则告诉他:

> 我一直在思考过去,想公平地明辨是非……我当初听从朋友的劝告,尽管吃尽了苦头,但还是对的,完全正确……对于我来说,她处于母亲的位置。请不要误解,我不是说她的劝告没有错误。但也许,此事属于这样一种情形:劝告的好坏取决于其后果[2]……我的意思是当初听她劝是正确的……因为[若不那样]

---

[1] R. S. Crane: "A Serious Comedy" (1957), in B.C. Southam (ed.): *Jane Austen: Northanger Abbey & Persuasion*, pp. 180-182.

[2] 此句原文是 "advice is good or bad only as the event decides"。event的一个重要义项就是"result, outcome"(后果、效果)。许多学者毫不含糊地这样诠释此处的"event"一词。见Austen: *The Annotated Persuasion* (Anchor Books, 2010, ed. David M. Shapard), p.471, no.114。

我会受到良心的责备……（II.11）

很显然，安妮力图冷静地、条分缕析地将劝告内容和劝导行为区别对待。她充分承认"劝告"举动的正当性和合理性——拉夫人虑及少女一生的平安，出于责任感和爱心拦阻一见钟情的冲动订婚无可指责；而尽量听从也是年轻人顺乎责任和良知的选择——"我当年肯听劝，因为我认为那是义务"（II.11）。尝尽各种苦果却仍然坚持这样的认知，绝不仅仅是向周遭"社会"妥协或是消极地委曲求全。否则，她便不会那么郑重其事地反复探讨劝诫行为对各位当事人的影响及最终后果等等的重要性，强调了结合"动机"和"效果"更周全地裁断对错的辩证考量。[1]

正因如此，安妮在接受拉夫人的教导"权"的同时，又认定她的劝告本身是错误的。那位乡绅遗孀过于从俗地看重门第、财产和外表风度，依据错误的原则导出了偏狭、势利而又短视的结论。因此，当温特沃斯坦承自己准备再度求婚时，仍对拉夫人"劝导的威力"心存余悸，安妮便立刻表示："情况大不相同了，我的年龄也不同了。"他应该明白如今她不会再盲从。经过岁月的磨砺，当年的小姑娘已经有了主心骨。尽管拉夫人大力举荐埃利奥特先生作首选联姻对象，甚至动情地表示希望安妮能继她母亲成为凯林奇大厦女主人，她再次开出的错误人生处方已经不能左右安妮的决定。虽说就地位和家产而言，埃先生肯定会超过仅仅在海上冒险生涯中积累了可观钱财的温舰长，但是安妮已经事先断然排除了只为社会地位和经济利益而结缡的选项——"假如我嫁给对我无真情厚义的人，就可能招致各种风险，而

---

[1] 参看 Roberts Hopkins: "Moral Luck and Judgment in Jane Austen's *Persuasion*," in Austen: *Persuasion* (New York: W. W. Norton & Company, 1995, ed. Patricia A. M. Spacks), pp.265-274, 该文还讨论了"后果"中包含的偶然性即"运气"。

违背所有的责任"(II.11)。毕竟,埃某人从来没有真正赢得她的信任和尊敬。

换言之,安妮认为,以她当年的思想水平和具体处境,听从拉夫人理由充分;而如今审慎拒绝她的劝告更是义不容辞。当然,在这个"由书名宣示出的核心问题"上,女主人公所提供的最后"答案并非没有含糊歧义"〈1〉,包含深刻的自相矛盾以及繁多的限定条件,比如要考虑并权衡具体事项、事态发展的实际后果,劝说者的用心和被劝者的成熟度,等等,简直可以说复杂到等于没有确定结论。

在奥斯丁的世界里,对"劝导"感到困惑的不仅是安妮和温特沃斯。《傲慢与偏见》(1813)中的达西和伊丽莎白也曾就此"短兵相接"地辩论过。该书一卷10章有这样一个场面:达西在亲友面前挖苦好友宾利做决定草率却又耳根软,听别人劝几句就改弦更张。那时伊丽莎白正在找茬和达西斗嘴,便挺身而出为宾利辩护:"难道达西先生认为,若固执己见、一意孤行,就可以把前面的鲁莽粗率一笔勾销了吗?"达西说这是强词夺理地把他没有的想法强加于他,同时指出"没有心悦诚服就盲目顺从,对劝导和被劝导双方的智商都不能增光添彩"。不料伊丽莎白却转而抨击达西"好像不赞成友谊和感情可以有影响力",逼问他为人随和、乐于顺从友人意愿又有什么不好。达西回复道:这要先确认"友谊亲密到什么程度、(友人)那意见是否可取"。至此,舌战进入抽象思维领域,俨然一场严谨的决疑论争辩。达西明确地主张要针对具体问题做周详的具体分析——而这,可以说是与安妮的思考遥相呼应。

对于安妮们来说,劝,还是不劝;听劝,或者拒绝听劝,都并非仅仅关涉三五人的鸡毛蒜皮小事,而是涉及根本是非原则、有待寻得答案的重大疑题。

〈1〉 D. W. Harding: *Regulated Hatred and Other Essays*, pp.153, 155.

在奥斯丁生活的年代里，有点见识的普通平民分析、解决生活中的疑难问题，常常借助于决疑论（casuistry）的思路和方法。决疑论是基督教道德神学之一脉，将宗教与道德的一般法则运用于具体事例，侧重对不同情境的深入分析，以求妥善处置或调和各种义务之间的冲突，最终为种种"良心个案"寻找解答。这一思想传统在欧洲文化中根深叶繁，已在相当程度上深入普通教众的生活。英国国教会于16世纪借力宗教改革风云而创建，此后两三百年里形形色色的新教教派纷纷兴起如雨后春笋，加上海外殖民扩张、革命和战争等惊天撼地的重大历史事件的影响，又为决疑思考的更新与再造提供了丰厚土壤和迫切议题。这些都在奥斯丁的前辈小说家笔下留下了鲜明的印记。[1] 而奥斯丁的六部主要小说中有三部（《理智》、《傲慢》和《劝导》）明明白白地宣示对思想原则及其实践的关怀，令人读罢不由得要惊叹当年同代人眼中一名寻常家庭妇女所具有的思想深度，也难免感慨万端地意识到传播力极强大的宗教文化怎样如此这般地塑造了一种民族精神。

奥斯丁为什么对"劝导"（包括发生在平凡家庭生活中的七嘴八舌议论）如此重视呢？

对此，《劝导》一书提供了很多值得追究的线索。

细考起来，"persuasion"（包括同词根动词和形容词）曾出现多次，除了偶尔取其他义项（比如"信念"等），多数情况下意指人际间用语言进行劝导、说服，其中拉夫人劝安妮退婚是最重要的一例。不过该词也曾在许多其他不同场合出现。比如：上卷2章记述了拉夫人和管家合力说服沃尔特爵士出租凯林奇大厦；第6章展示了玛丽和她丈夫分别说服安妮的尝试（前者希望安妮相信她饱受疾患折磨，后者

---

[1] 参看方芳《〈克拉丽莎〉的决疑论解读》（北京大学外国语学院博士研究生论文，2022年5月），特别是11—14、25—35页。

则力图证明妻子是无病呻吟);下卷1章呈现了路易莎摔伤后安妮引导大家协力救人、善后的过程。此外,下卷5章细细描写了拉夫人如何赞扬埃利奥特先生、力劝安妮优先考虑嫁给那位远亲。上述几例中,玛丽夫妇的行为出于小小私心私见;拉夫人的劝婚可说是重蹈覆辙。但是另外两次劝说行动则或是言之有理,或是极为必要且出于仁爱和公心。也就是说,小说中"劝导"一词的使用是中性的,可被用来指称一些本质上不相同的行为——有的可赞,有的可笑,有的当疑,有的当斥。

书中另有两场没有直接用"persuasion"这个词标出的劝导重头戏。一是安妮的女友史密斯太太心怀"个人盘算"(her own agenda)[1]揭发埃利奥特先生昔日劣行并劝说安妮帮助她自己。史太太的口头"突袭"强化了安妮对埃利奥特原本怀有的某些保留和怀疑,从而成功抵消了拉夫人的有力推举。

另一场"劝导"对情节推进更为关键。那就是下卷11章里安妮与海军军官哈维尔在巴斯旅店里的精彩对谈。

哈维尔说起本威克原本正因未婚妻过世而伤心欲绝,却突然爱上了路易莎。安妮回应说:男人比女人易变,女人生活单调,更难舍旧情。对此,哈维尔指出:书上可不是这么说的,所有的历史记载、故事、散文韵文、歌谣谚语,都说女人朝三暮四。一向低调的安妮此刻却脱口反驳:"请不要引述书里的例子。男人比我们有更多的有利条件,可以讲他们的故事。他们受过的教育比我们高得多,笔捏在他们手里。我不承认书本能证明什么。"

这一章和其后作为全书收尾的下卷12章是由初稿中的一章修改拓展而成,而且初稿和改稿都保留了下来。研究者们注意到,原稿有

---

[1] Elizabeth Jean Sabiston: *Private Sphere to World Stage*, p.47.

些匆促地奔向喜结良缘的大团圆结局，而修改稿放慢了节奏。[1] 修改的最重要效果是使安妮得到了长篇发言的机会，突出了她作为意见发布者的身份。她敏锐分辨"他们"和"我们"，一语道破至那时为止"笔"和"书"的性别属性，确实代表了一种与玛丽·沃斯通克拉夫特们一脉相承的思想突破。她言及男人的"持笔"特权时口风犀利，并不被儿女私情所拘限，是辩论者立场鲜明的发言和成熟女性的深思熟虑的见解。难怪她的这番议论被20世纪中后期以来关注女性问题的读者和评者反复引用和论证。谈话不仅体现了安妮作为婚姻伴侣的质量，更投射出一种远远超逾当时淑女规范的新形象。我们有理由认为，她最重要的美德更多体现在思想上和行动上的这种勇敢突围，而并非麦金泰尔所强调的忠贞（constancy）[2]。安妮其实并不曾主张或赞美对男性的无条件忠诚——更不必说盲目的从一而终。她说女性容易固守旧情不值得羡慕，因为这很大程度上源于她们相对狭隘的生活。她有关"忠贞"的辩思与其行动可互为佐证。我们看到，这位沉静的女主人公不但没有不假思索一概拒绝接触其他男性，相反曾努力拓展交往圈，只不过她从未放弃认真、明慎的观察判断，力求忠于内心与外在的真实。也就是说，选择对初恋忠贞不渝是安妮在思想和生活中谋求突围的结果，而不是把对特定男人的崇拜和愚忠作为先决条件。在这个意义上，安妮作为思想者的分量超过了奥斯丁的其他女主人公。

同样值得强调的，是安妮这番谈话在叙事中的另一个重要功用，即向温特沃斯传达信息。小说没有提供证据表明她开口之前已经决定要暗度陈仓。但是读者明白地获知，她当时已经非常欣喜地判明了温特沃斯的心思，正在考虑该"如何打消他的嫉妒心……如何让他了解

---

[1] Elizabeth Jean Sabiston: *Private Sphere to World Stage*, pp.36-37.
[2] Alasdair C. MacIntyre: *After Virtue* (Notre Dame, Indiana: University of Notre Dame Press, 1984), Ch.16；参看宋继杰译：《追求美德》(译林出版社，2003)。

到她的真实情感"(II.8),还留意到他怎样借打牌一事申说自己"没怎么改变"(II.10)。换句话说,彼时彼刻安妮最挂念的事就是寻找机会向意中人表白,激励他采取行动。

当时旅店客厅里友人集聚,现场还有其他一些活动在同时进行:坐在沙发上的默太太正高声大气地与克罗夫特太太"私下"议论自家女儿的婚事;温特沃斯则在一张书桌旁埋头写信。克太太在你来我往的应答中发表了与拉塞尔夫人不无相似的见解,说如果年轻恋人不具备成家的经济条件便率然订婚,实为不智,父母理应阻止。安妮听到这番话,"她的眼睛本能地朝远处桌边望去,只见温特沃斯停了笔,抬起头,凝听着,随即,他转过脸,迅疾而忐忑地瞥了安妮一眼"(II.11)。旁听者的反应标示出室内诸人的空间距离都很近,而两个年轻人之间的心理距离更近,他们时时刻刻都被对方的意识"雷达"锁定。

正是在这种状况中,安妮来到窗户旁边开始和哈维尔谈话。讨论热切地进行,一个轻微的声响转移了交谈者的目光。循声望去,他们看见温特沃斯的"笔掉到了地上",于是"安妮发现他离得比原来想的还要近,不觉心中一颤"。她怀疑笔之所以会跌落,是因为温特沃斯凝神于他们两个,"想听清他们的话。可是安妮觉得他其实根本听不清"。这一次作者安排女主人公直接忖度有关距离的问题,读者便不得不意识到,安妮的注意力其实更多聚焦于那表面上的局外人。而温特沃斯千真万确是参与谈话的沉默的第三者。[1]

安妮作为19世纪初年的英国名门闺秀,不能径直走到温特沃斯身旁打开窗户说亮话。然而此刻爱人近在咫尺。她即使没有预谋,也不会对机会毫无感知,更不愿再一次与幸福失之交臂。因而,她后来的言说,包括有关"笔"握在谁手的议论等等,既是与哈维尔说理论争,也是向温特沃斯倾诉衷肠。联系到她赋予"笔"的象征意义,笔的掉

---

[1] 参看 Stuart M. Tave: *Some Words of Jane Austen*, pp.267-268。

落似乎暗示着恋人之间主导权的瞬间转移。平素寡言的安妮一反常态地侃侃而谈，直说到最后心中五味杂陈："女人的全部权利是……爱得长久不渝，即使生命不再，或者希望尽失。"

有评论指出，这节对话"从结构上看是戏剧性的而非论说性的"，安妮的发声在更大程度上"不是为女性整体奋争，而是向温特沃斯表明心迹的冒险一搏"[1]；"面向哈维尔的雄辩之论构成了女主人公向旁听者温特沃斯的爱情剖白"[2]。后者听罢便立刻完成了再次求婚的信札，证明安妮旁敲侧击的"劝导"十分成功。当然，坦陈一己心意与为女性整体代言两者并不冲突，完全可以一举两得。

总之，安妮以及其他人有关"劝导"的多角度讨论和实践，虽然出自虚构人物，却也承载了奥斯丁关于这个问题的反复思考。

那么，奥斯丁对于"劝导"，特别是来自家长或其他"权威"方的"劝"究竟取什么样的态度？多数西方评者似乎更愿意顺从自己的意向，把小说上卷4章中安妮对拉夫人八年前错误指导的痛切反思当作最后的答案。然而，如果全面梳理分析相关的内容，我们有理由认为，奥斯丁对"劝导"的关注（奥斯丁曾把"劝导"和"influence"即"影响"当作近义词相提并用[3]），主要意在揭示人际间相互依存关系的必然性和多面性——它可能是束缚和陷阱，却更是个体人最重要的生命支持系统之一。归纳小说中形形色色的劝导行为，不难看出在作者心目中"劝导／说服"作为有目的的交流，乃是人际关系甚至人类生存的一种基本方式。

在1818年与《劝导》同时问世的《诺桑觉寺》中，"persuasion"

---

[1] Mary Waldron: *Jane Austen and the Fiction of her Time*, pp.152, 154.
[2] 参看 Todd & Blank: "Introduction," p. lxxxii.
[3] 参看 Jane Austen: *Mansfield Park* (Cambridge: Cambridge University Press, 2002), III. Ch.5.

或其同根词也曾频繁出现。其中有两段颇为耐人寻味。一是上卷13章里自私的伊莎贝拉·索普用甜言蜜语恭维新结识的少女凯瑟琳，说她"心肠软、脾性好，最乐意听从亲朋好友之言"，企图借此哄骗后者任自己摆布。另一段出现在下卷4章，讲述的是天真的凯瑟琳要求亨利·蒂尔尼劝阻他大哥追求女友伊莎贝拉，被更通晓世态人情的亨利当场拒绝了。亨利告诉她："说服人可不是心想就能事成"，他压根"不会去尝试说服［他哥］"。两段对话的语气都拿捏得极好，活灵活现地体现了人物特征，又从不同角度入木三分地展示了各色人对"劝导"的理解和态度。《曼斯菲尔德庄园》也另从其他方面拓展着对"劝导"的探究。那部小说中成功的劝导或是发生在半恩师半兄长的埃德蒙与其小表妹范妮之间，或是发生在事事插手的诺里斯太太和她慵懒退缩的妹妹贝特伦夫人之间。自然，更为一言九鼎的是姨夫托马斯爵士对范妮的种种居高临下的指点——"他用的词是'劝告'，然而那却是拥有绝对权力的指点（advice of absolute power）"（II.11）。[1] 在《爱玛》中，类似的关键词同样引人注目。最突出的例子是奈特利先生严词批评女主人公爱玛利用自己的声望和优势地位，一意孤行力劝小女生哈丽特拒绝农民马丁的求婚（I.8）。爱玛掌控议题的手法几乎和弗兰克·丘吉尔迫使老伍德豪斯先生同意在旅店办舞会的说辞如出一辙——后者在谈话的预设前提中根本排除了不办舞会的可能性，只是半恐吓半诱导地逼迫老人家在其他选择中两害取其轻。

这一系列例子清楚地告诉读者：劝导方和被劝者之间常常由于地位、财产、年龄、性别甚至个性差异而形成某种"势位"差，私人劝导行为与社会权力结构之间也存在丝丝缕缕的关联和纠葛。此外，奥斯丁还点出了非语言行为的劝导效应。比如亨利·克劳福德在朴茨茅斯港的表现就比他的表白言辞更具说服力，几乎使范妮"相信"

---

[1] 参看 Claudia L. Johnson: *Jane Austen: Women, Politics, and the Novel*, pp.101-102。

（persuaded）他确实有了改进。

把这些生动片段如拼图部件那样组合起来，便可大致看出作者对"劝导"多方位考察的全貌。在奥斯丁看来，不论施行劝导还是听从劝告，都须持审慎态度，必要时可以批判劝者的动机，也可以抵制其劝诫主旨，就像安妮经过反复思量裁定拉夫人的价值观有错误。但是，形形色色的劝说时刻流转、渗透于社会生活，相互影响是人际纽带的必然后果，本身不应该也不可能被完全去除。实际上，即使安妮当年拒绝了拉夫人之劝，也并不意味着她精神上就"独立自主"了，相反很可能只是表明她更多地听信了温某人。[1] 安妮最后把拉夫人当作唯一值得交往的亲友郑重推荐给温特沃斯一事，连同她接续与史密斯太太的旧谊以及结识海军界新朋友的尝试，共同构成了打破小说开篇时的原子化孤立个人生存状态、重建人际关系的自觉努力。

奥斯丁小说书名中不时有抽象名词出现，如"傲慢""偏见""理智""情感"等，但是唯有"劝导"与动词关系密切，体现了作者所服膺的"伦理生活主要关乎行动"[2] 的理念。哈罗德·布鲁姆考证说："劝导"是"抽象概念"，"来自拉丁语的'劝告'或'敦促'……本源可以追溯到'甜蜜'或'愉悦'"。[3] 对西方思想史略有了解的读者都知道，从亚里士多德起到奥斯丁生活的年代，伦理哲学一直与愉悦、快乐和幸福纠缠不已，也常常很不脱离群众地讨论"品味""友谊"之类与形而下日常生活息息相关的话题。奥斯丁"敏锐检视当世种种现象并权衡其利弊，这绝非局部性的征象，而是表明她与休谟和吉本生活在同一个世界里"，她对"劝导"的深度剖析可说是就谋财逐利商业社会中人际关系的本质和危机进行的饱含痛感的

---

[1] 参看 Neill: *The Politics of Jane Austen*, pp.121-122。
[2] Terry Eagleton: *The English Novel*, p.106.
[3] 哈罗德·布鲁姆：《西方正典》，196页。

"哲学探究"。[1]不论"劝导"一词最终出现在书名里,是奥斯丁本人的决定还是她去世后由家人做出的选择[2],围绕那个关键词进行的反复辨析印证了作者思想的深度和广度。正是由于对社会变化以及传统人际纽带崩解的现实做出了敏锐而及时的回应,奥斯丁小说才能够在两百年后仍然吸引着、慰藉着同时也拷问着全世界的读者。《劝导》浓墨重彩地描绘了安妮对个人情感的忠诚与坚守;同时又强调她"是无私的,有群体关怀的"[3]。然而,小说最见笔力之点,不是对主人公私人美德的赞颂,而是展示并探讨(个人)主体与他人共在的生存方式本身,是坚持让不可删除的人际关系得以"显影"并得到重视和思考。

安妮一面再三辨思"劝导"、一面试探性地重入婚恋"战场",标志着她对"新群体"、新世界可能性的寻觅探讨,以及对人际关系的再认定和大调整。所有的探索都必然充满变数和难以一眼看清的晦暗地带。所以安妮的态度矛盾重重:比如对拉夫人且怨且爱;比如对默家人前苛而后宽(她和温特沃斯在巴斯再订婚约后,便对默氏诸君的弱点欣然包纳,与开篇时的苛评形成鲜明对比);比如她对史密斯太太、埃利奥特先生等人的描述也多有自相抵牾之处;等等。如此这般叙事上的不自圆其说,虽然八成与作者病情恶化、力不从心有关,却在相当大程度上也可以被解读为作者不介意留下破绽。不完善常常是思想拓展、艺术突围的表现或题中之义。

可以说,《劝导》一书的"突围"是全方位的。安妮最后选择的婚姻面对开放的海洋。[4]眼前景象的拓宽是在给未来留出广大的空

---

[1] 参看 Rebecca West:"this comic patronage of Jane Austen"(1928), in B. C. Southam (ed.): *Jane Austen: the Critical Heritage,* Vol. II, p.290。

[2] 参看 Claire Tomalin: *Jane Austen* (New York: Vintage Books,1999), p.272。

[3] Alistair M. Duckworth: *The Improvement of the Estate*, pp.182-183。

[4] 参看 Barbara Britton Wenner: *Prospect and Refuge in the Landscape of Jane Austen* (Aldershot: Ashgate, 2006), pp. 98,102。

间——甚至不排除女主人公会像克太太那样立足舰上生活的海阔天空（虽然可能性不大）。伊格尔顿在讨论奥斯丁时曾说：大约到哈代为止，英国小说中没有真正的悲剧，其原因根植于作为当时主导思潮的"进步史观"。[1] 作为奥斯丁最后一部完成的作品，《劝导》以有所保留的乐观基调收尾。不知是不是因为作者成长、生活于全球工业化发轫之际，新事物层出不穷、社会生活充满多样性机会，人们在心底里对未来和"可能"抱有某种不失勇毅的积极态度？

---

[1] Eagleton: *The English Novel*, p. 99.

后 语 | 奥斯丁与"群己"关系的未来

写者奥斯丁

在少年时代习作手抄本第三卷之首,不满十七岁的简·奥斯丁模仿文人向贵族恩主致谢的旧俗写下如下文字:

致奥斯丁小姐

尊敬的女士:

蒙您热心垂爱,《美丽卡桑德拉》和《英格兰史》得到慷慨支持,在王国每一处图书馆都挣得了一席之地,并一连再版达三十六次。我斗胆恳求您对笔者下一部小说同样慨然相助,我冒昧自诩,该书之优长超过所有已出版的著作或一切将问世的书籍,除非其手笔出自于您谦卑而满怀谢忱的仆从也即

作者

斯蒂文顿,1792年8月[1]

---

[1] Jane Austen: *Juvenilia* (Cambridge: Cambridge University Press, 2006; ed. by Peter Sabor), p. 298. 照当时习俗,唯有长女可直接用家族姓氏称小姐,所以"奥斯丁小姐"是指卡珊德拉·奥斯丁,而简的正式称谓则是"简·奥斯丁小姐"。

少女戏谑的自夸和感恩之词令人莞尔。再细细品味，小简和她十九岁的姐姐之间情感和心智的交流让两百多年后的我们为之动容。形形色色的传记告诉我们，奥斯丁一家人口众多，关系紧密。简最初开始写作，正是为了愉悦家人，而其中排首位的是年长她两岁的姐姐卡珊德拉（即"卡丝"）。

简·奥斯丁的父亲乔治是略有薄产的乡村教士，勉强位列下层士绅，家族里的男性大都受过良好教育并成功进入教会、司法、军队等职业。母亲家族的地位更高些，有若干贵族亲友，还有位叔叔长期担任牛津大学贝利奥尔学院院长。母亲有良好的文化修养。简有五位兄长、姐姐卡丝和一个小弟。为了养活这一大帮孩子，父亲不时举债，还在家里办学、招收住宿男生。于是，母亲除了照应自家子女，还兼管那些男生的生活和起居。她不时编些琅琅上口的生动韵文和他们分享。

对于小奥斯丁们，家就是学校，而且是男孩子气十足的喧闹天地。他们的住所即斯蒂文顿牧师宅侧后方有一道隆起的草坡，令人联想到《诺寺》一书女主角凯瑟琳·莫兰童年时代从草坡上打滚翻下的欢乐场景。奥氏一家人人都是写手，女孩子也不例外。尤其是出门走亲访友之时，她们得给对方和家人写信，描述见闻。奥斯丁家的亲友网如触须探入各层次各种类生活空间，从大小地主到各级教会人士，从律师医生银行家到民团和海军军官，外加他们的妻子儿女，形形色色的人物、谈吐和行止简都有机会见识。在那个日报尚不普及更没有电影电视和网络的年月，信是新闻报道和人物、事件速写，常常是要在傍晚时刻读给全家人听的，而且从写家信到写虚构书信体小品只有一步之遥。说来奥斯丁家那帮读者听众可不好糊弄。老爸曾是牛津高才生，老妈"极有见解、思想活跃"[1]，孩子由他们一手调教出来，只有两个

---

[1] Q. D. Leavis: "a critical theory," in Q. D. Leavis: *Collected Essays*, Vol.1 (Cambridge: Cambridge University Press, 1983), pp.139-140.

女儿短期进过住宿学校。有时小奥斯丁们全体动员在谷仓里演练整出的戏,比如谢立丹的《情敌》。后来,入牛津读书的哥哥们甚至会干劲十足地自己攒剧本、出期刊。他们博览群书,女孩子也享有在父亲书房随便翻阅图书的自由。他们不仅阅读还会说长道短恣意批评,嘲笑哥特小说的荒唐或多情故事的夸诞。

于是,简小小年纪就修炼得讲究文体、擅长讽拟。她十五六岁时兴高采烈攒出一册《英国史》,原稿共三十四页,由姐姐手绘插图,自称"由偏心眼、有成见且蒙昧无知的史家撰写"。她放肆地评说了十多位帝王,说伊丽莎白女王"这个女人""特倒霉,尽遇些奸臣——否则,就算她心肠歹毒也造不成那么大祸害"。[1]很显然,在那个英国牧师家庭里,拿正襟危坐的大部头历史开涮,"恶搞"一下帝王将相非但不违禁,相反却如在大观园里猜谜行酒令,是可以博得喝彩的事。

是的,对简来说,家人不仅是她日常生活的同伴,也是她的第一读者,是她书写活动的首批"公众"。没有这个群体,就没有她的写作。她的作品后来出版也有赖父兄的推介。[2]这情形与勃朗特姐妹年少时共同参与艺术创作游戏不无相似。当简开始用喜剧笔法写出《爱情与友谊》之类的习作时,她已经是有相当功力的少年写手了,前面提到的给姐姐的"献辞"生动体现了她与家庭读者构成的某种精神生态圈。

而且,家族里还有种种引起好奇、激发想象的传说,提供了思想和写作的原材料。

不能略过的人自然首推高祖母伊丽莎白。大约在1693年,乡绅的女儿伊丽莎白嫁给了富有织品商的独子约翰·奥斯丁。十年后她的丈

---

[1] Jane Austen: *The History of England* (Chapel Hill, North Carolina: Alogonquin Books of Chapel Hill, 1993), p.20. 另参看 Austen: *Juvenilia* (Cambridge University Press, 2006), p.306。

[2] 参看 Deborah Kaplan: *Jane Austen Among Women* (Baltimore: Johns Hopkins University Press, 1992), pp. 96-108。

夫和公公相继去世，前者留下七个孩子和一堆债务（主要是婚前形成的）；后者留下一份遗嘱，立她的长子为（姑姑姑夫监护下的）家产继承人，却让她本人和其余六个孩子所得微乎其微。财产不由分说地撕裂了家庭。大儿子后来进了剑桥大学，承袭了家业，却没有给母亲和弟妹任何帮助。

惯于安逸的女人遇到了塌天大祸，却出人意料地显示出勇敢、坚忍和实干的精神和能力。伊丽莎白靠变卖、借债和操劳维持了一家七口的生计甚至偿还了债务。孩子稍大，她又断然放下淑女的架子，谋得一家寄宿学校女主管的职务，负责照顾校长（老师）和学生日常生活，同时让她的儿子获得了免费读书的机会。当她1721年过世时，不仅已把六个孩子一一送上人生轨道，还留下了亲笔写就的有关艰难奋斗岁月的札记。

值得一提的还有费拉（费拉德尔菲娅）姑妈和她的女儿伊莱瑟。

费拉是简的亲姑妈。她和乔治的父亲是伊丽莎白老祖的第四子，从医，结过两次婚。父亲去世后费拉姐弟被后妈扫地出门，推给了并不情愿接纳他们的叔叔。童年失怙，孩子们早早就懂得了要自奔前程。乔治靠成绩优异多次获得奖学金，最终就读于牛津大学。漂亮、机智而且冒险精神十足的费拉则刚刚成年就去印度闯荡，靠婚姻和交友为自己和女儿伊莱瑟挣得了一份颇为可观的私产，重返欧洲后还试图进一步攀向更高社会等级。法国大革命爆发后伊莱瑟的法国丈夫被送上了断头台，她本人返回英国到奥斯丁家避难，携着"伯爵夫人"的唬人头衔和源自殖民地的余财，心怀"自由殊可贵，调情价更高"[1]的游戏态度，刮起一阵不小的都市旋风。尽管奥斯丁一家在英国乡村过着波澜不惊的小康生活，18、19世纪之交却是人类历史上天翻地覆的时期之一——英属北美殖民地和欧洲大陆先后爆发了一系列革命和战事，

---

[1] Claire Tomalin: *Jane Austen: A Life* (New York: Vintage Books, 1997), p.125.

思想文化论争也异常活跃。伊莱瑟如此生动而异样的存在，她那被身世谜团和异国情调缠绕的人生传奇，以某种方式把奥斯丁们和外边的"世界"联系了起来。她发表的言论，她带来的理念和情感冲击，也是年轻的简·奥斯丁的一份特殊精神财富。

总之，诸如此类的事件和传说沉淀在家族的精神血脉中，丰富着简的阅历，开阔着她的眼界。它们不时回荡在奥斯丁的小说里，从《理智》开篇时达什伍德家母女被逐出家门的处境，从有钱的伦敦姑娘玛丽·克劳福德机敏明快但不免过于自我中心的俏皮话里，我们都能感受那些家族中传奇女性的身影和话音。也许更重要的是，高祖母、费拉姑妈、伊莱瑟表姐以及简·奥斯丁的母亲都有把经历和想法付诸笔墨的习惯。这使女孩子们的写作成为自然而然的事。

当然，对于简来说，最亲近的人是姐姐卡丝。

1796年年初，简给出门在外的卡丝写信说知心话，第二句就提到了从爱尔兰来的年轻人汤姆·勒佛伊。汤姆是那个圣诞节期间引人注目的新面孔。他在都柏林拿了学位，正在伦敦进一步修习法律，此时来亲戚家过节。简和那个刚刚二十岁出头的年轻人似乎一见倾心。汤姆又英俊又聪明，对生活怀着很多憧憬的简活泼而机敏。两个人舞跳得开心，话也谈得投机——比如说，行事不怎么检点的小说人物汤姆·琼斯得到他俩的共同欣赏。简写信时真没办法把这位"爱尔兰朋友"挡在纸外，三句五句就又转到了那位"有绅士风度、开朗快活的漂亮小伙子"。她报告说：他刚刚过了生日；他们俩只在三次舞会上有机会接触对方，不过汤姆已经"因为我遭人打趣了"。她描述头天舞会中众人的表现，专门提到有对舞伴一起跳过两回舞，"可**他们**不懂如何**展示特别的情味**，在下自诩，本人一连三次的示范课对他们应不无小补"。如此大言不惭地把自己和勒佛伊在舞会上的交际和调情称之为"示范课"，是多么轻松欢快而又信心十足的自嘲！她甚至逗自己的姐姐，让她去想象"在跳舞和并肩而坐的过程中所有可能发生的最最放浪无羁骇人听闻的事儿"[1]。

简这样说话，显然是因为已经订婚的卡丝在这之前早就有所觉察并提出了批评或警告。左邻右舍间，有人跟汤姆开玩笑，还有人画了汤姆的小像送给简。年轻人的朦胧心事已是尽人皆知。汤姆的亲戚断然启动了"防灾预案"，决定尽早将他打发走。他本人则开始躲躲闪闪。勒佛伊们是流亡的法国胡格诺教徒[2]的后代，家境困窘，一大家子人都把希望寄托在汤姆身上。他可没有权利娶个缺少嫁资的穷姑娘。节日过后汤姆走了，从此黄鹤一去不复返，小心地绕开了简·奥斯丁。简的感受如何呢？她另有一两封信诙谐淡定地提到了汤姆，表示自己毫不在意。但是那不能说明任何问题。她有很多信件遗失了或被销毁了。她的满不在乎很可能只是一种自我保护的外衣。我们所能确知的仅仅是，那段时间正是简·奥斯丁的第一次创作高峰期。"爱尔兰朋友"来访之际，书信体故事《埃丽诺和玛丽安》的写作已在进行中，杀青后她立刻又开写《第一印象》，到二十五岁时奥斯丁已经完成了三部长篇小说。十多年以后，上述两部手稿被分别改写成《理智与情感》和《傲慢与偏见》与公众见了面。也许不是偶然，其中有不止一位重要女性人物曾因恋人突然消遁、音讯全无而肝肠寸断。

以后几年里，卡丝的未婚夫随军出海在国外病逝，她拒绝再考虑出嫁。简的婚姻大事也没什么进展，虽然曾有人试图撮合，也可能还发生过一段海滨邂逅的浪漫插曲。1802年秋天，她们的好友比格姐妹极力主张简嫁给她们家小弟即家产继承人哈里斯·比格-韦瑟。哈里斯比简小五岁，曾是个"羞涩而口吃的男孩"，如今已长大成人。比家三位女儿的设计包含了对单纯内向的小弟的关切，也兼顾了她们自己日后的处境。另一方面，此时简已随退休的父亲迁居巴斯城，城镇生

---

[1] Le Faye (ed.): *Jane Austen's Letters* (Oxford: Oxford University Press, 2011, 4th Ed.), pp.1-2.
[2] 法国加尔文教派，曾遭受残酷迫害。

活令她十分不适应,还要忧虑一旦身体病弱的老父亲辞世该如何维持生计。对哈里斯她非常了解。成全这桩婚事至少可以保障姐姐和自己此后的归宿和安宁。当哈里斯表态求婚时简应允了。然而,当天晚上她苦思了一夜,第二天一清早就表示歉意,撤销了婚约。[1]这是简与婚姻最后的也是最近距离的"擦肩而过"。

在婚姻市场边缘地带的几次小"遭遇战"让简·奥斯丁尝尽个中三昧。她知道什么是怦然心动,更了解世俗婚姻所包含的经济条款和务实考量,还深谙交易可以怎样无情地剿灭感情和其他人际关系纽带。

应该强调的是,当二十七岁的简·奥斯丁一夜长考后最终决定解除刚刚应下的婚约时,她做出了重要的价值判断。她知道自己拒绝的是经济上的富裕和保障。她知道她的决定与社会上的通行选择背道而驰。她知道自己很可能就此永远放弃了为妻为母的传统角色。她准备面对相对的贫困、寒酸以及必然相伴而来的世人的某种轻慢和鄙弃。此后,我们在她的小说中一次又一次见证了女主人公的选择——人们没有理由认为伊丽莎白·班纳特们拒绝有钱男士的求婚只是轻飘飘的姿态。初读者和年轻人往往特别欣赏《傲慢与偏见》的轻喜剧风格,喜欢其中夸张滑稽的反面角色和伶牙俐齿的女主人公伊丽莎白。他们不肯相信作者1813年说那部小说"太轻松明快,太露光彩;缺几笔阴影"[2]会是认真的自我批评——因为,既然小说安排伊丽莎白最终称心如意地嫁给了"头牌"男主人公,她自然就是奥斯丁心底的最爱。

这一判断有道理。不过,至少同样值得注意的是,奥斯丁着意塑造的其他一些女性"楷模",比如埃丽诺·达什伍德和范妮·普莱斯等,并不是伊丽莎白式聪明伶俐的"说者",相反却有点压抑有点酸涩有点自相矛盾,让读者感到隐约不安。若是读得更走心一些,我们会

---

[1] 参看Claire Tomalin: *Jane Austen*, pp.179-181。
[2] Le Faye: *Jane Austen's Letters*, p.212,译文参照朱虹编选:《奥斯丁研究》,358页。

发现她们讷言少语是和地位及话语权相关的。范妮是寄人篱下的穷亲戚，达什伍德母女则被继承了家产的异母哥哥赶出了家门。她们是士绅阶层里较多地体尝了生活之"痛"的女性，深知自己多么人微言轻。有评论家强调指出，范妮心中压抑着的愤恨，是明眼人的洞见。的确，即使在《傲慢》中，喜剧的背后也不是没有深深的隐忧。达什伍德家女性的遭遇其实就是一直悬在伊丽莎白们头上的威胁；对班纳特太太的粗俗举止的挖苦也并非全然轻松可乐，因为陪绑的正是伊丽莎白和她的姐妹们。恰如一位19世纪英国女作家所说，"细味故事中的尖锐描写和温婉讽刺，我们会发现，更刻骨铭心的是失望之感，而非满足的欢快"[1]。以喜剧态度审视人间万象的奥斯丁从不哭天抹泪。然而，恰恰是从她掩在讥讽微笑背后的有关痛楚的伏笔中，读者能更多地感受到对世道和人生的深入批评和剖析，甚至发现某种试图矫治现状的乌托邦想象。当代西方哲学家麦金泰尔把奥斯丁视为"古典美德传统最后的伟大代表"[2]，他倚重的论据不是伊丽莎白高攀达西的"美满"婚姻，甚至不是他们两人轻松的自我批评，而恰恰是让人有所困惑的范妮和安妮们。

　　对奥斯丁本人来说，生活之"痛"是在一件件小事中慢慢积累的。除了短促婚恋经验带来的暗伤，对简来说，19世纪初父亲乔治·奥斯丁把家宅让给继任做牧师的长子詹姆斯、带着妻女迁居巴斯城的决定可谓是生活中的"地震"。她们拍卖了藏书和几乎所有的器物，东西多由詹姆斯购去，自然卖得很贱。简本来就对旧居割舍不下，于是心凉地说："整个世界就这么合谋让我们家的一些人更阔，而另一些人更穷。"[3] 在巴斯城他们几度迁居，一步一步挪向更便宜的住所。1806

---

[1] 转引自 Tomalin: *Jane Austen*, p. 275。

[2] A. McIntyre, *After Virtue*, p. 243.

[3] Tomalin: *Jane Austen*, p. 170.

年父亲去世后,家里三个女眷失去经济来源,全靠兄弟们资助,漂泊在不同的城镇。奥氏兄弟都是职业人士(除了过继给奈特家的那位三哥),其中两人是海军军官,收入不稳定;四哥亨利创办银行还曾遭遇破产。他们奉养母亲的态度和贡献也难免会有冷热起伏。简和长姐卡丝不时在有钱的亲友家辗转寄住帮忙,在这些经历中体尝过的辛劳与苦涩恐怕一言难尽。奥斯丁曾经不无自嘲地对三哥爱德华的女儿范妮·奈特说,"单身女人有受穷的可怕嗜好"[1]。而这位她最看重的侄女后来嫁了个准男爵,便非议姑姑们"不入流":"她们算不上有钱,经常往来的人也都根本不是高贵出身,最多不过是平庸之辈。只不过简姑聪明,藏起了所有'平庸'的标记……"[2] 简·奥斯丁没有活到直接听闻这类言辞的那一天。但此般看法所代表的等级歧视她显然早有知觉和洞察——《曼园》中的穷亲戚眼光以及《劝导》中安妮的老处女式沉静哀伤绝不是没有来由的。

前些年英国出了本名为《奥斯丁读友会》的小说,描写一小群灰头土脸的当代小人物定期聚会共读奥斯丁小说的经历。他们中只有一位男性,大多数是在事业和生活中均不得意的中年或准中年妇女。小说以舒缓的节奏在奥斯丁式的琐事和议论中展开,让有耐心跟随的读者渐渐感受那些人共同的思想和趣味,贴近她/他们的哀乐、困难和彼此间某种相濡以沫的关爱。[3] 的确,能长久喜爱奥斯丁的人不是激赏新版电影里风情万种的伊丽莎白的观众,而恰恰是见识过生活阴影的读者。

---

[1] Le Faye: *Letters*, p.347.
[2] 参看玛·拉斯奇(Marghanita Laski):《简·奥斯丁》(百家出版社,2004,黄美智、陈雅婷译),210—211页。
[3] 奥斯丁小说在读者中唤起的这类"同契"感是其作品核心关怀的一个体现。参看 Deidre Lynch: "Introduction: Sharing with Our Neighbours," in Lynch (ed.): *Janeites: Austen's Disciples and Devotees* (Princeton: Princeton University Press), 2000。

在奥斯丁的遗嘱中，有一个出人意料的受惠者，那就是伊莱瑟的法国仆人毕琴。简从自己极为有限的私产中给这位并无特殊关系的年老女人留下了雪中送炭的五十英镑。此时的简·奥斯丁已经多么不同于当年初写《第一印象》的姑娘！那时她的小说里几乎没有仆佣。谁会注意那些和绅士淑女的诗画雅趣及浪漫情事无关的"下人"呢？然而她的最后一部小说《劝导》不但唐突地安排沦落下层的残疾人史密斯太太出场，而且让女主人公安妮视她为挚友。也许，这些后期"表态"最能体现简·奥斯丁所曾感知过的"痛"。因为有痛，才有了对人生和社会的更周全也更犀利的认识，才能减少势利心而增生同情，才能使人笑过后有沉默和回味。

马克思认为，无产者一无所有的受剥削受压迫处境使他们成为谋求人类解放的中坚。与此相似，奥斯丁作为缺少私产的女性的"依附"地位虽然是坏事，却并非没有积极的后果。因为这迫使她们更深刻地理解人际间纽带关系的重要。任何实际存在过的社会都不可能是与某种理论概括全面相符的纯粹单一体，奥斯丁所生活的英格兰仍明显保有大量前现代乡村元素。奥斯丁的家族故事从一个角度映现了百余年间社会生存方式的混杂性与多样性。从奥氏经营工场的高祖（祖父的祖父）辈起，家族传说里既有经济考量对亲情的打击；也不乏前现代式"关系"对个人提供的提携和帮助（奥斯丁父亲乔治的职业生涯就得到了妻子家庭的扶助）；既有一桩桩务实的门当户对联姻或者费拉/伊莱瑟式谋财冒险，也有断然拒绝考虑金钱得失的自主"浪漫"恋情。现实生活使简·奥斯丁对现代经济人思维方式深有体会，又谙熟人与人之间盘根错节的"关系"。[1] 18世纪初，笛福写流落荒岛的鲁滨孙，开启了对新式个体生存所激发的创造精神和身心焦虑的反复推敲。这

---

[1] 关于家族、亲友及生活经历对奥斯丁写作的影响，参看 Jon Spence: *Becoming Jane Austen*. (London & New York: Hambledon Continuum, 2007; First Published 2003).

从一个角度揭示出,对于当时的英国人,个体与群体的关系正在经历着某种深刻的变化与危机。可以说,奥斯丁是一位率先高度重视人际关系危机并给予精彩表达的思想者和"说书人"。作为承前启后的女性写者,她是集18世纪思想探求和小说艺术之大成的"女儿",又是维多利亚时代颇得人心的精神"姑妈"。

文字造境中的求索和乌托邦想象

知名学者简·托德指出,18世纪的情感热(cult of sensibility)将女性特质与多情善感(sentimental)相联系,从而将妇女推到文化的中心。而这一时风行的思潮乃是诸派交混、理念杂芜,从激进女作家沃斯通克拉夫特到保守派大师伯克,其著述都与之有一定的交集与重合。托德以此前或同时代作品(尤其是女性出产的)为对照,细致分析了奥斯丁小说,认为她是在全方位地反对或贬低"善感"文学的思想关怀和表达程式。[1]

类似的断言在英美学界相当流行,但笔者并不认同。这很大程度上取决于人们对"情感主义"本身的认识。那一思潮有多重自相矛盾的面貌,既体现了英国步入和平发展阶段后出现的对"高雅""精致"等现代品性的追求,又是对处于商业化城市化进程中的现代社会状况的有意识回应、批评和矫正;既因强调个人、感性和同情心而天然具有某种平民立场和激进态度,又在实践中成为中等阶级展示美德、跻身社会上层的重要路径。不仅如此,出于对理性主义机械论、对笛福式账簿精神和商业化都市生活的怀疑和抵制,很多情感派代表人物还

---

[1] Janet Todd: "Jane Austen, Politics and Sensibility," in Ian Littlewood (ed.): *Jane Austen: Critical Assessments,* vol.II (Montfield: Helm Information, 1998), pp.426-427.

表达了明显的怀旧、保守取向。而当它成为一种被追捧的社会风尚之后，五花八门的表现和表演更是动机各异，呈现出"万花筒般令人眼花缭乱的思想图景"。正由于其本质上的矛盾性和某种内在虚伪性，情感主义作为文化时尚的消亡瓦解可谓"败"也倏忽。[1] 如本书第一章讨论《理智与情感》一书时所提到的，奥斯丁对情感话语、滥情姿态和罗曼司爱情幻想的剖析与讥刺，不该被理解为她是"情感"的全盘反对者，相反，从本质上说，她和她的女主人公乃是"情感"的去伪存真者。她们力图探寻"心"或"情感"的真义，从而抗衡弥漫于逐利社会中的那种无边的自私与贪婪。

不过，对于托德得出的另一结论——即认为奥斯丁是与彼时的进步和保守营垒都有距离的"更特殊的政治人物"——我们却并不反对。奥斯丁不欣赏各类观点简单化的政治立场，却"一直是怀疑主义之焰的拨火棍"。当年沃斯通克拉夫特等女作家更为直率而勇敢地表达女性的政治诉求和私人欲望，奥斯丁的态度与她们不大相同，因而很多对前者抱有自发同情的现代女性主义者和进步自由派学人将她归为"保守"一族。然而正如托德说，虽然奥斯丁本人在生活中曾发声认同摄政王时代中一脉保守思潮，但是就她在作品中所展示的栩栩如生的一方小世界而言，不论其人物刻画、主题阐发和艺术处理却都常常表明她至多只是保守派的"不自在的同盟者"。[2]

奥斯丁小说对情感时尚的批评在更大程度上体现为一种自觉的思想探索。她是站在从传统人际纽带裂解中离析出来的新型个人的立场上，对个体与他人及群体的关系进行深入的再思考和再展望。她笔下的家长几乎无一不是失效的：父亲或是失能或是偏颇；母亲则或不在

---

[1] 参看拙作《推敲自我》修订版，316—333页。
[2] Todd: "Jane Austen: Politics and Sensibility," pp.435-436. 关于奥斯丁与怀疑主义的关联，可参看 Peter Knox-Shaw: *Jane Austen and the Enlightenment* (Cambridge: Cambridge University Press, 2004)。

场或不称职，对人生的把控和选择的重担无一例外都落在了年青一代女主人公身上。这是典型的浪漫文学场景，颇有划时代的历史象征意义。然而奥斯丁的女主人公又迥然有别于《弗兰肯斯坦》[1]中与社会决绝对立的怪物；她们无一例外最终认定社会纽带乃是人类生存的根本条件，对张扬的新兴个人主义意识形态持深刻怀疑态度。而这也是她讥讽嘲笑各种时髦多情姿态的思想基础。在这个意义上说，如果称奥斯丁为质疑现代原子化个体生存的"拨火棍"，可谓切中肯綮。不过，她的思想取向绝不是怀疑一切，而是一方面包含对旧式依存关系的深刻理解和温暖回忆，同时也心怀对新人际纽带创生的某种向往和信赖。

奥斯丁对当时英国社会中的等级体系及种种不合理现象不曾提出强烈抗议。但这并不意味着她对剥削和压迫毫无觉察和批判。《爱玛》中费尔法克斯小姐曾对有教养的寒门女不得不像奴隶般出卖劳动发出尖刻议论，《劝导》的女主人公安妮曾就女性在教育和话语权上的被挤压地位侃侃直言。当然，总体来说，如范妮·普莱斯不曾认真质疑姨夫的权力，奥斯丁对大地主乡绅在家内家外享有的特权（如对本地教会牧师职位的派任权等），对英国皇家海军在海外大发战争财、对堂而皇之靠"关系"谋取军官俸禄等各种明做派和潜规则似乎都视为理所当然，在她对这些现象的呈现和描述中基本见不到痛切反对、谋求变革的心态。如伍尔夫指出，相比沃斯通克拉夫特，奥斯丁成长在相对和睦安宁的家庭且不乏若干地位较优越的亲友，在现行体制中虽有时受屈却也不时获益，因而不像后者那般激愤地"充满对正义的呼唤"[2]。在奥斯丁笔下，对"财富分配不公的问题……最终无可避免地

---

[1] 玛丽·雪莱（1797—1851）名作，出版于1818年。
[2] 弗吉尼亚·伍尔夫：《玛丽·沃斯通克拉夫特》，见《伍尔夫读书笔记》，26页。

被归结到道德名下"〔1〕。于是有一些西方评家或指责奥斯丁以美学形式归纳、包摄、化解社会矛盾，或认为她试图以道德态度应对社会问题，说她"不质疑爱的价值，一如她不拷问私有财产、薪酬（雇用）劳动或资本主义，或任何资本主义与浪漫爱情之间的联系……私人或家庭的罗曼司遂成为对历史的意识形态否定，成为遁入私密兼亲密的'自然''永恒'世界的避难所"〔2〕。与此类似，南·阿姆斯特朗批评奥斯丁宣扬的"道德是意识形态的"，是"对其阶级的认可和辩护"。〔3〕这些分析和批评并非没有道理。如果把它们视为1968年西方激进"文化革命"的伴生物或余波，其立场就更显得自然。我们注意到，在中国面临民族生存危机、社会冲突激化之际，奥斯丁的作品便几乎从文化视野中彻底消失。在政治变革（革命）运动高涨之时批评排斥奥斯丁式私人提问、私人解决的思想方案可以理解，但是若以更长程历史为背景，得出如此绝对的"结论"却有种种不妥。

我们不应忘记，18、19世纪之交尚是工业化起步不久、新型商业社会初步成形的时代，新生活方式的诸多疑点和弊端正在显露，奥斯丁们尚在观察并提炼问题。英国社会处在变化中，上层统治阶级在不断进行自我吐纳和自我改良。奥斯丁虽然对埃利奥特爵士之流无情针砭，但仍寄望新型地主奈特利或海军军官之类的职业人士担起重新编织、改善并引领社会群体的重任。从这个角度说，奥斯丁小说的乐观底色更多属于她的时代，属于那个尚在少年期、尚有许多自我调节发展空间的英式资本主义社会。

她的小说不是有关政治解决方案的论说，而是以那一代女性写家

---

〔1〕 James Thompson: *Between Self and World* (University Park: Pennsylvania State University Press, 1988), p.20.

〔2〕 Ibid., p.42.

〔3〕 Nancy Armstrong: *How Novels Think*: *The Limits of Individualism from 1719-1900* (New York: Columbia University Press, 2005), p.6.

最擅长的方式呈现有丰富色彩也有诸多问题的社会生态并构想某些可能的应对和选择。而她对当时状况的观察、理解和独特再现入木三分且余音绕梁地拷问了人类现代生存方式的某些根本缺失。某些当代英语评家喜用的"subsume"之类词语"一言以蔽之"地概括她的思想指向，实在过于武断而教条——因为奥斯丁的叙述恰恰是不能被一言以蔽之的。

在某种意义上说，奥斯丁式私人乌托邦追求以及与其交织的19世纪早期的道德改良运动，成就了日后维多利亚时代英帝国的辉煌。虽然她只是在个人主义辩证思维的框架之内考察群己关系，但是她的艺术融汇于各种改良思潮中，最终形成了某种高扬"责任"[1]、倡导"美好与光明"[2]的文化主旋律。[3] 21世纪初的中国人置身于甚嚣尘上的市场社会氛围中，对我们来说，奥斯丁笔下直白的敛财逐利行为毫不陌生——那正是我们屡见不鲜的日常景象；20世纪英国诗人奥登因她所展示的赤裸裸金钱算计而感到震惊一事，反而有几分令人讶异。奥登的反应似乎表明，经过奥斯丁们委婉而又尖利的嘲讽，经过她那代人的种种道德改良努力以及随后维多利亚时代文化再建中对逐利欲望和个体离心趋向的进一步调控，在英国社会中金钱话语曾经一度"退居二线"。各式社会主义思潮也勃兴于19世纪的英国，绝非偶然。当然，维多利亚时代不是逐利社会的终结，而是它"精彩"上升曲线中

---

[1] 18世纪末英国福音派教士吉斯本（Thomas Gisborne, 1752—1846）曾连续著书条分缕析地细致讨论道德问题以及男人女人的责任，影响深入19世纪。我国学者就有关问题已有不少分析和讨论，参看乔修峰：《〈罗慕拉〉：出走的重复与责任概念的重建》，《外国文学评论》2005年第2期，137—146页；周颖：《想象与现实的痛苦：1800—1850英国女作家笔下的家庭女教师》，《外国文学评论》2012年第1期；傅燕晖：《"我们不是天使"：伊丽莎白·盖斯凯尔与维多利亚时代家庭理想》。

[2] 参看马修·阿诺德：《文化与无政府状态》修订版（韩敏中译）。

[3] 参看 Mary Evans: *Jane Austen and the State* (London and New York: Tavistock, 1987), pp.78-79。

一段耐人寻味的进程。后来,英国经历了又一轮历史循环,20世纪文化人对维多利亚时代规制的攻击和冲决,既包含对已有统治秩序的反叛,也意味着浪漫个人主义再度高涨、卷土重来。英美新一轮奥斯丁作品影视剧改编中也不时显现某种电影《风月俏佳人》(*Pretty Woman*,1989)式逐富、炫富情调。而在中国,随着20世纪末全球化时代到来以及苏东社会主义实践遭到重大挫折,我们在资本全球扩张的版图中看到了更漫画版的逐利世态,其中不乏中国特色的班太、科林斯和形形色色的婚姻交易。所有这些仿佛在提醒:我们今天仍旧生活在被奥斯丁嘲笑、质疑的世态中。

历史的百年曲折似乎表明,奥斯丁式的局部改进和调节乃是市场社会存在、发展的必要或必然环节,虽然并非其弊端的根本解决之道。如《劝导》暗示,旧的人际关系瓦解之后,真正的未来有赖于新共同体的诞生。不过,新的共同体恐怕不可能主要指靠一两位高明绅士地主或若干游弋世界的大英帝国军官来构筑。

私人"奥斯丁缘"与未来的共同体

笔者个人与奥斯丁的"逢遇"极富于戏剧性。

1966年我初中毕业。那年夏天中国的"文化大革命"开始了。几乎所有中外古典文学作品统统被扣上"封(建主义)、资(本主义)、修(正主义)"的帽子遭到批判和查禁。反讽的是,正是这封杀的环境使得我开始阅读西欧古典小说,邂逅了对我个人影响深远的一本书,即奥斯丁的《傲慢与偏见》。

生活和历史都很吊诡。

运动初期我因家庭背景遭到同学们猛烈指责围攻,被视为"黑五类"或准"反革命"。因为这番触礁经历,我便渐渐搁浅在了运动的边缘，成了逍遥派。于是生活中就有了乱翻书的节目。记得自己在抄家后从母亲的书堆中拎出阅读的第一本西方小说是哈代的《德伯家的苔丝》。后来一发不可收。我曾在一篇短文中记述了与奥斯丁深度结缘的过程：

> 有一天我读了王科一先生翻译的英国小说《傲慢与偏见》。女作家奥斯丁幽默、轻快的语言打动了我，我意识到原文一定更精彩，觉得要读一读原著才过瘾。从当时初中学生的外语水平以及"文化大革命"的社会氛围来看，这实在是个异想天开的念头。不过，我就读的师大女附中（即现在的北师大实验中学）是北京最好的中学之一，自己又因受兄长影响从初一就开始读英语简易读物，因而对洋书的恐惧不那么强烈。此外，也许更重要的是，那时我有太多的空闲时间……这样，在一段时间里我竟被这个念头纠缠住了。
>
> 我开始盘算去哪里找书。不知学校图书馆有没有这本书。但不管有没有都绝对不能去。如果同学们发现你这个准反动分子想借外国的资产阶级小说，那还得了？于是我想到了北图。国家的大图书馆书最全，名著一定会有；而且那里谁都不认识我，即使他们不肯借我，也不至于出什么别的岔子……
>
> 想必是反反复复掂量了一些时日。最后，在一个初夏的日子里，我捏着简陋的中学学生证，忐忑不安地迈进了位于文津街的老北京图书馆。进门很顺利，并且没费什么力气就在西文目录里找到了我想要的书名书号。我飞快地填写好了借书单。但是，在把借书单交出的那一瞬，我又不由自主地紧张起来。那位严肃的女馆员会不会说这些外国书都被封存了？她会不会打量着我怀疑地追问："你为什么要借这本书?!"我暗自拿定主意，若是见势不妙就立刻撒腿飞逃，决不跟他们啰唆。

实际上什么都没有发生。

女馆员只扫了一眼我的书单,就一声不响地把它和别的单子一起送进了书库里面的什么地方。过了大约二十分钟或半个小时,我要的书顺顺当当出来了。女馆员平静地把书交到了我手中。没有人多看我一眼,也没有人多看那本书一眼。我只是一个普通的读者,而它只是一本普通的书。

如今,大约不会有人认为,对于任何读者或书籍,不被重视算是一种幸运或福分。但是当我捧着那本书走进大阅览室的时候,心情轻松得近于欢跃,确实只能用"幸福"二字形容。

阅览室高敞而幽深,十分空旷。仅有三三五五的读者散落其中,各自占据一方小小的空间。桌椅都是暗色实木的,大约是从建馆时就有的器物吧,显得古旧而沉稳。带围圈的木椅很舒服,而宽阔的桌面使隔桌相对的人都不会觉得彼此干扰。目光向窗外掠去,印象里留下的是围廊外浓郁的绿荫。我找了个角落坐下,小心地打开了那本三十二开小精装书。书已经不新,纸张有些发黄了。我尚不懂关注版本、编者或前言,只知径直去读故事。映入眼帘的第一句话,便是奥斯丁那段在英国文学史上大名鼎鼎的开场白:"It is a truth universally acknowledged, that a single man in possession of a good fortune, must be in want of a wife."

我在这充满反讽意味的幽默语句上盘桓了片刻,对那一两个认不得的单词迟疑地多瞧了几眼,然后就借助自己先前读译本得来的印象囫囵吞枣地朝前奔去了。

在那个时段里,北图的正常运行似乎是个小小的奇迹。我并没能坚持坐图书馆,但是那一天的尝试却具有象征意义。此后我几乎没有中断英语阅读,即使在数年下乡插队的艰苦劳动生活中。除了麦收时节每天要出工十几小时的日子以外,我不论多么乏累多么消沉,都坚持在煤油灯下（后来有了电灯）读书不少于二十分钟。

"文化大革命"适得其反（或者也是"题中之意"？）促生了相当数量的地下读者群。他们突破禁区读书并思考中国的问题和前途，讨论的范围不仅涉及中外文学，也包括历史、哲学和政治等等。我和我的一些朋友大致可以归于此类。

对我个人来说，思想的进一步拓展和深化发生于上个世纪80年代在美国读书期间。留学生活不但给了我一些正规专业训练，也使我得以在更开阔的视野里重新省思家国命运和个人选择。与英语小说"厮混"数年，我意识到：小说是求"美"的艺术，也是西方现代化先行国家中人们在历史变迁中应对种种社会、道德和精神困境的文化工具，是论辩"场所"和现场记录。既然中华民族百多年来已经被迫以惨烈革命和巨大动荡为代价走上了工业化现代化之路，对西方小说的领会和考察便不可免是当今中国人摸索前行道路的一个部分。

在这种思想语境中，奥斯丁再次进入我的视野。

我重读了她的全部作品，并多少有些惊讶地目睹着20世纪末开启的一轮温度空前的奥斯丁热。当然，各国各地的情形有所不同。在英国，追思昔日帝国崛起时代的怀旧情结或许在助推奥斯丁；对于全球许多陆续步入后工业时代的大都市居民，由荧幕转呈的奥斯丁笔下英格兰乡村那一派青绿可能撩起无限的怅惘与神迷。而她的小说叙事中那有点老套也有点戏谑的大团圆收局，包含对个人欲求的适度认可，也有再造自我与他者关系的严肃构想，无疑仍然触动着这个新世纪里万千读者的心弦。我们甚至有必要探究，在以奥斯丁名义勃起的整个文化产业以及她取代达尔文登上英国钞票票面的"殊荣"背后，是否有一套业已衰微的老资本帝国淡化科技成就转奉"故事"魅力的软实力策略。不过就整体而言，奥斯丁小说之所以对于当今世界广大受众仍然具有如此亲和力，其根本原因不在于她提供的答案保守还是激进、题材重大还是渺小，也不可能主要受控于某些其他方面的政治、经济算计,而更多取决于其到位的问题意识和精妙的艺术表达所唤起的强烈共鸣。她探讨的核心议题是个体与他者即群体的关系,又或者曰"道德"与"幸福"的关系〈1〉,虽然与政治盘根错节,却绝不等同于对当时——更不必说后世——某些实际政治势力的投票。

奥斯丁一次又一次地让境遇不同的女主人公通过辛苦的自我教育从对小我的迷恋中走出来。她认为,个体不可能无限度地"解放",将浪漫反叛姿态过度神圣化,会让人与人之间的社会关系陷入无法开解的僵局。值得注意的是,由于奥斯丁拒绝无条件地给"自我"签发通行证、反复质疑现代个人主义,西方一些自诩"进步"的学者或指责她"保守"(如玛·巴特勒),或经某些阐释和推理把她拉入"激进"传统(如克·约翰逊)。虽然结论相反,但她/他们的出发点几乎相同,即或多或少都将以伸张个人意志和欲望为旨归的个人主义主张标举为"政治正确",将之视作"进步"的正途。这一争论从未间断,颇耐人寻味。首先,它表明奥斯丁作品的丰富性、多解性和"非典型"性,因此,不论给奥斯丁贴哪种简单政治标签,都无法板上钉钉。其二,上述两类20世纪评者所持的强烈个人主义立场,恰恰说明奥斯丁深刻怀疑并反复推敲现代社会个体生存困境的思想任务远没有大功告成。相反,她的困惑甚至以更尖锐的形式呈现为我们现今世界的难题。

或多或少由于女性身份的限制,奥斯丁把对"问题"和"答案"的考察都限定在休谟所说的个体生活的"狭小范围以内"〈2〉,让主人公的婚姻构成某种私人乌托邦,承担起重新缔造面临解体的人际关系纽带的历史重任。读者有充分理由无情盘诘这一愿景的局限性和可行性,或深入阐发她的小说在文体和内容上的自相矛盾。然而,寻得真正不

〈1〉 参看 Anne Crippen Ruderman: *The Pleasures of Virtue: Political Thought in the Novels of Jane Austen* (Lanham, Maryland: Rowman & Littlefield Publishers, 1995), pp.1-14.
〈2〉 休谟:《人性论》下册,645页。

同于奥斯丁设想的有生命力的替代答案却并非易事。

大约是在反复思虑这些的时候，笔者记起了少年时读过的一本书。

笔者大致是人民共和国同龄人，开始接触长篇小说时正在小学二三年级读书，起因是偶然听到了在电台连播的《林海雪原》。当时以及之后许多年，我只读中国和苏联的"革命文学"。其中有一部书现在不大有人提起了，即苏联作家马卡连柯（1888—1939）的《教育诗》。在苏维埃国家初创、百废待兴之际，在内战留下的遍地瓦砾上，在与官僚机构的抗争和缠磨中，一位年轻的理想主义教育工作者率领若干浪迹街头的小流氓混混从巴掌和斗殴开始建设新生活。多么传奇！多么激动人心！我不知道那本书究竟算回忆实录还是虚构作品。但是少年的我被深深打动，也本能地懂得：那麦浪上弹跳的笑语和随着汗珠滚动的集体劳动的欢乐不可能仅仅是书斋中的幻象。多年后，由奥斯丁问题我想起了《教育诗》所记录或呈现的龙腾虎跃的生活共同体。

奥斯丁们做梦也想不到那样的生活。它来自另一个性别，来自很不相同的民族文化背景以及思路迥异的另一种人类实践。近一个世纪之后回头看，那条路也显然并不是阳光灿烂的笔直大道。但是，诞生于那种社会尝试的作品是否包含某些宝贵的文化基因，可以丰富、修订甚或"刷新"我们对奥斯丁问题的理解呢？

正是在这里，我们的思考取向与另一脉西方学者也分道扬镳。他们对奥斯丁解读的根本点是，重视奥斯丁对现代个人主义的怀疑、抵抗和节制并对之持赞赏或认可的态度，将其立场或定义为"保守"（如达克沃斯等）或"古典"（如麦金泰尔等）。这些论者本人在西方当代选举政治中是否"保守"，对我们其实并不那么重要。本书关注的是他们在群己关系或人我关系这个核心问题上的思想走向。达克沃斯曾就奥斯丁小说发挥说：

> 显然，最佳解决方式并非单独的社会，或单独的自我，而

是自我存于社会（self-in-society），是社会整体的加注活力的重建……是同时兼收遗产中的宝贵成分和当下时刻对原创力、生机以及自发性的解放。[1]

由此看，达氏见解或其他许多具有类似"保守"色彩的评论其实既非真正意义的向后看，也并非主张对个人主动性的排斥或压制，而更多是企图为当代社会纠偏或探寻更好的前路。

仅限于此，上述引文的立意是可以接受的。然而，若是再向前推进一步，便是我们与达氏分路的起始。把"奥斯丁问题"更多纳入伯克式保守情怀或亚里士多德道德理想或基督教信念之类西方思想传统的"复兴"，实际上正是英国19世纪百年运作的轨迹。20世纪逆袭式思想"解放"的现实已然表明：维多利亚时代卓有成效的道德建设和社会改良，没有、也不可能根本解决资本统治下现代商业社会个体与社群关系的难题。

身处近似于奥斯丁的历史处境，21世纪中国人在迅速工业化、后工业化进程带来的精神困惑中也体验着后顾的冲动和前瞻的忧心。我们本能地回头从民族文化遗产中寻找思想资源，也在全球背景中重新检点近百年激昂慷慨而又曲折痛苦的社会主义实践，同时以亦惊骇亦沉迷的开放心态拥抱渐成燎原之势的崭新互联网生存。后者在短短十余年内就从根本上改变了亿万人的生活方式，甚至高调奏出"构建互联网共同体"的炫音。莫非这会是通向"自由个人的联合体"[2]的一个始料不及的途径吗？又或者，千年儒释道传统能穿越时空播撒某些有生机的新的思想种子？这一切，将会怎样解构或重新结构人类个体

---

[1] Duckworth: *The Improvement of the Estate*, p.142.
[2] 马克思、恩格斯在《共产党宣言》中指出："替代那存在阶级和阶级对立的资产阶级旧社会的，将是这样一个联合体，在那里，每个人的自由发展是一切人自由发展的前提。"见《马克思恩格斯选集》第一卷（人民出版社，1975），273页。

联合并共存的方式呢？如此种种如万花筒般五彩纷呈的中国特色的生活现实，是我们与西方学界有所同更有所异的文化语境，也是我们或者有机会为"奥斯丁问题"提供全新思路的客观因缘。

如此，《傲慢与偏见》和《教育诗》这样两本在时空和"血统"上均山隔水阻的书，以作者们绝对想不到的方式在一个八竿子打不着的中国人心里相遇了。这"会见"是非常私人也非常偶然的事。不过，其中或许也有某些不那么私人也不那么偶然的根由和意义。

近年笔者由于亲友忆旧，与当年的私人"写作"重逢，惊愕地意识到自己在"斗私批修"革命意识形态炽盛的时代里曾表现出多么强烈的自我意识。作为生长在那特定时期里的一名小说的精神孩子，我深深浸染于个人主义文化，又真诚追求对自我和私利的超越。[1] 这恐怕也是我后来之所以对"奥斯丁问题"有刻骨铭心感应和共鸣的缘故。因为，奥斯丁就是在旧人际关系纽带逐渐崩裂瓦解之际，从思考的个体出发，思辨"群"的不可或缺并设想"群"的再造。而如今，这个已被反复拷问了两百多年的问题或许正面临着求得新解答的机遇。

---

[1] 参看拙作《推敲自我》修订版的《再版前言》。

附录 | 关于《简·奥斯丁的教导》[1]

《简·奥斯丁的教导》开篇，作者德雷谢维奇（1964— ）直截了当地切入到自己的一段前尘往事："那年我二十六岁……遇到了改变我人生的女人。她去世快两百年了……她的名字是简·奥斯丁。"

这本书很难归类。

是经典文学作品导读？抑或是私人回忆录？甚至部分地可算是小说？若说是前者，它没有学院腔和书蠹气，不使用专业术语、不突出"理论"和"方法"，却大量穿插个人体验和感想，实在难以划入当今的学院式作文。若说是回忆录，其中涉及雷氏"我"的篇幅所占比重远不及有关奥斯丁作品和生平的文字，而且不能排除那些自述包含虚构或隐去真名实事的"假语村言"。更何况，全书完全以奥斯丁著作为主轴，六个章节标题均取自小说书名，分别从一个角度诠释小说带给读者的启迪或教益。若从目录看，这安排又与所谓的学术写作极为神似。或许，更恰当地说，在这本书中导读、回忆录和小说三种成分兼而有之。它可以被视为奥斯丁作品与当代美国青年的人生探索深度交融的文化个例。作者的着眼点关乎奥斯丁，更关乎广义的教育。作者力图以自己的亲身体验说明：人文化育（包括对经典文学作品的用心

---

[1] 本文原是为 William Deresiewicz: *A Jane Austen Education: How Six Novels Taught Me about Love, Friendship and the Things that Really Matter* (New York: Penguin Press, 2011) 一书中译本《简·奥斯丁的教导》（生活·读书·新知三联书店，2017）写的序言。

阅读）乃是步入人生正途或建立正确"幸福观"的关键环节。

《教导》中译书名副题为"一个男人、六部小说，及幸福的秘诀"，稍稍改动了原著用词，却以更醒目的方式呈现了全书主旨及设置，也体现了吸引读者的用意。

一

德雷谢维奇出生在新泽西州，曾就读于纽约哥伦比亚大学，1985年获生物学、心理学学士学位，1987年得到新闻学硕士学位。此后他"漂"了一段时间，换过好几个工作，但是在各方面——不论是从业体验、独立生活还是社会交往——他都感到挫沮与困惑。他决定重返校园攻读英语系博士学位，填补"文学教育上的空白"。之所以仍回哥伦比亚大学，主要原因是他父亲在那里供职，可享受免学费待遇。由此看，小德读博固然不失为明智的转移，但或多或少又是退缩回家长羽翼之下的逃避之旅。

他是20世纪美国文化的儿子。"现代主义文学塑造了我的读者身份，还从很多方面塑造了我作为一个人的身份。乔伊斯，康拉德，福克纳，纳博科夫：复杂、困难、成熟的作品。和很多年轻人一样，我需要把自己想象成叛逆者"，他这样描述自己。此时在他身上分泌出来的所谓"对体制的愤怒"，大抵只是20世纪主流文学的灌输与年轻人荷尔蒙掺和发酵形成的模糊不清的情绪。这些前期教育的后果之一便是，虽然小德进了英语系，19世纪英国小说成了他的必修课，可他心里对那些陈年旧货其实不怎么待见。

"遭遇"奥斯丁小说《爱玛》发生在读博第二年。

起初小德十分抵触。一些次要人物在他眼前晃来晃去，喋喋不休：伍德豪斯老先生时时忧虑自己的健康，反复唠叨粥热、风凉；还有已届中年的贝茨小姐不停嘴地报告母亲、外甥女和邻居的最新近况、家长里短。他想,谁有耐心忍受这些又臭又长的鸡毛蒜皮呢?

德雷谢维奇在厌烦中开始被动阅读。但是渐渐地,有些描写吸引了他的注意——比如贝茨小姐的"异样"。贝茨是爱玛·伍德豪斯所在村庄前任牧师的女儿,与她一起生活的有年迈的寡母,此外还有个自幼失去双亲、寄养在外的外甥女时不时住过来。自从父亲辞世,家里失了顶梁柱,她们的生活就变得非常拮据,是村里乡绅圈中最困窘的人家,连偶然改善一下生活,尝点时鲜肉食或果蔬什么的,也常常得仰赖邻居和朋友的好意馈赠。贝小姐本人早已过了嫁龄,在当时社会中是被低看的老处女,家里靠她辛苦操持维持日常生活运转,还得面对渐渐临近的孤独而凄冷的晚景。万万想不到,她却竟然是个"快乐的女人",觉得自己"身在福中"!这让当时胸中块垒郁结的小德受到了小小的震动。他开始思考"为什么"。

于是他开始留意那位脑瓜子似乎不太灵光的贝小姐信马由缰的闲谈,体会她对其他村民充满善意的兴趣和关切。她感激乡邻的好意,也每每对别人尽力相助或无条件地宽待、谅解,甚至当财主家的女儿爱玛刁蛮地拿话刺她、堵她的嘴,她也是只怪自己"让别人非常失望"。半是笑柄的贝茨当然并非典范,但也绝不是被鄙薄的对象。奥斯丁通过这个平凡的絮叨女展示了一种人生和一种思想方式。她们平凡地劳作,她们"编织社交网络,用话头编织……创造了这个世界"。小德意识到贝小姐们如何以相濡以沫的关怀维系着乡村生活共同体——或许,那是在"现代"方式中已经失传的某种"幸福密码"?

同为话痨,伍先生另是一类。这次小德动用了英语系学生的看家本领细读了一段不足百词的相关描述,发现其中指代伍先生的人称代词多达十七个,每五个单词就摊上一个"他"(主、宾格)或"他的"——"他的"钱、"他的"房子、"他的"女儿,等等。虽是第三人称叙述,却活灵活现地表达了老伍作为本村头号财主高高在上的自我中心心态——"奥斯丁只用了三个句子,以最含蓄的方式,就刻画出一个挟病自重的人的形象。"然而他没有止步于此。他结合其他描写进一步看出,这位反对别人吃蛋糕也反对熟人出嫁的荒唐老头虽然"我"字当头,可本质上又是软弱的,善良的,并无伤害他人的用心。

也许小德尚不自觉。但是,当他让自己的目光和思绪在不起眼的贝小姐、伍先生们身上停留之时,当他学会识别并分析他们的言外之意时,他本人发生了质的改变。因为他关注的已不仅仅是自己。他不但学会了把目光投向外界和世人,而且具备了感受力和分辨力,能够认真思虑他者的境遇、能够感知桩桩件件日常小事对人们的影响。他说:"我的生活开始有了一种前所未有的重量感。这是最令人震撼的时刻之一,你望着身边的世界,然后第一次看见了它,感觉到了它存在的真实性……"

从《爱玛》出发,小德顺理成章进而步入了《傲慢与偏见》的世界,并一见钟情地爱上了伊丽莎白·班纳特。他喜欢那个机智幽默、生气勃勃的姑娘,认同她的眼光和判断。结果呢,他发现自己和伊丽莎白一道误判了别的人物。是的,虽然伊丽莎白看去和爱玛大不相同,却和后者一样有自以为是的毛病。她们都犯了错,都在丢脸(humiliation)的体验中获得了新的自我认知,然后得以重建与他人的关系。小德突然领悟到什么叫"成长"。"长大成人意味着犯错",意味要不惮于做判断、下决心并担起错误的后果——"没有人生来就是完美的,……你一生下来,就有值得写一整部小说的错误等着你。"

德雷谢维奇迈出了人生中新的一步。他出生在"二战"中逃离欧洲的捷克犹太人家庭,家族中多数人都在大屠杀中丧生。他是家里的老小,母亲的宝贝儿,从小在犹太经学院读书。父亲对他一方面过度保护,另一方面又提出专横的严要求并怀有某种说不清道不明的轻蔑。此外还要加上大姐的溺爱和大哥的欺负——两人都比他年长许多,不可能成为平等的玩伴。在这样的环境中长大,小德生活能力差,难以适应社会几乎是势在必然。即使到了研究生阶段,他仍住在离父亲办公室不远的哥大宿舍,在乱糟糟的"狗窝"里晨昏颠倒地过日子。

缓步走过了《爱玛》,走过了《傲慢》,小德又经数月努力通过了令人生畏的博士资格口试,心中酝酿已久的决定终于瓜熟蒂落。他打算在确定论文题目之前沉静一段时间,搬出校园在布鲁克林租屋独立生活,去承担自己选择和行为的对与错,并尝试在"丢脸"中成长。

对于一位二十七八岁的美国青年来说,这实在是个迟来的举措。为什么是伊丽莎白·班纳特而不是乔伊斯笔下的青年艺术家或《在路上》(1957)[1]的叛逆男孩促成了他最关键的出走?两类不同领路人代表的"独立"姿态有怎样的区别?

对于前一个问题,可能的答案必定是多重而非单一的。德雷谢维奇的传统犹太家庭背景显然是根本原因之一。不过,他关于乔伊斯的一段颇有见地的评议也能带来若干启发。他说:乔伊斯的手法是"炫耀性"的,最终让读者感到他书中那些小人物(比如《尤利西斯》中的布鲁姆们)自身并不重要,真正令人瞩目的唯有小说创造者和他的艺术。显然,奥斯丁给他的感受迥然不同。小德更愿意也更容易"进入"奥斯丁的世界。有类似感觉的不止他一人。当然,综合多种可能,或许我们最终只得说,人与书的遇合有特定缘分,恰如人与人的关系。我们只能恭喜小德的运气,即他是在青春期之后的阶段遇到更成熟的奥斯丁人物。《爱玛》培养的感性使他跳出了自我主义的小牢笼,懂得了观察、理解他人并更恰当地看待人我关系。因此当他决定挣脱父亲时,并没有把老人家视为恶魔或暴君,而是充分意识到父亲曾在侥幸逃离大屠杀的家庭中生活,毕生未能摆脱不安全感,并由此理解了他对自己深厚但又复杂纠结的情感。因此,他迟来的反叛有必要的坚定,

---

[1] 长篇小说,美国20世纪中期"垮掉一代"作家杰克·凯鲁亚克(Jack Kerouac, 1922—1969)的代表作。

却没有过多自我陶醉的极端姿态,也没有造成对亲人的不必要的伤害。而我们在思虑这些的时候,便已深入到第二个问题的领地。

二

不难猜想,德雷谢维奇选定的博士论文研究对象是奥斯丁。

随后他开始系统地阅读奥斯丁其余几部小说。与此同时,小德因朋友关系"蹭"入了一个光鲜诱人的富二代社交圈。在反复阅读《曼斯菲尔德庄园》之际,他不时与一帮纽约富贵场中的俊男靓女往来聚会。全新的社会生活场景让这位来自寻常人家的年轻人目眩神迷。这似乎增加了亲近小说的难度。和许多普通读者以及学者专家一样,他发现《曼园》及其女主人公范妮·普莱斯不很讨喜,缺乏"让人愉快的所有一切,与机智、活力和好奇心相抵触。小说的基调是冷峻的,甚至是苦涩的","最糟糕的是,它还迫使我与一个最没有吸引力的女主人公相伴同行"。

奥斯丁笔下的小范妮十来岁时被姨母和姨夫即贝特伦(爵士)夫妇收养,在曼斯菲尔德庄园的豪宅美苑中长大并步入青年时代。然而她是寄人篱下的穷亲戚,胆怯而柔弱。在漂亮健壮、受过良好教育且趾高气扬的表哥表姐及其朋友们面前,她永远是低人一等的听吆喝的半仆。她的感受自然与其他人格格不入。小德发现她在人前显得太过一本正经,私心里又满腹怨怼。她的另类存在使少爷小姐们寻欢作乐的游戏大煞风景——"她根本就没有幸福和快乐的能力。"

直到有一天,小德无意间听到几名有钱青年鄙夷地议论他的朋友"攀高枝"。这让他猛然意识到眼前情境和曼园世界的相似——在那些一掷千金的阔少名媛中"我不是范妮还会是谁呢?!""关于金钱和地位的大戏一直都在她[范妮]身边上演,舞会,游戏,调情,婚配,和我一样，她没得选，只能坐在旁边观看。我们没有台词。"小德认识到：对于范妮式处境，丧父之后常在各位哥哥家打杂的成年奥斯丁有深刻体会，所以表达得入木三分。

是的，读《曼园》有个站位问题：是站在权势者一边还是站在受压制的相对低贱者一边。范妮缄默、警觉的态度，不适合参与度假和狂欢，却是她生存方式的必然产物。而她的责任意识、严谨做派以及坚韧倔强的性格则常常是卑微者争取更好生活的必要素质。如此看来，许多20世纪西方中产阶级读者和知识分子那么不喜欢范妮，实在是颇为耐人寻味的文化现象。莫非百余年世事迁移，竟使19世纪范妮们的后继者产生了自以为属于为所欲为的潇洒"人上人"的幻觉？

小德梳理了范妮·普莱斯乃至奥斯丁的人生经验，探究了她们各自认同的价值观以及她们对"（于他人）有用"的看重。他想，自己或许仍谈不上"喜欢"范妮，但乐于聆听她内心的声音，并十分珍视她给自己上的那至关重要的一课。种种思考心得不仅使他的论文写作向前推进了一章，也促使他彻底摆脱了那个一度令他着迷、又让他很不自在的上层社交圈。

曼园"惊梦"之后，《理智与情感》让德雷谢维奇再一次面对不招人喜欢的"正面"人物。书中分别代表"理智"（sense）与"情感"（sensibility）两种价值取向的是达什伍德姐妹。妹妹玛丽安热烈奔放地爱上了相貌英俊、有偶傥公子哥儿风度的威洛比；而大姐埃丽诺则日复一日张罗丧父后全家四女眷的柴米油盐，一边无声无息地暗恋诚恳、低调甚至消极被动的爱德华。奥斯丁带领读者一起辨析哪一种爱才是可宝贵的真"感情"。现实生活的教训来得很快。玛丽安的浪漫梦想不久后便在金钱的铁壁上撞得粉碎——威洛比图谋另娶嫁资丰厚的阔小姐，绝情地抛弃了她。她伤心欲绝、大病一场，重新认识了自身，看到了在自己的"激情"下隐藏着的自私和盲目。最终她嫁给了比自己年长很多的老实巴交的布兰登。另一方面，埃丽诺得到的回报也不过是与被剥夺了继承权的准小康男爱德华携手人生的机会。总之，两姐妹的婚姻都有些令人"扫兴"，其中没有气场夺人的霸道王子也没有金碧辉煌的宫殿。小德说："奥斯丁并不反对浪漫，她反对的是浪漫神话"，他认为玛丽安乃至许多奥斯丁的同代、后代人对爱情的期待来源于小说（或其他文艺作品）提供的浪漫化、性感化的幻想，而这些其实是有害的精神毒品。结合亲身见闻和经验（包括来来去去的女友，还有哥哥婚姻的失败以及自己的曲折成长）长久深思，小德最后认定：埃丽诺、爱德华和布兰登们的方式虽然不够吸引人，却是"正确"的选择。

这个结论当然只是引向更多的问题。为什么"正确"的东西却不吸引人？为什么所谓的"浪漫幻想"总有野火烧不尽的生机却又每每导向歧途？在奥斯丁时代乃至21世纪的地球村，诸多文化产品大水漫灌注入青少年头脑的"浪漫"究竟包括什么——由"才艺""风度"标志的文化资本抑或是由某种"宫殿"代表的财富地位？德雷谢维奇没有更深入地剖析这些。不过，他对深层问题也并非毫无觉察。在考察范妮与其贝氏表亲及克劳福德姐弟之间的鲜明对比的过程中，小德意识到，生活在当今美国社会亦如在曼园，"我周围的文化——纽约只是个极端的例子——方方面面都对我说金钱、地位才是幸福的关键"。而正在深入体验奥斯丁视角的他，对这些似乎天经地义的判断产生了强烈的怀疑和抵制。

在六部奥斯丁小说的相伴和"指点"下，德雷谢维奇一次次校正了人生的小船。他完成了研究生学业，结识了新女友。他发现她和自己很不一样，和以前交往过的其他姑娘也不一样。她端盘子，给人擦过皮鞋，当过咖啡馆服务生，被有些熟人认定为很"掉价"。但此时的德雷谢维奇已经学会了理解、尊重他人（包括劳力者）并向他们学习。在不婚族日渐扩容的后工业时代里，他比较权衡，思索着什么是"the things that matters",毅然选择了承诺、担当以及某种强互惠[1]的家庭与社会纽带关系。他当然知道,婚姻(哪怕是来自不同阶层、拥有不同教育背景的人之间超越金钱考量的婚姻)的缔结并不是矛盾与问题的一揽子解决办法。但他仍决定姑且以奥斯丁方式收局。在全书最后一句话中他戏仿简·爱的调子说:"读者,我和她结婚啦。"[2]

2008年,已在耶鲁大学执教十年的德雷谢维奇做出了另一个重大抉择。他辞去教职成为专业作家。三年后也即2011年,《简·奥斯丁的教导》面世。

之后,他不断在演讲和文章中对美国精英教育特别是常青藤联盟高校体系提出尖锐批评,在社会上广为流传。出版于2014年的《优秀的绵羊》一书汇集了他在这方面的思考。有评者称他的抨击"矛头针对整个美国中上阶级";也有人认为他提出要以人文艺术(liberal arts)"砥砺学生的'道德想象'"是"太廉价"的劝告。无论如何,该书引起了很大的反响和争议,并上了《纽约时报》畅销书榜。

当年在彷徨中重返校园的年轻人,后来成了针砭美国主流社会的风云人物。阅读奥斯丁小说则是这场蜕变的起点。

---

[1] 强互惠(strong reciprocity)理论是当前影响日益扩大的一种跨越经济学、社会学、生物学、人类学等学科的综合社会科学理论,它突破所谓"经济人"与"理性人"假说,认为人类行为常常超越"自利"动机。

[2] 这句话原文为"Reader, I married her"。而夏洛蒂·勃朗特的《简·爱》最后一章开头句则是"Reader, I married him."

参考文献

英语书目

Armstrong, Isobel. *Jane Austen: Mansfield Park.* Harmondsworth: Penguin, 1988.

——. *Jane Austen: Sense and Sensibility.* Harmondsworth: Penguin, 1994.

Armstrong Nancy. *How Novels Think*: *The Limits of Individualism from 1719-1900.* New York: Columbia University Press, 2005.

Arnold, Matthew. *Poetry and Criticism of Matthew Arnold.* Edited by A. Dwight Culler. Boston: Houghton Mifflin, 1961.

Ashton, Helen. *Parson Austen's Daughter.* London: Collins, 1949.

Auden, W. H. *Collected Longer Poems.* New York: Vintage Books, 1975.

Auerbach, Emily. *Searching for Jane Austen.* Wisconsin: University of Wisconsin Press, 2004.

Auerbach, Nina. *Romantic Imprisonment: Women and Other Glorified Outcasts.* New York: Columbia University Press, 1985.

Austen, Jane. *The History of England.* Chapel Hill, N.C.: Algonquin Books of Chapel Hill, 1993.

Austen-Leigh, J. E. *A Memoir of Jane Austen.* Oxford: Clarendon, 1926.

Babb, Howard S. *Jane Austen's Novels: The Fabric of Dialogue.* Columbus: Ohio State University Press, 1962.

Bakhtin, Mikhail M. *The Dialogic Imagination: Four Essays.* Trans. by C.

Emerson & M. Holquist. Austin: University of Texas Press, 1981.

Berlant, Lauren. *Cruel Optimism*. Durham: Duke University Press, 2011.

Bloom, Harold, ed. *Jane Austen*. New York: Chelsea House, 1986.

——. ed. *Jane Austen's Mansfield Park*. New York: Chelsea House, 1987.

Booth, Wayne C. *The Rhetoric of Fiction*. Chicago: The University of Chicago Press, 1961; 11th Impression 1975.

Bourdieu, Pierre. *Distinction*. Trans. by Richard Nice. London & New York: Routledge, 2010. First published in 1984.

Bradbrook, Frank W. *Jane Austen: "Emma."* London: Edward Arnold, 1961.

——. *Jane Austen and Her Predecessors*. Cambridge: Cambridge University Press, 1966.

Brower, R. A. & Richard Poirier eds. *In Defence of Reading: A Reader's Approach to Literary Criticism,* New York: Dutton, 1962.

Brown, Ford K. *Fathers of the Victorians: The Age of Wilberforce* Cambridge: Cambridge University Press, 1962.

Brown, Ivor. *Jane Austen and Her World*. London: Lutterworth Press, 1966.

Brown, Julia Prewitt. *Jane Austen's Novels: Social Change and Literary Form*. Cambridge: Harvard University Press, 1979.

Brown, Lloyd W. *Bits of Ivory: Narrative Techniques in Jane Austen's Fiction*. Baton Rouge: Louisiana State University Press, 1973.

Brownstein, Rachel, M. *Becoming a Heroine: Reading about Women in Novels,* Harmondsworth: Penguin Books, 1984. First published in USA by the Viking Press 1982.

——. *Why Jane Austen?* New York: Columbia University Press, 2011.

Bush, Douglas. *Jane Austen*. London and New York: Macmillan, 1975.

Butler, Marilyn. *Jane Austen and the War of Ideas*. Oxford: Clarendon Press, 1975.

Caplan, Jay. *Framed Narratives: Diderot's Genealogy of the Beholder,*

Minneapolis: University of Minnesota Press, 1985.

Carlyle, Thomas. Chartism, in *The Works of Thomas Carlyle, Vol.29: Critical and Miscellaneous Essays, Vol. IV*. Cambridge: Cambridge University Press, 2010.

Caserio, Robert L. & Clement Hawes, eds. *The Cambridge History of the English Novel*. Cambridge: Cambridge University Press, 2012.

Cecil, David. *Jane Austen*. Cambridge: Cambridge University Press, 1935.

——. *A Portrait of Jane Austen*. London: Constable, 1978.

Chapman, R. W. *Jane Austen: Facts and Problems*. Oxford: Clarendon, 1948; revised edition, 1950.

——. *Jane Austen: A Critical Bibliography*. Oxford: Clarendon, 1953; revised edition, 1955.

Copeland, Edward & Juliet McMaster, eds. *The Cambridge Companion to Jane Austen*. 上海外语教育出版社, 2001; First published by Cambridge University Press, 1997.

Cottom, Daniel. *The Civilized Imagination: A Study of Ann Radcliffe, Jane Austen, and Sir Walter Scott*. Cambridge: Cambridge University Press, 1985.

Cresswell, Tim. *In Place / Out of Place: Geography, Ideology and Transgression*. Minneapolis: University of Minnesota Press, 1996.

Dadlez, E. M. *Mirrors to One Another: Emotion and Value in Jane Austen and David Hume*. Chichester: Wiley-Blackwell, 2009.

Day, Malcolm. *Voices from the World of Jane Austen*. Cincinati, OH: David & Charles, 2006.

Deresiewicz, William. *A Jane Austen Education: How Six Novels Taught Me about Love, Friendship and the Things that Really Matter*. New York: Penguin Press, 2011.

Devlin, D. D. *Jane Austen and Education*. New York: Barnes and Noble, 1975.

Duckworth, Alistair M. *The Improvement of the Estate: A Study of Jane Austen's Novels*. Baltimore: Johns Hopkins University Press, 1971.

——. ed. *Emma*. Boston: Bedford/St Martin's, 2002; Case Studies in Contemporary Criticism.

Dunbar, Robin, Louise Barrett & John Lycett. *Evolutionary Psychology*. Oxford: Oneworld Publications, 2007, 2012.

Dussinger, John A. *In the Pride of the Moment: Encounters in Jane Austen's World*. Columbus: Ohio State University Press, 1990.

Dwyer, June. *Jane Austen*. New York: Continuum, 1989.

Eagleton, Terry. *The English Novel: An Introduction*. Oxford: Blackwell publishing, 1988.

Eliot, George. *Adam Bede*. Harmondsworth: Penguin, 1980.

Ellis, Markman. *The Politics of Sensibility: Race, Gender and Commerce in the Sentimental Novel*. Cambridge: Cambridge University Press, 1996.

Ellis, Sarah Stickney. *The Women of England: Their Social Daties and Domestic Habitis*. New York: D. Appleton, 1839.

Evans, Mary. *Jane Austen and the State*. London and New York: Tavistock, 1987.

Everett, Barbara. "Jane Austen: Hard Romance" ("The Hilda Hulme Memorial Lecture", 18 Dec. 1995), *London Review of Books*, 8 Feb. 1996.

Fergus, Jan S. *Jane Austen and the Didactic Novel: Northanger Abbey, Sense and Sensibility, and Pride and Prejudice*. London: Macmillan, 1983.

——. *Jane Austen: A Literary Life*. London: Macmillan, 1991.

Fleishman, Avrom. *A Reading of Mansfield Park: An Essay in Critical Synthesis*. Minneapolis: University of Minnesota Press, 1967.

Forster, E. M. *Abinger Harvest*. London: Edward Arnold, 1940.

Foucault, Michel. *Madness and Civilization: A History of Insanity in the Age of Reason*. Trans. by Richard Howard. New York: Vintage Books, 1973.

Fraiman, Susan, ed. *Northanger Abbey: An Authoritative Text, Backgrounds, Reviews, and Essays in Criticism*. New York: Norton, 2004.

Fritzer, Penelope Joan. *Jane Austen and Eighteenth-Century Courtesy Books*. Westport CT: Greenwood Press, 1997.

Frye, Northrop. *Anatomy of Criticism*. Princeton: Princeton University Press, 1973.

——. *The Secular Scripture: A study of the Structure of Romance*. Cambridge: Harvard University Press, 1976.

Gard, Roger. *Jane Austen's Novels: The Art of Clarity*. New Haven, CT: Yale University Press, 1992.

Ghent, Dorothy Van. *The English Novel, Form and Function*. New York: Harper & Row, 1953.

Gilbert, Sandra M. & Susan Gubar. *The Madwoman in the Attic: The Woman Writer and the Nineteenth-Century Literary Imagination*. New Haven: Yale University Press, 1979.

Gill, Richard & Susan Gregory: *Mastering the Novels of Jane Austen*. New York: Palgrave Macmillan, 2003.

Gillie, Christopher. *A Preface to Jane Austen*. London: Longman, 1974.

Gisborne, Thomas. *An Inquiry into the Duties of Men in the Higher and Middle Classes of Society in Great Britain Vol. II*. London, 1800; 1st Published in 1794.

Gluckman, Max. "Gossip & Scandal." *Current Anthropology*, No.4, 1963, pp. 307-316.

Gooneratne, Yasmine. *Jane Austen*. Cambridge: Cambridge University Press, 1970.

Gordon, Jan B. *Gossip and Subversion in Nineteenth-Century British Fiction: Echo's Economies*. New York: St Martin's Press, 1996.

Gray, Donald J., ed. *Pride and Prejudice: An Authoritative Text, Backgrounds, Reviews, and Essays in Criticism*. New York: Norton, 1966.

Grey, J. David, ed. *The Jane Austen Companion*. New York: Macmillan, 1986.

——. *Jane Austen's Beginnings: The Juvenilia and Lady Susan*. Ann Arbor: UMI Research Press, 1989.

Grossman, Jonathan H. "The Labor of the Leisured in *Emma*: Class, Manners, and Austen." *Nineteenth-Century Literature*, Vol.54, No.2 (Sep., 1999), pp.143-164.

Halperin, John. *The Life of Jane Austen*. Baltimore: Johns Hopkins University Press, 1984.

——. ed. *Jane Austen: Bicentenary Essays*. New York and Cambridge: Cambridge University Press, 1975.

Harding, D. W. *Regulated Hatred and Other Essays on Jane Austen*. London: The Athlone Press, 1998.

Hardy, Barbara. *A Reading of Jane Austen*. London: The Athlone, 1979.

Hardy, John. *Jane Austen's Heroines: Intimacy in Human Relationships*. London: Routledge and Kegan Paul, 1984.

Harris, Jocelyn. *Jane Austen's Art of Memory*. Cambridge: Cambridge University Press, 1989.

Honan, Park. *Jane Austen: Her Life*. London: Weidenfeld and Nicholson, 1987.

Horwitz, Barbara Jane. *Jane Austen and the Question of Women's Education*. New York: Peter Lang, 1991.

Huang, Mei. *Transforming the Cinderella Dream: From Frances Burney to Charlotte Brontë*. New Brunswick: Rutgers University Press, 1990.

Hubback, J. H. & Edith C. Hubback. *Jane Austen's Sailor Brothers: Being the Adventures of Sir Francis Austen, G. C. B., Admiral of the Fleet, and Rear-Admiral Charles Austen*. London: J. Lane, 1906.

Hudson, Glenda A. *Sibling Love and Incest in Jane Austen's Fiction*. London: Macmillan, 1992.

Hume, David. *Essays: Moral, Political, and Literary.* Revised Edition. Ed. by Eugene F. Miller. Indianapolis: Liberty Fund, 1987.

Jameson, Fredric. *The Political Unconscious*: *Narrative as a Socially Symbolic Act.* Ithaca: Cornell University Press, 1981.

Jarvis, William. *Jane Austen and Religion.* Stonesfield, Oxfordshire: Stonesfield Press, 1996.

Jenkyns, Richard. *A Fine Brush on Ivory: An Appreciation of Jane Austen.* Oxford: Oxford University Press, 2004.

Johnson, Claudia L. *Jane Austen: Women, Politics, and the Novel.* Chicago and London: The University of Chicago Press, 1988.

——. *Equivocal Beings: Politics, Gender, and Sentimentality in the 1790s: Wollstonecraft, Radcliffe, Burney, Austen.* Chicago and London: The University of Chicago Press, 1995.

——. ed. *Mansfield Park*: *Authoritative Text, Contexts, Criticism.* New York: W. W. Norton, 1998.

——. ed. *Sense and Sensibility: Authoritative Text, Contexts, Criticism.* New York: W. W. Norton, 2002.

——. *Jane Austen's Cults and Cultures.* Chicago and London: The University of Chicago Press, 2013.

Jones, Hazel. *Jane Austen and Marriage.* New York: Continuum, 2009.

Kaplan, Deborah. *Jane Austen among Women.* Baltimore: Johns Hopkins University Press, 1992.

Kiekel, Katherine. "General Tilney's Timely Approach to the Improvement of the Estate in Jane Austen's *Northanger Abbey*", *Nineteenth-Century Literature,* Vol.63, No.2 (Sept. 2008), pp.145-169.

Kirkham, Margaret. *Jane Austen, Feminism and Fiction.* Brighton: Harvester Press, 1983.

Knox-Shaw, Peter. *Jane Austen and the Enlightenment.* Cambridge: Cambridge University Press, 2004.

Konigsberg, Ira. *Narrative Technique in the English Novel: Defoe to Austen*. Hamden, CT: Archon Books, 1985.

Koppel, Gene. *The Religious Dimension of Jane Austen's Novels*. Ann Arbor, MI: UMI Research Press, 1988.

Kroeber, Karl. *Styles in Fictional Structure: Studies in the Art of Jane Austen, Charlotte Brontë, George Eliot*. Princeton: Princeton University Press, 1971.

Lane, Maggie. *Jane Austen's Family: Through Five Generations*. London: Robert Hale, 1984.

——. *Jane Austen's England*. London: Robert Hale, 1986.

Lanser, Susan S. *Fiction of Authority: Women Writers and Narrative Voice*. Ithaca: Cornell University Press, 1992.

Lascelles, Mary. *Jane Austen and Her Art*. London: Oxford University Press, 1939.

Laski, Marghanita. *Jane Austen and Her World*. London: Thames and Hudson, 1969. Revised, 1975.

Leavis, Q. D. *Collected Essays*, Vol.1. Cambridge: Cambridge University Press, 1983.

Le Faye, Deirdre. *Jane Austen: A Family Record*. London: British Library, 1989. Revised, enlarged, and effectively rewritten version of W. Austen-Leigh and R. A. Austen-Leigh 1913, op. cit.

——. ed. *Jane Austen's Letters*. 4th edition. Oxford and New York: Oxford University Press, 2011.

Levine, George ed. *The Emergence of Victorian Consciousness: The Spirit of the Age*. New York: The Free Press, 1967.

——. *The Realistic Imagination: English Fiction from Frankenstein to Lady Chatterley*. Chicago: The University of Chicago Press, 1981.

Liddell, Robert. *The Novels of Jane Austen*. London: Longman, 1963.

Littlewood, Ian, ed. *Jane Austen: Critical Assessments*. 3 Vols. Montfield:

Helm Information, 1998.

Litvak, Joseph. "Reading Characters: Self, Society and Text in *Emma*", *PMLA*, Vol.100, No.5 (Oct., 1985), pp.763-773.

Litz, A. Walton. *Jane Austen: A Study of Her Artistic Development*. London: Chatto & Windus, 1965.

Lodge, David, ed. *Jane Austen, Emma: A Casebook*. London: Macmillan, 1968.

Looser, Devoney, ed. *Jane Austen and Discourses of Feminism*. New York: St. Martin's Press, 1995.

Lynch, Deidre, ed. *Janeites: Austen's Disciples and Devotees*. Princeton: Princeton University Press, 2000.

Lyons, Bridget G., ed. *Reading in an Age of Theory*. New Brunswick, NJ: Rutgers University Press, 1997.

MacDonagh, Oliver. *Jane Austen: Real and Imagined Worlds*. New Haven, CT, and London: Yale University Press, 1991.

Macherey, Pierre. *A Theory of Literary Production*. tr. by Geoffrey Wall. London: Routledge & Kegan Paul, 1978.

MacIntyre, Alasdair. *After Virtue: A Study in Moral Theory*. Notre Dame, Indiana: University of Notre Dame Press, 1984. First published in 1981.

McMaster, Juliet. *Jane Austen on Love*. Victoria, British Columbia: University of Victoria Press, 1978.

——. Juliet, & Bruce Stovel, eds. *Jane Austen's Business: Her World and Her Profession*. London: Macmillan (New York: St. Martin's Press), 1996.

Miller, D. A. *Jane Austen, or the Secret of Style*. Princeton: Princeton University Press, 2003.

——. *Narrative and its Discontents: Problems of Closure in the Traditional Novel*. Princeton: Princeton University Press, 1981.

Moler, Kenneth L. *Jane Austen's Art of Allusion*. Lincoln: University of

Nebraska Press, 1968.

———. *"Pride and Prejudice": A Study in Artistic Economy*. New York: Twayne, 1989.

Monaghan, David. *Jane Austen: Structure and Social Vision*. London: Macmillan, 1980.

———. ed. *Jane Austen in a Social Context*. London: Macmillan, 1981.

Mooneyham, Laura G. *Romance, Language, and Education in Jane Austen's Novels*. London: Macmillan, 1988.

Moore E., Margaret. "Emma and Miss Bates: Early Experiences of Separation and the Theme of Dependency in Jane Austen." *Studies in English Literature, 1500-1900*, Vol. 9, No.4 (Autumn, 1969), pp.573-585.

Morgan, Susan. *In the Meantime: Character and Perception in Jane Austen's Fiction*. Chicago: The University of Chicago Press, 1980.

Morris, Ivor. *Mr. Collins Considered: Approaches to Jane Austen*. London: Routledge and Kegan Paul, 1987.

Morris, Pam. *Jane Austen, Virginia Woolf, and Worldly Realism*. Edinburgh: Edinburgh University Press, 2017.

Mudrick, Marvin. *Jane Austen: Irony as Defense and Discovery*. Princeton: Princeton University Press, 1952.

Mullan, John. *What Matters in Jane Austen?: Twenty Crucial Puzzles Solved* (paperback) London: Bloomsbury, 2013.

Myer, Valerie Grosvenor. *Jane Austen: Obstinate Heart*. New York: Arcade Publishing, 1997.

Nardin, Jane. *Those Elegant Decorums: The Concept of Propriety in Jane Austen's Novels*. Albany: State University of New York Press, 1973.

Neill, Edward. *The Politics of Jane Austen*. London: Macmillan, 1999.

———. "Between Defense and Destruction: 'Situations' of Recent Critical Theory and Jane Austen's Emma," *Critical Quarterly*, No.29 (1987), pp.39-54.

Nicolson, Nigel. *The World of Jane Austen*. London: Weidenfeld and Nicolson, 1991.

Nokes, David. *Jane Austen*. London: Fourth Estate, 1997.

Odmark, John. *An Understanding of Jane Austen's Novels: Character, Value and Ironic Perspective*. Totowa, NJ: Barnes and Noble, 1981.

Page, Norman. *The Language of Jane Austen*. Oxford: Basil Blackwell, 1972.

Paris, Bernard J. *Character and Conflict in Jane Austen's Novels: A Psychological Approach*. Detroit: Wayne State University Press, 1978.

Parrish, Stephen M., ed. *Emma: Authoritative Text, Backgrounds and Contexts, Criticism*. Third Edition. New York: W. W. Norton, 2000.

Phillipps, K. C. *Jane Austen's English*. London: Deutsch, 1970.

Polhemus, Robert M. *Erotic Faith: Being in Love from Jane Austen to D. H. Lawrence*. Chicago: The University of Chicago Press, 1990.

Pool, Daniel. *What Jane Austen Ate and Charles Dickens Knew: From Fox Hunting to Whist-The Facts of Daily Life in Nineteenth-Century England*. First Touchstone edition. New York: Simon and Schuster, 1994.

Poovey, Mary. *The Proper Lady and the Woman Writer: Ideology as Style in the Works of Mary Wollstonecraft, Mary Shelley, and Jane Austen*. Chicago: The University of Chicago Press, 1984.

Pucci, Suzanne R. & James Thompson, eds. *Jane Austen and Co.: Remaking the Past in Contemporary Culture*. Albany: State University of Albany Press, 2003.

Roberts, Warren. *Jane Austen and French Revolution*. London: Macmillan, 1979.

Ross, Ian C. *Laurence Sterne: A Life*. Oxford: Oxford University Press, 2001.

Royle, Edward. *Modern Britain: A Social History 1750-2010*. Third edition. New York:Bloomsbury Academic, 2012.

Ruderman, Anne Crippen. *The Pleasures of Virtue: Political Thought in the Novels of Jane Austen*. Lanham, MD: Rowman and Littlefield, 1995.

Sabiston, Elizabeth Jean. *Private Sphere to World Stage from Austen to Eliot*. Aldershot: Ashgate, 2008.

Said, Edward W. *Culture and Imperialism*. New York: Vintage Books, 1994.

Sales, Roger. *Jane Austen and Representations of Regency England*. London: Routledge, 1994.

Scheuermann, Mona. *Her Bread to Earn: Women, Money, and Society from Defoe to Austen*. Lexington: University Press of Kentucky, 1993.

Shapard, David M., ed. Jane Austen: *The Annotated Persuasion*. New York: Anchor Books. 2010.

——. ed. *The Annotated Sense and Sensibility*. New York: Anchor Books, 2011.

——. ed. *The Annotated Northanger Abbey*. New York: Anchor Books, 2013.

Singh, Sushila. *Jane Austen: Her Concept of Social Life*. New Delhi: S. Chand, 1981.

Slater, Michael, ed. *The Dent Uniform Edition of Dickens's Journalism*. London: J. M. Dent, 1998.

Smith, LeRoy W. *Jane Austen and the Drama of Woman*. New York: St. Martin's Press, 1983.

Southam, B. C., ed. *Critical Essays on Jane Austen*. London: Routledge and Kegan Paul, 1968. Paperback in 1970, 1979.

——. ed. *Jane Austen: The Critical Heritage. Vol. 1: 1811-1870*. London: Routledge and Kegan Paul, 1968.

——. "General Tilney's Hot-Houses: Some Recent Jane Austen Studies and Texts", *Ariel* 2 (1971), pp. 52-62.

——. ed. *Jane Austen: Northanger Abbey and Persuasion: A Casebook*. London: Macmillan, 1976a.

———. ed. *Jane Austen: Sense & Sensibility, Pride & Prejudice,* and *Mansfield Park: A Casebook.* London: Macmillan, 1976b.

———. ed. *Jane Austen: The Critical Heritage. Vol. 2: 1870–1940.* London: Routledge and Kegan Paul, 1987.

Spacks, Patricia Ann Meyer. *Gossip.* New York: Alfred A. Knopf, 1985.

———. *Desire and Truth: Functions of Plot in Eighteenth-Century English Novels.* Chicago: The University of Chicago Press, 1990.

———. ed. *Persuasion: Authoritative Text, Backgrounds and Contexts, Criticism.* New York: W. W. Norton, 1995.

———. ed. *Pride and Prejudice: An Annotated Editon.* Cambridge: The Belknap Press of Harvard University Press, 2010.

Spence, Jon. *Becoming Jane Austen.* London & New York: Hambledon Continuum, 2007. First Published 2003.

Spencer, Jane. *The Rise of the Woman Novelist: From Aphra Behn to Jane Austen.* Oxford: Basil Blackwell, 1986.

Stafford, Fiona, ed. *Jane Austen's* Emma: *A Casebook.* Oxford: Oxford University Press, 2007.

Steeves, Harrison R. *Before Jane Austen: The Shaping of the English Novel in the 18th Century.* New York: Holt, Rinehart & Winston, 1965.

Stewart, Maaja A. *Domestic Realities and Imperial Fictions: Jane Austen's Novels in Eighteenth-Century Contexts.* Athens, GA: University of Georgia Press, 1993.

Stokes, Myra. *The Language of Jane Austen: A Study of Some Aspects of Her Vocabulary.* London: Macmillan, 1991.

Stone, Lawrence. *The Family, Sex, and Marriage.* Abridged Edition. New York: Harper, 1979.

Sulloway, Alison G. *Jane Austen and the Province of Womanhood.* Philadelphia: University of Pennsylvania Press, 1989.

Sutherland, Kathryn. *Textual Lives of Jane Austen: From Aeschylus to*

Bollywood. Oxford: Oxford University Press, 2005.

Tanner, Tony. *Jane Austen*. Houndmills & London: Macmillan, 1986.

Tauchert, Ashley. *Romancing Jane Austen: Narrative, Realism, and the Possibility of a Happy Ending*. Houndmills: Palgrave Macmillan, 2005.

Tave, Stuart M. *Some Words of Jane Austen*. Chicago: The University of Chicago Press, 1973.

Tawney, Richard Henry. *The Acquisitive Society*. New York: Harcourt, Brace & Company, 1920.

Thompson, James. *Between Self and World: The Novels of Jane Austen*. University Park: Pennsylvania State University Press, 1988.

Tillotson G. et al., ed. *Eighteenth Century English Literature*. Fort Worth, Texas: Harcourt College Pub., 1969.

Tobin, Beth Fowkes. *Superintending the Poor: Charitable Ladies and Paternal Landlords in British Fiction, 1770-1860*. New Haven: Yale University Press, 1993.

Todd, Janet M., ed. *Jane Austen: New Perspectives*. New York: Holmes and Meier, 1983.

———. ed. *Jane Austen in Context*. Cambridge: Cambridge University Press, 2005.

Tomalin, Claire. *Jane Austen: A Life*. New York: Vintage Books, 1999.

Tompkins, J.M.S. *The Popular Novel in England: 1770-1800*. London: Methuen, 1961. First published in 1932.

Trilling, Lionel, *The Opposing Self: Nine Essays in Criticism*, New York: Secker & Warburg, 1955.

Troost, Linda and Sayere Greenfield, ed. *Jane Austen in Hollywood*. Kentucky: The University of Kentucky Press, 2001, Second ed. First ed. 1998.

Trowbridge, Hoyt. *From Dryden to Jane Austen: Essays on English Critics and Writers, 1660–1818*. Albuquerque: University of New Mexico Press,

1977.

Tucker, George Holbert. *Jane Austen the Woman: Some Biographical Insights*. New York: St. Martin's Press, 1994.

Tuite, Clara. *Romantic Austen:Sexual Politics and Literary Canon*. Cambridge: Cambridge University Press, 2002.

Veblen, Thorstein. *The Theory of the Leisure Class: An Economic Study of Institutions*. New York: The New American Library, 1953. First published in 1899.

Waldron Mary. *Jane Austen and the Fiction of her Time*. Cambridge: Cambridge University Press, 1999.

Wallace, Tara Ghoshal. *Jane Austen and Narrative Authority*. London: Macmillan, 1995.

Warner, Sylvia Townsend. *Jane Austen, 1775–1817*. Harlow, Essex: Longmans, Green, 1951.

Watkins, Susan. *Jane Austen: In Style*. London: Thames and Hudson, 1990.

Watt, Ian ed. *Jane Austen: A Collection of Critical Essays*. Englewood Cliffs, N. J. : Prentice-Hall, 1963.

Webb, Igor. *From Custom to Capital: The Novel and the Industrial Revolation*. Ithaca: Cornell University Press, 1981.

Weinsheimer, Joel, ed. *Jane Austen Today*. Athens: University of Georgia Press, 1975.

Wenner, Barbara Britton. *Prospect and Refuge in the Landscape of Jane Austen*. Aldershot: Ashgate, 2006.

White, Laura Mooneyham, ed. *Critical Essays on Jane Austen*. New York: G. K. Hall, 1998.

Whitten, Benjamin. *Jane Austen's Comedy of Feeling: A Critical Analysis of Persuasion*. Ankara: Hacettepe University Press, 1974.

Wiesenfarth, Joseph. *The Errand of Form: An Assay of Jane Austen's Art*. New York: Fordham University Press, 1967.

Wilde, Alan. *Horizons of Assent: Modernism, Postmodernism, and the Ironic Imagination*. Baltimore: The Johns Hopkins University Press, 1981.

Williams, Raymond. *The Country and the City*. New York: Oxford University Press, 1973.

——. *Keywords: A Vocabulary of Culture and Society*. London: Fontana Press, 1976.

Wiltshire, John. *Jane Austen and the Body: "The Picture of Health."* Cambridge: Cambridge University Press, 1992.

——. *The Hidden Jane Austen*. Cambridge: Cambridge University Press, 2014.

Wright, Andrew H. *Jane Austen's Novels: A Study in Structure*. Second edition. London: Chatto and Windus, 1961.

中文书目

（按姓氏拼音顺序排列）

马修·阿诺德：《文化与无政府状态》修订版，北京：生活·读书·新知三联书店，2008。韩敏中译

玛·巴特勒：《浪漫派、叛逆者及反动派》，沈阳：辽宁教育，1998。黄梅、陆建德译

费尔南·布罗代尔：《15至18世纪的物质文明、经济和资本主义》，北京：生活·读书·新知三联书店，1996。顾良、施康强译

龚龑等：《奥斯丁学术史研究》，南京：译林出版社，2019

龚龑等（编译）：《奥斯丁研究文集》，南京：译林出版社，2019

哈罗德·布鲁姆：《西方正典》，南京：译林出版社，2005。英语原著初版于1994年。江宁康译

爱·摩·福斯特：《小说面面观》，见《小说经典美学三种》，上海：上海文艺，1990。方土人译

方芳：《〈克拉丽莎〉的决疑论解读》，北京：北京大学博士研究生学位论文，2022

傅燕晖：《"我们不是天使"：伊丽莎白·盖斯凯尔与维多利亚时代家庭理想》，厦门：厦门大学出版社，2020

谷裕：《德语修养小说研究》，北京：人民文学出版社，2013

黄梅：《推敲自我：小说在18世纪的英国》修订版，北京：生活·读书·新知三联书店，2015

姜德福等：《转型时期英国社会重构与社会关系调整研究》，北京：商务印书馆，2017

苏珊娜·卡森编：《为什么要读简·奥斯丁》，南京：译林出版社，2011。英语原著初版于2009年。王丽亚译

克里斯托弗·考德威尔：《考德威尔文学论文集》，南昌：百花洲文艺出版社，1995。陆建德等译

玛甘妮塔·拉斯奇：《简·奥斯丁》，上海：百家出版社，2004。黄美智、陈雅婷译

苏珊·兰瑟：《虚构的权威》，北京：北京大学出版社，2002。黄必康译

李猛：《自然社会：自然法与现代道德世界的形成》，北京：生活·读书·新知三联书店，2015

F. R. 利维斯：《伟大的传统》，北京：生活·读书·新知三联书店，2002。袁伟译

戴维·洛奇编：《二十世纪文学评论·下册》，上海：上海译文出版社，1993。葛林等译

艾·麦克法兰：《英国个人主义的起源》，北京：商务印书馆，2008。管可秾译

——.《现代世纪的诞生》，上海：上海人民出版社，2013。管可秾译

卡尔·马克思：《1844年经济学哲学手稿》，北京：人民出版社，1979。刘丕坤译

——. 厄·恩格斯：《马克思恩格斯选集》（四卷本），北京：人民出版

社，1972

索默塞特·毛姆：《巨匠与杰作》，南京：南京大学出版社，2008。李锋译

伯纳德·曼德维尔：《蜜蜂的寓言》，北京：中国社会科学出版社，2002。肖津译

让-诺埃尔·卡普费雷：《谣言：世界最古老的传媒》，上海：上海人民出版社，2008。郑若麟译

约翰·穆勒：《论自由》（又名《群己权界论》），上海：上海三联书店，2009。严复译

亚当·斯密：《道德情操论》，北京：商务印书馆，1997。英语原著初版于1759年。蒋自强等译

马克斯·韦伯：《新教伦理与资本主义精神》，北京：生活·读书·新知三联书店，1992。于晓、陈维纲等译

大卫·休谟：《人性论》（上、下册），北京：商务印书馆，1994。关文运译

朱虹编：《奥斯丁研究》，北京：中国文联出版公司，1985

朱虹：《英国小说的黄金时代》，北京：中国社会科学出版社，1997